明清小说研读

主编 胡海义

参编 (按姓氏笔画排序)

邓 雷 向志柱 杨宗红

谷文彬 赵毓龙 温庆新

湖南大學出版社

·长沙·

图书在版编目（CIP）数据

明清小说研读 / 胡海义主编. -- 长沙 : 湖南大学出版社，2025. 7（2025. 12 重印）. -- ISBN 978-7-5667-4109-7

Ⅰ. I207. 41

中国国家版本馆 CIP 数据核字第 2025K4U827 号

明清小说研读

MING-QING XIAOSHUO YANDU

主　　编： 胡海义
策划编辑： 刘　锋　罗红红　向彩霞
责任编辑： 何　洁
印　　装： 长沙新湘诚印刷有限公司
开　　本： 787 mm×1092 mm　1/16　　**印　　张：** 16. 75　　**字　　数：** 329 千字
版　　次： 2025 年 7 月第 1 版　　**印　　次：** 2025 年 12 月第 2 次印刷
书　　号： ISBN 978-7-5667-4109-7
定　　价： 48. 50 元

出 版 人： 李文邦
出版发行： 湖南大学出版社
社　　址： 湖南 · 长沙 · 岳麓山　　**邮　　编：** 410082
电　　话： 0731-88822559（营销部），88821593（编辑室），88821006（出版部）
传　　真： 0731-88822264（总编室）
网　　址： http://press.hnu.edu.cn
电子邮箱： 463229873@ qq. com

前言

王国维在《宋元戏曲史·自序》中说："凡一代有一代之文学，楚之骚，汉之赋，六代之骈语，唐之诗，宋之词，元之曲，皆所谓一代之文学，而后世莫能继焉者也。"他列举了明朝之前不同时代的代表性文体，但没有提及明清时期的代表性文体。胡适在《文学改良刍议》中指出："文学者，随时代而变迁者也。一时代有一时代之文学。周秦有周秦之文学，汉魏有汉魏之文学，唐宋元明有唐宋元明之文学。此非吾一人之私言，乃文明进化之公理也。"胡适立足文学进化论的视角，出于倡导白话文学的强烈动机，在肯定"一代有一代之文学"的基础上，将小说作为明清时期的代表性文体。他甚至将白话小说奉为中国文学之正宗，认为它代表了中国文学的最高成就，"其足与世界'第一流'文学比较而无愧色者，独有白话小说（我佛山人，南亭亭长，洪都百炼生三人而已）一项"。小说确实在明清时期繁荣发展，诞生了《三国演义》《水浒传》《西游记》《聊斋志异》与《红楼梦》等众多经典巨著，星河璀璨。因此，小说被视为明清时期的代表性文体，实至名归。

受儒家文化的深刻影响，明清小说被赋予了很强的教化功能，很多人认为它像"四书五经"一样能"厚人伦，美教化，移风俗"（《毛诗序》）。明代修髯子在《三国志通俗演义引》中说："知正统必当扶，窃位必当诛，忠孝节义必当师，奸贪谀佞必当去。是是非非，了然于心目之下，裨益风教，广且大焉。"他认为《三国演义》具有很高的教育价值，能让人明辨是非，知道对错，培养正确的价值观与人生观。到了清末，小说被当作开民智、塑灵魂的教科书。康有为在《日本书目志》中专设"小说门"，该书"识语"说道："故六经不能教，当以小说教之。"梁启超作为"小说界革命"的旗手，在《论小说与群治之关系》中明确提出："欲新一国之民，不可不先新一国之小说。"维新人士认为小说已经超越经史，具有后者达不到的教育功能。那么，小说就应取代"四书五经"的教材地位。狄楚卿在《论文学上小说之位置》中宣称自己在日本的学校看见有《水浒传》的讲义，认为"小说者，实文学之最上乘也"。《万国演义·凡例》宣称该小说"以供教科书之用"。

这样的愿景与呼吁很快成为现实。随着中国近现代学术体系、中国文学学科与高等教育事业的建立和发展，古代小说知识进入了大学的课堂。较早由中国学者编撰的文学史著，如窦士镛的《历朝文学史》（1897）、林传甲的《中国文学史》（1904）、黄人的《中国文学史》（1904）等，或多或少、或褒或贬地提及了中国古代小说。此后的一百多年，中国文学史著作层出不穷，如曾毅的《中国文学史》，谢无量的《中国大文学史》，郑振铎的《插图本中国文学史》，刘大杰的《中国文学发展史》，游国恩等的《中国文学史》，章培恒、骆玉明的《中国文学史》，马积高、黄钧的《中国古代文学史》，袁行霈的《中国文学史》，袁世硕的《中国古代文学史》，程国赋的《中国古代文学史》等，可谓汗牛充栋。这些综合性的文学史著被广泛用于教学，一般会列出专门的章节来论述小说。

不过，在综合性的文学史教材中，有关明清小说的内容分散在不同的章节，缺乏系统性与连续性。要弥补这一缺陷，则需要专门论述古代小说的分体文学史。盐谷温的《中国小说史略》（1919）多有创见，具有开拓之功。中国学者较早编撰的古代小说史有王钟麒《中国历史小说史论》（1907）、张静庐《中国小说史大纲》（1920）等。影响最大、成就最高者当属鲁迅的《中国小说史略》。自 1920 年 12 月开始，鲁迅先后在北京大学、北京高等师范专科学校、世界语学校等讲授"中国小说史"课程，他的讲义就是《小说史大略》，开初是以油印本在学生当中流传。后来鲁迅在此基础上补充资料，校勘辨正，增加内容，出版了铅印本《中国小说史大略》。1923 年 10 月，鲁迅把《中国小说史大略》改名为《中国小说史略》，后又多次进行修订。这部源自教材的小说史见解精辟、材料丰富、结构谨严、影响深远。胡适称赞该书："在小说的史料方面……最大的成绩自然是鲁迅先生的《中国小说史略》；这是一部开山的创作，搜集甚勤，取材甚精，断制也甚严谨，可以替我们研究文学史的人节省无数精力。"（《白话文学史·序言》）自 20 世纪 30 年代以来，中国古代小说史著不断涌现，值得关注的如范烟桥《中国小说史》、谭正璧《中国小说发达史》、阿英《晚清小说史》、胡士莹《话本小说概论》、夏志清《中国古典小说史论》、韩南《中国白话小说史》、杨义《中国古典小说史论》、石昌渝《中国小说源流论》、李剑国《唐前志怪小说史》、程毅中《唐代小说史》、吴志达《中国文言小说史》、陈洪《中国小说理论史》、陈大康

《明代小说史》、齐裕焜《中国古代小说演变史》、宁稼雨《中国志人小说史》、苗怀明《中国古代公案小说史论》、刘上生《中国古代小说艺术史》、陈文新《文言小说审美发展史》、王齐洲《中国通俗小说史》等等。这些小说史著大力推进了中国古代小说史研究，也为古代小说教学提供了丰富的材料。

近些年来，随着我国高校教学改革的不断深入，教材遇到了许多新的挑战，出现的一些问题需要我们进行深入思考与妥善解决。例如，在弘扬中华优秀传统文化的理念指导下，如何引导学生细读古典小说文本，深入分析其中的思想内涵与艺术魅力？在新的教学改革形势下如何处理小说史论与作品的关系？如何体现以学生为中心，让编写体例更加适合课堂教学与学生自学的需要？等等。有鉴于此，我们组织了一批在明清小说研究领域躬耕多年，或在教学一线积累了丰富教学经验的专家学者编写了这本《明清小说研读》。总的看来，本教材具有以下几个特点。

一、以作品为中心，注重作品分析。文学作品是人类智慧的结晶，承载了人类的思想精神，是我们深入研读的主要对象。法国学者福柯在《知识考古学·引言》中提出："今后，文学分析不是将某一时代的精神或感觉作为单位，也不是'团体'、'流派'、'世代'或者'运动'，甚至不是在将作者的生活和他的'创作'结合起来的交换手法中作者所塑造的人物作为单位，而是将一部作品、一本书、一篇文章的结构作为单位。"历史的不连续性、被中断的偶然性成为"观念史、科学史、哲学史、思想史，还有文学史"关注的重心。确实如此，明清小说的璀璨星空是由大量的作品汇聚而成的，那些伟大的经典作品就是其中耀眼的恒星。我们梳理明清小说的发展流变，探讨某些小说史现象的来龙去脉，分析著名小说家的思想精神，体会明清小说的艺术魅力与文化内涵，都必须也只能以小说作品为中心。离开了作品，小说史只是一具没有血肉的空壳与一堆缺乏灵魂内涵的概念符号。因此，本教材以作品为中心，紧扣作品本身，坚持以本为本，注重作品分析。在本教材中，研读具体作品的内容占据约五分之四的篇幅，以具体作品为主体来展开明清小说史的精彩长卷，展现更加丰富的社会历史与文化风貌。而详细介绍相关时代背景、历史事件与社会思潮，也是为了展现"文变染乎世情，兴废系乎时序"（刘勰《文心雕龙·时序》）的发展规律，以更好地帮助解读小说作品，真正做到"回归作品"。例如，学习《三国演义》时，我们紧扣"隆中对"与"温酒斩华雄"两段作品原文进行细致研读。学习《水浒传》时，我们对"鲁提辖拳打镇关西"与"林教头风雪山神庙"两段进行深入研读，始终坚持以作品为中心，注重作品分析。

二、融合史论与作品，力求较为全面地展现明清小说发展的历史面貌。本教材以小说作品为中心，但并不是一部零散的作品选，而是将史论与作品深度融合，使之相得益彰。章学诚《文史通义·书教中》云："东京以还，文胜篇富，史臣不能概见于纪传，则汇次为《文苑》之篇。文人行业无多，但著官阶贯系，略如《文选》人名之注，试榜履历之书，本为丽藻篇名，转觉风华消索；则知一代文章之盛，史文不可得而尽也。萧统《文选》以还，为之者众，今之尤表表者，姚氏之《唐文粹》，吕氏之《宋文鉴》，苏氏之《元文类》，并欲包括全代，与史相辅，此则转有似乎言事分书，其实诸选乃是春华，正史其秋实尔。"章学诚认为东汉以来的各类文学作品浩如烟海，史家根本无法全部采入。即使特别开设《文苑传》，也仅简单记叙文人的生平事迹，难以探察文学发展的历史全貌。于是，自萧统《文选》以来，诸多选家将历代或一代文章汇编成集。如此，史论与作品"参互考校"，互为彰显，较为全面地展现历代或一代文学之面貌。本教材受此启发，每章将第一节设置为概说，主要谈小说史论，其后几节的内容则集中分析具体作品。但本教材并非小说史与作品选的简单嫁接，而是试图融合史论与作品，力求历史与逻辑的统一。每章的概说在梳理某类小说的发展长河时，都以作品为浪花，并为其准确定位，展现后浪推前浪的轨迹与关系。其余各节在分析微观的小说作品时，则与概说的宏观史论相呼应。如此纲举目张，将宏观的史论概述与微观的作品分析相结合，既能避免史论流于空泛的弊端，又能解决仅分析单部作品造成的"只见树木不见森林"的问题。史论与作品相辅相成，相得益彰，在史叙逻辑中不至于牺牲作品呈现的历史原貌，在逻辑归纳与"还原历史"之间取得最大的平衡，"把'三百篇'还给西周东周之间的无名诗人，把古乐府还给汉魏六朝的无名诗人，把唐诗还给唐，把词还给五代两宋，把小曲杂剧还给元朝，把明清的小说还给明清"（胡适《〈国学季刊〉发刊宣言》）。本教材力图较为客观、全面地展现明清小说发展的历史面貌。如第一章明清历史演义小说研读，第一节为明清历史演义小说概况，主要梳理明清历史演义小说在兴起、新变、衰落和复兴四个阶段的表现情况，来整体介绍其发展概貌。第二节具体研读《三国演义》，第三节具体研读《东周列国志》，第四节具体研读《隋唐演义》，通过细致的文本分析，以小见大，使学生掌握各部小说的思想内容与艺术成就。学生通过深入研读这些颇具代表性的经典名作，又进一步了解了整个明清历史演义小说的具体面貌，落实与加深了对第一节概说的学习。

三、以学生为中心，创新编撰体例，有利于增强学习效果。小说是"中国古代文学"课程在元明清阶段的主要内容。如《三国演义》《水浒传》《西游记》与《红楼梦》等经典名著常常单独成章。"中国古代文学史"和"中国古代文学作品选"是汉语言文学专业必修的基础课与主干课，也是许多人文社会科学类专业的选修课，担负着向学生传授数千年的中国古代文学基础知识，培养学生综合人文素质和审美情操的重任。但在近些年来的数次教学改革中，一些高校的“中国古代文学史”的教学课时被大幅缩减，“中国古代文学作品选”甚至被取消，任课教师只能将作品穿插在“中国古代文学史”的相关教学内容之中。而且，“中国古代文学史”自身就普遍存在“讲不完”的问题，由此也带来文学史教学缺少课堂讨论、作品讲解流于蜻蜓点水甚至常被忽略的问题。这在讲授元明清文学时尤其突出，因为前一阶段的教学内容常常被积压，时间被拖延，讲授明清小说的课时更加不足，而且小说篇幅远远超过诗词，教学任务更重。这些问题导致师生在明清小说教学中捉襟见肘，非常为难。针对这些教学难题，本教材为适应新形势下的课堂教学和学生自学需要，在编撰体例上做了一些创新。我们不再按照纵向的时间分段，而是横向地将明清小说分为历史演义、英雄传奇、神魔、世情与公案五种题材类别，再加上短篇小说中的文言与白话两个语体类别，设置七章。如此清晰明了，便于学生准确把握学习内容。本教材在传统的文学史编写体例的基础上，针对教学中的上述问题，采用以小说类别为经、时代为纬，以经典作品为坐标系上的点，以小说史概说为引导，以小说作品分析为主体，将传统的“中国古代文学史（明清小说史）”和“中国古代文学作品选（明清小说作品选）”集于一体。本教材每章的概说部分力求要言不烦，梳理该小说类别在明清时期的发展历程，论述其中重要的小说史现象，交代基本的小说史常识。作品分析则精选最能反映小说史面貌与成就的经典作品，节选其中的精华部分，力求以小见大，以点带面。这让师生可以根据课程类别和不同专业学生的特点来选择教学重点，灵活处理，而且在有限的课时内，同时兼顾小说史与作品选教学，两者相得益彰。本教材还在每章开首列出学习要点，末尾列有习题，全书最后列有参考文献，为学生自学、检验学习效果、拓展阅读视野提供便利，尤其是为学生减轻学习负担，增强学习效果，提供一定的支撑。

由于我们的水平有限，本教材肯定还存在许多疏漏不当之处，恳请学界同行与同学们批评、指正。

目次

第一章 明清历史演义小说研读

学习要点

- 掌握章回小说的文体特征与《三国演义》的基本常识。
- 了解明清历史演义小说的总体概况。
- 研读《三国演义》《东周列国志》与《隋唐演义》等历史演义小说，了解它们的思想内容与艺术成就。

历史演义小说是以讲述历史兴亡、王朝更替为主要内容的章回小说。章回小说是我国古代长篇小说最重要的文体，具有分回标目、情节连贯、故事完整等特点，是在宋元时期的讲史话本等文体的基础上发展而来的。讲史话本演述长篇历史故事，无法一次讲完，需要连续讲若干次。每次讲一段，就相当于后来的一回；说话人每次用一两句话概括所讲的主要内容，相当于后来的标题回目。如：《全相平话五种·乐毅图齐》分为三卷，卷下又分若干段，列有小标题；《大唐三藏取经诗话》分为十七章，每章都有一个小标题概括主要内容。这种分段标目的形式成了后世章回小说的雏形。约创作于明初、刊刻于明代嘉靖元年(1522)的《三国志通俗演义》(以下称《三国演义》)，全书分卷，卷下分节，节前有单句标题，章回小说的文体特征已经初步形成。《三国演义》因此成为章回小说的开山之作，也是我国第一部历史演义小说。

第一节 明清历史演义小说概况

中国文化具有源远流长的历史传统，历代统治者都非常重视编修史书。黑格尔在《历史哲学》中说："中国'历史作家'的层出不穷、继续不断，实在是任何民族所比不上的。"在这种历史文化中，明清历史演义小说非常繁荣，作品众多，成为非常受读者欢迎的小说类型。关于明清历史演义小说的概况，我们可以从兴起、新变、衰落和复兴四个阶段来进行整体了解。

一、《三国演义》与历史演义小说的兴起

(一)《三国演义》的概况

《三国演义》是我国第一部历史演义小说。关于作者罗贯中的生平，目前所知甚少。据元末明初贾仲明《录鬼簿续编》的记载，他生活在元末明初，在1315—1385年。关于罗贯中的籍贯，一般认为是今山西太原。

《三国演义》是一部"世代累积型"的作品，它是在历史文献、民间传说、讲史平话与三国戏剧的基础上，最后由罗贯中加工创作而成的。西晋史学家陈寿的《三国志》和南朝裴松之的注释是《三国演义》的主要依据与基本史料。另如南朝范晔的《后汉书》，汉魏以来的一些杂传与小说，如《汉末英雄传》《曹瞒传》《搜神记》《世

说新语》所记载的一些奇闻逸事，也为三国故事的发展添砖加瓦。北宋司马光的《资治通鉴》将历史大事逐年排列，使三国的历史更加条理分明，为《三国演义》提供了有益的借鉴。南宋朱熹《资治通鉴纲目》的正统观与“尊刘贬曹”的倾向，也影响了罗贯中的创作思想。

三国故事一直活跃在民间传说当中，并被演绎成不同的艺术形式。据《太平广记》载，隋炀帝观看水上杂戏，其中就有曹操谯水击蛟、刘备檀溪跃马等内容的节目。李商隐的《骄儿诗》云：“或谑张飞胡，或笑邓艾吃。”可见到了晚唐，三国故事与人物已被儿童熟知。宋代的“说话”技艺已有“说三分”的专门科目和专业艺人，如霍四究就以“说三分”闻名。苏轼《东坡志林》记载孩童爱听三国故事，“闻刘玄德败，颦蹙有出涕者；闻曹操败，即喜唱快”。可见当时的三国节目已有明显的尊刘贬曹倾向，颇具艺术效果与感染力。目前保存下来的三国讲史话本有《三国志平话》和《三分事略》等。金元时期流行三国戏，如陶宗仪《南村辍耕录》载有《赤壁鏖兵》《襄阳会》等多种金院本剧目。南戏中也有《貂蝉女》与《戏小乔》等剧目。据《录鬼簿》与《太和正音谱》等记载，元代及明初以三国为题材的杂剧剧目就有六十种之多，促进了三国故事的丰富发展。最后，罗贯中“据正史，采小说，证文辞，通好尚”(高儒《百川书志》)，创作出《三国演义》这部经典小说。它最终完成的时间应该是在明代初年。

《三国演义》的版本众多，现存最早的刊本是明代嘉靖元年(1522)刊本。到了清代康熙年间，毛纶、毛宗岗父子对《三国演义》进行改编与评点，在多方面作了较大的提升。此后，毛评本成为最流行的版本。

(二)历史演义小说的兴起

《三国演义》的影响十分深远。在明代，“士君子之好事者，争相誊录，以便观览”(庸愚子《三国志通俗演义序》)，《三国演义》成为广受追捧的畅销书。作为开山之作，《三国演义》对历史演义小说的兴起产生了巨大影响，“自罗贯中氏《三国志》一书，以国史演为通俗，汪洋百余回，为世所尚。嗣是效颦日众，因而有《夏书》《商书》《列国》《两汉》《唐书》《残唐》《南北宋》诸刻，其浩瀚几与正史分签并架”(可观道人《〈新列国志〉叙》)，推动历史演义小说成为明清小说史上最为繁盛的类型之一。在《三国演义》的影响下，明代中后期的历史演义小说十分风行，作品繁多。我们按这些小说所讲历史故事的先后顺序进行展示。

1. 讲述西周与春秋战国故事的小说

这类小说主要有余邵鱼《列国志传》、余象斗《列国前编十二朝传》与余季岳《盘古至唐虞传》《有夏志传》《有商志传》等。其中，《列国志传》杂糅宋元讲史平话而成，文字粗糙，但语言通俗，广为流传。后来冯梦龙在此基础上，参考《左传》《国语》《战国策》《史记》等史籍，予以改编加工，易名《新列国志》，共一百零八回，文字通畅，故事生动，引人入胜。

2. 讲述楚汉相争及两汉史事的小说

这类小说主要有熊大木《全汉志传》、甄伟《西汉通俗演义》、谢诏《东汉通俗演义》等。其中，甄伟《西汉通俗演义》的成就较高，它从秦公子异人被掳入赵讲起，主要内容是楚汉之争与西汉开国的历史，最后以刘邦病死、吕氏总揽朝政作结。该小说的特点是人物性格鲜明，如项羽、刘邦、韩信与范增等人物形象，具有一定的个性色彩。该小说还生动、细腻地展现出刘邦与韩信既联合又斗争的复杂关系，值得称赞。

3. 讲述两晋历史的小说

这类小说主要有酉阳野史《三国志后传》与杨尔曾《东西两晋志传》，以及在后者基础上增改的《东西晋演义》。其中，《三国志后传》接续《三国演义》，故事起于蜀国灭亡，刘渊等宗族与大将的子孙后代逃难。他们后来复兴汉室，俘获晋帝来报仇雪恨。小说最终以东晋苏峻叛乱被平定作结。该小说虚构刘氏集团的故事较多，但比较全面、客观地叙述了同时期的历史进程，基本脉络与重大战役都有史可证，较好地处理了史实与虚构的关系。

4. 讲述隋唐五代历史的小说

这类小说主要有林瀚重编的《隋唐两朝志传》、熊大木《唐书志传通俗演义》、袁于令《隋史遗文》与署名罗贯中的《残唐五代史演义传》等。其中，《隋史遗文》的成就较高。该小说从隋末瓦岗寨英雄起义讲起，至“玄武门之变”后唐太宗即位结束。其深刻揭露了隋代统治者骄奢残暴、贪婪无度的深重罪恶。《隋史遗文》的结构比较独特。全书以历史事件为经，贯穿四十多年的历史进程，大多符合史实；又以秦琼的活动为纬，串联众多英雄人物，故事大多是虚构的。如此，全书首尾完整，情节环环相扣，非常紧凑集中，避免了一般历史演义小说头绪杂乱、情节拖沓、人物分散的弊端。《隋史遗文》的语言通俗流畅，描写细腻传神，故事曲折生动，有较强的可读性。

5. 讲述宋代历史的小说

这类小说主要有熊大木《大宋中兴通俗演义》与署名陈继儒的《南北两宋志传通俗演义》等。《大宋中兴通俗演义》主要以岳飞为描述对象，在编年讲述史事的基础上，融合了纪传体与纪事本末体的特点，将人物事迹穿插其中，首尾相接，完整统一。

元代历史较短，让明代人感兴趣的生动的历史材料有限，因此明代缺乏专门讲述元史的小说。

二、明末清初历史演义小说的新变

到了明末清初，即明代天启至清代顺治年间，历史演义小说产生了一个令人瞩目的变化，即兴起时事小说。时事小说是讲述当代历史事件的小说，它具有以下几个特点。

（一）创作时效性

与传统的历史演义小说讲述久远的朝代历史不同，时事小说讲述的是当代的历史事件。这里所说的"当代"，是指小说作者的创作时间与历史事件发生的时间相差很短，一般约二十年，最短的仅有几个月。如长安道人国清编写的《警世阴阳梦》讲述魏忠贤发迹作恶，最终畏罪自缢的可耻下场。该小说诞生于崇祯元年（1628）六月，距魏忠贤自杀仅约半年。陆云龙创作《魏忠贤小说斥奸书》与魏忠贤自杀的时间差只有九个月。陆人龙创作《辽海丹忠录》离辽东战事的时间差，吟啸主人创作《近报丛谭平虏传》离后金军队进攻北京的时间差都只有一年。由此可见，时事小说具有较强的时效性。

（二）内容求实性

传统的历史演义小说强调实录，标榜"羽翼信史"，被称为"正史之补"。时事小说尤其求实，为了让读者确信小说内容真实可靠，甚至大量抄录邸报与奏章等史料。邸报是朝廷用来传递政治、经济、军事等情报信息的文书抄本。它的内容丰富，真实可靠，更新及时，是了解最新国情的重要资料。明末清初著名思想家顾炎武在《与次耕书》中说，"今之修史者，大段当以邸报为主"。陆云龙在《魏忠贤小说斥奸书·凡例》中说"阅过邸报，自万历四十八年至崇祯元年，不下丈许"。西湖义士在《皇明中兴圣烈传·小言》中也称"特从邸报中与一二旧闻演成小传"。《近报丛谭平虏传》更是在书名上宣称与邸报的密切关系。其《序》解释说："近报者，邸报；丛谭者，传闻语也。"时事小说还大量抄录奏章和圣旨等原始材料，如《樵史通俗演义》第二十九回约 4800 字，其中抄录了三本奏章和一道圣旨，约 3600 字，篇幅约四分之三。时事小说为了追求内容真实可靠（有些内容依据传闻，其实未必可靠），达到"事之宁核而不诞"（《辽海丹忠录·序》），导致体例驳杂，一些章节缺乏故事性，不堪卒读。

（三）题材重大性

时事小说讲述的“事”并非日常生活里的小事，而是“动关政务”（《魏忠贤小说斥奸书·凡例》）的重大历史事件。明末清初时事小说主要讲述以下三大题材。

1. 魏阉乱政

明朝的宦官干政是一大痼疾，魏忠贤是其中的典型。他结党营私，群凶肆虐，加剧了晚明社会的溃烂。直到明思宗登基后，魏忠贤才倒台自杀。此后，一批反映魏阉乱政的时事小说迅速诞生。如长安道人国清《警世阴阳梦》讲述魏忠贤祸国殃民及死后遭受报应的故事。它的前三十回为“阳梦”，叙述魏忠贤发迹始末，保存了不少史实，也成功塑造了一个地痞流氓的形象；后十回为“阴梦”，讲述魏党人士在地狱受到的惩罚，较多虚构。在魏阉乱政题材的时事小说中，《梼杌闲评》是成就最高的一部。该小说的结构比较精巧，它以魏忠贤与客印月的感情纠葛为线索，以定情之物明珠为重要物件，将他们的罪恶人生与诸多人物串联起来，形成一个有机整体。此外，该小说的人物塑造比较成功，它没有将魏忠贤、倪文焕等奸邪之人脸谱化与简单化，而是展现出他们的复杂性与变化过程。陆云龙《魏忠贤小说斥奸书》则忠于史实，按年月来写，情节枯燥，但善于虚构一些故事细节，来刻画人物形象。如第二十三回中，李明道夸奖手下的差人，说：“这孩子中用。”仅用短短五个字，就把李太监炙手可热的权势与得意扬扬的神情，刻画得纤毫毕现。另有西湖义士《皇明中兴圣烈传》也讲述魏忠贤的故事，但文笔粗疏，头绪混乱。

2. 辽东战事

明代后期，明朝的军队与后金军队及后来的清军，在东北到北京一带争战多年。反映这一历史事件的时事小说主要有陆人龙《辽海丹忠录》、佚名《镇海春秋》与吟啸主人《近报丛谭平虏传》。《辽海丹忠录》讲述万历四十七年（1619）到崇祯三年（1630）春，明朝与后金之间的战事。小说聚焦明军将领毛文龙，热情赞扬他足智多谋，英勇杀敌，屡立奇功，报效朝廷，还对他含冤被袁崇焕谋害，表示深切的愤懑不平之情。《辽海丹忠录》长于叙事，善于点面结合，结构比较紧凑，主人公性格鲜明，文笔详赡细腻。《镇海春秋》同样讲述毛文龙在辽东战场的故事，立场与《辽海丹忠录》一致。但它缺乏文采，结构松散，文学性不强。另如《近报丛谭平虏传》讲述后金进犯京师之事，文笔粗糙，结构散乱，成就不高。

3. 李自成起义

反映这一重大历史事件的时事小说有西吴懒道人《剿闯通俗小说》、蓬蒿子《新世弘勋》与松排(滋)山人《铁冠图》等。《剿闯通俗小说》从李岩聚众造反讲起，至南明弘光帝即位南京，吴三桂降清而止，没有涉及李自成撤出北京之后的事情。该小说文笔粗劣，结构杂乱，缺少艺术加工，但对李岩形象的塑造比较生动，对明亡教训的总结比较深刻。《新世弘勋》是在《剿闯通俗小说》的基础上，于首尾虚构了因果报应模式，把李自成、张献忠、崇祯帝及其皇后纳入其中。经此加工，结构变得紧凑，情节比较连贯，但史料价值大打折扣。《铁冠图》也讲述李自成起义始末，因为创作时间较晚，作者知晓吴三桂的行径，于是改变了上述两部小说褒扬他的态度，但也略去李岩的善举，将其塑造成完全的反面人物。

此外，还有陆应旸《樵史通俗演义》综合展现明代天启、崇祯与弘光三朝的二十五年史事，涉及上述三大时政题材。该小说按时间顺序记事，没有贯穿全书的情节线索与人物形象，但寄寓了作者浓厚的遗民意识。其收录了很多有价值的史料，《明季北略》《平寇志》《小腆纪年》等史籍均从中引用文献。

三、清代中期历史演义小说的衰落

从清代康熙到同治年间，历史演义小说陷入衰落状态，具体表现如下。

(一)作品数量大幅减少

孙楷第《中国通俗小说书目》卷二“明清讲史部”著录了 164 部小说，尽管其中有一些作品被我们视为英雄传奇小说，但数量还是可观的。从清代康熙到同治年间的两百余年，诞生的历史演义小说仅有《二十四史通俗演义》《北史演义》《南史演义》等十来部，作品数量大量减少。

(二)名作多由前人作品改编与评点而成，原创作品很少

历史演义小说在清代中期有一个重要特征，就是一些名作在这一时期经过改编与评点，成为定本，如《三国演义》毛评本。清代康熙年间，毛纶、毛宗岗父子以“伪李评本”为基础，参考“志传本”，辩证史事，润饰文辞，整理回目，增加读法，逐回评点，做了大量改评工作，不仅大幅加强了“拥刘反曹”的正统观，还在艺术上有较大的提升。因此，毛评本成为后来《三国演义》最流行的版本。

褚人获《隋唐演义》是讲述隋唐故事的集大成者，其最早刊刻于康熙三十四年(1695)。该小说以隋炀帝与朱贵儿、唐玄宗与杨贵妃的“两世姻缘”为框架，叙述隋文帝起兵伐陈，至唐玄宗与唐肃宗去世为止一百八十多年的历史风云。褚人获是在《隋唐两朝志传》《隋史遗文》与《隋炀帝艳史》的基础上，参考《开元天宝遗事》

《海山记》《迷楼记》等唐宋传奇小说，还有相关戏曲、民间传说等材料，汇编与加工而成《隋唐演义》。该小说前四十七回讲述隋朝故事，主要抄自《隋史遗文》与《隋炀帝艳史》。褚人获从第四十八回开始讲述唐朝故事，主要根据《隋唐两朝志传》进行改编，有较多增删。他博采众长，精心编撰出这部历史演义小说精品。该小说的故事曲折生动，主要人物性格鲜明，语言通俗流畅，艺术价值较高。

蔡元放评改的《东周列国志》刊刻于乾隆十七年（1752），也是一部依据前人作品进行加工的历史演义小说。他是在冯梦龙《新列国志》的基础上，进行修改、评点与注释，并将其改名为《东周列国志》。如此书名更加准确地概括全书内容，更引人注目，更容易被读者所接受。蔡元放特别强调《东周列国志》的史书性质，他在《东周列国志读法》中说："故读《列国志》，全要把作正史看，莫作小说一例看了。"不过，蔡元放没有像毛氏父子评改《三国演义》那样大刀阔斧，只是进行细枝末节的修改。如《新列国志》第十回讲述郑国大将祝聃因为背部毒疮发作而死，但第十一回又写他仍在沙场征战。此类自相矛盾之处，蔡元放大多做了修改。他还对一些文字进行了修改润色。尽管蔡元放的改动并不大，但取得了良好效果。他的评改本出版后，替代了冯梦龙的《新列国志》，后者逐渐少为人知。

清代中期的历史演义小说不多，原创的作品更少，但现存的几部也值得关注。如杜纲的《北史演义》与《南史演义》。杜纲，昆山（今属江苏苏州）人，生平不详。《北史演义》从北魏后期的纷乱写起，至隋文帝杨坚灭周统一北方结束，真实、生动地反映了北朝九十年间的历史风云，揭示了王朝兴衰鼎革的原因和历史教训，表达作者拥护仁政、反对暴政的思想主题。该小说以高欢一生的奋斗史为主线，结构布局比较紧凑，史实与虚构处理得当，塑造了一批个性鲜明的人物形象。《南史演义》讲述南朝宋、齐、梁、陈四朝历史，多写开国君主的故事，尤其详于宋武帝刘裕。与《北史演义》相比，本书的结构略显松散。除了刘裕，其他人物形象并不出彩。另如吕抚《二十四史通俗演义》，成书于雍正十年（1732）。该书仿照司马光《资治通鉴》的体例，讲述从盘古开天地到清朝统一全国的漫长历史，但文学价值不如杜纲的作品。

四、晚清历史演义小说的复兴

在晚清光绪、宣统年间，短短三十多年，历史演义小说重新焕发光彩，表现如下。

(一)历史演义小说理论进一步发展

随着"小说界革命"的展开，晚清小说家对历史演义小说的理论，诸如概念、特征、地位与功用等方面的认识更为深入。1902年，梁启超主编的《新民丛报》第十四号上，刊发了一篇《中国唯一之文学报〈新小说〉》。该文相当于《新小说》的发刊词，首次提出了"历史小说"的概念，并进行明确界定："历史小说者，专以历史上事实为材料，而用演义体叙述之。盖读正史则易生厌，读演义则易生感。征诸陈寿之《三国志》与坊间通行之《三国演义》，其比较厘然矣。故本社同志，宁注精力于演义，以恢奇俶诡之笔，代庄严典重之文。"这段话虽然还残留有传统的"演义"观，但主张"以恢奇俶诡之笔，代庄严典重之文"，兼顾虚构与实录的合理平衡，并且将历史小说置于各类小说之首，极大提高了它的文学地位，具有重要的理论意义。光绪三十二年(1906)，《月月小说》创刊号发表了吴趼人的《历史小说总序》，他说："吾于是发大誓愿，编撰历史小说，使今日读小说者，明日读正史如见故人；昨日读正史而不得入者，今日读小说而如身亲其境。小说附正史以驰乎？正史藉小说为先导乎？"吴趼人在此讨论正史与历史演义小说的关系问题。此前关于二者的关系，小说界最具代表性的观点是林瀚《隋唐志传通俗演义序》所说的"以是编为正史之补，勿第以稗官野乘目之"。修髯子《三国志通俗演义引》也说："是可谓羽翼信史而不违者矣。"他们认为历史演义小说是"正史之补"，处于"羽翼信史"的辅佐与卑微地位，这种观念长期笼罩在明清小说家的心头。而吴趼人认为正史与历史演义小说是同路同向，可以并驾齐驱。他把历史演义小说与正史置于同等的地位，这是历史演义小说观念的大变革。尤其应该注意的是黄人在《小说小话》中指出："历史小说，当以旧有之《三国志演义》《隋唐演义》及新译之《金塔剖尸记》《火山报仇录》等为正格。盖历史所略者应详之，历史所详者应略之方合小说体裁，且耸动阅者之耳目。"在"西学东渐"强烈冲击中华文化的大背景下，黄人从中西文化交流的视角，正如他的《小说林发刊词》所言"今之时代，文明交通之时代也，抑亦小说交通之时代乎"，将中国传统的历史演义小说与西译小说等量齐观，既比较它们的差异，又着眼它们的共性，来探讨历史小说的创作要义、文体特征及其与史著的关系等问题。该文还剖析了近人所作历史小说的弊病，提出历史小说创作要具备"史文之真精神"的要求。这些观点进一步深化了历史演义小说理论。

(二)时事小说更具时效性与新闻性

随着报刊媒体的繁荣与石印技术的发展，清末的时事小说更具时效性与新闻性，一些重大历史事件尚未结束，相关小说已经创作出版。而且，这些作品密切关注中华民族的前途命运，热切表达国兴民富的强烈愿望。如讲述甲午战争与中国军民英勇抗日的小说有佚名《台战演义》、洪兴全《中东大战演义》与平情客《中东和战本末纪略》等。《台战演义》主要讲述刘永福率领台湾军民，英勇抵抗日军。他不为敌人利诱所动，多次设计奇谋战胜侵略者，引人入胜。由于成书仓促，作者对相关情况了解不够，描述战斗场面比较简单，少有细节描写。续集收录了众多文献材料，削弱了故事性。其他几部讲述甲午战争与中国军民反抗的小说，同样展现出刘永福、孙秉忠、邓世昌与左宝贵等爱国将领抗击外侮的英勇形象，弘扬了爱国主义精神。清末还诞生了讲述“庚子国变”的时事小说，如忧患余生《邻女语》、黄小配《镜中影》、杭慎修《白话痛史》等。这些作品反映了八国联军入侵给百姓带来的深重灾难，强烈谴责了侵略者的罪恶行径与贪官污吏的昏庸无能。

（三）传统历史演义小说深切关注现实

《痛史》是晚清历史演义小说的杰出代表。作者吴趼人（1866—1910），晚清著名小说家，一生共创作小说三十多种，被誉为“小说巨子”。《痛史》讲述元朝军队入主中原，奸相贾似道卖国求荣，南宋覆灭，文天祥、张世杰等忠臣义士英勇抗元的故事。全书二十七回，未完。吴趼人深感宋末国运衰微，奸佞当道，祸国殃民，“所以我要将这些人的事迹，记些出来，也是借古鉴今的意思”（《痛史》第一回）。该小说饱含感情，笔墨酣畅，忠实再现了宋元之际生灵涂炭、兵燹连绵的深重灾难，以此来影射晚清的社会现实，警醒国人，含有鼓动民众反抗清朝统治之意。《痛史》问世后，影响巨大，“晚清历史小说自沃尧所撰《痛史》以后，一时风起云涌”（杨世骥《吴沃尧〈历史小说总序〉》）。如痛哭生第二创作的《仇史》就直接受其影响。这是一部资产阶级革命派宣扬民族主义的小说。该小说原计划从明代万历年间范文程投降，讲到郑克塽降清，但在《醒狮》第一、二期仅连载第一、二回就中断了。该小说仓促成篇，文笔粗疏，思想也不免狭隘。

第二节 《三国演义》研读

《三国演义》以东汉末年及魏、蜀、吴三国历史为题材，讲述了从东汉灵帝中平元年（184）黄巾起义，到西晋武帝太康元年（280）全国统一，前后共九十七年的历史风云，广泛而深刻地反映了当时的社会状况与作者的思想。《三国演义》取得了很高的艺术成就，为后世的历史演义小说树立了典范。我们接下来研读“隆中对”与“温酒斩华雄”两个经典片段，以小见大，来了解《三国演义》的思想内容与艺术成就。

一、隆中对

“隆中对”的故事在《三国演义》第三十八回《定三分隆中决策　战长江孙氏报仇》，节选原文如下。

玄德见孔明身长八尺，面如冠玉，头戴纶巾，身披鹤氅，飘飘然有神仙之概，玄德下拜曰：“汉室末胄、涿郡愚夫，久闻先生大名，如雷贯耳。昨两次晋谒，不得一见，已书贱名于文几，未审得入览否？”孔明曰：“南阳野人，疏懒性成，屡蒙将军枉临，不胜愧赧。”二人叙礼毕，分宾主而坐，童子献茶。茶罢，孔明曰：“昨观书意，足见将军忧民忧国之心，但恨亮年幼才疏，有误下问。”玄德曰：“司马德操之言，徐元直之语，岂虚谈哉？望先生不弃鄙贱，曲赐教诲。”孔明曰：“德操、元直，世之高士。亮乃一耕夫耳，安敢谈天下事？二公谬举矣。将军奈何舍美玉而求顽石乎？”玄德曰：“大丈夫抱经世奇才，岂可空老于林泉之下？愿先生以天下苍生为念，开备愚鲁而赐教。”孔明笑曰：“愿闻将军之志。”玄德屏人促席而告曰：“汉室倾颓，奸臣窃命，备不量力，欲伸大义于天下，而智术浅短，迄无所就。惟先生开其愚而拯其厄，实为万幸！”孔明曰：“自董卓造逆以来，天下豪杰并起。曹操势不及袁绍，而竟能克绍者，非惟天时，抑亦人谋也。今操已拥百万之众，挟天子以令诸侯，此诚不可与争锋。孙权据有江东，已历三世，国险而民附，此可用为援而不可图也。荆州北据汉、沔，利尽南海，东连吴会，西通巴、蜀，此用武之地，非其主不能守：是殆天所以资将军，将军岂有意乎？益州险塞，沃野千里，天府之国，高祖因之以成帝业；今刘璋暗弱，民殷国富，而不知存恤，智能之士，思得明君。将军既帝室之胄，信义著于四海，总揽英雄，思贤如渴，若跨有荆、益，保其岩阻，西和诸戎，南抚彝、越，外结孙权，内修政理；待天下有变，则命一上将将荆州之兵以向宛、洛，将军身率益州之众以出秦川，百姓有不箪食壶浆以迎将军者乎？诚如是，则大业可成，汉室可兴矣。此亮所以为将军谋者也。惟将军图之。”言罢，命童子取出画一轴，挂于中堂，指谓玄德曰：“此西川五十四州之图也。将军欲成霸业，北让曹操占天时，南让孙权占地利，将军可占人和。先取荆州为家，后即取西川建基业，以成鼎足之势，然后可图中原也。”玄德闻言，避席拱手谢曰：“先生之言，顿开茅塞，使备如拨云雾而睹青天。但荆州刘表、益州刘璋，皆汉室宗亲，备安忍夺之?”孔明曰：“亮夜观天象，刘表不久人世，刘璋非立业之主。久后必归将军。”玄德闻言，顿首拜谢。只这一席话，乃孔明未出茅庐，已知三分天下，真万古之人不及也！后人有诗赞曰：

“豫州”当日叹孤穷，何幸南阳有卧龙！欲识他年分鼎处，先生笑指画图中。

玄德拜请孔明曰：“备虽名微德薄，愿先生不弃鄙贱，出山相助。备当拱听明诲。”孔明曰：“亮久乐耕锄，懒于应世，不能奉命。”玄德泣曰：“先生不出，如苍生何!”言毕，泪沾袍袖，衣襟尽湿。孔明见其意甚诚，乃曰：“将军既不相弃，愿效犬马之劳。”玄德大喜，遂命关、张入，拜献金帛礼物。孔明固辞不受。玄德曰：“此非聘大贤之礼，但表刘备寸心耳。”孔明方受。于是玄德等在庄中共宿一宵。

（罗贯中：《三国演义》，人民文学出版社，2019，第330—332页。）

刘备三顾茅庐，终于见到了诸葛亮。诸葛亮洞若观火，将天下大势分析得极为透彻，这是对《三国演义》前三十七回内容的一个小结。不仅如此，诸葛亮还为刘备指出了未来的战略方向，将三分天下的蓝图演说明白，同时也为第三十八回之后的小说发展指明了方向。二人的一番对话，实际上总括了《三国演义》的主体内容。因此，“隆中对”在全书中起到承上启下的作用，是贯穿全书的纲领、主脑与关键情节。通过研读“隆中对”，我们可以管窥《三国演义》的主要思想内容，主要有以下几点。

（一）描述了汉末三国时期的动荡时局

东汉末年，天下大乱，朝政失范，奸臣当道，诸侯并起，烽火遍地，生灵涂炭。这就是“隆中对”中刘备对诸葛亮所说的“汉室倾颓，奸臣窃命”，以及诸葛亮回应的“自董卓造逆以来，天下豪杰并起”。两人的对话揭示出汉末的动荡时局、统治阶级的暴虐荒淫和各派势力之间尖锐复杂的矛盾冲突，《三国演义》对此予以全景式的生动反映。小说将乱因追溯到汉桓帝时期，皇帝昏庸，宦官专权，在“党锢之祸”中大肆迫害士大夫，朝政日益黑暗。到了灵帝时期，宦官专政变本加厉，“十常侍”等人狼狈为奸，残害忠良。灵帝宠信张让，居然呼为“阿父”，“朝政日非，以致天下人心思乱，盗贼蜂起”。黄巾起义后，军阀董卓在外戚与宦官的纷争中趁机作乱。侍御史郑泰评价他说：“董卓乃豺狼也，引入京城，必食人矣。”果然如此，董卓进京后，鸩杀少帝，夜宿龙床，奸淫宫女，为非作歹。他曾派军队在阳城抢掠妇女财物，大肆屠杀村民，将千余颗头颅悬挂车上，以充战功，谎称凯旋，并在城门下焚烧人头，将民女财物分给军队。董卓还罗织“反臣逆党”的罪名，杀掉洛阳数千富豪以占有他们的财富。关东诸侯不满董卓的残暴统治，推举袁绍为盟主前去讨伐，开启了东汉末年群雄并起的局面。董卓败退，挟持献帝西逃长安，并强迫数百万民众西迁。行前，董卓命令吕布发掘皇陵，取其珍宝。士兵乘势盗挖百姓坟冢，大肆烧掠，洛阳方圆二百里内沦为一片废墟。董卓则带上千余车财宝，劫持献帝，扬长而去。在西迁途中，董卓又放纵士兵烧杀掳掠，草菅人命，“死于沟壑者，不可胜数”。司徒王允与吕布合谋刺死董卓，董卓的部将李傕、郭汜等趁机率兵攻破长安，屠戮百姓，杀死王允，赶走吕布，劫持献帝，扣押朝臣，无数人因此丧生。直到建安二年(197)至三年(198)，郭汜、李傕先后被杀，董卓之乱才被平息。经过这场动乱，关中地区数年“无复人迹”。统治者的残暴行径令人发指，罄竹难书。但这仅仅是统治阶级暴力纷争的序曲，黎民百姓的深重苦难才刚刚开始。

群雄早在联合讨伐董卓之初，就各怀鬼胎。各派势力一直尔虞我诈，互相算计，内外矛盾冲突十分尖锐复杂。袁绍、袁术原是联盟中最具声望的领袖，他们二人却最先挑起内讧。袁绍施计夺取韩馥的冀州，多次与公孙瓒相争。公孙瓒失去了部下信任，被袁绍击败，引火自焚。袁术与荆州刺史刘表交恶，麾下猛将孙坚在攻打刘表时被伏击而死。袁氏兄弟最终也公开决裂，中原陷入一片混战，就连张杨、桥瑁、袁遗、鲍信等较弱势力也纷纷明争暗斗。曹操为报私仇而进攻徐州刺史陶谦，兼并各方，羽翼渐丰，拥兵百万，挟天子以令诸侯。孙权则经营南方，雄踞江东，人众物丰，以待时变。后来居上的这两家大军事集团也是诸葛亮“隆中对”重点分析的对象。面对刘备的雄心壮志，诸葛亮建议他先夺取荆州为据点，然后拿下四川为基地，与曹操、孙权形成鼎足之势，以图问鼎中原。于是，新一轮的势力洗牌与流血冲突开始上演，直到《三国演义》的末尾讲述西蜀和东吴先后被灭，司马氏取代曹魏建立晋朝为止。

(二)歌颂了明君贤相，具有强烈的“拥刘反曹”倾向

《三国演义》在揭露和批判尔虞我诈、钩心斗角的黑暗现实时，还描绘和歌颂了以蜀汉为代表的明君贤相，刘备、关羽、张飞之间的义，以及刘备的仁与诸葛亮的忠等理想化道德人格。刘备是小说着力塑造的明君典型。他怀抱“上报国家，下安黎庶”的伟大理想，“隆中对”初见诸葛亮时，就殷切表达自己“欲伸大义于天下”的宏愿。刘备仁德爱民，“远得人心，近得民望”，备受爱戴。在新野，民间流传“新野牧，刘皇叔；自到此，民丰足”的歌谣。当阳撤退时，十余万民众跟随刘

备渡江逃难，尽管军情十分危急，但他决不弃民先行。到了西川，刘备的军队秋毫无犯，百姓焚香礼拜，热烈欢迎。刘备尊贤礼士，知人善用。为了得到诸葛亮的辅佐，他三顾茅庐，锲而不舍，丝毫不受关羽、张飞不耐烦情绪的影响，毕恭毕敬地等候诸葛亮睡醒。“隆中对”中，刘备一见到诸葛亮就下拜，态度恭谦，多次自称“愚鲁”“鄙贱”，请求诸葛亮赐教。当他恳求诸葛亮出山辅佐遭到婉拒时，“泪沾袍袖，衣襟尽湿”，极具诚意。诸葛亮深受感动，终于同意出山，他顿时大喜过望。刘备待诸葛亮“如师，食则同桌，寝则同榻，终日共论天下之事”，十分敬重。

诸葛亮则是贤相的典型，“隆中对”全面、精辟、深入地分析了天下大势，为刘备制定了先占荆、益二州，形成三足鼎立之势，同时外结孙权、内修政治，再分兵两路北伐，攻取中原，最后匡扶汉室的战略方针，宏图伟业，功莫大焉。诸葛亮出山挑大梁，从此成为蜀汉集团的中流砥柱。他富有智慧与胆识，高瞻远瞩，运筹帷幄，决胜千里，在夺取汉中、联吴抗曹、七擒孟获、六出祁山等关乎国运的重大行动中，都做出了杰出贡献。尤其是在刘备托孤的危难存亡之时，诸葛亮勇于担当、克己奉公、廉洁清正、励精图治，独力承担起支撑蜀汉的历史使命，最终鞠躬尽瘁，死而后已。

《三国演义》极力表彰刘、关、张的义。小说开篇第一回就写“宴桃园豪杰三结义”，这三个异姓兄弟誓言“不求同年同月同日生，只愿同年同月同日死”。他们同心协力，情同骨肉。尤其是关羽被小说奉为“义绝”的化身。许田射猎时，他出于忠义之心要杀曹操。刘备战败，关羽失散后被迫留在曹营，但心在汉。虽然曹操对关羽优待有加，但他不为所动，最后毅然挂印封金，千里走单骑，过五关斩六将，去与刘备、张飞相聚，这些情节突出表现了他忠于桃园盟誓，义薄云天。当关羽被害后，刘备与张飞旦夕号泣，誓死复仇，就连诸葛亮、赵云等心腹之臣也无法劝阻，同样表现出他们重义气、轻富贵的态度，甚至将个人情谊置于国家利益之上，以致走向极端。

由于追慕明君贤相、仁爱忠义的社会理想，加上受到历代史家尤其是朱熹《资治通鉴纲目》的影响，《三国演义》表现出强烈的“拥刘反曹”倾向与正统观念。小说着力突出曹操的残忍狡诈。小说中，曹操宣称“宁教我负天下人，休教天下人负我”，如血洗徐州，坑杀战俘，杀董贵妃、监粮官、华佗、杨修与吕伯奢一家，等等，莫不如此。而刘备的仁爱宽厚与之形成鲜明对比，他说：“操以急，吾以宽；操以暴，吾以仁；操以谲，吾以忠：每与操相反，事乃可成。若以小利而失信义于天下，吾不忍也。”在期盼明君、谴责暴君的愿望中，《三国演义》表现出强烈的“拥刘反曹”倾向。受儒家正统观念的深刻影响，《三国演义》以蜀汉为正统本位，采用蜀汉纪年，大力宣扬“汉贼不两立，王业不偏安”，“天子姓刘，天亦姓刘”的正统观念。

（三）讲述了三分归晋、理想破灭的悲剧

“隆中对”虽然规划了蜀汉的美好蓝图，但后半部分并没能实现，并最终走向破产，成了一个理想破灭的悲剧。

按照“隆中对”的规划，刘备占据西川之后，应该“西和诸戎，南抚彝、越，外结孙权，内修政理”，等待良机，以问鼎中原，复兴汉室。可是刘备刚刚晋位汉中王，关羽父子就被孙权杀害，刘备与张飞不顾诸葛亮等人再三苦劝，执意复仇，轻率出击，最终双双陨落。这一变故极大地打击了蜀汉，直接导致了“隆中对”未能有效执行并最终破产的悲剧。寄托了作者理想的蜀汉最终被取代曹氏的司马氏消灭，暴虐压倒了仁爱，奸邪战胜了忠义，历史的发展似乎是事与愿违的。就连诸葛亮也“出师未捷身先死”，无力回天，临终时哀叹：“吾本欲竭忠尽力，恢复中原，重兴汉室，奈天意如此，吾旦夕将死。”小说末尾诗云：“纷纷世事无穷尽，天数茫茫不可逃！鼎足三分已成梦，后人凭吊空牢骚。”作者无可奈何地将这一场历史悲剧归结为“天数”。在残酷的历史事实与客观规律面前，作者流露出一种对理想破灭、道德沉沦、价值扭曲的悲怆和迷惘，让人扼腕叹息。

二、温酒斩华雄

“温酒斩华雄”故事在《三国演义》第五回《发矫诏诸镇应曹公　破关兵三英战吕布》中，我们节选原文如下。

忽探子来报：“华雄引铁骑下关，用长竿挑着孙太守赤帻，来寨前大骂搦战。”绍曰：“谁敢去战？”袁术背后转出骁将俞涉曰：“小将愿往。”绍喜，便着俞涉出马。即时报来：“俞涉与华雄战不三合，被华雄斩了。”众大惊。太守韩馥曰：“吾有上将潘凤，可斩华雄。”绍急令出战。潘凤手提大斧上马。去不多时，飞马来报：“潘凤又被华雄斩了。”众皆失色。绍曰：“可惜吾上将颜良、文丑未至！得一人在此，何惧华雄！”言未毕，阶下一人大呼出曰：“小将愿往斩华雄头，献于帐下！”众视之，见其人身长九尺，髯长二尺，丹凤眼，卧蚕眉，面如重枣，声如巨钟，立于帐前。绍问何人，公孙瓒曰：“此刘玄德之弟关羽也。”绍问现居何职，瓒曰：“跟随刘玄德充马弓手。”帐上袁术大喝曰：“汝欺吾众诸侯无大将耶？量一弓手，安敢乱言！与我打出！”曹操急止之曰：

"公路息怒。此人既出大言，必有勇略，试教出马，如其不胜，责之未迟。"袁绍曰："使一弓手出战，必被华雄所笑。"操曰："此人仪表不俗，华雄安知他是弓手？"关公曰："如不胜，请斩某头。"操教酾热酒一杯，与关公饮了上马。关公曰："酒且斟下，某去便来。"出帐提刀，飞身上马。众诸侯听得关外鼓声大振，喊声大举，如天摧地塌，岳撼山崩，众皆失惊。正欲探听，鸾铃响处，马到中军，云长提华雄之头，掷于地上，其酒尚温。后人有诗赞之曰：

威镇乾坤第一功，辕门画鼓响冬冬。云长停盏施英勇，酒尚温时斩华雄。

曹操大喜。只见玄德背后转出张飞，高声大叫："俺哥哥斩了华雄，不就这里杀入关去，活拿董卓，更待何时！"袁术大怒，喝曰："俺大臣尚自谦让，量一县令手下小卒，安敢在此耀武扬威！都与赶出帐去！"曹操曰："得功者赏，何计贵贱乎？"袁术曰："既然公等只重一县令，我当告退。"操曰："岂可因一言而误大事耶？"命公孙瓒且带玄德、关、张回寨，众官皆散。曹操暗使人赍牛酒抚慰三人。

（罗贯中：《三国演义》，人民文学出版社，2019，第44—46页。）

这是关羽初露锋芒、一鸣惊人之战，写得惊心动魄、酣畅淋漓。小说精心描绘这一场景，表现出高超的艺术技巧。

（一）虚实结合，历史真实与艺术真实辩证统一

《三国演义》作为一部依据真实历史事件而编撰的小说，既要尊重基本的历史事实，不能偏离主要史实，又要将故事写得生动有趣，进行一定的艺术虚构。《三国演义》的主要框架、人物与事件绝大多数是依据史书记载，具有较强的历史真实感。而在人物与事件的细节描述上，经常采用民间传说，并进行想象虚构，在不影响基本史实的基础上，增强小说的艺术魅力，尽量做到历史真实与艺术真实的辩证统一。这就是章学诚《丙辰札记》所说的"七分实事，三分虚构"。如"温酒斩华雄"这一段，初平元年（190）正月，关东州郡推渤海太守袁绍为盟主，起兵讨伐董卓，这是历史事实。但关羽斩华雄却是子虚乌有。据《三国志·孙破虏讨逆传》载，斩华雄的是孙坚。而且此时公孙瓒还在幽州，刘备也还没有依附公孙瓒，关羽根本没有机会来斩华雄。作者编造出华雄打败孙坚等众多猛将，最终被关羽斩杀的故事是为了突出关羽的神勇。这类移花接木的手法还有不少，如"怒鞭督邮"，史载本是刘备犯事，小说改为张飞所为，既维护了刘备的仁爱形象，又突出了张飞的鲁莽直率，符合艺术真实。还有"草船借箭"本是孙坚于赤壁之战后第三年在濡须所为，小说改为诸葛亮在赤壁之战前夕所为。至于桃园结义、三英战吕布、连

环计、千里走单骑、借东风等都是根据民间传说进行的虚构创造，且做到了历史真实与艺术真实的辩证统一。

（二）成功塑造众多的人物形象

《三国演义》写了数百位有名有姓的人物，其中主要人物多是性格鲜明、血肉饱满的艺术典型。总的来说，《三国演义》塑造人物有“类型化”的倾向，以观念直接呈现为主要手段，人物形象单一化、平面化、脸谱化、概念化与模式化，而且一出场就定型，很少有发展变化。他们的性格大都可以概括成简单的词语，给人以强烈、鲜明、深刻的印象，过目不忘，如刘备的仁爱宽厚、曹操的奸诈雄豪、诸葛亮的足智多谋、关羽的忠义勇武、张飞的勇猛暴躁等。“温酒斩华雄”中关羽表现出的神勇，在全书中一以贯之。“隆中对”呈现的诸葛亮之智慧也是如此，甚至诸葛亮死后还能吓退司马懿。《三国演义》常常将人物的类型化特点发展到极致，如刘备的仁爱就是如此。在火烧新野，带领百姓撤退时，他在船上望见百姓苦难情状，大声痛哭，说：“为吾一人而使百姓遭此大难，吾何生哉!”甚至打算投江而死。所谓“义绝”关羽、“奸绝”曹操、“智绝”（忠绝）诸葛亮也是如此。鲁迅《中国小说史略》称其“欲显刘备之长厚而似伪，状诸葛之多智而近妖”。

瑕不掩瑜，通过充分的铺垫烘托、生动的细节和夸张的笔法，并将人物置于激烈的矛盾冲突中进行塑造，作者还是把人物写得有声有色。如“温酒斩华雄”，通过对华雄战绩的描写与战场气氛的渲染，烘托出关羽的神勇形象。袁绍、曹操等十八路诸侯结盟讨伐董卓，但出师不利，一开始就遭遇董卓的悍将华雄，损失惨重。华雄前日打败了盟军先锋孙坚，此日又挑着所缴获的孙坚赤帻前来挑战。盟军两员大将俞涉、潘凤又接连被华雄挥刀立斩，“众皆失色”，惊惶不安。当此严峻关头，仅为马弓手的关羽挺身而出。但盟主袁绍不以为然，袁术更是喝令“打出”。曹操看出了关羽神勇不俗，主张让他试战，并为关羽端来一杯热酒壮行，但他置酒不喝，飞身跃马而去。帐外“鼓声大振，喊声大举，如天摧地塌，岳撼山崩”，诸侯们在惊恐当中还未来得及派人打探，便听到关羽的马铃声响，只见华雄之头被他掷于地上。“其酒尚温”这一细节别具意味，彰显关羽武艺高强，有天神下凡之感。另如诸葛亮出山之前，先借司马徽、徐庶的夸赞，又通过三顾茅庐，烘云托月，为塑造诸葛亮的形象做足了铺垫。

（三）善于描写战争

《三国演义》可谓一部战争小说，描绘了近百年的战争风云，展现了一幕幕惊心动魄的战争场面。《三国演义》所描写的战争主要有三个特点。

1. 战役众多

全书共写大小战役四十多次，具体的战斗场面有上百个之多，但几乎没有雷同者。每次战役都会根据实际情况做出不同的艺术处理，尤其是“三大战役”中的官渡之战、赤壁之战和夷陵之战，生动展现了每次战役的特点，千变万化，丰富多彩。战斗场面中，虽同样是速战速决，但“温酒斩华雄”与“张飞喝断长板桥”的战况大不一样。七擒孟获、六出祁山、九伐中原，亦是每一次都自有特色，充分表现出战争的复杂性与多样性。

2. 将战争与政治、外交斗争相结合

“温酒斩华雄”中，袁绍、袁术与曹操对关羽、张飞的不同态度，其实反映了各派势力的明争暗斗。他们在共同的军事行动之外，上演了不一样的政治角逐，暗流涌动，同样激烈。小说不是孤立地写一场战斗，而是把军事、政治联系起来。“赤壁之战”更是如此，在描写军事行动的同时，也穿插说客的外交斡旋。

3. 节奏有张有弛

全书在紧张激烈的战争中加入相对舒缓的插曲，调整节奏，有张有弛。“温酒斩华雄”中，曹操为将要跃马上阵的关羽斟酒。“赤壁之战”中，在讲述紧张激烈的战场厮杀过程中，穿插了孔明饮酒借箭、庞统挑灯夜读、曹操横槊赋诗等具有抒情韵味的场景，金戈铁马与清风明月相济，时起时伏，张弛有度。

（四）结构宏伟而又缜密

《三国演义》“陈叙百年，该括万事”（高儒《百川书志》），人物众多，事件错综，头绪纷繁，但作者却能写得有条不紊，脉络分明。他以正统观与“拥刘贬曹”的政治倾向作为结构全篇、组织情节的指导思想，以“桃园三结义”奠定全篇的基调，以“隆中对”承上启下，以蜀汉为中心，以三国的矛盾斗争为主线来组织全书。如此既曲折多变，又前后连贯。全书主次相从，配合密切，脉络分明，宾主照应，构成了一个艺术整体。

（五）语言简洁精练、明白畅达

《三国演义》吸收了史传文学与说唱文学的特点，用比较浅显平易的文言写成，“文不甚深，言不甚俗”，半文半白，简洁精练，明快易懂，雅俗共赏，历来为人所称道。如“温酒斩华雄”中，对关羽的外貌描写是“身长九尺，髯长二尺，丹凤眼，卧蚕眉，面如重枣，声如巨钟，立于帐前”，句式整齐，简洁精练，且紧扣人物的外貌特征，使用两个比喻句，形神兼备又能遗貌取神，一个神勇的将军形象呼之欲出。而人物语言中，刘备文雅带有扭捏，张飞率直而又粗野，曹操豪迈却又奸猾，具有初步的个性特征。

第三节 《东周列国志》研读

《东周列国志》由冯梦龙编撰、蔡元放评改而成。冯梦龙(1574—1646)，字犹龙，又字耳犹、子犹，自号龙子犹、茂苑野史、墨憨斋主人、顾曲散人等，别署姑苏词奴、绿天馆主人、可一居士、无碍居士、詹詹外史等。明朝南直隶苏州府长洲县(今属江苏苏州)人，著名文学家、思想家。冯梦龙一生科举失意，怀才不遇，于是将大量时间与精力，倾注于小说、戏曲、民歌、笑话等通俗文学作品的创作、搜集、整理与编辑，为中国文学做出了独特的贡献。他的代表作有《喻世明言》《醒世恒言》《警世通言》《东周列国志》《三遂平妖传》《智囊》《广笑府》《情史》《墨憨斋定本传奇》等。蔡元放，名奡，号七都梦夫、野云主人，江宁(今属江苏南京)人，约乾隆时期在世。

对于周朝至春秋战国时期的历史风云，小说家们颇感兴趣。如宋元讲史平话当中，有《武王伐纣平话》《七国春秋平话》《秦并六国平话》等作品讲述这段历史。到了明代嘉靖、隆庆年间，余邵鱼在宋元讲史平话的基础上，编撰了一部《列国志传》，讲述商纣王得妲己到秦始皇统一六国的故事。到了明末，冯梦龙依据史传，在《列国志传》的基础上，做了较大的加工，编撰了一部《新列国志》。冯梦龙主要做了以下几个方面的工作：其一，扩充篇幅。《列国志传》约二十八万字，冯梦龙将其扩充到七十余万字。其二，精简内容。冯梦龙删去了《列国志传》从武王伐纣到宣王中兴以前约三百年的历史故事，集中讲述春秋战国五百多年的风云变幻。其三，改正讹误。《列国志传》有大量的史实错误，如很多人物的姓名、故事发生的时间先后等，还有一些与史实严重不符的荒诞情节。冯梦龙依据《左传》《国语》与《史记》等书籍，进行了大量改正工作，让《新列国志》更接近史实。其四，提升艺术水平。《列国志传》虽然广为流传，但艺术上比较粗糙，存在头绪纷乱、结构混杂、人物形象不够鲜明等问题。冯梦龙在不违背基本史实的基础上，增添了大量细节描写，又对语言进行了润色，让故事变得生动，人物变得鲜活。他在结构上也进行了梳理，让线索更清晰，叙事更明了。到了清代乾隆年间，蔡元放对冯梦龙的《新列国志》做了一些修改润色，又增添了序言、读法、评语与注释，改名为《东周列国志》。从此，该本成为最通行的本子，以致《新列国志》少为人知。

我们接下来研读《列国歌》、"荆轲刺秦王"两个经典片段，以小见大，来了解《东周列国志》的思想内容与艺术成就。

一、《列国歌》

《东周列国志》第一百零八回《兼六国混一舆图　号始皇建立郡县》的末尾，讲述秦始皇灭六国后暴虐无度，秦朝很快就二世而亡。最后，小说用史官的一首《列国歌》与髯仙阅读《列国志》的一首七律诗结束全篇。《列国歌》高度概括了《东周列国志》的主要内容与主题思想，内容如下。

史臣有《列国歌》曰：

东迁强国齐郑最，荆楚渐横开桓文，楚庄宋襄和秦穆，迭为王霸得专征。晋襄景悼称世霸，平哀齐景思代兴。晋楚两衰吴越进，阖闾句践何纵横？春秋诸国难尽数，几派源流略可寻。鲁卫晋燕曹郑蔡，与吴姬姓同宗盟。齐由吕尚宋商裔，禹后杞越颛顼荆。秦亦顼裔陈祖舜，许始太岳各有生。及交战国七雄起，韩赵魏氏晋三分。魏与韩皆周同姓，赵先造父同嬴秦。齐吕改田即陈后，黄歇代楚熊暗倾。宋亡于齐鲁入楚，吴越交胜总归荆。周鼎既迁合从散，六国相随渐属秦。

（冯梦龙、蔡元放编《东周列国志》，人民文学出版社，1955，第 1028—1029 页。）

这首《列国歌》与《东周列国志》第一回的开篇词"道德三皇五帝，功名夏后商周；英雄五霸闹春秋，顷刻兴亡过手！……说甚龙争虎斗"遥相呼应，成为《东周列国志》的故事提纲。这部小说共一百零八回，从周宣王三十九年（公元前 789）开始写起，一直到秦始皇二十六年（公元前 221）统一全国结束，主要讲述春秋战国前后共五百多年的历史风云。全书重点描述周朝逐渐衰微，诸侯彼此兼并，"五霸""七雄"相互激烈争斗的故事。这在《列国歌》中大多有所体现。我们可以将其大致分为以下三个部分。

（一）"东迁强国齐郑最，荆楚渐横开桓文，楚庄宋襄和秦穆，迭为王霸得专征"

这一部分主要讲述周平王东迁，各诸侯国盛衰变化，强国争夺霸主地位的故事。周宣王驾崩后，周幽王残暴失德，沉湎声色，专宠褒姒。他为了博得美人一笑，居然以烽火戏弄诸侯。幽王还废嫡立庶，致使朝纲大乱。后来犬戎军队攻破镐京，斩杀幽王，褒姒被俘。太子宜臼被诸侯奉为天子，登基为平王，迁都洛邑。西周结束，东周开始。从此，周王室日渐衰弱，诸侯拥兵自重，互相残杀，天下多难。郑庄公击败胞弟共叔段，平定内乱后入周辅政，假借周天子的名义讨伐宋国。周桓王龙颜大怒，召集蔡、卫、陈三国军队伐郑，但在“繻葛之战”中被郑军击败，威信扫地。齐襄公即位前就与文姜私通，文姜后来嫁给鲁桓公。齐襄公为了与文姜延续旧情，竟然派人杀死鲁桓公。公元前686年，公孙无知杀死齐襄公并篡位，而他自己后来又被大夫雍廪杀掉，流亡在外的公子小白回国即位，是为齐桓公。齐桓公拜管仲为相，但不听管仲劝阻而进攻鲁国长勺。鲁庄公采用曹刿之计，大胜齐军。齐桓公因此深感后悔，于是委政于管仲，齐国逐渐强盛。

周釐王元年(公元前681)，齐桓公被诸侯尊为盟主。此后，齐桓公率军征讨山戎、平定孤竹，声威赫赫。楚成王不服，齐桓公率七国军队伐楚，成王请盟。晋献公宠幸骊姬，骊姬欲陷害公子申生，献公遂令申生率军灭虞、虢二国。申生得胜归国，但终因骊姬诬陷而自缢，公子重耳因此避祸出逃。献公死后，骊姬自尽。晋国卿大夫里克去迎接重耳归国即位，但他以乘丧乱之机而得位为耻，谢绝回国。里克只得去迎接公子夷吾，秦穆公护送他归国即位，是为晋惠公。惠公以重金请刺客谋杀重耳。重耳在逃亡途中，饥饿难耐，介子推割股肉给他充饥。周襄王九年(公元前643)，齐桓公凄凉离世，公子们相互残杀，争夺王位。宋襄公率卫、曹、郑三国军队伐齐，立太子昭为君，是为孝公。宋襄公自以为功高盖世，实力强大，遂会盟诸侯，欲夺霸主之位。楚成王施计劫盟，指斥宋襄公六大罪状，并将他囚禁起来，后来在鲁僖公的调停下，才予以释放。诸侯于是奉楚成王为盟主。后来，楚宋两国在泓阳展开激战。宋襄公侈谈仁义，贻误战机，败于楚军。次年，秦穆公派兵护送重耳归国即位，是为晋文公。周襄王二十年(公元前632)，晋楚两国交战，晋文公恪守诺言，令晋军退避三舍至城濮后，大胜楚军。晋文公召诸侯践土会盟，周襄王亲临现场，册封晋文公为盟主。

(二)“晋襄景悼称世霸，平哀齐景思代兴。晋楚两衰吴越进，阖闾句践何纵横?”

这一部分主要讲述春秋后期，各国继续争霸，尤其是晋楚与吴越之间此消彼长的故事。周襄王二十四年(公元前628)，郑文公、晋文公均亡，郑穆公、晋襄公立。秦穆公闻讯后觉得有机可乘，出兵伐郑。蹇叔和百里奚劝谏无效，哭送秦军。晋襄公以先轸为帅，在秦晋交界地渑池设下埋伏，大胜秦军，擒获秦军三帅，让秦穆公痛悔难抑。晋襄公去世，灵公即位。晋灵公荒淫残暴，民怨沸腾。卿大夫赵盾苦谏，灵公却心生杀机。大夫屠岸贾令钮麑刺杀赵盾，钮麑感佩赵盾忠诚而自杀。灵公再召赵盾入朝欲诛之，提弥明、灵辄两位勇士舍生忘死，才让赵盾脱险。周定王十八年(公元前589)，晋、鲁、卫、曹四国发兵攻齐，会战于鞌。齐军惨败，但晋国也大大消耗了实力。晋景公当朝，屠岸贾大权在握，屠戮赵盾家族。程婴、公孙杵臼冒死保护赵氏孤儿赵武。程婴为了救他甚至献出自己的儿子来顶替，杵臼与程婴之子俱亡。晋悼公即位后，赵武担任司寇，屠岸贾全族被斩。程婴则自尽，以报答公孙杵臼之义。

周景王十九年(公元前526)，吴王夷昧之子僚即位，这让他的堂兄弟公子光非常不满。公子光认为自己身为第十九代吴王寿梦的长孙、第二十代吴王诸樊的长子，应该嗣位。此时的楚国，楚平王听信佞臣费无极的谗言，斩杀太傅伍奢及其长子伍尚。伍奢次子伍员几经周折逃奔吴国。周敬王五年(公元前515)，伍员协助公子光即吴王位，光自号阖闾。伍员推荐孙武率军伐楚，吴军后来攻克郢都。伍员掘开楚平王之墓，并鞭尸断首，抛骨毁棺，为父、兄复仇雪恨。鲁定公在位时，孔子担任大司寇。定公及季、孟、叔三家都虚心聆听孔子的教导，鲁国欣欣向荣。齐景公闻讯后，向鲁定公进献美女、骏马，以腐蚀他称雄的志向。定公果然中计，玩物丧志，荒淫怠政。孔子深感失望，于是辞官离鲁，鲁国又陷入衰弱。周敬王二十六年(公元前494)，吴国进攻越国。越王勾(句)践被俘，只得为吴王夫差养马。他忍辱负重，巧于周旋，后获释归国，卧薪尝胆。勾践勤于国政，励精图治，并采纳文种的计谋，向夫差进献美女西施、郑旦。夫差果然中计，骄奢淫逸。周敬王四十二年(公元前478)，勾践率越军伐吴，夫差请和未遂而悔恨自尽。勾践灭吴后，周元王封他为“东方之伯”，诸侯尊越为霸。

(三)“及交战国七雄起,韩赵魏氏晋三分……周鼎既迁合从散,六国相随渐属秦”

这一部分主要讲述战国七雄的争斗始末与秦统一天下的过程。周威烈王二十三年(公元前403)，晋国的韩、赵、魏三家卿大夫请周王分赐为侯。三家分晋而立国，晋国灭亡。从此，天下强国为齐、楚、秦、燕、赵、魏、韩七国。齐威王为六国盟主，但魏国不服。魏惠王拜鬼谷子的门徒庞涓为帅，又聘请孙膑辅佐。庞涓陷害孙膑，使他遭受刖足之刑。齐威王闻讯，将孙膑救至齐国，委以重任。最终，孙膑施计在马陵道大胜魏军，庞涓兵败自杀。周显王三十六年(公元前333)，苏秦游说六国联合抗秦。六国诸侯皆称王，苏秦兼佩六国相印。秦惠文王拜张仪为相，破坏六国联盟。张仪游说楚怀王与秦国通好，怀王不听屈原的劝谏，在武关被秦国扣留。后楚怀王侥幸逃脱，却因无处存身而亡。屈原苦谏楚顷襄王励精图治，却被楚王撤职流放。屈原悲愤至极，自沉汨罗江而殉国。秦昭襄王许以十五城换取赵国之和氏璧，赵国使者蔺相如见秦王并无诚意，乃设法完璧归赵。蔺相如容忍大将廉颇挑衅之举，使廉颇醒悟而负荆请罪。周赧王令六国军队伐秦失败，秦昭襄王将周王降为周公，并毁掉周室的宗庙，把象征天子权力的周鼎迁入秦国。秦庄襄王以吕不韦为将，消灭东周，周朝终结。秦王嬴政当朝，先后消灭六国，一统天下。秦王政号为始皇帝，分天下为三十六郡，天下归秦。

《东周列国志》描绘了一幅春秋战国时期动乱纷争的历史画卷。纵观这五百多年的历史风云，无外乎一个“乱”字。从政治到军事，从经济到文化，一片纷乱；从朝廷到诸侯国，从王室到民间，从社会到家庭，一片混乱。君臣相残，父子相争，兄弟相杀，你死我活，好一部乱世春秋。

作者在描述春秋战国的乱世与各国兴衰存亡时，寄寓了深刻的主题思想，即《东周列国志》的末尾，髯仙读《列国志》的诗云：“总观千古兴亡局，尽在朝中用佞贤。”《东周列国志》以国家的前途命运与人才的关系为主题，深入探讨国运盛衰与人事成败之间的因果关系，歌颂“任贤图治”的儒家政治思想，认为一个国家的兴亡成败取决于是否任用贤才，这体现出作者进步、健康的历史观。确实如此，“春秋五霸”的崛起，无一不是国君举贤授能而成就霸业的结果，即书中所谓“不知贤，害霸；知贤而不用，害霸；用而不任，害霸；任而复以小人参之，害霸”。如齐桓公首创春秋霸业，关键在于任用管仲这位贤相。齐桓公即位之前，管仲曾想射杀桓公，他对此耿耿于怀。直到鲍叔牙力荐管仲，指出管仲是个难得的贤才，若得重用必能成就一番大业，桓公才同意召见管仲。面谈后，桓公对管仲的才能与见识深感钦佩，遂冰释前嫌，拜他为相，尊其号曰“仲父”。桓公对管仲非常信任，他说：“国有大政，先告仲父，次及寡人。有所施行，一凭仲父裁决。”正是因为以管仲为首的贤能之士治理齐国，国家才迅速强盛起来。晋文公也是如此，他即位后，“大修国政，举善任能”，任用赵衰、狐偃、贾佗、先轸、魏犨等文武贤臣辅政，勤政恤民，国家强大，遂成霸主。秦国位于西北荒凉之地，自秦穆公即位后，求贤若渴，重用百里奚、蹇叔为相，使秦国的实力大增，开疆拓土，为秦国后来跻身七雄、统一列国，奠定了坚实基础。楚庄王即位之初，沉湎酒色，荒怠国政。幸有申无畏、苏从等贤臣冒死进谏，庄王幡然醒悟，拜贤臣孙叔敖为令尹，振兴楚国，成就霸业。越王勾践卧薪尝胆，“以文种治国政，以范蠡治军旅，尊贤礼士，敬老恤贫，百姓大悦”，终使越国强大，灭吴雪耻，成为“东方之伯”。

为了加强这一主题思想，《东周列国志》还从反面论证，统治者如果亲近奸佞，疏远贤臣，就会身败名裂，甚至祸国殃民。如齐桓公称霸后，志得意满，晚年昏庸，在管仲去世后，重用易牙、竖刁、开方等奸佞，变得骄奢淫逸，最后国家动荡不安，自己也被幽禁在宫中，最终掩袂长叹而亡。另如陈灵公、晋灵公、楚平王、吴王夫差等等，都是因为宠幸奸佞、残害忠良而让国家陷入灾难当中。

二、荆轲刺秦王

“荆轲刺秦王”的故事在《东周列国志》第一百零七回《献地图荆轲闹秦庭　论兵法王翦代李信》中，我们节选原文如下。

荆轲藏匕首于袖，捧樊於期头函，秦舞阳捧督亢舆地图匣，相随而进。将次升阶，秦舞阳面白如死人，似有振恐之状。侍臣曰：“使者色变为何?”荆轲回顾舞阳而笑，上前叩首谢曰：“一介秦舞阳，乃北番蛮夷之鄙人。生平未尝见天子，故不胜振慑悚息，易其常度。愿大王宽宥其罪，使得毕使于前。”秦王传旨，止许正使一人上殿。左右叱舞阳下阶。秦王命取头函验之，果是樊於期之首，问荆轲：“何不早杀逆臣来献?”荆轲奏曰：“樊於期得罪天子，窜伏北漠，寡君悬千金之赏，购求得之。欲生致于大王，诚恐中途有变，故断其首，冀以稍纾大王之怒。”荆轲辞语从容，颜色愈和，秦王不疑。

时秦舞阳捧地图匣，俯首跪于阶下。秦王谓荆轲曰：“取舞阳所持地图来，与寡人观之!”荆轲从舞阳手中，取过图函，亲自呈上。秦王展图，方欲观看。荆轲匕首已露，不能掩藏，当下未免着忙。左手把秦王之袖，右手执匕首刺其胸。未及身，秦王大惊，奋身而起，袖绝。因那时五月初旬天气，所穿罗縠单衣，故易裂也。王座旁设有屏风，长八尺，秦王超而过之，屏风仆地。荆轲持匕首在后紧追。秦王不能脱身，绕柱而走。原来秦法：群臣侍殿上者，不许持尺寸之兵。诸郎中宿卫之官，执兵戈者，皆陈列于殿下。非奉宣召，不敢擅自入殿。今仓卒变起，不暇呼唤。群臣皆以手共搏轲。轲勇甚，近者辄仆。有侍医夏无且，亦以药囊击轲。轲奋臂一挥，药囊俱碎。虽然荆轲勇甚，群臣没奈他何。却也亏着要打发众人，所以秦王东奔西走，不曾被荆轲拿住。秦王所佩宝剑，名“鹿卢”，长八尺，欲拔剑击轲。剑长，鞘不能脱。有小内侍赵高急唤曰：“大王何不背剑而拔之?”秦王悟，依其言，把剑推在背后，前边便短，容易拔出。秦王勇力，不弱于荆轲。匕首尺余，止可近刺，剑长八尺，可以远击。秦王得剑在手，其胆便壮，遂直前来砍荆轲，断其左股。荆轲扑身倒于左边铜柱之旁，不能起立，乃举匕首以掷秦王。秦王闪开，那匕首在秦王耳边过去，直刺入右边铜柱之中，火光迸出。秦王复以剑击轲，轲以手接剑，三指俱落，连被八创。荆轲倚柱而笑，向秦王箕踞骂曰：“幸哉汝也！吾欲效曹沫故事，以生劫汝，反诸侯侵地。不意事之不就，被汝幸免，岂非天乎！然汝恃强力，吞并诸侯，享国亦岂长久耶?”左右争上前攒杀之。秦舞阳在殿下，知荆轲动手，也要向前，却被郎中等众人击杀。……

秦王心战目眩，呆坐半日，神色方才稍定。往视荆轲，轲双目圆睁，宛如生人，怒气勃勃。秦王惧，命取荆轲、秦舞阳之尸，及樊於期之首，同焚于市中。

（冯梦龙、蔡元放编《东周列国志》，人民文学出版社，1955，第1016—1017页。）

荆轲是战国末期卫国人，著名刺客。小说此前讲述秦国灭掉赵国后，燕国也岌岌可危。燕国太子丹曾入秦当人质，遭受秦王嬴政的刻薄对待，逃归燕国后想复仇。太子丹的老师鞠武向他推荐了田光，田光向他推荐了荆轲。太子丹对荆轲十分恭敬，他深受感动，最终答应刺秦。荆轲带上秦国叛将樊於期的头颅与燕国督亢之地图，进献秦王，接下来就发生了上述刺秦王的故事。《东周列国志》讲述“荆轲刺秦王”故事，具有以下艺术特色。

（一）人物形象个性鲜明、血肉饱满

《东周列国志》成功地将荆轲塑造成一位慷慨豪爽、英勇无畏、忠信重义的英雄，惟妙惟肖，光彩照人。该小说主要运用以下手法来塑造荆轲的形象。

1. 衬托

为了突出荆轲的高大形象，作者用一系列与之相近的人物形象，来进行正面陪衬，起到烘云托月的效果。这种衬托之笔是从太傅鞠武开始的，太傅鞠武认为自己见识浅薄，不能为太子丹谋划抗秦，于是推荐田光先生，称赞这位先生“智深而勇沉，且多识异人。太子必欲图秦，非田光先生不可”。鞠武随即驾车前往田光家中，请他为太子丹出谋划策。从鞠武的恭敬态度，可见田光不同凡响。太子丹与田光见面后，向他请教拯救燕国的策略。田光说自己已经年老体衰，不复当年之勇，于是向太子丹推荐荆轲，花了约一百六十字来介绍他的家世、才能与性格，以及与高渐离在燕市酒酣时击筑高歌而泣之事，并称赞荆轲“沉深有谋略，光万不如也”。太傅鞠武推崇田光，田光推崇荆轲，前者都说远不如后者。如此，荆轲尚未出场，作者就已经为之层层衬托，做好了充分铺垫，让读者充满期待。田光为了激励荆轲，借太子丹叮嘱自己切勿泄露谋秦、表现出不信任之事，嘱咐荆轲“光请以死自明，愿足下急往报于太子”，遂拔剑自刎。作者在此塑造了田光刚烈重诺、轻生重义的高大形象，这一形象其实就是为了衬托更加高大的荆轲形象。接下来，作者又花了大量笔墨来描述太子丹对荆轲的敬意，如尊其为上卿，为之修筑府邸，每天前来问安，献上车骑、美女与珍宝等。就连樊於期第一次与荆轲见面，也为他的刺秦复仇之策所折服，毅然自杀献出首级，对荆轲表现出极度的信任。这进一步烘托了荆轲的高大形象。

2. 反衬

《东周列国志》塑造荆轲的形象，除了正面映衬，还有反面衬托。太子丹平时大力招揽能人，门下藏龙卧虎。当田光问太子丹有什么优异的门客可用时，太子丹召来夏扶、宋意与秦舞阳三位异能之士。田光逐一相过，都不满意，对太子说："臣窃观太子客，俱无可用者。夏扶血勇之人，怒则面赤；宋意脉勇之人，怒则面青；秦舞阳骨勇之人，怒则面白。夫怒形于面，而使人觉之，何以济事？臣所知有荆卿者，乃神勇之人，喜怒不形，似为胜之。"由此反衬出荆轲异常神勇却又深藏不露的特点。尤其是秦舞阳的形象极大地反衬了荆轲的形象。他是太子丹门下最得意的勇士，十三岁时在光天化日之下将仇人杀死于都市之中，吓得众人都不敢靠近。太子丹佩服秦舞阳的勇猛，赦免其罪，收于门下。后来，秦舞阳随荆轲入秦宫，慑于危险情形，"面白如死人，似有振恐之状"，引起了秦国侍卫的警觉。幸好荆轲"回顾舞阳而笑"，泰然自若地进行了一番合理解释，才打消秦人的怀疑。在关键时刻与场合，秦舞阳的胆怯惊慌反衬出荆轲的勇敢镇定。还有一个有力反衬荆轲的人物是秦王嬴政。他在历史上以冷酷残暴著称，小说也称"秦王勇力，不弱于荆轲"。但嬴政面对荆轲的神勇，却表现出非常恐惧的神态。尽管荆轲最终被杀，但面对他的尸首，"秦王心战目眩，呆坐半日，神色方才稍定。往视荆轲，轲双目圆睁，宛如生人，怒气勃勃。秦王惧，命取荆轲、秦舞阳之尸，及樊於期之首，同焚于市中"。这进一步反衬出荆轲的勇猛与刚强。

3. 通过精彩的场面描写，突出人物性格

上引文字将荆轲置于非常凶险的环境当中，来彰显他的勇敢、镇定与刚强。先是秦舞阳的惊恐神色使侍卫有所警觉，气氛陡然紧张起来。荆轲轻松化解秦人的疑虑后，秦王又质问他为何不早杀樊於期来献功。荆轲镇定对答，合情合理，一来二往，从容对付多疑的秦王，情势暂时缓和了下来。当图穷匕见，气氛再次高度紧张。荆轲抓起匕首刺向秦王，但被秦王避开。两人在大殿上展开一场惊险无比的追逐戏。群臣徒手前来阻拦荆轲，都被他砍倒。侍医用药囊投击荆轲，也被他奋臂打碎。秦王在赵高的提示下，拔剑在手，荆轲被砍断左大腿，扑身倒于铜柱旁，已经不能站立，于是奋力将匕首掷向秦王。但秦王闪开，匕首从他的耳边飞过，直刺在铜柱之中，火光迸射，可见搏斗场面非常激烈。秦王再次用剑刺向荆轲，他只能以手接剑，顿时三指俱落，身中八剑。但荆轲毫不畏惧，倚柱而笑，痛斥秦王，并断言他的统治不会长久。在形势跌宕起伏、氛围高度紧张的环境中，作者精心描绘了十分激烈的搏杀场面，突出了荆轲机智、镇定、勇敢与视死如归的性格和精神。另如“易水送别”的氛围与场面描写也是如此。众人都穿戴白衣素冠，在易水为荆轲赴秦设宴饯行，现场一片肃杀之气。酒行数巡，高渐离击筑，荆轲和而歌。开始为变徵之声，歌曰：“风萧萧兮易水寒，壮士一去兮不复还！”音调悲凉哀伤，满座无不涕泣。荆轲见状，“仰面呵气，直冲霄汉，化成白虹一道，贯于日中，见者惊异”。他的歌唱顿时变为高亢的羽声，歌曰：“探虎穴兮入蛟宫，仰天嘘气兮成白虹！”慷慨激昂，振奋人心。荆轲将太子丹的敬酒一饮而尽，牵上秦舞阳，“腾跃上车，催鞭疾驰，竟不反顾”。此处写荆轲呵气化虹贯日及高歌的第二段歌词，并不见于《战国策》与《史记》，为小说作者虚构，进一步凸显出荆轲的高昂气概与英雄壮举。《东周列国志》中还有很多通过精彩的场面描写来突出人物性格的例子，如周幽王烽火戏诸侯、郑庄公掘地见母、晋公子重耳出亡、孙武演阵、伍子胥掘墓鞭尸、勾践卧薪尝胆、蔺相如完璧归赵等等。

《东周列国志》所述历史时间跨度很大，事件纷繁复杂，没有贯穿始终的历史人物，人与事俱来俱去。作者能够在不多的笔墨中，塑造出周幽王、齐桓公、宋襄公、晋文公、骊姬、晏平仲、伍子胥、庞涓、孙膑、程婴、廉颇等一大批性格鲜明的人物形象，实属不易。

（二）语言简练、流畅、生动

《东周列国志》在内容上多以《左传》《史记》《战国策》等史籍内容为依据，在语言方面则对先秦与汉代史传的语言多有借鉴。加上作者冯梦龙是一位通俗文学大家，编撰有白话短篇小说集“三言”。因此，《东周列国志》虽然运用文言来叙事，但大多浅显平易，通俗晓畅，兼具文言与白话的特点。而且，该小说的语言比较生动形象，有些已经具有一定的个性化。如荆轲临死前痛骂秦王的语言，在《史记》与《战国策》等史书的记载中只表达了报答太子丹的意思。而《东周列国志》将荆轲的遗言增加了两层意思：一是生擒秦王是为了逼他返还各诸侯国被侵占的土地；二是斥责秦王残暴，恃强凌弱，他的统治与国运不会长久。如此，更加彰显荆轲的凛然大义与深刻见解。

（三）布局严谨，详略得当

《东周列国志》讲述了春秋战国时期五百余年的史事，内容非常纷繁复杂。作者采用编年体的叙事结构，以列国兴亡为叙事主线，来串联全书。该小说前八十三回讲述“春秋五霸”相互争斗的故事，后二十五回叙说“战国七雄”彼此攻伐的历史，前后贯通，布局严谨，结构完整，详略得当。“荆轲刺秦王”是其中的重要内容，从第一百零六回后半部分到第一百零七回前半部分，横跨两回，实际用了整整一回的篇幅来细致描述。全书繁而不乱，线索清晰，从根本上避免了余邵鱼《列国志传》叙事前后颠倒、详略失当的弊病，取得了较高的艺术成就。

第四节 《隋唐演义》研读

隋唐是我国古代历史中的重要时期。由隋到唐，由大乱到大治，由衰败到鼎盛，由大分裂到大一统，云谲波诡，风云际会，为小说家提供了丰富的创作素材。明清诞生了不少讲述隋唐历史故事的小说作品，如林瀚《隋唐两朝志传》、熊大木《唐书志传通俗演义》、袁于令《隋史遗文》与鸳湖渔叟《说唐》等，而褚人获《隋唐演义》是其中的集大成者。褚人获(1635—?)，字稼轩，一字学稼，号石农、鹤市石农、没世农夫、鹤市散人、鹤樵子等，长洲(今属江苏苏州)人。他一生未仕，勤于著述，清康熙三十八年(1699)仍在世，卒年不详。《隋唐演义》是褚人获在前人的基础上编撰而成，最早的版本为康熙三十四年(1695)四雪草堂刊本。我们接下来研读"李渊起兵"与"秦琼卖马"两个经典片段，以小见大，来了解《隋唐演义》的题材内容与艺术成就。

一、李渊起兵

鲁迅在《中国小说史略》中称赞《隋唐演义》"叙述多有来历，殆不亚于《三国志演义》"。他认为《隋唐演义》中的故事讲究出处，很好地融合了史传记载，展现出隋唐时期波澜壮阔、风起云涌的历史画卷。"李渊起兵"的故事见《隋唐演义》第四十六回《杀翟让李密负友　乱宫妃唐公起兵》，我们节选片段如下。

如今却说唐公李渊自从触忤了隋主，亏得女婿柴绍不惜珍珠宝玩，结交了隋主一班佞臣，营求到太原来，只求免祸，那有心图天下。他有四个儿子：长的叫做建成，是个寻常公子，鲜衣骏马，耽酒渔色。三子玄霸，早卒。四子元吉，极是机谋狡猾，却也不是霸王之才。只有次子世民，是在永福寺生下的，年四岁时，有书生见而异之曰："龙凤之姿，天日之表，年至弱冠，必能济世安民。"言毕而去。唐公惧其语泄，使人欲追杀之，而不知其所往，因以为神，采其语，名曰世民。自小聪明天纵，识量异人。将门之子，兵书武艺，自是常事，更喜的是书史，好的是结交。公子家不难挥金如土，他只是将来结客，轻财好士之名，远近共闻。最相与的一个是武功人氏，姓刘名文静，现为晋阳令。此人饱有智谋，才兼文武。又有池阳刘弘基，妻族长孙顺德，都是武勇绝伦，不似如今纨绔之子，见天下荒荒，是真主之资，私自以汉高自命。会李密反，刘文静坐李密姻属，系太原狱，世民私入狱中视之。

文静喜，以言挑之道："今天下大乱，非汤武高光之才，不能定也。"世民道："安知其无人，但人不识耳。我来看汝者，非比儿女子之情，以世道相革，欲与君计议大事耳。"文静道："今隋主巡幸江淮，兵填河洛，李密围逼东都，盗贼蜉结，大连州县，小阻山泽，殆以万数。当此之际，有真主驱而用之，投机构会，奋臂一呼，四海不足定矣。今太原百姓皆避盗入于城内，文静为令数年，熟识豪杰之士，一旦收集，可得数十万人。加以尊公所掌之兵，复加数万，一令之下，谁不愿从？以此乘虚入关，号令天下，及过半载，帝业成矣！"世民笑道："君言正与我合。"乃阴部署宾客，训练士卒，伺便即举。

过月余，文静得脱于狱。世民将发，恐父不从，与文静计议。文静道："尊公素与晋阳宫监裴寂相厚，无言不从，激其行事，非此人不可。"世民想此事不好出口央他，晓得裴寂好吃酒赌钱，便从这家打入与他相好。即出钱数万，嘱龙山令高斌廉与寂博佯输不胜。

后寂知是世民来意，大喜，与世民益亲密。世民遂以情告之。寂慨然许诺道："事尽在我。"……

…………

裴寂因说道："今隋主无道，百姓穷困，豪杰并起，晋阳城外，皆为战场。明公手握重权，令郎已阴蓄士马，何不举义兵伐夏救民，建万世不朽之业？"唐公大惊道："公何出此言，欲以灭族之祸加我耶！李渊素受国恩，断不变志。"裴寂道："当今上有严刑，下有盗贼，明公若守小节，危亡有日矣。不若顺民心兴义兵，犹可转祸为福，此天授公时，幸勿失也。"唐公道："公慎勿再言，恐有泄漏，取罪匪轻。"寂笑道："昨日以宫人私侍明公者，惟恐明公不从，故与令郎斟酌，为此急计耳，若事发当并诛也。"唐公道："我儿必不为此，公何陷人于不义？"

话犹未了，只见旁边闪出一人，头戴束发金冠，身穿团花绣袄，说道："裴公之言，深识时务，大人宜从之。"唐公听得此言，见是次子，轻口惹事，只得佯怒道："拿你免祸！"世民全无惧色道："要拿送我，死不敢辞，父亲于罪必难免。若非举义，何以动为？"唐公叹道："破家亡躯由汝，化家为国亦由汝。"唐公悄地差人到河东去，唤建成、元吉到太原父子团聚，正好放心做事。

只说废昏立明，尊炀帝镇守长安代王侑为天子，是为恭帝，禅位于唐公。于是李渊称皇帝，即位于太原，国号唐，建元武德，立建成为太子，封世民为秦王，元吉齐王。命秦王兴师讨贼，自己拥兵入关。正是：

水映朱旂赤，戈摇雪浪明。

长虹接空起，天际落神兵。

（褚人获：《隋唐演义》，人民文学出版社，2007，第390—394页。）

《隋唐演义》共一百回，从隋文帝起兵伐陈讲起，至唐玄宗与唐肃宗去世结束，展现出约一百八十年的历史风云。上引"李渊起兵"故事是这段历史演义的关键环节之一。它上承隋朝败亡之势，下启唐代兴起与盛衰历程，从中可以大致了解《隋唐演义》的情节走向。该小说的主要题材内容可以分为以下三个板块。

（一）隋末宫廷腐朽与天下大乱

李渊作为隋炀帝杨广的姨表兄弟与隋朝的臣子，他起兵的直接原因是得罪了昏聩多疑的隋炀帝，被迫来太原避祸，恰逢天下大乱，在李世民、刘文静与裴寂的谋划和鼓动下而为之。小说指斥"隋主一班佞臣"，裴寂所说"今隋主无道，百姓穷困，豪杰并起"，都是描述隋末宫廷腐朽与天下大乱的情景。

《隋唐演义》开篇讲述隋文帝杨坚代周自立，志在统一天下。其子晋王杨广意欲夺取太子之位，极力奏请率军伐陈，想借此掌握兵权，广罗羽翼。陈后主被俘后，杨广欲得后主爱妃张丽华。李渊进言，张妃被杀，杨广对他怀恨在心。杨广内外勾结，陷害太子杨勇，隋文帝最终将杨勇废为庶人，立杨广为太子。文帝梦见洪水成灾，城上有树结果，因疑心而杀了郕国公李浑之子李洪。杨广想除掉李渊，令人散布流言："桃李子，有天下。"文帝再度生疑而杀李浑全家，复疑李密。李姓人人自危，李渊于是乞归太原，杨广则派人中途截杀。齐州都头秦琼押解犯人去潞州，途中遇见李渊一行人被杀手围攻。秦琼出手解救，不留名又不求酬谢而离去。李渊后来借居永福寺，次子李世民出生，又招婿柴绍。秦琼至潞州，身无盘缠，不得已卖马当锏，贫病交加，遇挚友王伯当，结识单雄信、李密，得道士魏征救治。秦琼在归途中被误以为盗，又误伤人命，被发配幽州。幽州总管罗艺乃秦琼之姑父，后因罗艺推荐，秦琼回乡任职。正值越国公杨素生辰，秦琼押寿礼入京，途中因王伯当结识强人齐国远、李如珪，又遇柴绍，同往长安观灯。秦琼在越国公府遇李靖与虬髯客，他们有志图王，神通广大。杨府美人张出尘倾慕英雄，与李靖私奔。秦琼一行观灯，打死强抢民女的宇文公子后逃离长安。

隋文帝患病，杨广入宫请安，调戏宣华夫人。文帝知晓，杨广恐惧，杀父自立，为隋炀帝，当日又淫陈妃。不久，杨素死，炀帝更加肆无忌惮，广选各地美女，广搜天下奇珍，大造宫苑储之，天下开始动荡不安。

（二）众英雄反隋与兴唐

上引“李渊起兵”就是反隋浪潮中的惊涛骇浪，其加速隋朝灭亡，成为唐朝兴起的起点。这一板块的故事梗概如下。

兖州东阿县武南庄的员外兼响马尤俊达结识程咬金，两人劫了青州进贡朝廷的皇杠三千两银子。齐州都头樊虎因捉拿不到劫匪，被刺史惩罚，令限期破案。樊虎举荐秦琼来帮忙，而后他们因未能了案而受到责难。时值秦母六十寿辰，单雄信邀各路英雄为之贺寿，程咬金、尤俊达亦来参加。程咬金酒后吐露劫银之事，秦琼当面烧掉缉拿他们的文书。李密与总管来护儿素有交情，请求批文调走秦琼，让他远离这个旋涡。最后，柴绍用李渊赠给秦琼的三千两报恩银赔了皇杠，了此公案。

隋炀帝越来越骄奢淫逸，他下令开凿广陵河，以乘龙舟赴广陵游乐。秦琼被调往麻叔谋总管处督促河工。工地出现一处圹穴，狄去邪去探察，始知炀帝前世是鼠怪阿摩。麻叔谋好食小儿，秦琼抓捕盗儿贼，得罪了麻叔谋而被解职，于是回乡闲居，与勇士罗士信结拜兄弟。炀帝将所选美女置于显仁宫十六院中，纸醉金迷，不问朝政。皇甫君击鼠，炀帝头痛欲裂，美人朱贵儿割肉和药进献。炀帝非常感动，两人盟誓，愿结来世夫妇。广陵河凿成，炀帝南游，劳民伤财，民怨沸腾。天下早已风起云涌，造反者不断涌现，如翟让聚义瓦岗寨，朱粲占领城父，高开道夺取北平，王须拔占据上谷，薛举起兵陇西等，还有窦建德、杨玄感等纷纷起事。炀帝起用老将杨义臣，他打败窦建德，消灭张金称，大破高士达，活捉格谦，然而遭到猜忌而被召回朝，窦建德又趁机而起。秦琼被总管来护儿任命为征辽先锋，屡建奇功，但险遭宇文述杀害，幸得来总管救护。秦琼乞归，隶属齐州张须陀部。李密、单雄信与王伯当入伙瓦岗山。在宇文化及的逼迫下，秦琼和罗士信造反，与程咬金、尤俊达一起投奔瓦岗。瓦岗军实力大振，击败张须陀部。但李密杀翟让而自立，让众英雄感到心冷。

在李世民、刘文静等人的策划下，李渊起兵于太原。代王杨侑被立为天子，后禅位李渊于太原，国号唐。李渊立建成为太子，世民为秦王，拥兵入关，占领长安。炀帝在扬州日夜荒淫，天下大势已去。宇文化及率兵逼炀帝自缢，朱贵儿等人因痛斥而被杀。窦建德率军征罗艺，因窦建德之女窦线娘与罗艺之子罗成相互爱慕，在战场私定终身而罢战。窦建德、杨义臣与李靖率军联合讨伐宇文化及。化及被杀后，义臣辞去。李世民征讨王世充，却被李密的部将程咬金、秦琼擒获，身陷囹圄。狱官徐义扶之女惠英施计私纵李世民，后被纳为王妃。李密被王世充击败，携众英雄归唐，但又与王伯当叛唐，被唐兵所杀。唐军先后击败王世充、窦建德、单雄信等。高祖武德七年(624)，天下统一。高祖晚年，建成、元吉与世民争斗，遂生“玄武门之变”。建成、元吉被诛，世民即位，是为唐太宗。

(三)武则天当政与唐玄宗成败

唐太宗李世民是“李渊起兵”的关键人物，是唐王朝建立的中流砥柱。他登基后，励精图治，史称“贞观之治”。一日，太宗生病，魂游地府，崔判官改其生死簿。太宗还阳增寿，身体康健，宠幸才人武媚娘。太子李承乾谋反，被废为庶人，晋王被立为太子。太宗染疾，太子入侍，与武才人有染。传言将有武姓女主得天下，武才人被遣送感业寺为尼，后与武三思、冯小宝私通。贞观二十三年(649)，太宗驾崩，太子登基，是为高宗。他迎接武才人回宫，立为皇后。皇权逐渐由武后把持。高宗驾崩，中宗登基，立韦氏为后。中宗劝谏武后戒淫乱，武后大怒，废中宗为庐陵王，立豫王李旦为睿宗。武后独揽朝政，后称帝，改国号为周，又宠张易之、张昌宗兄弟。朝中一度谄媚成风，但狄仁杰勇于劝谏太后。周兴、来俊臣等酷吏意欲陷害狄仁杰，武后深知他忠诚正直，予以保护。徐敬业起兵造反，骆宾王作《讨武曌檄》，武后赞叹其才。神龙元年(705)正月，张柬之等人与中宗密谋发动政变，逼迫武后禅位，杀张昌宗兄弟及武氏诸人。武三思因在中宗的宫中与韦后私通而得免。中宗复位，武后被安置于上阳宫，同年十一月驾崩。

此后，韦后独揽大权，与武三思秽乱宫中，谋废太子李重俊。李重俊杀武三思，后死于乱军。韦后毒死中宗，立温王为帝，临朝听政。李隆基诛杀韦后，相王李旦再次登基，立李隆基为太子。后天象垂警，睿宗李旦传位太子，是为玄宗。唐玄宗早年勤政亲贤，天下太平，出现“开元盛世”。但他随着在位日久，逐渐怠慢朝政，宠信奸佞。玄宗初宠爱梅妃，后宠幸寿王妃杨玉环，杨家富贵熏天。安禄山入朝，杨贵妃收其为义子，遂有私情。李白应试，遭到杨国忠、高力士黜落。番邦上书，李白醉草吓蛮书，命杨国忠磨墨、高力士脱靴。因高力士、杨贵妃进谗言，李白被赐金放还，途中救助郭子仪。天宝十载(751)七月七日，玄宗与杨贵妃在长生殿上盟誓。此时，安禄山起兵反叛，势如破竹。封常清兵败，投靠高仙芝，后高、封二将遭诬陷而被斩。颜真卿招募义兵勤王，哥舒翰被俘。玄宗仓皇西逃，至马嵬驿，陈元礼杀杨国忠，逼杨贵妃自缢。玄宗驾幸西蜀，太子即位灵武，是为肃宗。安禄山攻陷长安，大肆杀戮。乐工雷海青骂贼被杀，王维作诗哀悼。安禄山称帝，安庆绪杀父自立。叛军围攻睢阳，贺兰进明见死不救。城破，张巡、南霁云等遇难。永王李璘谋反，高适率军平定。李白被诬从反，幸得郭子仪力保。河阳之役，李光弼击败史思明。至德二载(757)，郭子仪收复两京。太上皇回到长安，但与肃宗不和，居兴庆宫，日夜思念杨贵妃。鸿都道士帮助寻觅芳魂，弄清两世因果。不久，玄宗与肃宗相继驾崩。

从上述三大故事板块，我们不仅了解了隋唐的历史风云与兴衰变化，而且能够感悟作者寄寓其中的深刻主题。褚人获在第三回总结隋唐两代兴亡教训时说，“从来国家吉凶祸福，虽系天命，多因人事”，他指出国家兴亡的关键是人为因素。隋文帝的“开皇之治”，唐太宗的“贞观之治”与唐玄宗前期的“开元盛世”，都是因为他们励精图治，任用贤臣，大有作为。而隋炀帝亡国，唐玄宗后期爆发“安史之乱”，就是因为他们荒淫怠政，用人不察，致使奸佞当道，兴风作浪。褚人获又在第八十八回中写道：“乱臣贼子，何代不有？所赖为君者，能觉察于先，急为翦除，庶不致滋蔓难图。更须朝中大臣，实心为国，烛奸去恶，防患于未然，弭患于将然，方保无虞。若天子既误认奸恶为忠良，乱贼在肘腋之间而不知，始则养痈，继且纵虎。朝中大臣，又徇私背公，其初则朋比作奸，其后复彼此猜忌。那乱贼尚未至于作乱，却以私怨，先说他必作乱，倒多方去激起变端，以实己之言，以快己之意。但能致乱，不能定乱，徒为大言，欺君误国，以致玩敌轻进之人，不审事势，遽议用兵，于是旧兵不足，思得新兵，召募之事，纷纷而起，岂不可叹可恨！”褚人获在此比较清楚地揭示了国家衰亡的原因。他认为正是因为最高统治者任用奸邪小人，致使奸佞为非作歹，瞒上欺下，残害忠良，祸国殃民。作者虽然有时大谈天命，充斥道德说教，但其关注人为因素对历史兴亡的决定作用，这种理性思考还是值得肯定的。

二、秦琼卖马

褚人获在序言中声称他创作《隋唐演义》，“更采当时奇趣雅韵之事点染之，汇成一集，颇改旧观”。他以“奇趣雅韵”的审美，来对《隋唐演义》进行精心“点染”，所以取得了较高的艺术成就。我们以“秦琼卖马”为例进行分享。该故事见《隋唐演义》第八回《三义坊当锏受腌臜　二贤庄卖马识豪杰》，节选如下。

却说叔宝牵马到西营市来，马市已开，买马与卖马的王孙公子，往来络绎不绝，看马的驰骤杂遝，不记其数。有几个人看见叔宝牵着一匹马来，都叫：“列位让开些，穷汉子牵了一匹病马来了，不要挨倒了他！”合唇合舌的淘气。叔宝牵着马在市里，颠倒走了几回，问也没人问一声。对马叹道：“马，你在山东捕盗时，何等精壮！怎么今日就垂头落到这般光景！叫我怎么怨你。

我是何等的人？为少了几两店账，也弄得垂首丧气，何况于你！”常言道得好：

人当贫贱语声低，马瘦毛长不显肥。

得食猫儿强似虎，败翎鹦鹉不如鸡。

先时还是人牵马，后来到是马带着人走。一夜不曾睡得，五更天起来，空肚里出门，马市里没人睬睬，走着路都是打盹睡着的。天色已明，走过了马市，城门大开，乡下农夫担柴进城来卖。潞州即今山西地方，收秋都是那茹茹秸儿。若是别的粮食，收拾起来枯槁了，独有这一种气旺，收秋之后还有青叶在上。马是饿极的了，见了青叶，一口扑去，将卖柴的老庄家一交扑倒。叔宝如梦中惊觉，急去搀扶。那人老当益壮，翻身跳起道：“朋友，不要着忙，不曾跌坏我那里。”那时马啃青柴，不得溜缰。老者道：“你这匹马牵着不骑，慢慢的走，敢是要卖的么？”叔宝道：“便是要卖他，在这里撞个主顾。”老者道：“马膘虽是跌了，缰口倒还好哩！”叔宝正在懊闷之际，见老者之言，反欢喜起来了。

喜逢伯乐顾，冀北始空群。

问老者道：“你是鞭杖行，还是兽医出身？”老者道：“我也不是鞭杖行，也不是兽医。老汉今年六十岁了，离城十五里居住。这四束柴有一百多斤，我挑进城来，肩也不曾换一换。你这马轻轻的扑了一口青柴，我便跌了一交，就知这马缰口还好。只可惜你头路不熟，走到这马市里来。这马市里买马的，就是那等不得穷的人。”叔宝笑道：“怎么叫做等不得穷的人？”老者道：“但凡富贵子弟，未曾买马，先叫手下人拿着一副鞍辔跟着走。看中了马的毛片，搭上自己的鞍辔，放个辔头，中意方才肯买。他怎肯买你的病马培养？自古道：‘买金须向识金家。’怎么在这个所在出脱病马来？你便走上几日，也没有人瞧着哩！”叔宝道：“据你说起来，还是牵到甚么所在去卖呢？”老者道：“只是我要卖柴，若是不卖柴，引你到一个去处，这马就有人买了。”叔宝道：“你卖柴的小事。你若引我去卖了这匹马，事成之后，送你一两银子牙钱。”老者听说，大喜道：“这里出西门去十五里地，有个主人姓单，双名雄信，排行第二，我们都称他做二员外。他结交豪杰，买好马送朋友。”

…………

却说雄信富厚之家，秋收事毕，闲坐厅前。见老人家竖扁担于窗扇门外边，进门垂手，对员外道：“老汉进城卖柴，见个山东人牵匹黄骠马要卖。那马虽跌落膘，缰口还硬。如今领着马在庄外，请员外看看。”雄信道：“可是黄骠马？”老汉道：“正是黄骠马。”雄信起身，从人跟随出庄。

叔宝隔溪一望，见雄信身高一丈，貌若灵官，戴万字顶皂荚包巾，穿寒罗细褶，粉底皂靴。叔宝自家看着身上，不像模样得紧。躲在大树背后解净手，抖下衣袖，揩了面上泪痕。雄信过桥，只去看马，不去问人。雄信善识良马，把衣袖撩起，用左手在马腰中一按。雄信膂力最狠，那马虽筋骨崚嶒，却也分毫不动。托一托，头至尾准长丈余，蹄至鬃准高八尺。遍体黄毛，如金丝细卷，并无半点杂色。此马妙处正是：

奔腾千里荡尘埃，神骏能空冀北胎。

蹬断丝缰摇玉辔，金龙飞下九天来。

雄信看罢了马，才与叔宝相见道："马是你卖的么?"单员外只道是贩马的汉子，不以礼貌相待，只把你我相称。叔宝却认卖马，不认贩马，答道："小可也不是贩马的人；自己的脚力，穷途货于宝庄。"雄信道："也不管你买来的自骑的，竟说价罢了。"叔宝道："人贫物贱，不敢言价，只赐五十两，充前途盘费足矣。"雄信道："这马讨五十两银子也不多，只是膘跌重了，若是上得细料，用些工本，还养得起来。若不吃细料，这马就是废物了。今见你说得可怜，我与你三十两银子，只当送兄路费罢了。"雄信还了三十两银子，转身过桥，往里就走，也不十分勤力要买。叔宝只得跟过桥来道："凭员外赐多少罢了。"

雄信进庄来，立在大厅滴水檐前。叔宝见主人立在檐前，只得站立于月台旁边。雄信叫手下人牵马到槽头去，上些细料来回话。不多时，手下向主人耳边低声回复道："这马狠得紧，把老爷胭脂马的耳朵都咬坏了，吃下一斗蒸熟绿豆，还在槽里面抢水草吃，不曾住口。"雄信暗喜，乔做人情道："朋友，我们手下人说，马不吃细料的了。只是我说出与你三十两银子，不好失信。"叔宝也不知马吃料不吃料，随口应道："但凭尊赐。"雄信进去取马价银。叔宝却不是阶下伺候的人，进厅坐下。雄信三十两银子得了千里龙驹，捧着马价银出来，喜容可掬。叔宝久不见银，见雄信捧着一包银子出来，比得他马的欢喜，却也半斤八两。叔宝难道这等局量褊浅？他却是个孝子，久居旅邸，思想老母，昼夜熬煎。今见此银，得以回家，就如见母的一般，不觉：

欢从眉角至，笑向颊边生。

（褚人获：《隋唐演义》，人民文学出版社，2007，第61—64页。）

从"秦琼卖马"的故事，我们可以管窥《隋唐演义》的主要艺术特色。

（一）叙事跌宕起伏，情节曲折生动

秦琼是山东历城人，北齐大将秦彝之子。秦彝战死后，秦琼与母亲相依为命。

他长大后，喜好舞枪弄棒，行侠仗义。秦琼原本不愿意入官府当差，但在母亲的劝说下，与结拜兄弟樊虎在齐州做了捕快。他有一次押解犯人去潞州，途中恰巧遇见李渊一行人被杀手围攻。秦琼打退杀手，不留名又不求酬谢而去。

接下来关于卖马的故事，发生了十一次反转。第一次：秦琼到达潞州，交了犯人，准备第二天领到回批文书就返程，但碰巧蔡刺史当天晚上赶去太原拜见李渊去了。第二次：秦琼销不了差，只得住在旅店苦等。他这时发现盘缠竟然忘在樊虎那里，只得花掉给母亲买寿衣的钱。第三次：过了三天，蔡刺史终于回府。秦琼急忙赶去求取回批，但在府前不慎掩倒了轿夫，导致蔡刺史跌了出来，因此被当街重责十板，皮开肉绽。第四次：尽管他第二天拿到了回批，蔡刺史也赠予三两银子，但远不够支付住宿与伙食费。店主王小二对秦琼倍加嘲讽，还把他从客房赶到一间破杂屋里。第五次：在店主的烦扰下，秦琼无可奈何，只得去典当祖传的兵器锏锏。没想到典当店主不识货，他只得去卖心爱的黄骠马。第六次：这匹良马因为挨饿多日，已经瘦弱不堪，马市上无人识货。第七次：幸有一位卖柴的老者，建议他去二贤庄卖给单雄信。第八次：秦琼牵马来到二贤庄，他早就听说单雄信是条好汉，本有意结识，但羞于自己正是落魄之时，碍于面子，便谎称自己是秦琼的同僚。秦琼看到单雄信付银时的动作，担心他反悔，原来单雄信早就仰慕秦琼的盛名，于是写了封信托付转交。单雄信付了马钱后，另外赠送三两银子与两匹潞绸，给这位所谓秦琼的朋友。第九次：秦琼有了银两，便到酒楼吃饭，恰巧遇到了王伯当与李密。他们到了二贤庄，将秦琼的实际情况告知单雄信。单雄信第二天去找秦琼，但他已经离开。第十次：秦琼归心似箭，但在途中病倒，幸得魏征救助。第十一次：单雄信也找到此地，将秦琼接回二贤庄休养，最后将黄骠马还给他，而且为马配上了镀金鞍辔。“秦琼卖马”故事居然发生了十一次反转，山重水复，柳暗花明。

《隋唐演义》共一百回，讲述从隋文帝到唐玄宗、肃宗时期一百八十多年的历史风云，异彩纷呈。作者“更取正史及野乘所纪隋唐间奇事、快事、雅趣事，汇纂成编，颇堪娱目”(《四雪草堂重编〈隋唐演义〉发凡》)，将故事讲得跌宕起伏、曲折生动，具有很强的阅读性与吸引力。

(二)英雄形象众多，个性鲜明

隋唐时期，英雄辈出。《隋唐演义》成功塑造了秦琼、单雄信、程咬金、尉迟恭、王伯当、柴绍、尤俊达、罗成等众多英雄形象。他们具有以下鲜明的特点：

1. 长相雄奇，充满英武之气

秦琼“身长一丈，腰大十围，河目海口，燕颔虎头”，单雄信“身高一丈，貌若灵官”，程咬金“双眉剔竖，两目晶莹。疙瘩脸横生怪肉，邋遢嘴露出獠牙。腮边卷结淡红须，耳后蓬松长短发”，尉迟恭“身长九尺，膀阔二停，满部胡须，面如铁色，目若朗星”，王伯当“身长膀阔，腰大十围，眉清目秀，虬发长髯”，等等。他们大多长得雄奇诡异，洋溢着英武与阳刚之气，反映出英雄的伟岸人格。

2. 武艺超群，各具特技

《隋唐演义》中的英雄各有自己的“杀手锏”与拿手好戏，小说浓墨重彩地展现了这一点。如秦琼“使得枪射得箭，还有一桩独脚武艺：他祖传有两条流金熟铜锏，称来可有一百三十斤。他舞得来，初时两条怪蟒翻波，后来一片雪花坠地，是数一数二的”。秦琼正是用这两条锏以一敌多，击退众多杀手，救了李渊。他后来又凭借使锏的绝世武艺，为唐朝开国立下了汗马功劳。柴绍舞剑也是一绝，“竟似白雪一团，滚上滚下”。另如程咬金的宣花斧威震天下，尉迟恭的竹节钢鞭无人能敌，罗士信的一杆枪出神入化……每位英雄都有自己的拿手绝技，这是他们的金字招牌与身份标识。

3. 富有侠义心肠、反抗精神与超凡胆识

秦琼在长安观灯，得知兵部尚书宇文述之子宇文惠及为非作歹，抢夺民女，于是出手惩恶，将其打死。后来，宇文述征高丽时认出了秦琼，便施计谋杀他，但一直未能得逞。在宇文述讲明原因后，秦琼说道：“我当日为民除害，你今日为子报仇，我便还你这颗头罢。只可惜亲恩未报，高丽未平。去去，随你砍去。”大义凛然，毫无畏惧，快意恩仇，让人敬佩。秦琼在卖马时与单雄信结下了深厚友谊，当单雄信被行死刑之际，秦琼为了慰藉他，两人当场结为儿女亲家。秦琼要儿子怀玉拜见岳父，单雄信“把眼睁了几睁，哈哈大笑道：‘快哉，真吾佳婿也！吾要去了，快动手。’便引颈受刑”，可谓视死如归，胆识超凡。另如罗士信从囚车里挣脱出来，不顾自己的安危，还要回去砍杀陷害自己的贪官污吏，将反抗进行到底。

（三）语言明白晓畅，精练传神

“秦琼卖马”的叙述语言如行云流水，通俗晓畅。人物对话精练传神，生动展现出他们的性格特征。如店主王小二处心积虑，时而花言巧语，时而蛮横无赖，撺掇秦琼当锏卖马，一副活脱脱的贪婪面目。另如当初秦琼去买马，小说描述道：“只见青骢、紫骝、赤兔、乌骓、黄骠、白驥斑的五花虬，长的一丈乌，嘶的，跳的，伏的，滚的，吃草的，咬蚤的，云锦似一片。”寥寥数语展现出马的丰富毛色、品种与动作神态，具有很强的表现力。《隋唐演义》中的人物语言富有个性，如程咬金打劫皇杠后，居然对押送的官差叫道："我不是无名的好汉，通一个名与你去，我叫做程咬金，平生再不欺人。"在官府大力搜捕时，他在秦琼母亲的寿宴上，不顾尤俊达的劝阻，对初次见面的众人直言不讳自己的打劫行为。当秦琼不相信，并为他辩解时，程咬金急得暴躁起来，声音如雷道："秦大哥，你小觑我！这是什么事，好说戏话？若说谎，就是畜生了！"一边嚷嚷，一边掏出官银来证实。程咬金的语言生动展现出他鲁莽、率直与憨厚的个性。

（四）结构完整，线索清晰

《隋唐演义》以隋炀帝与朱贵儿，唐玄宗与杨贵妃的"两世姻缘"为基本框架，以重大历史事件为经，以英雄人物为纬，尤其是秦琼等人在其中起到串联穿插的作用，让整个小说形成一个有机整体。

·思考园地·

1. 请简述章回小说的文体特征。
2. 请简述明清历史演义小说的发展历程。
3. 《三国演义》是如何成书的？
4. 分析《三国演义》的主要思想内容与艺术成就。
5. 分析《东周列国志》的主要思想内容与艺术成就。
6. 《隋唐演义》塑造的人物形象有哪些特点？

参考答案

第二章 明清英雄传奇小说研读

学习要点

· 掌握英雄传奇小说的文体特征与《水浒传》的基本常识。

· 了解明清英雄传奇小说的总体概况。

· 研读《水浒传》《水浒后传》《说岳全传》《飞龙全传》等小说，了解它们的思想内容与艺术成就。

英雄传奇小说脱胎于讲史小说，鲁迅先生在《中国小说史略》中将其归为“元明传来之讲史”一类，自郑振铎先生在《插图本中国文学史》中提出“英雄传奇”概念后，此类小说便独立于历史演义小说之外。历史演义小说以描写历史事件为主，英雄传奇小说则以塑造英雄人物为重心；历史演义小说多从史书取材，主要人物与事件基本依据史实，英雄传奇小说则多吸收民间传说，主要人物与事件多为虚构。当然，英雄传奇与历史演义无法截然区分，有一些作品兼具历史演义与英雄传奇两种类型。为便于行文，此章将展现英雄人物事迹成分较多的小说均划归为英雄传奇小说，并将同一题材小说置于一处论述。

第一节　明清英雄传奇小说概况

《水浒传》是中国古代小说史上第一部英雄传奇小说。自《水浒传》之后，明末清初英雄传奇小说逐渐兴起，如《杨家府世代忠勇通俗演义志传》(即《杨家府演义》)、《续编三国志后传》、《南北宋志传》、《戚南塘剿平倭寇志传》、《于少保萃忠全传》、《禅真逸史》、《禅真后史》、《隋史遗文》、《大唐秦王词话》、《靖乱录》、《水浒后传》、《后水浒传》、《女仙外史》等。至清代中叶乾嘉时期，英雄传奇小说出版形成高潮，如《说唐全传》《说唐演义后传》《说岳全传》《飞龙全传》《说呼全传》《征西说唐三传》《异说反唐演义》《希夷梦》《粉妆楼全传》《绿牡丹全传》《五虎平西前传》《万花楼杨包狄演义》《后宋慈云走国全传》《五虎平南后传》《善恶图全传》等。此后英雄传奇小说逐步衰落，偶有作品刊出，如《北宋金枪全传》《荡寇志》《瓦岗寨演义全传》等。同时，英雄传奇小说于此时也有新的变化，其与才子佳人小说结合，产生了《儿女英雄传》等作品；其影响侠义公案小说，诞生了《三侠五义》等作品。

明清时期的英雄传奇小说有三四十部之多，大致可以分为三类：一类写草莽英雄者，如《水浒传》《后水浒传》《水浒后传》等；一类写英雄家族或民族英雄者，如《杨家府演义》《说岳全传》《说呼全传》等；一类写帝王发迹变泰者，如《英烈传》《飞龙全传》等。

一、写草莽英雄的传奇小说

（一）《水浒传》

《水浒传》是一部世代累积型小说，其中所写的宋江起义的故事源自历史事实。宣和元年（1119）之时，宋江等人就已开始活动。这一年底朝廷对宋江等人有过招安，但并未成功。宣和二年（1120）底宋江等人行事非常猖獗，多次袭扰州郡。宣和三年（1121）二月，张叔夜用计打败宋江等人，并招安宋江及头领三十六人。随即宋江等人投入到征讨方腊的战局中，也应验了侯蒙“不若赦江，使讨方腊以自赎”之言。宣和三年（1121）六月，宋江等随朝廷部队攻破方腊老巢。班师回朝之时，被折可存奉命剿灭。宋江等人覆灭之后，宋江尚有余党与官府继续对抗，其中史斌可能就是《水浒传》中九纹龙史进的原型。

宋江等人本事可见于史料者，大致在宣和元年（1119）至宣和三年（1121）之间，其实际活动时长当在此之上。由于活动时间长，活动范围广，被朝廷招安之后，又参与了征讨方腊行动，最后却以悲剧收尾，使得宋江等人的故事极富传奇色彩。

从南宋起，宋江等人的故事就在民间广泛流传。南宋周密《癸辛杂识续集》中记载了龚开《宋江三十六赞并序》的内容，《宋江三十六赞》完整记录了宋江等三十六人的姓名与绰号。罗烨《醉翁谈录》中《舌耕叙引·小说开辟》提到的说话名目有：“公案类”的“石头孙立”，“朴刀类”的“青面兽”，“捍棒类”的“花和尚”“武行者”等。从题目大致可知这些故事属于“水浒”系列，可能是《水浒传》中孙立、杨志、鲁智深、武松故事的前身。宋末元初《大宋宣和遗事》收录了宋人所讲宋江等人的故事，其笔墨虽然简略，但是故事梗概已初具《水浒传》雏形。以《宋江三十六赞》、《醉翁谈录》中的“水浒”说话、《大宋宣和遗事》为代表的南方水浒故事在流传之时，北方水浒故事则以元代水浒戏为流传代表。

《水浒传》在成书过程中，除受到宋江等人本事、宋元话本、元杂剧的影响之外，也杂采笔记小说作为素材，诸如《夷坚志》《挥麈后录》等。正是在诸多材料的基础上，产生了一部杰出的章回小说《水浒传》。

关于《水浒传》的作者，明清时期大致有四种说法，一是施耐庵著、罗贯中编说，二是罗贯中说，三是施耐庵说，四是施耐庵著、罗贯中续说。关于作者时代大致有三种说法：一是南宋人说，二是元人说，三是明代初年人说。关于作者的籍贯，罗贯中或为杭州人，或为东原人，或为太原人；施耐庵则一般认为是杭州人，但是《施耐庵墓志》则记载“世居扬之兴化，后徙海陵白驹”。

关于罗贯中的生平资料甚少，主要见于《录鬼簿续编》。关于施耐庵的生平资料从20世纪20年代起陆续发现，包括王道生《施耐庵墓志》，袁吉人《耐庵小史》，杨新《故处士施公墓志铭》，李恭简《施耐庵传》《施耐庵墓记》等，但是这些材料的真实性问题，尚有较大争议。20世纪80年代又发现《施氏家簿谱》《施让地照》《施奉桥地券》《处士施公廷佐墓志铭》等，新材料是否能证实施彦端即《水浒传》作者施耐庵，同样存在争议。

《水浒传》是中国古代小说版本情况最为复杂的小说之一，据《〈水浒传〉版本知见录》所载，《水浒传》现存版本有80种以上。按照小说文字的繁简来划分，《水浒传》版本可分为"繁本"与"简本"两大系统。所谓繁本，即文字繁缛，描写细腻，具有很高文学价值的版本；所谓简本，则指文字简略，故事情节粗陈梗概，文学性较差的版本。繁本《水浒传》从卷数上来划分，有二十卷本、百卷本、不分卷本；从回数上来划分，有七十回本、一百回本、一百二十回本。七十回本的主要内容是众好汉上梁山；一百回本主要内容为众好汉上梁山、两赢童贯、三败高俅、受招安、征辽、征方腊、魂聚蓼儿洼；一百二十回本主要内容为百回本故事加上征讨田虎、王庆故事。简本《水浒传》相比繁本而言，除了文字简略之外，还有另外一个重要特征，即现存全本的简本《水浒传》均有征讨田虎、王庆故事部分，而繁本《水浒传》只有一百二十回本有此部分，所以一百回繁本也称为文繁事简本，简本也称为文简事繁本。早期的简本《水浒传》基本上为福建建阳书坊所刊，如京本忠义传、种德书堂本、插增本、评林本、英雄谱本、刘兴我本、藜光堂本、慕尼黑本、李渔序本等。

（二）《水浒后传》

《水浒后传》，四十回，署"古宋遗民著，雁宕山樵评"。作者陈忱，生于万历四十一年（1613），卒年不详，字遐心，号雁宕山樵，自号默容居士，二十岁潜居南垌野寺诗书三年，二十四至二十七岁游历，壮年遭逢明清鼎革，绝意仕进，栖身田园，曾参与遗民文人"惊隐诗社"。陈忱著述有《雁宕诗集》、《雁宕杂著》、《续二十一史弹词》、《痴世界》（曲本）、《水浒后传》，以及与他人合著的《东池诗集》，著述大多已散佚。《水浒后传》乃陈忱晚年寄寓感慨之作，现存最早刊本为康熙三年（1664）刊本，八卷，书有"宋遗民原序"，可见康熙三年（1664）时陈忱尚在世。康熙三年（1664）刊本后，乾隆年间此书被蔡元放析为十卷，略作修订，题为《秣陵蔡元放批评绣像水浒后传》。《水浒后传》在《水浒传》的基础上，描写了众好汉受压迫奋起反抗的故事，具有"侠义精神"内涵。作者创作目的主要是表达家仇国恨，对于纯粹的"侠义精神"和绿林江湖着墨甚少，但胜在文笔生动。

《水浒后传》故事接续《水浒传》原书结局，描写梁山泊英雄征方腊后，死伤过半，剩下李俊、阮小七、燕青等三十二人，分散各地，大多隐居不仕，但蔡京、童贯等奸臣却不放过他们，务要斩尽杀绝，诸人只能再度起义。阮小七等在登云山聚义，李应等在饮马川举兵，李俊则以太湖为根据地，与乐和、花逢春(花荣之子)等和湖霸、贪官斗争，因太湖不足以发展，效仿古之虬髯客，扬帆出海，占据金鳌岛，开辟海外基地。不久金兵南侵，汴京失守，徽、钦二宗被俘。李应、呼延灼等英雄以报国勤王为己任，加入以李纲、宗泽为首的抗金阵营，抗击金兵，处死了祸国奸臣蔡京、高俅等四凶，又探视当了俘虏的宋徽宗。后迫于形势，冲破金兵重围，弃寨出海，到海外与李俊会师。水浒英雄会集海外，征服暹罗诸岛，李俊做了暹罗国王，又解救了被金兵围困在牡蛎滩的宋高宗赵构，并派燕青等护驾到杭州，为宋朝中兴做出了贡献。全书以"中外一家、君臣同庆"的大团圆为结局。

(三)《后水浒传》

《后水浒传》，四十五回，题"青莲室主人辑"。作者真实姓名无考。此书存清初写刻本，全称《新镌施耐庵先生藏本后水浒全传》，有人物像37幅，每幅均有赞词，卷首有天花藏序。此书可能写于清顺治或康熙初年，为海内外孤本，藏大连图书馆。《后水浒传》承《水浒传》余绪，对好汉反暴政一面用笔颇多，其成就缺陷与《水浒后传》相似，对于"侠义精神"和江湖行侠表现不多，比之《水浒后传》，它在艺术上独创性较小。

《后水浒传》以续书形式写杨幺起义故事。书接《水浒传》，描写宋江、卢俊义等被朝廷害死后，昏君奸臣倒行逆施，荒淫误国，徽宗听信谗言，引起金兵大举向中原进攻，破汴京，掳徽、钦二帝，百姓流离失所，哀鸿遍野。已死梁山好汉纷纷托生，宋江转生为杨幺，卢俊义为王摩，吴用为何能，公孙胜为贺云龙，李逵为马隆，花荣为花茂，戴宗为段忠，石秀为石青，等等，众人分别在天雄山、焦山、白云山、蛾眉岭等地重举义旗，反抗官府压迫。众人惩办了蔡京、童贯、高俅等转世的贺省、董索、夏霖等奸臣恶霸。杨幺亲到临安，劝高宗振兴朝政。在杨幺领导下，各地英雄聚义洞庭湖，锄强除霸，与权奸斗争。后朝廷震惊，派岳飞征剿，杨幺、王摩等战败，从地穴隐遁，直往龙虎山，重归伏魔殿石窟，天罡地煞相逢于穴中，化成黑气，"凝结成团，不复出矣"。

(四)《荡寇志》

《荡寇志》，又名《结水浒传》，七十回，附结子一回。是一部针对《水浒传》的翻案之作。作者俞万春（1794—1849），字仲华，号忽来道人，浙江山阴（今属浙江绍兴）人。俞万春出身官吏家庭，取得过诸生（秀才）功名，一生未曾正式任官。他青壮年时期曾随其父镇压广东珠崖黎族起义，桂阳瑶民梁得宽起义，以赵金龙为首的湘、粤、桂三省瑶民起义，以功获叙官，不就。后于杭州行医，晚归玄门，兼修净业。早年征剿农民起义的经历为其创作《荡寇志》提供了丰富的生活经验。又因俞万春身处封建帝国风雨飘摇之际，各地农民起义不断，俞氏深感《水浒传》诲盗，危害极大，为抑制其影响，苦心孤诣，写成小说《荡寇志》。

《荡寇志》草创于道光六年（1826），完稿于道光二十七年（1847），中间三易其稿，历时二十二年，作品"未遑修饰而殁"，后由其子俞龙光修订润色后，于咸丰元年（1851）刊行。《荡寇志》在内容上反《水浒传》，尊王灭寇，维护封建统治，但其艺术手法却极力模仿《水浒传》，在人物关系与情节设计上十分注意与《水浒传》照应。小说文字精练流畅，写陈丽卿受迫害情节，真情实感，行文布局、遣词造句颇具匠心。以叙事艺术而论，《荡寇志》在《水浒后传》和《后水浒传》之上。

《荡寇志》接续金圣叹腰斩本《水浒传》第七十回，回次从第七十一回始，叙述卢俊义做噩梦后，忠义堂起火，梁山地盘再度扩张，发展至几十万人。提辖陈希真因好道教修炼，绝意功名，抱病在家。其独生女陈丽卿武艺高强，貌若天仙，被高衙内看中，威逼求婚。陈希真父女严惩了高衙内，逃出京城，暂借猿臂寨落草。宋江等人打家劫舍，无恶不作，假仁假义，蛊惑人心。陈希真父女遂与云天彪、徐槐等官军合作，专与梁山泊作对。后经云天彪荐引，被朝廷录用，最后随同知州张叔夜踏平梁山，把梁山好汉一百零八人"尽数擒拿，诛尽杀光"。

二、写英雄家族的传奇小说

写英雄家族的传奇小说以杨家将系统为代表，包括《杨家府演义》《说呼全传》《五虎平西前传》《五虎平南后传》《万花楼杨包狄演义》等。这些小说均由杨家将故事衍生而来，以北宋时期边境战争为题材，小说当中的人物及故事情节互有勾连，故而可看作一个系统。

（一）《杨家府演义》

《杨家府演义》全称《杨家府世代忠勇通俗演义志传》，八卷五十八则，有万历三十四年（1606）序言，现存较早的刊本为卧松阁刊本、天德堂刊本，卷一署"秦淮墨客校阅 烟波钓叟参订"，秦淮墨客为纪振伦，字春华。

《杨家府演义》故事时间跨度较长，从赵太祖赵匡胤登极写到宋神宗止，约有百年历史。主要讲述了杨业、杨景、杨宗保、杨文广、杨怀玉祖孙五代对辽和西夏作战的故事，包括杨令公撞死李陵碑、杨六郎镇守三关、穆桂英大破天门阵、十二寡妇征西等，最后以杨文广之子杨怀玉因宋帝屡信奸臣谗言，杀死诬害杨门忠良的丞相张茂，举家夜走太行山隐居作结。

《杨家府演义》塑造了一大批忠诚形象，包括杨业、杨六郎、杨宗保、杨文广、佘太君、穆桂英、杨宣娘、孟良、焦赞等。小说故事情节曲折，人物形象鲜明，语言通畅达意，质朴自然。但总体而言，该书艺术手法比较粗糙，成就不高，基本上是把民间流传的故事杂糅在一起，有甚多不合情理之处，全书结构不甚完整，故事有头无尾，人物有始无终，人物、情节雷同重复之处较多。

（二）《说呼全传》

《说呼全传》又名《呼家将》，十二卷四十回，作者不详，现存最早的版本是乾隆四十四年（1779）金阊书业堂刊本，卷首有乾隆四十四年（1779）滋林老人序。滋林老人即张溶，字默虞，生平不详。

《说呼全传》主要讲述北宋仁宗年间，呼延赞随杨业征辽立功，加封忠孝王。其子呼延必显袭父职，娶杨业之女为妻，生子守勇、守信。守勇、守信在郊外游春射猎时，打死了强抢民女的庞集之子，得罪了丞相庞集。后庞集之女多花成为贵妃，庞集联合其女诬陷呼延必显，唆使皇帝抄斩呼延氏全家。守勇因探亲幸免于难，守信从地穴逃脱。两人历尽艰险，幸得包拯、八贤王、佘太君、杨八姐、杨九妹、杨五郎等人救助，方得脱难。后守勇、守信及其亲族聚集天定山，打败前来追捕的庞家兵将，杀死了庞多花叔父庞琦，又率呼家将及大军入关杀败庞家四虎。最终宋仁宗赐死庞妃，革职遣返庞集，对呼家将各有加封，呼延全家大团圆。

《说呼全传》或是说书人讲说的底本，或是由弹词、评书、鼓词改编而来，语言通俗易懂，较为生动，具有鲜活的民间文学气息，但艺术水平十分平庸，缺乏创造力，结构松散，上下文往往不衔接，情节除多有重复外，亦有前后矛盾、不合情理之处。

（三）《五虎平西前传》

《五虎平西前传》又名《异说五虎平西珍珠旗演义狄青前传》《狄青演义》，十四卷一百二十回，不题撰人，有嘉庆六年（1801）福文堂刊本。写北宋仁宗时期，杨宗保战死疆场，开山虎狄青继任元帅，与扒山虎张忠、离山虎李义、飞山虎刘庆、笑面虎石玉五员虎将共镇三关。狄青因殿试比武杀死国丈庞洪女婿王天化，而得罪庞洪。庞洪欲借刀杀人，怂恿仁宗命狄青等征辽，取珍珠烈火旗。狄青征西辽因焦廷贵引错路，误入单单国，兵败被迫与赛花公主成婚。消息传回宋国，被庞洪诬为叛国，仁宗下令监禁狄母，且命狄青戴罪征讨西辽。狄青得赛花公主之助打败西辽，杀死西辽大将黑利，西辽献出假珍珠烈火旗。得胜回朝后，庞洪策划除掉狄青，将黑利之妻飞龙公主作为户部尚书韩滔之女嫁与狄青为侧室。新婚之夜，飞龙公主在洞房行刺，狄青杀死公主，包公审出缘由，但仁宗宠爱庞妃，偏袒庞洪，未加治罪。庞洪告发狄青所收是假珍珠烈火旗，狄青被发配。恰逢西辽大举进犯，包公请出狄青。狄青等五虎将再度西征，又得赛花公主襄助，大获全胜。西辽降服，献出真珍珠烈火旗。包公审问奸臣，庞洪父女均被处决。赛花公主来中原与狄青团聚，五虎将俱得荣升。

小说描写狄青五虎征西故事，与事实不甚相符。小说围绕外征西辽、内除奸臣两条线索展开，将头绪纷繁的情节，整理得丝丝入扣，故事情节引人入胜，但人物形象塑造欠缺。从总体而言，艺术水平较低，构思、描写、语言等方面都比较平庸。

（四）《五虎平南后传》

《五虎平南后传》承接《五虎平西前传》，六卷四十二回，不题撰人，但与《五虎平西前传》当为同一作者，有嘉庆十二年（1807）聚锦堂刊本。书叙平西胜利后，南蛮王侬智高叛乱，狄青等五虎将征南，被蒙云关守将段洪之女段红玉用妖术困于深山中。刘庆、张忠回朝求救，被孙秀之侄孙振灌醉监禁。孙振与其丈人冯太尉勾结，陷害狄青，不料为杨文广撞破，包公揭露其阴谋。仁宗皇帝派佘太君之媳王怀女挂帅南征，狄青之子狄龙、狄虎随行。众人先救出刘庆、张忠，孙振收到冯太尉密书后投南蛮而去。征战之时，狄龙、狄虎先后娶了段红玉与芦台关守将王凡之女王兰英，救出狄青，破了蒙云关、芦台关。侬智高派妖人达摩领兵，穆桂英、狄青俱中毒几死。狄青向朝廷求救，包公到杨家府宣召，杨金花挂帅出征，与五虎合力平定叛乱，征服了南蛮。五虎班师回朝，孙振被斩首，众将得到封赏。

《五虎平南后传》以狄青南征平定侬智高叛乱的史实为依托，虚构故事情节与人物。该书艺术成就与《五虎平西前传》一样，总体水平不高，构思、描写、语言等方面都比较粗糙，书中战争描写并不生动，又充斥神魔斗法，毫无真实性可言，所塑造的人物缺乏个性，处处模仿前人作品，显得矫揉造作。

（五）《万花楼杨包狄演义》

《万花楼杨包狄演义》又名《万花楼》《狄青初传》，十四卷六十八回，作者李雨堂，生平不详。卷首有嘉庆十三年(1808)作者自序，其创作时间在《五虎平西前传》《五虎平南后传》之后，但故事情节在《五虎平西前传》之前。

书中所叙从狄青出生开始，后写他九岁与母失散，在峨眉山与仙师王禅老祖学艺，此后又往汴京寻母，与绿林好汉张忠、李义等结识。众人在万花楼打死奸臣胡坤之子，胡坤乃太师庞洪党羽，因此得罪庞洪，险被处死，得包公救护。正值西夏大举进犯，狄青在杨宗保麾下效命，屡建战功，但也多次遭庞洪陷害，幸得包公庇护，方免于难。在与西夏的战争中，杨宗保殒命，狄青被封大元帅，与石玉、张忠、李义、刘庆合称五虎将，领兵西征，打败西夏，凯旋，西夏主称臣请和。仁宗降旨，狄青与范仲淹之女成婚，杨宗保之子杨文广与百花公主结合。

《万花楼杨包狄演义》将杨家将故事、包公断案、狄青平西故事杂糅在一起，成为民间故事集大成者。小说情节较为生动曲折，人物形象较为丰满，如老成持重的杨宗保、足智多谋的包拯等，艺术成就在杨家将系统小说中算优秀者，但无法与《水浒后传》《荡寇志》等相比。

三、写民族英雄的传奇小说

写民族英雄的传奇小说以《说岳全传》《于少保萃忠全传》《靖乱录》为代表，这些小说分别是描写岳飞、于谦、王守仁(王阳明)的传记体小说。此类小说虚实各半，甚至实多虚少，接近历史演义小说。

(一)《说岳全传》

《说岳全传》全称《精忠演义说本岳王全传》，二十卷八十回，存嘉庆三年(1798)、嘉庆六年(1801)福文堂藏板本，署“仁和钱彩锦文氏编次、永福金丰大有氏增订”。钱彩，字锦文，浙江仁和(今属浙江杭州)人，生卒年不详，约生活于康雍之际。金丰，字大有，福建永福(今属福建永泰县)人，生卒年不详，约生活于康熙至乾隆间，比钱彩略晚。卷首有金丰序言，署“甲子孟春上浣永福金丰识于余庆堂”，此甲子或为乾隆九年(1744)。

《说岳全传》在因果报应的故事框架下展开。岳飞前世为佛顶大鹏。秦桧为虬龙，秦桧妻王氏为女土蝠，万俟卨为团鱼精，因大鹏啄死女土蝠和团鱼精，啄瞎虬龙左眼，遂结下前世冤仇。大鹏投胎岳家，虬龙为报一啄之仇，发大水淹没岳家庄，幸得陈抟老祖相救，岳飞和母亲才不致被淹死。虬龙发水违天条被斩，转世为秦桧。岳飞母子漂流至河北黄县被王明收留。岳飞在母亲严教下长大，又从周侗学艺，少年即文武双全。岳飞赴京考武举，枪挑小梁王闯下大祸，逃回乡里。

不久金兀术兴兵南犯，徽、钦二宗与康王尽被俘虏。康王得天之助，泥马过江，在金陵即位，召岳飞抗金。岳飞击败金兀术，因功而升为大元帅。金兀术买通秦桧，送他回国当内奸。岳飞挥兵北上，在朱仙镇大破金兵“连环马”“铁浮陀”，金兵溃不成军。岳飞准备直捣黄龙府之时，十二道金牌令岳飞立即回京。回京后，秦桧以“莫须有”之罪屈杀岳飞、岳云和张宪于风波亭。岳飞之子岳雷、岳霖与牛皋之子牛通等人结义。岳家军将领子弟闹临安、祭岳坟，后秦桧夫妇暴死、高宗驾崩，孝宗即位为岳飞昭雪，岳雷挂帅抵抗金兀术的再次入侵，岳家小将全歼金兵，生擒金兀术，金兀术当场气死。故事结尾忠臣皆得封赠，岳飞之灵由佛祖启迪顿悟因果，遂复为佛顶大鹏。

《说岳全传》是乾隆年间一部影响极大的英雄传奇小说，其中不少桥段都脍炙人口，像岳飞枪挑小梁王、岳母刺字、高宠挑滑车、牛皋扯旨、梁红玉击鼓战金山、王佐断臂等，也塑造了一批经典的英雄形象，如岳飞、牛皋、高宠、杨再兴等。全书在广泛吸收戏曲与说唱文学故事的基础上，加以改编，较好地处理了历史事实与艺术虚构的关系，很多故事情节写得真实、生动、具体，对古典小说常用的伏笔、悬念、照应、烘托、渲染等写作技法也都运用自如。

（二）《于少保萃忠全传》

《于少保萃忠全传》又名《大明忠肃于公太保演义传》《旌功萃忠录》，成书于明万历年间。小说有十卷七十回本与十卷四十回本，前者名为《于少保萃忠传》，后者名为《于少保萃忠全传》。七十回本先刊，但并未引起良好反响，后缩编至四十回本，删减情节、诗词赞语、奏文诏书等，缩编后小说情节更为紧凑，主要人物形象突出，小说广为流传。《于少保萃忠全传》作者题署为“钱塘孙高亮明卿父纂述槜李沈国元飞仲父批评”。孙高亮，字明卿或怀石，钱塘人，生平信息不详。

《于少保萃忠全传》叙于谦，字廷益，浙江钱塘人，乃文天祥转世。幼年聪明过人，十岁中秀才，二十二岁中举，二十三岁中进士，被授为京监察御史。宣德帝朱瞻基即位，汉王朱高煦谋逆，于谦扈驾出征，大胜。宣德帝贬汉王为庶人，汉王不服，于谦大叱其罪。于谦曾任河南、山西巡抚，后升都察院佥都御史，兼兵部右侍郎。正统帝朱祁镇即位，王振专权，于谦丁忧复职，当众斥王振之过。因土木堡之变，正统帝被俘，朝廷大乱。于此危急存亡之秋，于谦任兵部尚书，拥立景泰帝朱祁钰，反对南迁，并亲自督战，击败瓦剌军队，遣使迎正统帝回朝，居南城宫殿。朱祁镇复辟后，却以“大逆不道，迎立外藩”的罪名将于谦杀害。成化年间，于谦之子于冕上疏申冤，成化帝为于谦昭雪，封于冕为应天府尹。弘治二年（1489）谥肃愍，建旌功祠，万历帝改“肃愍”为“忠肃”。

《于少保萃忠全传》围绕于谦的个人命运与遭际进行描写，所叙述人物、事件基本与史实相符，书中融合了历史演义小说、公案小说及神魔小说等多种小说创作特征，对史籍和虚构的关系处理经过了自觉思考，并且取得了一定的成功。当然，作品也存在一定短板，如语言板滞、不够酣畅、情节过于拘泥史实等，在一定程度上削弱了该作品的艺术魅力。

（三）《靖乱录》

《靖乱录》全名《皇明大儒王阳明先生出身靖乱录》，一卷，署“墨憨斋新编”。墨憨斋即明末通俗文艺大家冯梦龙，此书成书于明末，为冯梦龙所编《三教偶拈》中的第一种，其余两种为《济颠罗汉净慈寺显圣记》《许真君旌阳宫斩蛟传》。《三教偶拈》序言有言“偶阅《王文成公年谱》，窃叹谓文事武备，儒家第一流人物，暇日演为小传，使天下之学儒者知学问必如文成，方为有用”。

《靖乱录》是根据王守仁年谱创编的小说，叙王守仁（1472—1529）主要生平事迹，举凡贬谪贵州龙场驿、建贵阳书院、平江西巨寇及宁王朱宸濠逆乱、降伏广西田州等少数民族部落头领等，文笔简赅，逸闻错出其间，多与史实相合。小说具有比较明显的拟话本特征，采用了多种叙述手法，塑造出一系列丰满的人物形象，具有丰富的思想内涵，但由于作者过于追求史实，故作品缺少灵动。

四、写帝王发迹变泰的传奇小说

写帝王发迹变泰的小说中，《英烈传》《续英烈传》《飞龙全传》是这类题材中比较有影响的。这些小说讲述的是在大动乱的社会里，一些具有非凡才能的人物，经过艰苦卓绝的斗争，最终称霸天下，成为一代雄主的故事。

（一）《英烈传》

《英烈传》，又名《皇明开运英武传》《云合奇踪》等，此书版本较为复杂，宁波天一阁博物院有《国朝英烈传》抄本，或认为是嘉靖抄本，全书六十卷，刻本中时间最早的是万历十九年（1591）杨明峰刊本，题《兴名世录皇明开运英武传》，八卷六十节，后有改名《云合奇踪》者，二十卷八十则。三者文字各有差别，《国朝英烈传》与《皇明开运英武传》情节大致相同，但《国朝英烈传》仅有《皇明开运英武传》的三分之一。《云合奇踪》则是改编本，文字相对增益不少，且有不少神异故事，如铁冠道人、周颠、冷谦等神仙登场。《英烈传》的作者据沈德符《万历野获编》所言为郭英之孙郭勋所作，为宣扬先祖射死陈友谅的功绩。另有版本署“徐渭文长甫编”，此二说皆存疑问。

《英烈传》叙朱元璋发迹变泰之故事，元顺帝荒淫奢侈，民不聊生，全国上下有十四处反兵。淮西凤阳钟离东乡贫苦人家有朱元璋，自幼多心计，有帝王之志。十七岁时父母先后亡故，十八岁跟滁州母舅郭子兴贩乌梅去金陵，途中遇邓愈、汤和、郭英、郭兴、吴祯等人。夜宿时众人见朱元璋居室有红光笼罩，众人拜从朱元璋。至滁阳，朱元璋策动舅父脱离红巾军，自立滁阳王。朱元璋礼贤下士，招集天下英雄，请得徐达拜为统军大将军，又有胡大海、常遇春来投。不久滁阳王病故，立子为和阳王，元璋为大元帅，徐达为副帅。此后，朱元璋先后打败陈友谅、张士诚，称太祖，国号明，列封群臣。登基后下令徐达北伐元兵，汤和攻打闽广陈友定，李文忠东征方国珍，邓愈取两广未附州郡，至此天下大定。

《英烈传》所叙故事大都本于史传、杂著及野史，书中引文即有《西樵野记》《皇明启运录》《圣政记》《今献汇言》等，但过于受史实束缚，使得小说缺乏艺术想象与虚构，因此人物形象不够鲜明，可读性较差。此书虽然艺术成就不高，但对戏曲、曲艺创作都有较大影响。

（二）《续英烈传》

《续英烈传》又名《永乐定鼎全志》，五卷三十四回，题“空谷老人编次”，首有“秦淮墨客”序。此书成书于清初，乃为建文帝翻案之作。小说以明代重大历史事件“燕王靖难”为题材，讲述了明太祖即位后，立朱标为皇太子，不料朱标早夭，又立朱允炆为皇太孙。朱元璋去世后，朱允炆即位，年号建文。诸王前来会丧，朱允炆恐有不测，拟遗诏一道以阻之。燕王接遗诏不肯开读，暂留淮安。朝廷又敕书勒令燕王回国，燕王愤愤北返，待葬期一过，悄然入京，当殿而立，不行君臣之礼，以藐建文帝。诸臣子劝建文帝早除燕王，建文帝素以仁柔为旨，不忍下手。后建文帝削藩，燕王以清君侧为由，攻入京师。建文帝剃度逃亡。燕王入京称帝，改元永乐，以天子礼葬建文帝，诛齐泰、黄子澄等。建文帝东避西躲二十余年，待永乐、洪熙晏驾，直到正统五年(1440)时，才东归入京。

《续英烈传》虽然有过于拘泥于史实，想象虚构不够，叙述多于描写的缺点，但与《英烈传》相比，《续英烈传》在艺术上还是略胜一筹。《英烈传》中的人物描写空泛、缺乏鲜明性格之处，而《续英烈传》较为生动地塑造了燕王朱棣、朱允炆、姚广孝、方孝孺、徐辉祖等人物，并在战争描写层面继承了《三国演义》的优良传统，视角集中于战争双方的统帅，比较细致地描写了双方统帅部的决策过程，结构上也较《英烈传》巧妙得多，回回都有悬念，通过将悬念层层解开来引起读者兴趣。

（三）《飞龙全传》

《飞龙全传》共六十回，乾隆三十三年（1768）成书，叙宋太祖赵匡胤之故事，是帝王发迹变泰故事中最典型、成就最高者。小说题“东隅逸士编”。东隅逸士即吴璿，字衡章，生平事迹不详。据《飞龙全传自序》所言，吴璿手头有一部旧本《飞龙传》，吴璿据此修改润色成《飞龙全传》。现存乾隆三十三年（1768）崇德书院刊本、世德堂刊本、东皋书屋藏板本等。

《飞龙全传》叙后汉隐帝时，殿前都指挥使赵弘殷之子赵匡胤，生性豪爽，精通武艺。与好友张光远、罗彦威于古庙前戏骑泥马，被判充军大名府三年。归京后因父亲被打四十御棍，大闹御勾栏，被追捕后逃出汴梁避难。在昆明山收服山贼董龙、董虎，放走女扮男装的张桂英。赵匡胤离开昆明山，偶然路过张家庄，张桂英以身相许，二人结为夫妻。后赵匡胤又结识柴荣，重逢张光远、罗彦威，四人结拜。中秋日张桂英因出言不逊，得罪天庭，得病而亡。赵匡胤埋葬张氏后，岳父赠予他神煞棍棒。赵匡胤在销金桥遇见强收税银的董达，董达用计将赵匡胤引到九曲十八湾，幸被黑虎财神郑恩所救。赵匡胤与郑恩、柴荣于黄土坡前三结义。此后一路行侠仗义，历经险阻。如在神丹观救京娘，跋涉千里，送其还乡。后郭威灭后汉，建立后周。柴荣向郭威举荐赵匡胤。郭威病亡，柴荣即位为世宗。此时，北汉、南唐、西蜀尚未归顺，赵匡胤南征北战，奋勇杀敌，最终灭掉北汉、西蜀，南唐归顺。后世宗病亡，恭帝即位，命赵匡胤领军抗击契丹，军至陈桥驿，赵匡胤黄袍加身，被拥立为帝。

《飞龙全传》“七虚三实”，主要人物、重大历史事件大体有史可依，但具体故事情节又多为虚构，故事以赵匡胤为叙述中心，以郑恩和柴荣为陪衬，交织众多历史人物和故事。小说语言通俗生动，具有较强的可读性，尤其是在景物描写和个性语言运用上，颇得《水浒传》神韵。小说故事情节曲折生动，像“千里送京娘”一段，更是名篇佳作，常被搬上戏曲舞台。

第二节 《水浒传》研读

《水浒传》以北宋末年宋江起义为题材，讲述了天罡地煞降生人间，一百零八好汉被逼上梁山，聚义替天行道，后接受招安，征讨其他起义军，最终被奸臣所害的故事。《水浒传》是第一部白话章回小说，具有极高的艺术价值，甫一问世，便得到了士林的交口称誉，塑造了一大批脍炙人口的英雄豪杰。我们接下来研读“鲁提辖拳打镇关西”与“林教头风雪山神庙”两个经典片段，以小见大，来了解《水浒传》的思想内容与艺术成就。

一、鲁提辖拳打镇关西

此处片段来自《水浒传》第三回《史大郎夜走华阴县　鲁提辖拳打镇关西》，我们节选原文如下。

鲁提辖又问道：“你姓甚么？在那个客店里歇？那个镇关西郑大官人在那里住？”老儿答道：“老汉姓金，排行第二。孩儿小字翠莲。郑大官人便是此间状元桥下卖肉的郑屠，绰号镇关西。老汉父子两个，只在前面东门里鲁家客店安下。”鲁达听了道：“呸！俺只道那个郑大官人，却原来是杀猪的郑屠。这个腌臜泼才，投托着俺小种经略相公门下，做个肉铺户，却原来这等欺负人。”回头看着李忠、史进道：“你两个且在这里，等洒家去打死了那厮便来。”史进、李忠抱住劝道：“哥哥息怒，明日却理会。”两个三回五次劝得他住。

鲁达又道：“老儿，你来。洒家与你些盘缠，明日便回东京去如何？”父子两个告道：“若是能勾得回乡去时，便是重生父母，再长爷娘。只是店主人家如何肯放？郑大官人须着落他要钱。”鲁提辖道：“这个不妨事，俺自有道理。”便去身边摸出五两来银子，放在桌上，看着史进道：“洒家今日不曾多带得些出来，你有银子借些与俺，洒家明日便送还你。”史进道：“直甚么，要哥哥还。”去包裹里取出一锭十两银子，放在桌上。鲁达看着李忠道：“你也借些出来与洒家。”李忠去身边摸出二两来银子。鲁提辖看了，见少，便道：“也是个不爽利的人。”鲁达只把这十五两银子与了金老，分付道：“你父子两个将去做盘缠，一面收拾行李。俺明日清早来发付你两个起身，看那个店主人敢留你！”金老并女儿拜谢去了。

…………

且说郑屠开着两间门面，两副肉案，悬挂着三五片猪肉。郑屠正在门前柜身内坐定，看那十来个刀手卖肉。鲁达走到门前，叫声：“郑屠！”郑屠看时，见是鲁提辖，慌忙出柜身来唱喏道：“提辖恕罪。”便叫副手掇条凳子来：“提辖请坐。”鲁达坐下道：“奉着经略相公钧旨，要十斤精肉，切做臊子，不要见半点肥的在上头。”郑屠道：“使头，你们快选好的切十斤去。”鲁提辖道：“不要那等腌臜厮们动手，你自与我切。”郑屠道：“说得是，小人自切便了。”

自去肉案上拣了十斤精肉，细细切做臊子。那店小二把手帕包了头，正来郑屠家报说金老之事，却见鲁提辖坐在肉案门边，不敢拢来，只得远远的立住在房檐下望。这郑屠整整的自切了半个时辰，用荷叶包了，道："提辖，教人送去？"鲁达道："送甚么！且住，再要十斤都是肥的，不要见些精的在上面，也要切做臊子。"郑屠道："却才精的，怕府里要裹馄饨。肥的臊子何用？"鲁达睁着眼道："相公钧旨分付洒家，谁敢问他。"郑屠道："是。合用的东西，小人切便了。"又选了十斤实膘的肥肉，也细细的切做臊子，把荷叶来包了。整弄了一早辰，却得饭罢时候。那店小二那里敢过来，连那正要买肉的主顾也不敢拢来。郑屠道："着人与提辖拿了，送将府里去。"鲁达道："再要十斤寸金软骨，也要细细地剁做臊子，不要见些肉在上面。"郑屠笑道："却不是特地来消遣我。"鲁达听罢，跳起身来，拿着那两包臊子在手里，睁眼看着郑屠说道："洒家特的要消遣你！"把两包臊子劈面打将去，却似下了一阵的肉雨。郑屠大怒，两条忿气从脚底下直冲到顶门，心头那一把无明业火，焰腾腾的按纳不住，从肉案上抢了一把剔骨尖刀，托地跳将下来。鲁提辖早拔步在当街上。众邻舍并十来个火家，那个敢向前来劝，两边过路的人都立住了脚，和那店小二也惊的呆了。

郑屠右手拿刀，左手便来要揪鲁达。被这鲁提辖就势按住左手，赶将入去，望小腹上只一脚，腾地踢倒了在当街上。鲁达再入一步，踏住胸脯，提起那醋钵儿大小拳头，看着这郑屠道："洒家始投老种经略相公，做到关西五路廉访使，也不枉了叫做镇关西。你是个卖肉的操刀屠户，狗一般的人，也叫做镇关西！你如何强骗了金翠莲？"扑的只一拳，正打在鼻子上，打得鲜血迸流，鼻子歪在半边，却便似开了个油酱铺，咸的、酸的、辣的，一发都滚出来。郑屠挣不起来，那把尖刀也丢在一边，口里只叫："打得好！"鲁达骂道："直娘贼！还敢应口！"提起拳头来就眼眶际眉梢只一拳，打得眼睖缝裂，乌珠迸出，也似开了个彩帛铺的，红的、黑的、绛的，都滚将出来。两边看的人惧怕鲁提辖，谁敢向前来劝？郑屠当不过讨饶。鲁达喝道："咄！你是个破落户，若是和俺硬到底，洒家倒饶了你。你如何叫俺讨饶，洒家却不饶你！"又只一拳，太阳上正着，却似做了一个全堂水陆的道场，磬儿、钹儿、铙儿一齐响。鲁达看时，只见郑屠挺在地下，口里只有出的气，没了入的气，动掸不得。鲁提辖假意道："你这厮诈死，洒家再打。"只见面皮渐渐的变了，鲁达寻思道："俺只指望痛打这厮一顿，不想三拳真个打死了他。洒家须吃官司，又没人送饭，不如及早撒开。"拔步便走，回头指着郑屠尸道："你诈死，洒家和你慢慢理会。"一头骂，一头大踏步去了。街坊邻舍并郑屠的火家，谁敢向前来拦他。

鲁提辖回到下处，急急卷了些衣服盘缠，细软银两，但是旧衣粗重都弃了。提了一条齐眉短棒，奔出南门，一道烟走了。

（施耐庵：《水浒传》，人民文学出版社，1997，第46—50页。）

此一片段故事情节相当简单，主要讲述了鲁达路见不平拔刀相助之事。此一片段是《水浒传》中最为精彩的几个片段之一，其精彩之处在于生动刻画了片段故事中几乎所有的人物。

（一）塑造了一系列性格鲜明的人物形象

《水浒传》打破了《三国演义》类型化人物形象塑造，突出人物形象的个性化。金圣叹曾言："《水浒》所叙，叙一百八人，人有其性情，人有其气质，人有其形状，人有其声口。"此说法虽然有夸张之嫌，但《水浒传》确实塑造了一系列经典的人物形象，如宋江、李逵、武松、鲁智深、林冲等，连反派角色西门庆、潘金莲、王婆等都塑造得活灵活现。即便是同一性格特征，不同的角色也有不同的体现，金圣叹在《读第五才子书法》中也说："写人粗卤处，便有许多写法。如鲁达粗卤是性急，史进粗卤是少年任气，李逵粗卤是蛮，武松粗卤是豪杰不受羁靮，阮小七粗卤是悲愤无说处，焦挺粗卤是气质不好。"此段摘录文字虽然不多，但是生动刻画了诸多人物形象。

此一片段的主角毫无疑问是鲁达，在这段情节中鲁达所表现的性格有两方面，一方面是粗鲁，另一方面是精细。前者是鲁达性格的主要方面，小说情节中多有见及。第三回鲁达与史进同去喝酒，路上遇到李忠，便邀李忠同去，李忠想卖完膏药再去，结果鲁达立马发作，说道："谁奈烦等你，去便同去。"一点面子都不给李忠，之后更是将看李忠卖膏药的人全部赶散，还骂道："这厮们挟着屁眼撒开，不去的洒家便打。"对此李忠也只能无奈地说道："好急性的人。""急性"正是金圣叹认为鲁达粗鲁的原因。到酒楼喝酒之时，酒保仅是多问了两句，鲁达便不耐烦地说道："问甚么！但有，只顾卖来，一发算钱还你。这厮只顾来聒噪！"鲁达、史进、李忠三人聊得正开心时，听到有人哭泣，鲁达又立马焦躁起来，把碗碟都丢在楼板上，酒保来问，鲁达张口斥责道："你也须认的洒家，却恁地教甚么人在间壁吱吱的哭，搅俺弟兄们吃酒。洒家须不曾少了你酒钱。"当听到金翠莲哭诉郑屠欺辱其父女二人之时，鲁达又大怒道："呸！俺只道那个郑大官人，却原来是杀猪的郑屠。"并立马要起身去打死郑屠。此后店小二不让金老父女离开，鲁达直接一掌一拳，把店小二打得吐血，并打落两颗牙齿。

如此种种，均可看出鲁达的粗鲁，但是这种粗鲁，并不是一味鲁莽，而是粗中有细。如鲁达放走金老父女之后，怕店小二追赶，掇条凳子在店中坐了两个时辰，才去找郑屠麻烦。三拳打死镇关西之后，鲁达心下寻思要吃官司，没人送饭，想了一个办法脱身，便指着郑屠的尸体说郑屠诈死，一头骂，一头大踏步溜了。正如金圣叹所言“论粗卤处，他也有些粗卤；论精细处，他亦甚是精细”。

鲁达的性格是与他的行侠仗义、疾恶如仇结合在一起的。当他听到金老父女遭遇之时，立马将身上全部五两银子拿出来，并向史进、李忠二人借银子，给金老父女凑足回家的盘缠，而这是鲁达第一次见到金老父女二人。当鲁达听闻金老父女被郑屠欺凌，欲找郑屠麻烦被拦下之后，自己一个人“回到经略府前下处，到房里，晚饭也不吃，气愤愤的睡了”，为了未曾谋面的陌生人之事，能够如此气愤，竟连饭也不吃，这是何等侠骨柔肠。

同时，作者在刻画鲁达之时，也用了白描的手法，鲁达一出场，书中便描摹了他的外貌“头裹芝麻罗万字顶头巾，脑后两个太原府纽丝金环，上穿一领鹦哥绿纻丝战袍，腰系一条文武双股鸦青绦，足穿一双鹰爪皮四缝干黄靴。生得面圆耳大，鼻直口方，腮边一部貉鍬胡须。身长八尺，腰阔十围”，如此一个膀大腰圆的军官形象一下便呈现在读者眼前。

片段中其他人物也各具性格，像两位配角史进与李忠，一位豪爽大方，一位悭吝小气。此可从一处细节得见，鲁达问史进、李忠二人借银子，史进很爽快地“去包裹里取出一锭十两银子，放在桌上”，并且直言不需要鲁达还，而李忠则是“去身边摸出二两来银子”。这一“摸”字非常形象，可见李忠身边并非只有二两银子，只是不愿意借给鲁达更多的银子。而史进与李忠的行为，也非常符合二人各自的身份。史进与鲁达会面之时，虽然已经沦落江湖，但是史进此前是史家庄庄主，身家不菲，十两银子可能对其而言，不过九牛一毛。李忠与鲁达、史进二人相见之时，正在使枪棒卖药，可见李忠收入低微。面对第一次相见的鲁达，李忠如此吝啬的行为，也就能为人所理解。

反面配角郑屠的形象同样也很丰满，一方面从金老父女以及店主人口中，可见郑屠平时欺凌弱小、为祸一方。另一方面，郑屠见到鲁达之时，却又恭敬有加、谨慎小心、唯唯诺诺，即便受到鲁达两次戏弄，也只敢怒不敢言。由此，一个欺软怕硬的形象一下子便呈现出来。其余人物像金老汉、金翠莲、店小二等，虽然着墨不多，却也如简笔勾勒一般，各具特色。

（二）体现了高超的语言艺术

《水浒传》的语言生动、准确，除了塑造人物时所用的语言充分体现了此点之外，描述性的语言同样如此。此片段对鲁达的“三拳”描写得极为精彩，可称得上是暴力描写在艺术上的完美呈现。这看似平平无奇的三拳，却是致人死命的三拳，文字叙述得酣畅淋漓，将暴力与美学完美融合在一起。三拳，一连用了三个比喻，第一拳打在鼻子上，效果由味觉而出，“却便似开了个油酱铺，咸的、酸的、辣的，一发都滚出来”；第二拳打在眼睛上，效果由视觉而出，“也似开了个彩帛铺的，红的、黑的、绛的，都滚将出来”；第三拳打在太阳穴上，效果由听觉而出，“却似做了一个全堂水陆的道场，磬儿、钹儿、铙儿一齐响”。仅仅三拳，与通感艺术手法巧妙结合，将文字无法体会的痛感，转变为读者可以感受的味觉、视觉与听觉，将暴力文字上升到艺术层面，不仅有效消解了暴力所带来的血腥与恐惧，同时给予读者艺术上的享受。

除“三拳”以外，此段文字笔力也异常奇矫，在描写鲁达“三激”“三拳”以对郑屠的同时，还夹叙了不少闲笔，以见人情物理，如“那店小二把手帕包了头，正来郑屠家报说金老之事，却见鲁提辖坐在肉案门边，不敢拢来，只得远远的立住在房檐下望”，“两边过路的人都立住了脚，和那店小二也惊的呆了”，“两边看的人惧怕鲁提辖，谁敢向前来劝?”，从中可见店小二与路人的心思与情状。此段文字中还有众多文人所激赏的新词“肉雨”，“把两包臊子劈面打将去，却似下了一阵的肉雨”，可见《水浒传》高超的语言艺术。袁无涯本评云“‘肉雨’二字俗而典，莽而趣，便生后拳头雨点之根”，容与堂本评云“‘肉雨’两字，恁地形容，从未经人道过”，金圣叹评云“‘肉雨’二字，千古奇文”。

（三）讴歌了行侠仗义的英雄侠士

《好汉歌》中有歌词“路见不平一声吼啊，该出手时就出手啊”，描述的是水浒英雄路见不平拔刀相救的侠义精神。这种精神最集中地体现在鲁智深身上。《水浒传》中描述鲁智深欲救或所救之人有：渭州酒楼救金老与金翠莲，前往大相国寺路上救刘太公之女，瓦罐寺欲救刘老汉之女，大相国寺听闻林娘子被调戏带人来救，野猪林救林冲，华州救史进，华州太守府欲救玉娇枝惜其自尽（金圣叹本）。一部《水浒传》主要描写鲁智深故事、事迹的回数不过十回，这短短的篇幅内，鲁智深的救人之举竟然有七次之多。

鲁智深所救之人很多都是萍水相逢，与自己未有丝毫关系，只因遭遇劫难，便出手相救，如此片段中的金翠莲。而鲁智深救人的信条是“救人须救彻”，所以在酒楼遇到遭难的金翠莲，借钱也要救助，没解决问题连觉都睡不着，因为救助金翠莲误杀郑屠，导致自己一个提辖只能躲入佛门避难，此后又因为救助林冲，连佛门都待不下去，只能占山为寇。如此大仁大义，有侠义心肠之人，勿怪乎容与堂本评点者认为其是“仁人、智人、勇人、圣人、神人、菩萨、罗汉、佛”，金圣叹认为其是“上上人物，写得心地厚实、体格阔大”。鲁智深等梁山好汉的行侠仗义之举也是《水浒传》要讴歌且宣扬的侠义精神所在。

二、林教头风雪山神庙

“林教头风雪山神庙”的故事来自《水浒传》第十回《林教头风雪山神庙　陆虞候火烧草料场》，节选原文如下。

大雪下的正紧，林冲和差拨两个在路上又没买酒吃处，早来到草料场外。看时，一周遭有些黄土墙，两扇大门。推开看里面时，七八间草房做着仓廒，四下里都是马草堆，中间两座草厅。到那厅里，只见那老军在里面向火。……

…………

再说林冲踏着那瑞雪，迎着北风，飞也似奔到草场门口，开了锁，入内看时，只叫得苦。原来天理昭然，佑护善人义士，因这场大雪，救了林冲的性命。那两间草厅已被雪压倒了。林冲寻思：“怎地好?”放下花枪、葫芦在雪里，恐怕火盆内有火炭延烧起来，搬开破壁子，探半身入去摸时，火盆内火种都被雪水浸灭了。林冲把手床上摸时，只拽得一条絮被。林冲钻将出来，见天色黑了，寻思：“又没打火处，怎生安排?”想起离了这半里路上，有个古庙，可以安身。“我且去那里宿一夜，等到天明却做理会。”把被卷了，花枪挑着酒葫芦，依旧把门拽上锁了，望那庙里来。入的庙门，再把门掩上，傍边止有一块大石头，掇将过来，靠了门。入的里面看时，殿上做着一尊金甲山神，两边一个判官，一个小鬼，侧边堆着一堆纸。团团看来，又没邻舍，又无庙主。林冲把枪和酒葫芦放在纸堆上，将那条絮被放开，先取下毡笠子，把身上雪都抖了，把上盖白布衫脱将下来，早有五分湿了，和毡笠放在供桌上，把被扯来盖了半截下身。却把葫芦冷酒提来便吃，就将怀中牛肉下酒。正吃时，只听得外面必必剥剥地爆响。林冲跳起身来，就壁缝里看时，只见草料场里火起，刮刮杂杂烧着。看那火时，但见：

一点灵台，五行造化，丙丁在世传流。无明心内，灾祸起沧州。烹铁鼎能成万物，铸金丹还与重楼。思今古，南方离位，荧惑最为头。绿窗归焰烬，隔花深处，掩映钓渔舟。鏖兵赤壁，公瑾喜成谋。李晋王醉存馆驿，田单在即墨驱牛。周褒姒骊山一笑，因此戏诸侯。

当时张见草场内火起，四下里烧着。林冲便拿枪，却待开门来救火，只听得前面有人说将话来。林冲就伏在庙听时，是三个人脚步声，且奔庙里来。用手推门，却被林冲靠住了，推也推不开。三人在庙檐下立地看火，数内一个道："这条计好么?"一个应道："端的亏管营、差拨两位用心。回到京师，禀过太尉，都保你二位做大官。这番张教头没的推故。"那人道："林冲今番直吃我们对付了，高衙内这病必然好了。"又一个道："张教头那厮，三回五次托人情去说'你的女婿殁了'，张教头越不肯应承。因此衙内病患看看重了，太尉特使俺两个央浼二位干这件事，不想而今完备了。"又一个道："小人直爬入墙里去，四下草堆上点了十来个火把，待走那里去!"那一个道："这早晚烧个八分过了。"又听一个道："便逃得性命时，烧了大军草料场，也得个死罪。"又一个道："我们回城里去罢。"一个道："再看一看，拾得他一两块骨头回京，府里见太尉和衙内时，也道我们也能会干事。"

林冲听那三个人时，一个是差拨，一个是陆虞候，一个是富安。林冲道："天可怜见林冲，若不是倒了草厅，我准定被这厮们烧死了。"轻轻把石头掇开，挺着花枪，一手拽开庙门，大喝一声："泼贼那里去!"三个人急要走时，惊得呆了，正走不动。林冲举手肐察的一枪，先戳倒差拨。陆虞候叫声："饶命!"吓的慌了手脚，走不动。那富安走不到十来步，被林冲赶上，后心只一枪，又戳倒了。翻身回来，陆虞候却才行的三四步。林冲喝声道："奸贼！你待那里去!"批胸只一提，丢翻在雪地上，把枪搠在地里，用脚踏住胸脯，身边取出那口刀来，便去陆谦脸上阁着，喝道："泼贼！我自来又和你无甚么冤仇，你如何这等害我！正是杀人可恕，情理难容。"陆虞候告道："不干小人事，太尉差遣，不敢不来。"林冲骂道："奸贼，我与你自幼相交，今日倒来害我，怎不干你事！且吃我一刀。"把陆谦上身衣服扯开，把尖刀向心窝里只一剜，七窍迸出血来，将心肝提在手里。回头看时，差拨正爬将起来要走。林冲按住喝道："你这厮原来也恁的歹！且吃我一刀。"又早把头割下来，挑在枪上。回来把富安、陆谦头都割下来。把尖刀插了，将三个人头发结做一处，提入庙里来，都摆在山神面前供桌上。再穿了白布衫，系了搭膊，把毡笠子带上，将葫芦里冷酒都吃尽了。被与葫芦都丢了不要，提了枪，便出庙门投东去。走不到三五里，早见近村人家都拿着水桶、钩子来救火。林冲道："你们快去救应，我去报官了来。"提着枪只顾走。

（施耐庵：《水浒传》，人民文学出版社，1997，第137—141页。）

此片段是小说经典桥段之一，故事情节跌宕起伏、精彩绝伦，同样表现出《水浒传》极高的艺术价值。

（一）情景交融，以自然环境烘托角色心境与处境

“风雪山神庙”的关键词是风、雪、火。甫一进入正题，作者便着力描写那漫天的风雪。

> 正是严冬天气，彤云密布，朔风渐起，却早纷纷扬扬卷下一天大雪来。那雪早下得密了。怎见得好雪？有《临江仙》词为证：
>
> 作阵成团空里下，这回忒杀堪怜。剡溪冻住子猷船。玉龙鳞甲舞，江海尽平填。
>
> 宇宙楼台都压倒，长空飘絮飞绵。三千世界玉相连。冰交河北岸，冻了十余年。
>
> 大雪下的正紧……

之后小说情节中多次点染风雪之大。

> 仰面看那草屋时，四下里崩坏了，又被朔风吹撼，摇振得动。

> 雪地里踏着碎琼乱玉，迤逦背着北风而行。那雪正下得紧。

> 便出篱笆门，依旧迎着朔风回来。看那雪，到晚越下的紧了。古时有个书生，做了一个词，单题那贫苦的恨雪：
>
> 广莫严风刮地，这雪儿下的正好。扯絮挦绵，裁几片大如栲栳。见林间竹屋茅茨，争些儿被他压倒。富室豪家，却言道压瘴犹嫌少。向的是兽炭红炉，穿的是绵衣絮袄。手捻梅花，唱道国家祥瑞，不念贫民些小。高卧有幽人，吟咏多诗草。

> 再说林冲踏着那瑞雪，迎着北风，飞也似奔到草场门口……

作者对风雪的描写生动形象，且富有层次感，由“彤云密布，朔风渐起”到“卷下一天大雪来”，再到“那雪早下得密了”。林冲也正是在这漫天风雪中前行，“雪地里踏着碎琼乱玉，迤逦背着北风而行”。文字中的冰冷感扑面而来。如此形象的环境描写，在古代小说中极为少见，难怪金圣叹评价“写雪妙绝”。此处的风雪之景推动了情节的发展，因为这场风雪，林冲为御寒而沽酒，躲开一劫；也是因为

这场风雪，草厅被雪压倒，林冲躲进天王庙，听到了陆谦等人的谈话，从而报仇雪恨。风雪也暗示了林冲此时的处境与命运，他处于一种极端恶劣的环境之下，即将遭遇人生命运的重大转折。

同样，片段中多次出现“火”的描写。

林冲来到草料场，见到老军“向火”，老军所赠物品中有“火盆”，林冲“坐下生些焰火起来”，“向了一回火”，“将火炭盖了”，出去沽酒后见草堂被雪压倒，又“放下花枪、葫芦在雪里，恐怕火盆内有火炭延烧起来，搬开破壁子，探半身入去摸时，火盆内火种都被雪水浸灭了”。直到最后火烧草料场时的情景。

> 正吃时，只听得外面必必剥剥地爆响。林冲跳起身来，就壁缝里看时，只见草料场里火起，刮刮杂杂烧着。看那火时，但见：
>
> 一点灵台，五行造化，丙丁在世传流。无明心内，灾祸起沧州。烹铁鼎能成万物，铸金丹还与重楼。思今古，南方离位，荧惑最为头。绿窗归焰烬，隔花深处，掩映钓渔舟。鏖兵赤壁，公瑾喜成谋。李晋王醉存馆驿，田单在即墨驱牛。周褒姒骊山一笑，因此戏诸侯。
>
> 当时张见草场内火起，四下里烧着。

“火”的描写在人物塑造、情节推进等方面具有重要作用。像林冲精细的性格，就在多次将火盆熄灭中得以体现，尤其是大雪将草厅压倒，林冲依旧不放心，“恐怕火盆内有火炭延烧起来”。在情节推进方面，则多次制造悬念，草料场是被火烧毁的，但是如何烧毁却不得而知。文中多次出现“向火”以及“火烧起来”，但是也多次“盖了”或“浸灭”，一次次把着火的悬念保留，直到最后火“刮刮杂杂烧着”。林冲从天王庙外的谈话，才知道这火是陆谦等人所放。

对于风雪来说，火的象征意味更为强烈。当此寒冬之际，火就是照亮、温暖一切的源泉，而小说情节中也多次提到林冲烤火取暖，但是没有想到的是，火同样是覆灭林冲幻想的根源，点燃林冲复仇火焰的种子，改变林冲性格的助推器。陆谦等人放火烧了草料场，断绝了林冲一切退路，那个回京与妻子团聚的梦想，终归烟消云散。在漫天火光中，林冲心头燃起了熊熊怒火，烧尽了当年那个忍辱负重、忍气吞声的八十万禁军教头，浴火重生为性烈如火、敢爱敢恨的豹子头。

在火烧草料场、林冲杀死陆谦等三人之后，小说中依旧有“风、雪、火”的余波。“林冲投东去了两个更次，身上单寒，当不过那冷。在雪地里看时，离的草场远了”，火烧草料场之时，乡人前来救火，林冲逃难之际，草屋“破壁缝里透出火光来”，“四五个小庄家向火”。林冲借火烘衣服，因喝酒与庄客发生冲突，林冲

“把手中枪看着块焰焰着的火柴头，望老庄家脸上只一挑将起来，又把枪去火炉里只一搅，那老庄家的髭须焰焰的烧着”。林冲喝完酒后，“走不过一里路，被朔风一掉，随着那山涧边倒了，那里挣得起来。凡醉人一倒，便起不得。醉倒在雪地上”。此处的“风、雪、火”只是前文的余影，醉倒在雪地中的林冲，他的世界依旧是一片荒凉，但他已不似之前谨小慎微、逆来顺受、忍辱求全，当庄客冲撞他时，他马上予以反击。此时的林冲历经磨难，有家难回，有国难投，前途未卜，性格的转变自在情理之中。

（二）揭露统治阶级的罪恶不仁，凸显“官逼民反”的主题

林冲“风雪山神庙”的根因不在于自己，而在于高俅，在于高衙内，仅仅因为高衙内看中了林冲的妻子，高俅便设计陷害林冲，致其刺配沧州道，但高俅却并未打算放过林冲，务要斩草除根，即便林冲发配到沧州也要将其置之死地而后快。而林冲只能一忍再忍，妻子被高衙内当众调戏，忍了；妻子被高衙内设计调戏，忍了；自己被高俅陷害，忍了；被董超、薛霸折磨，忍了。林冲所希望的仅仅是过上正常的生活，或是有朝一日能够回归正常的生活，因为林冲知道自己无法斗得过权贵，抗争只会玉石俱焚，但林冲没想到的是，即便自己一味忍让，高俅也并不打算放过他，而留给林冲的只有上梁山这一条路。

林冲“风雪山神庙”仅仅是《水浒传》的一个缩影，与林冲相似的经历在《水浒传》中反复上演，统治阶级、权贵阶层的罪恶行径在《水浒传》中随处可见，上到中高层官僚，如高俅、蔡京、蔡九、梁世杰、高廉，中到胥吏爪牙，如董超、薛霸、富安、陆谦，下到地方恶霸，如西门庆、蒋门神、毛太公、祝朝奉，无一不是如此。也正是因为有这样一群人的存在，才使得众多英雄被逼无奈，齐聚梁山，以图替天行道，还世道以清明。

第三节 《水浒后传》研读

《水浒后传》主要描写梁山好汉中尚存的李俊、阮小七、燕青等三十二位英雄被逼再度起义，由反抗贪官污吏，转为抗击入寇的金兵，惩治祸国通敌的奸臣、叛将，最后立基海外的故事。《水浒后传》是《水浒传》续书中最为出色的一种，具有较高的艺术水平，呈现出与《水浒传》不同的叙事模式。我们接下来研读“智斗巴山蛇”与“燕青献黄柑”两个经典片段，以小见大，来了解《水浒后传》的思想内容与

艺术成就。

一、智斗巴山蛇

“智斗巴山蛇”的故事在《水浒后传》第十回《墨吏贪赃赔钱纵狱　豪绅聚敛加利偿民》，节选原文如下。

不多时，吕太守果然双铺兵开路，两首清道旗，许多执事仪从。到马头上，不见有大座船，正要访问，花公子早先上岸，致谢道：“小舟窄隘，况有家母在内，不敢有劳！”吕太守即忙下了轿，笑吟吟携着花公子的手，逊至接官亭上，分宾主作了揖。正要送座，那童威、童猛捱到太守身边，说时迟，那时快，把太守袍口封住。倪云、高青飕的一声，拔出短刀，明晃晃的架在太守颈上，喝道：“你这害百姓的贼！还是要死要活？”太守吓得魂消胆丧，三十个牙齿捉对儿相打，再挣不出一个字，战兢兢抖着。衙役要上前救护，见锋快的白刃凑着颈上，恐害了太守性命，只好袖手傍观。看的百姓拥上千余，又惊又笑。乐和道：“吕太守，你不要慌。我等行不改名，坐不改姓，是梁山泊上好汉。你为什么拿李俊、费保、狄成监禁，要诈他三千银子？好好的即刻送出来，饶你性命！若然道半个‘不’字，有一个人近前，教你身上搠百十来个透明窟窿！”吕太守要性命，连声的答应道：“好汉不要动手。就送！就送！”唤书吏、皂快即刻到监里取李俊等三人来。

无半顿饭时，三个送到了。李俊见拿住太守，围绕许多人，又见乐和指手划脚的说，反不知头脑，呆呆的立着，吕太守道：“好汉三位已送到了，放了下官罢。”乐和道：“还未！不要性急。那太湖是百姓的活路，怎么与巴山蛇连手出告示，做了放生湖，要领他字号水牌，平分鱼利，私自起税。我弟兄们不忿，与百姓做主，你又阴谋诡计，拿住监禁，诈措三千银子。银子现有在这里，却没得与你！你剥削百姓的许多财物，拿出来送三千与我们，方才饶你！”太守道：“出告示做放生湖，是下官不合误听了。私起鱼税，设计拿好汉们，都是丁乡绅的主意。既要银子，只得取来。”又唤书吏、皂快到衙里尽数拿来。奶奶见说，慌了手脚，连忙搬出几十封。乐和叫送到船内，吕太守哀求道：“恐失官箴，好汉放手罢。”乐和道：“性命便饶你。只是那丁自燮气他不过，要同去和他对明白了，方才放你。若不放心，叫众衙役一同随去便了。”吕太守没奈何，只得唤众役齐到船中。倪云、高青还紧紧帮住。离郡城三十里，便是太湖，拽起风帆，不消半日，到了马迹山下。乐和自己扮做衙役，先去报知，说本府太爷来拜。

却好这日是丁自燮的生日，在家里庆寿，见太尊到来，便道："承吕公祖这等美意，不过是散生日，他怎么得知，亲自来贺？又是哪个多嘴的！"忙换冠带相迎，亲朋都躲在厢房内看，众口欣欣称美。乐和原叫敲锣开路，摆列仪从上岸，却无轿子。童威、童猛、倪云、高青原拥在身边，步行到门前。丁自燮鞠躬迎进，揖罢，坐下。丁自燮称谢道："治弟母难之日，因在制中，不便设宴。怎劳老公祖远步玉趾，反不安之极。"吕太守因芒刺在背，又不知是他生辰，不好回答，勉强的道："小弟此来，不晓得年兄华诞，因有几句话要对明，故此轻造。"丁自燮笑道："有什话？敢屈大驾！那李俊等前件作速勒限，教他完纳，不可过纵。"李俊、费保、狄成也藏械立在旁边，丁自燮却不认得。三个听他说了，那火直冲出泥丸宫，足有千丈多高，哪里按捺得定，把丁自燮劈胸扭住道："我李俊正来交纳银子！"费保、狄成两口短刀早向衣底抽出，丁自燮面如土色，魂不附体道："怎么说？"李俊骂道："怎么说！你这蛀国害民的活强盗！你占着太湖，抽百姓的私税，扎诈我们银子，今日你与吕太守当面对明！"丁自燮见势头凶恶，双膝跪下，说道："总是该死！只凭好汉怎么，只留下这条草命罢。"李俊道："我们不要怎么，只剥你巴山蛇的皮！"丁自燮只是磕头讨饶。乐和道："要杀你只似杀猪狗一般，恐污了刀！饶便饶你，单要依三件事。"丁自燮道："莫说三件，就是三十件，也依得！"乐和道："你做官贪的赃与平日诈人的财物，共有几多，尽数说出来！若隐藏一些儿，就剁做十段！"丁自燮道："不多，约有十余万两，有簿籍登记，不敢隐匿。"乐和道："我们不要分毫。今年荒歉，百姓完纳不起，入了官，代阖郡作了秋粮。"叫搬出来摆在厅上，乐和道："吕太守，你唤书吏写下百来张告示，各处张挂，说丁自燮代纳秋粮之故。"就叫书吏纳纸领状，吕太守用印签押，这是一件了。又问道："你仓中有多少米谷？"丁自燮道："有三千多斗。"乐和道："可唤附近居民并各佃户来，你毕竟一向刻剥他们的，分散与他，这是二件了。第三件，太湖不许霸占假做放生湖！大小渔船抽过的税，都要加倍还他。你今要改过自新，若再不悛，早要早取，晚要晚取，决放不过了！"丁自燮又磕头致谢。乐和道："吕太守，你回去也要改过做好官，爱惜百姓，上报朝廷。若蹈前辙，亦不轻恕！你两个送我回船。"倪云、高青扯了吕太守，费保、狄成揪了丁自燮到船中，扬帆而去。到半路抛在荻洲上，乘风去了。那吕太守、丁自燮惊了半晌，互相埋怨，自有船远远尾着，载了回去不题。

（陈忱：《水浒后传》，岳麓书社，1998，第74—76页。）

"智斗巴山蛇"是全书写得相当精彩的片段之一，故事延续了《水浒传》官逼民反的思想，塑造了新的英雄角色。通过研读"智斗巴山蛇"，可以窥见《水浒后传》的主要思想内容和艺术成就，主要有以下几点。

（一）揭露了黑暗的社会现状，突出"官逼民反"的主题

《水浒传》反抗奸臣恶霸的压迫主题，在《水浒后传》中得到了延续，但《水浒后传》的作者清醒意识到反抗者与统治阶级的矛盾是不可调和的。《水浒传》中宋江即便受到招安，为国出力，却依旧没有逃过奸臣的迫害。《水浒后传》中同样如此，幸存的梁山英雄本过着闲散的生活，却依旧遭受着各种迫害。因为统治者对于这些曾经的"强盗们"不会放心。《水浒后传》中开篇便写到阮小七梁山凭吊，受到张干办欺压，李俊等人在太湖捕鱼反抗巴山蛇这两件典型事件。所选片段便是反抗巴山蛇，"巴山蛇"是丁自燮的绰号。

事件起因是巴山蛇丁自燮和太守吕志球狼狈为奸，霸占着三万六千顷的笠泽湖，但凡渔夫打鱼，就要分一半给丁自燮，百姓无以为生，讼告无门，李俊等人因为看不惯丁自燮行径，被丁自燮抓住。残害百姓的丁自燮与吕志球不仅自身就是大官，丁自燮是福建廉访使，吕志球是常州太守，而且背后更有极大的靠山，丁自燮拜在蔡京门下，吕志球更是参知政事吕惠卿之孙。

这种情况在《水浒后传》中举目皆是，刁难阮小七的张干办是蔡京的亲信；公然拦路抢劫、杀人越货的毛豸做着登州孔目，是杨戬的僚属，杨戬又是杨戬的兄弟；坑害杜兴，杀叔奸婶的冯舍人是冯彪之子，冯彪是童贯心腹；逼奸花荣妻、妹的王宣尉是当朝少宰王黼的大公子，甚至宋徽宗也平白无故向老百姓搜刮财物，"若有藏匿不献者，全家处斩"。正是由于大宋朝廷从上到下昏聩无道，大臣中的"六贼"又与其他地方奸霸沆瀣一气，整个大宋的官场乌烟瘴气，民不聊生，逼得昔年退隐的梁山好汉不得不重举义旗。

（二）发展了英雄传奇小说的农村生活书写

《水浒传》对市民生活的书写十分深刻，塑造了一系列鲜活的市民形象，如西门庆、潘金莲、王婆、何九叔等，但是对农村生活的描绘却相当罕见，仅在招募阮氏三雄时偶得一见，并借由阮小五之口说出"如今那官司，一处处动掸便害百姓。但一声下乡村来，倒先把好百姓家养的猪羊鸡鹅，尽都吃了，又要盘缠打发他。如今也好，教这伙人奈何。那捕盗官司的人，那里敢下乡村来。若是那上司官员差他们缉捕人来，都吓得尿屎齐流，怎敢正眼儿看他"，写出了胥吏是如何残害农民的。

《水浒后传》中的农村生活书写则有了新的发展，通过第九回《混江龙赏雪受祥符 巴山蛇截湖征重税》、第十回《墨吏贪赃赔钱纵狱 豪绅聚敛加利偿民》，更加细腻地揭露了官府盘剥渔民的卑劣手段与令人发指的行径。巴山蛇丁自燮与常州太守吕志球狼狈为奸，说大半个太湖是丁家的放生湖，先是“不许捉捕，如违送官究治。有了告示，将大雷山为界，牵占了一大半的太湖。若是过了界，就唤狠仆拿住，扯破了网，掇去了篷，还要送官，受他扎诈”，后来渔民没办法，与其商量，丁自燮便变法盘剥，渔民入湖打鱼，要领丁家的字号水牌，若打得鱼，丁家要分一半，最后连不过界的小渔船打鱼也须与丁家平分。而渔民“扭他不过，只得依从了”，即便是告到衙门，官员也是“碍着同僚不行”，整个笠泽湖变成了丁家的鱼池。由此可见《水浒后传》在描写农村生活方面较之《水浒传》更为深刻。

（三）深化了英雄的形象

陈忱在《〈水浒后传〉论略》有言：“《前传》写第一流人，分外出色；《后传》为中材以下，苦心表微。”相比于《水浒传》宋江、吴用、林冲、武松、鲁智深、李逵等一流人物而言，《水浒后传》主角李俊、燕青、乐和、阮小七等确实是中材以下，但是这些人物形象也有了新的发展。像片段中的乐和，《水浒传》中最初不过是登州府的小牢子，受招安后成为都尉府的艺人，前传中能拿得出手的功绩是为解家兄弟报信，并随孙立、孙新、顾大嫂等救出解家兄弟，前传中乐和的性格远远未得到充分展开描写。

《水浒后传》中继承了乐和聪明伶俐的性格。《水浒传》对乐和的赞诗为“玲珑心地衣冠整，俊俏肝肠话语清。能唱人称铁叫子，乐和聪慧是天生”，并将其描写为足智多谋、巧于算计的“儒将”形象。《水浒后传》中，在明哲保身、援救花荣家眷、智斗巴山蛇、辅佐李俊占据金鳌岛、撮合花逢春入赘暹罗国、扶助李俊称帝等一系列事件中，乐和屡设奇谋，屡建奇功，新的起义军中，乐和成长为智多星吴用式的人物。李俊成事后感慨道：“当初宋公明，何等才技，又有吴学究指点军机，卢员外一班人物，梁山泊方成得局面。我本一介，全凭贤弟指教，来到海外，反成这个基业，岂不是侥幸”。

（四）描绘了紧张曲折的故事情节

陈忱在《〈水浒后传〉论略》中列举《水浒后传》所愤五事，其中就有“愤官宦之嚼民饱壑，而故使其倾倒宦囊，倍偿民利”，此事最集中的体现就是第九回与第十回，描绘了紧张曲折的故事情节。最初李俊、费保等人不忿巴山蛇的做法，并非为了自身，而是替百姓讨一个说法，“我们便不打鱼也罢，怎生夺了众百姓的饭碗！气他不过，偏要去过界与他消遣，看他怎么样”，这也是梁山好汉行侠仗义精神的体现。诸人大闹了笠泽湖，将巴山蛇的狗腿子掀下了水，巴山蛇将诉状告到苏州府，但苏州太守并未理会。巴山蛇便生一计，元宵放花灯，引诱李俊等人来看，趁机抓捕。李俊等人不听劝阻，果去看灯，中了巴山蛇计策被捕。巴山蛇欲讹诈三千两才予以放人，童威等人只凑了两千两，走投无路之际只能干起老本行做强盗。

未预料的是行事对象竟然是乐和与花荣家眷，乐和为救李俊等人定下计策，令花荣之子花逢春扮作王黼公子王朝恩的兄弟去拜访吕志球，将其骗出来，花逢春以随母出游路过常州前来拜访为由，让吕志球自然而然上船回礼答拜，等吕志球到码头，将其单独骗出，并迅速控制住，救出李俊等人，又扮作吕志球亲随，到巴山蛇家中将其制服，胁迫巴山蛇答应了三事，替百姓做了主。“智斗巴山蛇”整段故事离奇曲折，一波三折，最后江湖侠客打倒了奸官恶吏，结局皆大欢喜。这种诈作他人的计谋在《水浒传》中不少，与“智斗巴山蛇”最为接近的是第五十九回《吴用赚金铃吊挂　宋江闹西岳华山》，不同的是《水浒传》只有梁山好汉一方用计，仅为救鲁智深、史进等人，而《水浒后传》是反派与正派同时用计，正派技高一筹，最终不仅救了李俊等人，还帮了一方百姓。从精彩程度和格局而言，《水浒后传》更胜一筹。

二、燕青献黄柑

“燕青献黄柑”出自《水浒后传》第二十四回《换青衣二帝惨蒙尘　献黄柑孤臣完大义》，节选原文如下。

却说金兵羁留二帝，并后妃宗室尽驱归北。因追索金银缎匹不完，屯扎在驼牟冈。其时四野萧条，万民涂炭。戴宗、杨林要到饮马川回复李应，燕青道：“我有桩心事未完，再消停两日。”问他，又不肯说。次早对杨林道：“今日我同兄长到一处去完心事，戴院长且住在这里。”燕青扮做通事模样，拿出一个藤丝织就紫漆小盒儿，口上封固了，不知甚么东西在里面，要杨林捧着，从北而去。约有十五里多路，只见一座山冈下，平坡之上，扎一个大营。排千余顶皮帐，数万金兵屯驻。杨林道：“怎么走到这个所在来？”燕青道：“你只不要开口，只顾随我走。”到得营边，杨林举目一看，但见：

刀枪密密，戈戟重重。皂雕旗，闪万片乌云；黄皮帐，映千山紫雾。如山马粪，大堤上消尽无数莺花；遍地人头，汴渠中流出有声膏血。悲笳吹起，惨动鬼神；呐喊声齐，振摇山岳。石人见了也生愁，铁汉到来多丧胆。

杨林是个杀人不眨眼的魔头，见了不觉毛发直竖，身子寒抖不定。燕青神色自若，向着守营门的官丁打了一回话，叫小校执枝令箭引他两个进去。转过几个大营盘，中央一座帐房，内有二三百雄兵把守，摆列明晃晃刀枪。只见太上教主道君皇帝，头戴一项黑纱软翅唐巾，身穿暗绿团花九龙环绕的袍子，系一条伽南香嵌就碧玉带，着一双挽云镶锦早朝鞋。一片红毡铺着，坐在上面，眉头不展，面带忧容。燕青走进帐房，端端正正朝上拜了五拜，叩三个头，跪着奏道："草野微臣燕青，向蒙万岁赦免。罪犯流落江湖，天高地厚之德，粉身难报！今闻北狩，冒死一觐龙颜。"道君皇帝一时想不起，问："卿现居何职？"燕青道："臣是草野布衣。当年元宵佳节，万岁幸李师师家，臣得供奉，昧死陈情，蒙赐御笔，赦本身之罪，龙札犹有。"遂向身边锦袋中取出一幅恩诏，墨迹犹香，双手呈上。道君皇帝看了，猛然想着道："原来卿是梁山泊宋江部下。可惜宋江忠义之士，多建功劳，朕一时不明，为奸臣蒙蔽，致令沉郁而亡。朕甚悼惜！若得还宫，说与当今皇帝知道，重加褒封立庙，子孙世袭显爵。"燕青谢恩。唤杨林捧过盒盘，又奏道："微臣仰觐圣颜，已为万幸。献上青子百枚、黄柑十颗，取苦尽甘来的佳谶，少展一点芹曝之意。"齐眉举上。上皇身边止有一个老内监，接来启了封盖。道君皇帝便取一枚青子纳在口中，说道："连日朕心绪不宁，口内甚苦。得此佳品，可以解烦。"叹口气道："朝内文武官僚，世受国恩，拖金曳紫。一朝变起，尽皆保惜性命，眷恋妻子，谁肯来这里省视？不料卿这般忠义，可见天下贤才杰士，原不在近臣勋戚中！朕失于简用，以致如此。远来安慰，实感朕心。"命内监取过笔砚，将手内一柄金镶玉把白纨扇儿，吊着一枚海南香雕螭龙小坠，放在红毡之上，写一首诗道：

笳鼓声中藉毳茵，普天仅见一忠臣。

若然青子能回味，大赉黄柑庆万春。

写罢，落个款道："教主道君皇帝御书。"就赐与燕青道："与卿便面。"燕青伏地谢恩。上皇又唤内监："分一半青子黄柑，你拿去赐与当今皇帝，说是一个草野忠臣燕青所献的。"内监领旨而去。燕青还要俄延，当不得执令旗的小校连次催促，止不住泪落满腮，上皇亦掩面而泣。又降玉音道："和议已成，蒙金朝大元帅许放我父子回朝。那时宣卿特授清职。"燕青复拜了四拜，随小校而出。守营官见燕青手内纨扇上有字迹，恐传递机密事情，细细盘问，燕青解与他听，方才放出。

（陈忱：《水浒后传》，岳麓书社，1998，第175—176页。）

“燕青献黄柑”乃是徽、钦二宗被金人掳去之后，杨林、戴宗欲回饮马川，燕青言有心事未完，扮作通事模样，封了黄柑青子，闯金军大营见昔日帝王。此片段乃是《水浒后传》中最为精彩的片段之一，具有丰富的思想内涵与极高的艺术价值。

（一）强化原著中的“忠义”概念

燕青在《水浒传》中为“天巧星”，形象塑造已颇为出色，为人忠义，是卢俊义的心腹家仆，曾舍命救护卢俊义；文武双全，多才多艺，在招安环节中，通过李师师打通了道君皇帝的关节，促成了招安；了身达命，征方腊后看出“狡兔死走狗烹”之结局，飘然身退。无论如何，《水浒传》中燕青的形象是一个忠义机敏的奴仆形象。《水浒后传》中燕青依然承袭了原著忠义机敏的特征，而又强化了这一特征。

在“燕青献黄柑”事迹中，对于当年赦免自己的徽宗，燕青同样将生死置之度外，前去面见，这一份带有民族性的大义大忠，已然超越了其对卢俊义所尽的奴仆之忠。如此行为，让徽宗亦不免感慨“朝内文武官僚，世受国恩，掩金曳紫。一朝变起，尽皆保惜性命，眷恋妻子，谁肯来这里省视？不料卿这般忠义，可见天下贤才杰士，原不在近臣勋戚中”。也正是梁山好汉这些忠义之举，使得三朝皇帝也在反思自己的行为，宋徽宗言：“可惜宋江忠义之士，多建功劳，朕一时不明，为奸臣蒙蔽，致令沉郁而亡。”

当然，燕青的忠义行为不仅仅于此：听闻宋江、卢俊义被害，他先去卢州卢俊义坟前哭坟，又去楚州宋江墓前祭拜；前往大名府赎回卢二安人和小姐；深入虎穴救出罹难的关胜，再探虎穴，救出关胜老小；主张饮马川人马投奔抗金名将宗泽，以图中兴等，都能看出《水浒后传》在“忠义”方面的强化。

（二）写景状物，烘托气氛，情景交融

《水浒后传》中写景状物，烘托气氛之处颇多，往往在写人物的活动时加进几笔景物描写，造成情景交融的艺术效果。像“燕青献黄柑”中金军过后“四野萧条，万民涂炭”，可见战火过后，世间给人满目疮痍之感。燕青带杨林闯入数万金兵的驻营，小说描写大营之景，“刀枪密密，戈戟重重……悲笳吹起，惨动鬼神；呐喊声齐，振摇山岳。石人见了也生愁，铁汉到来多丧胆”。陈忱用凝重之笔，渲染了金军营帐囚徒满地、一片肃杀、阴森恐怖的氛围。“杀人不眨眼的魔头”杨林见了这般情景，也“不觉毛发直竖，身子寒抖不定”，而燕青却“神色自若”与守营官兵对话。与道君皇帝会面后，杨林又伸着舌头说：“吓死人！早知这个所在，也不同你来。亏你有这胆量!”杨林的话中更加衬托出燕青大无畏的英雄气概。

此类情景交融之境尚多，如第八回写乐和登雨花台，第九回写李俊太湖赏雪，第十四回写戴宗泰山观日出等，有时人物之情紧随写景状物而出，第三十八回写燕青、柴进等人登吴山俯瞰临安景象，柴进不禁感慨："可惜锦绣江山，只剩得东南半壁！家乡何处？祖宗坟墓，远隔风烟。如今看起来，赵家的宗室比柴家的子孙也差不多了。对此茫茫，只多得今日一番叹息。"

小说的语言也是造就情景交融的艺术效果的重要原因，《水浒后传》的语言虽比不上《水浒传》那样生气勃勃，却也平易流畅，生动传神，富有表现力，使读者受到感动，也增强了作品的可读性。像写人物神情毕肖，道君皇帝身着"暗绿团花九龙环绕的袍子"，但坐在"一片红毡铺着"的地上，"眉头不展，而带忧容"。三言两语就写出了亡国之君的"哀艳"。

（三）叙事生活化、抒情化

《水浒后传》是《水浒传》的续述，同属于英雄传奇小说，但与其他英雄传奇小说不同的是，《水浒后传》的草莽气、传奇色彩并不浓厚，更多的是生活化与平淡化，叙事的抒情写意性得到了增强。像片段中燕青探视被俘的宋徽宗，献上青子黄柑，并未突出燕青身履险境的智勇，情节只有短短的数句，"燕青神色自若，向着守营门的官丁打了一回话，叫小校执枝令箭引他两个进去"，甚至读者都不知燕青如何轻易便见到了徽宗，令箭从何而来，小校又如何轻易相信，打了一回话的内容究竟是什么。这些疑问《水浒后传》全未解答，似乎怕传奇性故事的构建冲淡了接下来的抒情氛围。片段主要写了燕青和成了阶下囚的徽宗十分动情的对话，似极平淡，却意蕴深沉，仅仅是寥寥数句，便表露出浓郁的感伤情绪。

当然这种情绪的由来，甚至小说叙事生活化、抒情化的由来，与作者陈忱的际遇相关。陈忱生于明末清初的乱世，目睹了清军南侵的种种暴行，友人也皆是民族气节很强之人，自身又是正统的儒者，所以《水浒后传》其实是反映陈忱民族思想、爱国思想的作品，书中对徽宗的探视、对北宋灭亡的描写，寄寓着作者对故明的眷恋之情。在这种心态下，《水浒传》的征辽情节与陈忱的亡国之慨产生了共鸣，因为北宋末年的社会与明末清初的社会何其相似，在这种共鸣之下，陈忱已无暇顾及小说其他的思想内容，只想将自己的一腔情绪表达出来。

胡适曾在《水浒续集两种序》中评价"燕青献黄柑"是著者寄托最深、精神最灌注的地方，是最感动人的文章，"真当得'哀艳'二字的评语！古来多少历史小说，无此好文章；古来写亡国之痛的，无此好文章；古来写皇帝末路的，无此好文章"。

第四节 《说岳全传》研读

《说岳全传》是以南宋岳飞的成长历史为题材的英雄传奇小说，作者以史实为基础，大胆进行艺术虚构，把岳飞的英雄形象塑造得丰满生动，既突出了岳飞的精忠报国、英勇善战、功勋赫赫，又渲染了他的愚忠思想。此外，作品还成功塑造了牛皋、秦桧、金兀术等家喻户晓的人物，为中国古代小说人物画廊增添了一批各具特色的形象。接下来研读“岳飞枪挑小梁王”这个经典片段，以小见大，来了解《说岳全传》的思想内容与艺术成就。

“岳飞枪挑小梁王”的故事在《说岳全传》第十二回《夺状元枪挑小梁王　反武场放走岳鹏举》，节选原文如下。

且说那梁王与岳飞立了生死文书，心里就有些慌张了，即忙回到帐房之中。列位看官，这又不是出征上阵，只不过考武，为什么有起帐房来呢？一则，他是一家藩王，比众不同；二来，已经买服奸臣，纵容他胡为，不去管他；三来，他是心怀不善，埋伏家将虞候在内，以备防护。故此搭下这三座大帐房：自己与门客在中间，两旁是家将虞候并那些亲随诸色人等。这梁王来到中间帐房坐定，即唤集家将虞候人等齐集面前，便道：“本藩今日来此考武，稳稳要夺个状元。不期偏偏的遇着这个岳飞，要与本藩比试，立了生死文书，不是我伤他，定是他伤我。你们有何主见赢得他？”众家将道：“这岳飞有几个头，敢伤千岁？他若差不多些就罢；若是恃强，我们众人一拥而出，把他乱刀砍死。朝中自有张太师等作主，怕他怎的？”

梁王听了大喜，重新整理好了，披挂上马，来到校场中间，却好岳大爷才到。梁王抬起头来，看那岳飞雄赳赳，气昂昂，不比前番胆怯光景，心中着实有些胆怯，叫声：“岳举子，依着孤家好！你若肯把状元让与我，少不得榜眼、探花也有你的分，日后自然还有好处与你。今日何苦要与孤家作对呢？”岳大爷道：“王爷听禀，举子十载寒窗，所为何事？自古说：‘学成文武艺，原是要货与帝王家的。’但愿千岁胜了举子，举子心悦诚服。若以威势相逼，不要说是举子一人，还有天下许多举子在此，都是不肯服的！”

梁王听了大怒，提起金背刀，照岳大爷顶梁上就是一刀。岳大爷把沥泉枪咯当一架。那梁王震得两臂酸麻，叫声：“不好！”不由心慌意乱，再一刀砍来。岳大爷又把枪轻轻一举，将梁王的刀枭过一边。梁王见岳飞不还手，只认他是不敢还手，就胆大了，使开金背刀，就上三下四、左五右六，望岳大爷顶梁颈脖上只顾砍来。岳大爷左让他砍，右让他砍，砍得岳大爷性起，叫声："柴桂！你好不知分量。差不多，全你一个体面，早些去罢了，不要倒了楣呀！"梁王听见叫他名字，怒发如雷，骂声："岳飞好狗头！本藩抬举你，称你一声举子，你擅敢冒犯本藩的名讳么？不要走，吃我一刀！"提起金背刀，照着岳大爷顶梁上呼的一声砍将下来。这岳大爷不慌不忙，举枪一架，枭开了刀，耍的一枪，望梁王心窝里刺来。梁王见来得利害，把身子一偏，正中肋甲绦。岳大爷把枪一起，把个梁王头望下、脚朝天挑于马下；复一枪，结果了性命。只听得合校场中众举子并那些看的人，齐齐的喝一声采。急坏了左右巡场官；那些护卫兵丁军夜班等，俱吓得面面相觑。巡场官当下吩咐众护兵："看守了岳飞，不要被他走了。"那岳大爷神色不变，下了马，把枪插在地上，就把马拴在枪杆之上等令。

（钱彩：《说岳全传》，岳麓书社，2019，第 71—72 页。）

《说岳全传》有许多脍炙人口的名段，"岳飞枪挑小梁王"即是其中之一，此片段以细腻的笔触，描绘了岳飞与众兄弟上京参加武举考试，一枪刺死想倚仗权势夺取状元的小梁王的故事。此段可以看出《说岳全传》不俗的艺术功力以及整部书的思想基调。

（一）刻画了有血有肉的英雄人物形象

"岳飞枪挑小梁王"之事发生在岳飞年轻之时，此时已能看出岳飞身上的许多优良品质。小说在第九回开始写岳飞与众兄弟来东京，听宗泽说丞相张邦昌受了小梁王柴桂的贿赂，把武举状元许给了柴桂。听闻此言，岳飞并未愤慨异常，而是求宗泽，希望他能做主。比试期间，宗泽训斥了小梁王一顿，张邦昌也想骂岳飞一顿出出气，不承想对于张邦昌的刁难，岳飞回答得不卑不亢，张邦昌无话可说。随后张邦昌让岳飞、小梁王二人先文斗，以各自的兵器为文，写一篇兵器论，小梁王还未成文，岳飞即已交卷。张邦昌阅后，对岳飞的文才惊异不已，甚至觉得在自己之上，但他依旧诋毁岳飞的文才。在宗泽出面制止且讽刺了张邦昌几句嫉贤妒能后，张邦昌才让岳飞与小梁王比试射箭，但暗中却做手脚，把一百数十步的箭垛移到两百四十步。没想到岳飞丝毫不受影响，一连射出九箭，"九枝箭俱从一孔而出"。岳飞高超的箭法惊得小梁王不战而退。

两番不成，小梁王又心生一计，"箭是比他不过了，不若与他比武，以便将言语打动他，令他诈输，让这状元与我。若不依从，趁势把他砍死，不怕他要我偿命”。在这样的情势下，岳飞展现了矛盾的心态，一方面不想向小梁王屈服，答应小梁王的条件，从而放弃自己的理想，让天下英雄看轻；另一方面，又因为自己与小梁王有尊卑之分，若贸然伤了小梁王，不仅自身性命难保，还会连累他人。正因为有此为难，岳飞在与小梁王的第一番交手中，畏首畏尾，只能采取守势，连宗泽也认为岳飞武艺不佳，临场胆怯。但岳飞却早想出策略，与小梁王签订生死状，比武过程中，生死自负。待到第二番战时，胆怯的小梁王还欲利诱岳飞，被岳飞断然拒绝。小梁王恼羞成怒，举刀向岳飞砍来，岳飞起初只是想让小梁王知难而退，让了小梁王几招，不料小梁王得寸进尺，岳飞忍无可忍，只三枪便结果了小梁王，“这岳大爷不慌不忙，举枪一架，枭开了刀，耍的一枪，望梁王心窝里刺来。梁王见来得利害，把身子一偏，正中肋甲绦。岳大爷把枪一起，把个梁王头望下、脚朝天挑于马下；复一枪，结果了性命”。事后，岳飞“神色不变，下了马，把枪插在地上，就把马拴在枪杆之上等令”，何等泰然自若。

仅仅是一段枪挑小梁王的故事，就将岳飞的英雄形象刻画得血肉丰满，色彩鲜明。岳飞善于审时度势，他亲耳听见权臣之间的肮脏勾当，但并未怒发冲冠，失去理智，而是求宗泽做主；面对小梁王时，也并未逞强蛮干，而是考虑到实际情况，冷静对待。此外，小说塑造的岳飞具有以下特点：才华横溢，所写《枪论》之文采，连对头张邦昌都暗赞不已。武艺高强，无论是箭法还是枪法都极为出众，箭法九星连珠，枪法更是三枪刺死了小梁王。谋略出众，在陷入与小梁王争斗的两难境地之时，并未选择妥协退让，也未选择玉石俱焚，而是在二者之间用智谋赢得一线求生之机。沉着稳重，杀死小梁王可能要面临杀身大祸时，依旧神态自若，行动自如，颇有大将之风。

此段情节之中，矛盾集中，情节波澜起伏，不仅岳飞的英雄形象塑造得极为出色，其他的英雄像刚正不阿的宗泽，粗豪爽快的牛皋等，也给读者留下了较为深刻的印象。

（二）揭露了朝廷腐败以及奸臣当道的现象

岳飞在朱仙镇大破金兵“连环马”“铁浮陀”，金军溃不成军，正当岳飞准备直捣黄龙府之时，朝廷内有奸臣构陷岳飞，十二道金牌令岳飞立即回京，致使抗金事业毁于一旦。而奸臣当道与朝廷腐败正是南宋朝廷的历史遗留问题，这一点在“岳飞枪挑小梁王”之时便已显现。小梁王本是柴世宗后裔，受封一方藩王，惯于养尊处优，作威作福。小梁王利令智昏，一方面结交太行山贼匪，一方面企图夺取武状元，结交同年进士，培植私人势力，伺机复辟后周王朝。如此狼子野心之辈，却用贿赂的方式把今科武举四个主考官当中的三个给贿赂了，一个是丞相张邦昌，一个是兵部大堂王铎，一个是右军都督张俊，唯独宗泽未被贿赂，于此也可见宋廷当时官员的腐败到了何种境地，连为国抡才的科举都能舞弊。

作为《说岳全传》前期的大反派角色，张邦昌将奸臣的无耻嘴脸体现得淋漓尽致，先是以讯问刁难岳飞，无果后又无视岳飞的文才，颠倒黑白，欲将岳飞赶出校场。被宗泽抢白后，又在比武之时动手脚，将一百数十步的箭垛移到两百四十步。又无果后，岳飞与小梁王立了比斗生死状，岳飞将小梁王三枪刺死，张邦昌完全无视生死状，让人将岳飞绑了斩首号令，但又看牛皋、张显、汤怀、王贵等人发作要杀了自己，立马服软，放了岳飞。这一件件、一桩桩的事情都发生在这“枪挑小梁王”事件内，足以刻画出张邦昌奸佞狡诈、欺软怕硬的形象。

第五节 《飞龙全传》研读

《飞龙全传》是以赵匡胤的发迹变泰为题材的英雄传奇小说，小说从后汉隐帝(948)写起，到北宋立国为止，前后共计二十年的故事。全书七虚三实，铺陈敷衍，多采俚巷俗说，保留不少民间讲史平话的粗豪气息。其中不少人物形象生动鲜明，尤以郑恩为最。接下来研读《郑子明恼打园公　陶三春挥拳服汉》这个经典片段，以小见大，来了解《飞龙全传》的思想内容与艺术成就。

这个故事在《飞龙全传》第四十回，节选原文如下。

……正见有个黑汉，坐在地上吃瓜。心中发恼，走上前来喝声：“黑贼！你是那里来的，擅敢闯进园来偷取瓜吃？”郑恩见他来问，把瓜放在一边，笑嘻嘻的答道：“乐子走得渴了，因见你们的瓜生得中意，故在这里吃这几个。直得甚么，你便这等小气！”那园公道：“好黑贼！别人家辛苦多时，成功了这园好瓜，正待货卖；你这黑贼却来现成受用。你偷吃，便道生得中意；我们自己种下的，倒不中意？”郑恩道：“你这等说，乐子便不吃了。”园公道：“也罢！你既吃了我瓜，老实给还了钱，我便放你出去。”郑恩道：“这却难哩！乐子又没有带钱，那里得给你？只算你做个东，请了乐子罢。”那园公听了郑恩说的“老子”，便啐了一声：“谁是你的老子？你老子从来不肯请人的！你偷吃了瓜，休说这梦话。还了钱便罢，若不还时，我有本事请出一个人来，把你这贼吊打了三百，还要剥你的狗皮抵瓜钱。”郑恩听了，心头火发，大骂：“驴球入的，乐子吃了几个瓜，你们便要吊打，剥乐子的皮。若乐子讨了你们女娃娃的便宜，你待怎的？”一面说话，一面立起身来，照着园公一掌，打了个倒栽葱。那园公跌得昏天黑地，扒将起来，手里的鱼肉多累了泥。他把郑恩狠狠的看了一看，竟往里面跑去了。郑恩不去理他，仍然坐下把瓜来吃。

…………

说话之间，三春走到郑恩面前，把手一指道：“你这黑汉好没分晓！人家费钱赔力种下的瓜，你不问生熟，倚仗强梁，进来白吃，还要打人，是何道理？”郑恩身也不动，睁着两只雌雄眼，瞧定了三春，说道：“女娃，你在这里说乐子么？”三春听了，恼触心怀，双眉一皱，二目圆睁，喝道：“黑贼！你因天热，偷瓜也便可恕；打了园公，亦还饶得；绝不该大胆胡言，欺负于我，你要做谁的老子？”右脚往前，只迈上一步；伸手过来抓住了郑恩，在前只一提——这小姐果是利害，两条臂膊，好似牛筋裹了铁尺。这一提，又往下一按，早把郑恩跌了个扑势，背朝天，脸着地，鼻孔嘴脸都印了泥。三春左手按住了郑恩，右手举拳向他背梁上一连几下，打得郑恩火星直冒。

（吴璿：《飞龙全传》，人民文学出版社，1981，第357—361页。）

《郑子明恼打园公　陶三春挥拳服汉》主要讲述了赵匡胤的结义兄弟郑恩偷瓜且殴打园公，后被陶三春制服的故事。此片段可以看出《飞龙全传》在塑造人物与制造喜剧冲突方面的艺术特色。

（一）巧妙运用误会、巧合等制造喜剧冲突

《郑子明恼打园公　陶三春挥拳服汉》主要写了两场打斗：郑恩恼怒打园公，陶三春挥拳服汉。两场打斗的起因源于一种巧合、两场误会。作者巧妙运用误会与巧合制造喜剧冲突，塑造了喜剧人物形象。误会与巧合皆来自郑恩的自称“乐子”一词，这个称呼与鲁智深的“洒家”一样，只是一种方言声口自称，并非侮辱性行为。郑恩见谁都是如此自称，像见苗光义、赵匡胤、柴荣等，甚至自忖时都是如此，“暗自忖道：‘乐子常听人说，真龙出现，定是真命天子。想来此人必定就是圣驾，乐子的造化稳稳的了。这油篓事小，救驾事大。待乐子走上前去，便见明白’”。

因为“乐子”谐音“老子”，园公与陶三春都认为郑恩是自称“老子”，有侮辱他们之嫌，所以造成误会，恼羞成怒。园公“啐了一声：‘谁是你的老子？你老子从来不肯请人的！你偷吃了瓜，休说这梦话。还了钱便罢，若不还时，我有本事请出一个人来，把你这贼吊打了三百，还要剥你的狗皮抵瓜钱”，陶三春所愤怒者也

是因为自家父母去世，而郑恩却自称“老子”，“你因天热，偷瓜也便可恕；打了园公，亦还饶得；绝不该大胆胡言，欺负于我，你要做谁的老子?”此一误会被作者连续两次巧妙运用，而应对方式却各有不同，园公认为郑恩占了便宜，也从嘴上占回来，陶三春则直接挥拳相向。不仅如此，此一误会也一步步让喜剧冲突走向高潮。陶三春第一次听到“乐子”二字，只是“恼触心怀，双眉一皱，二目圆睁”，第二次再听到“乐子”，加之园公在一旁拱火，“三春大怒，提着拳头，一连又是十数下，打得郑恩痛苦难忍，叫号连天”。

此一片段中多次运用误会与巧合的技法制造冲突，本应有堆砌雷同之感，但因为作者善于把握叙事结构，在大冲突中套小冲突，层层铺垫，制造波澜，所以使得雷同之感并不明显。故事的大冲突是“郑恩恼打园公”与“陶三春拳打郑恩”，前者又是后者的前奏与铺垫。两场大冲突又有各自的小冲突，“郑恩恼打园公”从园公“心中发恼”“便啐了一声”到郑恩“心头火发”，“陶三春拳打郑恩”从三春“恼触心怀”到“大怒”，两次冲突皆由口角到武斗，反复激化矛盾，叙事条理分明。

(二)塑造了典型的“浑人”与女英雄形象

郑恩是小说史上有名的“浑人”形象，可与李逵、孟良、程咬金等相媲美，片段之前已有多处体现，像第八回《算油梆苗训留词　拔枣树郑恩救驾》，赵匡胤被郑恩救起后，看到郑恩赤裸身体行走，让郑恩穿好衣服再行路，郑恩却不以为意，完全不顾世俗眼光，只答道：“浑身上下的衣服，都落在水里流去了，止剩下这个收钱的油布兜肚，遮遮这话儿罢了，还要寻他怎么?”第十四回郑恩在孟家庄吃了饭，当店家问他要钱时，他直言自己没有钱，让店家记在账上，店家不肯，便打算把自己的草鞋抵押于此。如此行径，简直令人哭笑不得。

此片段中郑恩同样有此做法，只因渴了，见到果园，“不管有人没人，闯将进去，就往那茂密之处，拣了一个绝大的西瓜，随身坐在地上，把瓜只一拳，打成三四块，递到口便吃”。被园公发现后，骂郑恩是偷瓜贼，郑恩不以为意，还笑嘻嘻地答话，甚至认为“直得甚么，你便这等小气!”当园公让郑恩留下吃瓜钱时，郑恩依旧能厚着脸皮说：“这却难哩！乐子又没有带钱，那里得给你？只算你做个东，请了乐子罢。”“浑人”形象除了鲁莽冒失之外，也有狠辣暴力，所以当园公出言不逊后，郑恩一掌便将园公打倒在地，打完人后继续坐下来吃瓜，颇似李逵杀了李鬼后，旁若无人地吃饭。

通俗小说当中最早塑造的女英雄形象要追溯到《水浒传》中的扈三娘、孙二娘、顾大嫂。其中分为两类，一类是武艺高强而美貌，如扈三娘；一类是武艺高强而男性化，如孙二娘。陶三春的女英雄形象是沿着武艺高强而男性化的方向继续发展的。《水浒传》中孙二娘的外貌特征只是粗犷、男性化，“眉横杀气，眼露凶光。辘轴般蠢坌腰肢，棒槌似桑皮手脚。厚铺着一层腻粉，遮掩顽皮”。《飞龙全传》陶三春的形象则完全是朝着貌丑发展了，“貌，怪。形容，丑态。青丝发，金线盖。黑肉丰颐，横生孤拐”。当然，女英雄形象最重要的便是武艺，书中除描述力压郑恩外，在出场之时便有介绍“只说他两条膀臂犹如兵器一般，恁他勇猛的人，也不敢近他的身。自小最好武艺，爱看兵书，十八般兵器件件皆能，跑马射箭只当玩耍……因此背地里送他一个隐号，叫做‘母大虫’”，更是提到之后陶三春“领兵下江南解围救驾。在双钻山收了刘金定，二龙山活擒元帅宋继秩，刀劈泗水王楚豹”等诸多的功绩。

思考园地

1. 简述明清英雄传奇小说的三种类型及代表作品。
2. 简述明清英雄传奇小说的发展历程。
3. 《水浒传》是如何成书的？
4. 分析《水浒传》的主要思想内容与艺术成就。
5. 分析《水浒后传》的主要思想内容与艺术成就。
6. 《说岳全传》是如何塑造岳飞形象的？
7. 《飞龙全传》是如何制造喜剧效果的？

参考答案

第三章

明清神魔小说研读

学习要点

- 了解神魔小说的文体特征。
- 了解明清神魔小说的总体情况。
- 研读《西游记》《封神演义》《西游补》《绿野仙踪》等神魔小说，了解其叙事特点及成就。

神魔小说是明清章回小说的一种主要题材类型，甚至一度与世情小说作为明代中晚期白话小说的“两大主潮”。这是一种以神魔斗法较量为情节主体或焦点的小说，或基于历史本事，或整合佛、道及民间宗教神祇的神异事迹，攒凑、融合各种神话、传说、民间故事的素材，在周期性的神魔冲突中展开叙述。题材本身的传奇性（尤其提供一种“耳目之外”的新奇感）使其受到当时市民大众的欢迎，一部分作者又具有较高艺术造诣，善于组织情节、塑造人物、刻画形象、再现场景，在题材之“奇”的基础上，营构出叙事之“奇”，生产出《西游记》《封神演义》《西游补》《绿野仙踪》等优秀作品。

神魔小说的概念，始于鲁迅。在《中国小说史略》中，鲁迅描述了其对于这类小说的界定策略：“且历来三教之争，都无解决，互相容受，乃曰‘同源’，所谓义利邪正善恶是非真妄诸端，皆混而又析之，统于二元，虽无专名，谓之神魔，盖可赅括矣。”

在《中国小说的历史的变迁》中，鲁迅进一步解释道：“当时的思想，是极模糊的，在小说中所写的邪正，并非儒和佛，或道和佛，或儒道释和白莲教，单不过是含胡的彼此之争，我就总括起来给他们一个名目，叫做神魔小说。”

受其影响，后世学者多沿用这一概念。当然，在具体的言说活动中，尤其针对特定作品时，个别学者也使用诸如“神话小说”“神怪小说”“童话小说”等概念，但比较起来，鲁迅的界定仍是目前最具学理性的。

其他概念主要是着眼于故事素材的。这符合明清时期章回小说分类的一般逻辑，即以素材的差异代替体式的差异，如历史演义、英雄传奇、世情小说、公案小说、狭邪小说等，从表面上看都是从素材角度给出的定义。尤其落实到特定作品时，某些概念也确实更贴合具体的素材来源，比如康熙年间沈嘉然的《大禹治水》，就可以称作神话小说；再如早期的《钱塘湖隐济颠禅师语录》，应该是从宋元话本发展而来，汇总了济颠禅师的神异事迹，涉及不少降妖除怪内容，似乎称作神怪小说更为合适。

而从素材的历史连续性角度出发，一部分学者尤其倾向于使用“神怪”这一概念。林辰的《神怪小说史》是其中的代表。该书绪论部分首先区别了“志怪”“神怪”“神魔”等概念，认为“神怪小说”是历史最悠久、涵盖面最广的概念。从题材大类的历史连续性（尤其通史的撰写策略）来看，以“神怪”之名统摄包括杂传、笔记小说、传奇小说、话本小说、章回小说等体式在内的相关文本，无疑是合理的，也是颇具操作性的，但这容易令人忽略体式差异，而体式差异才是小说分类的根本标准。

如果只看素材，则历代各体式“神怪小说”，无非是用不同的框架，讲述同一题材的故事，但叙述的差异性恰恰是通过框架表现出来的。不同的框架，有不同的艺术传统和表现成规，有特定的叙述策略。其中固然有连续性，但主要是差异性——某种框架之所以被认定为区别于历时参照与共时参照的“这一种”，是因为我们发现了属于它自己的叙述规矩。同一个故事(比如某神祇降伏某魔怪)可以在不同的体式中传递：笔记小说可以叙述它，传奇小说可以叙述它，话本小说可以叙述它，章回小说当然也可以叙述它。从题材看，相关作品当然都可以归入神怪小说，但我们总要从散点透视进入焦点透视，将目光聚焦在特定体式上；停留于素材层面，我们就只能看到一个又一个故事，而非一段又一段叙述。

鲁迅提出的神魔小说，就不纯粹是从素材层面出发的。它首先暴露出这类小说对于二元对立的意态结构的依赖。

所谓意态结构，指“小说情节构思间架”。(石昌渝《中国小说源流论》)从上古神话开始，中国叙述就形成了一种稳定的意态结构，即在二元对立的冲突中展开故事，这提供了叙述发展的持续动力，也便于安排核心功能与催化功能，构成序列，最终形成情节。从早期的《三遂平妖传》开始，神魔小说就使用了这种意态结构，在《西游记》《封神演义》中，这种意态结构表现得格外突出，直到清末民初如《百大妖精斗法奇观》《四大妖精》等衰退期(或言终结期)的作品中，我们依旧可以看到这种意态结构在发挥作用。鲁迅所谓“义利邪正善恶是非真妄诸端，皆混而又析之，统于二元”，就是发现了这一稳定的意态结构，用“神魔”二字，无非是借其进行更为形象的描述，对“魔”字的涵盖能力，今人固然可以有争议，但鲁迅的界定策略不是纯粹从素材出发的，而是把握了这类小说的叙述实质，且相沿成习，没有必要另觅其他词汇了。

第一节 明清神魔小说概况

对明清神魔小说概况的描述，既可以是历时性的，也可以是共时性的。基于中国古代文学研究的一般逻辑，我们采用前一种方法，历时性地描述明清神魔小说的发展过程。

历时性研究的一个基本操作，就是切分对象的演进过程，划出若干阶段，而目前绝大多数对于具体小说体式发展过程的描述，仍然受到“文学进化论”的影响，习惯勾勒一种“起伏发展”的刻板形态，甚至画出一道“发生—发展—繁荣—衰退”的抛物线。受制于文学史教材的体例，本节依旧采用“文学进化论”的逻辑，仅尝试调整抛物线的开口形态，将明清神魔小说的发展历程总结为五个阶段：初兴期、发展期、因革期、衰退期、终结期。

一、初兴期的神魔小说

初兴期在洪武元年(1368)至万历二十年(1592)之间。这一时期出现的作品极少，只有《三遂平妖传》《钱塘湖隐济颠禅师语录》《西游记》《封神演义》四部，但扛鼎之作也是在此时问世的。所以说，这里的"初兴"，不是刻板印象中的"发轫"，而是包含代表神魔小说最高艺术成就的作品。从作品数量看，这当然是方兴未艾的阶段；从艺术品位看，此一时期的代表作，则足以睥睨后来出现的所有作品——尽管作品总量在增长，但在《西游记》问世以后，神魔小说便在整体上陷入一种庸俗套路，思想旨趣不高，艺术品位也有限，尽管因革期的个别作品(如《西游补》等)，在思想和艺术上不乏可圈可点之处，但在文化魅力和艺术魅力方面，却不足以与《西游记》比肩。也就是说，在以《西游记》为分界点的前、后两个象限里，抛物线的变化趋势是不同的：前半段陡，由初始作品迅速跨越到扛鼎之作；后半段缓，历经发展、因革、衰退、终结，其实是拉长了神魔小说衰退的进程。

《三遂平妖传》，共四卷二十回(后来又有冯梦龙增补四十回本)。《宝文堂书目》著录，未题撰者。今存钱塘王慎修刊本，题"东原罗贯中编次"。如此看来，罗贯中在中国古代小说史上的地位，绝不仅仅是开创了章回体小说一体，并编创了历史演义的开山之作，还在于他基于特定的文艺兴趣，对"改写"期白话小说的主流艺术经验进行了全面的总结，也为后来历史演义、英雄传奇、神魔小说三种题材类型的流行，做了充分的艺术准备。

我们习惯称《三国演义》《水浒传》《西游记》为"世代累积"型作品，也就是说在写定本问世前，存在一个漫长的集体"改写"阶段。作为一个可能"有志图王"的故事家，罗贯中对"讲史"类的故事尤其感兴趣——"三国"故事与"水浒"故事都是典型的"讲史"题材，而《三遂平妖传》以王则起义为本事，说到底还是"讲史"的变相，只不过相关故事来自其他类型——在《醉翁谈录》的宋元话本中，"妖术"类既有《贝州王则》，又有《千圣姑》(可能为圣姑姑的故事)，"灵怪"类有《葫芦儿》(可能是弹子和尚与杜七圣的故事)，"公案"类有《八角井》(可能是卜吉入八角井情节的原型)。罗贯中在不经意之间，为后来神魔小说提供了一种结构范式，即以"本事"为主线，串联、整合各种以神魔斗法为情节主体或焦点的单元故事。

《钱塘湖隐济颠禅师语录》，全书不分卷，仁和沈孟柈编述，成书于隆庆年间。这是济公系列小说中最早的一种，后来出现的二十回本、十二卷本、三十六则本都是在此基础上发展形成的。此书以济公为主人公，以其出家、行道、显灵事迹为主线，整合各种民间传说，形成比较连贯的情节，人物形象也比较立体。作为早期作品，该书在艺术上还有许多不足之处，“改写”痕迹很重，但在后来出现的各种本子里总能看到它的规模形影。各类戏曲、说唱本子也直接或间接地从此书中汲取叙述经验，可见这部“济公故事汇”对于后世的深远影响。

至于《西游记》与《封神演义》，我们将在第二、三节作专题介绍。

二、发展期的神魔小说

发展期在万历二十一年（1593）至天启七年（1627）之间。此一时期，受《西游记》《封神演义》影响，神魔小说大量出现，逐渐形成气候，而此时“讲史”题材的市场吸引力已下降，“侈谈神怪”的作品成为大众通俗文学消费的“新宠”，甚至与“世情”题材颉颃，成为明代中晚期的主流类型。

之所以出现大量作品，从而保证神魔小说的稳定发展，一方面固然是市场兴趣的彼消此长，另一方面则是前代作品提供的成熟经验——有了现成的改写底本或艺术参照，新（或半新不旧）作品的生产就是很容易的事了。

（一）发展期作品的类型

这里说的类型，主要是从发展期的作品对前代作品的利用情况来看的。作为广义上的“前文本”，初兴期的作品为后世提供了两种直接的文本素材：一是可以删改的现成文本，二是组织文本的叙述范式。

1. 删改旧作而成的作品

如杨（阳）志（致）和的《新锲唐三藏出身全传》（简称杨本）与朱鼎臣的《鼎锲全像唐三藏西游传》（简称朱本）这类作品，应该就是由百回本《西游记》脱胎出来的“简本”（一般认为，杨本成书在朱本之前），此外又有闽斋堂本、唐僧本、杨闽斋本等“删本”，也是基于某（几）种母本删节而成的。至于冯梦龙增补的四十回《平妖传》，学界也习惯称之“新平妖传”。按徐朔方考证，《平妖传》有三个版本系统：一是罗贯中原本，此本早已亡佚；二是据原本删改而成的二十回本；三是冯梦龙增补的四十回本，其中“对前十五回曾有少许改动”。可见“新”文本的生产经常是依托现成的文本。

2. 继承叙述范式的作品

这类作品则是继承了前代作品提供的叙述样范，即在二元对立的意态结构中卷入各类神魔人物，以及与之相关的传说，如《三宝太监西洋记》《南游记》《东游记》《北游记》《铁树记》《咒枣记》《飞剑记》《二十四尊得道罗汉传》《南海观音传》《达摩出身传灯传》《天妃娘妈传》《钟馗全传》《牛郎织女传》《三教开迷归正演义》《韩湘子全传》等。这类作品是发展期神魔小说的主流。

其继承的样范，当然是《西游记》《封神演义》《三遂平妖传》，但仔细考察会发现，前代文本的样范其实没有得到真正继承。按《西游记》等书的叙述是以“事”为根本而展开的——这明显受到前代“讲史”经验的影响，主体情节是由历史本事（分别为玄奘取经、武王伐纣、王则起义）提供的，在以“事”为核心的叙述主干上，卷入一系列“人”。发展期的作品，绝大部分其实是以“人”为根本而展开叙述的，故事连贯的线索是由某一个（组）人物提供的，串联起来的是与之相关的一系列“事”，尤其《北游记》《南游记》《南海观音传》《天妃娘妈传》《钟馗全传》等叙述神祇成道、显圣事迹的作品，在这方面表现得格外突出。这看起来更像《钱塘湖隐济颠禅师语录》的结构。但我们并不是要刻意突出此书对于发展期作品的影响（没有证据说明这种影响），而是要强调一个被忽略的基本事实：发展期的作品主要是从题材上受到《西游记》等书的影响，并未在叙述经验上对前代作品进行扬弃，反而“退行”至一种简单、机械的“故事汇”模式，不是这些作品受到了《钱塘湖隐济颠禅师语录》的影响，而是其结构方式与《钱塘湖隐济颠禅师语录》一样简单朴素。

（二）发展期作品的特点

无论删改旧作，还是继承叙述样范，发展期作品在思想性与艺术性上表现平平。这符合发展期文学作品的一般特征，同时也为后来作品做了必要的艺术准备。

1. 从思想旨趣上看，发展期作品是无足称道的

受《西游记》影响，这一时期的作品大多基于“三教混融”理念来叙述故事，但《西游记》的“三教混融”其实不是一种宗教态度，而是在遵循当时市民信仰的基础上，以玩世不恭的态度叙事写人，作者既不崇佛，也不崇道，也没有鼓吹“三教混融”的理念，佛教、道教、儒家的思想，以及各种民间信仰，在其笔下主要表现为一种“小说知识学”的趣味，埋伏于其间的则是对于人生的观照，对于生活的思考，对于社会现实的揭示与批判，发展期的不少作品则或多或少地流露出特定的信仰。如潘镜若的《三教开迷归正演义》，尽管也观照现实——书中被三教代表（宗孔为儒教代表，宝光为佛教代表，灵明为道教代表）所开化的群“迷”，其实是各种社会丑恶现象与人性缺陷的象征（如叹贫迷、做官迷、好胜迷、狂妄迷、美男迷、妖娆迷、忌妒迷等），但作者鼓吹“三教”的理念也是显豁的，甚至是露骨的。至于《南

海观音传》等作品，更明显是为特定信仰"背书"，看上去更像宗教小说的进一步世俗化。

2. 从艺术品位上看，发展期作品也远达不到《西游记》的成就

"神魔皆有人情，精魅亦通世故"（鲁迅《中国小说史略》）的人物塑造手法，没有得到充分继承，发展期作品所塑造的神魔形象，大多是刻板的，缺乏"烟火"气息的；《西游记》的"幻笔"，也没有被发扬光大，发展期作品更依赖素材本身提供的奇幻性，而普遍缺乏通过事件的巧妙组织，以及场景的生动呈现来获取"奇幻"效果的自觉，这一时期的作者大多满足于讲述"奇幻"故事，而非用"奇幻"的方式来讲故事。在市场尚未饱和，大众消费欲求还比较高的时段，这种依赖素材自身特质的作品，当然可以满足市场期待，但作者普遍缺乏艺术探索自觉的事实，也使得此一时期的作品未能真正推动神魔小说的艺术"发展"。除了"量"上的充实，相关作品并没有继承前代作品的艺术之"质"，更没有实现整体上的"质"之提升。所谓"发展期"，其实也是"平庸期"，甚至是"错失机遇期"——入清以后，神魔小说就很难作为独立类型而发展了。当然，《西游记》的艺术品位本身是难以企及的，其叙述经验形成足够影响，也需要一个足够长的"沉淀发酵"过程，要求晚明时期的神魔小说"及时"继承其经验，也只是一种理想。况且，"错失机遇"的又不只神魔小说，我们无须苛责当时的作者。

三、因革期的神魔小说

因革期在明崇祯元年（1628）至清康熙六十一年（1722）之间。这一时期的作品，一方面出现了不少依傍旧题者，故称其为"因"；一方面又出现了一系列叙述旨趣与方法的变化，故称其为"革"。

（一）因：故事素材上的因袭

在"因"的方面，最典型的就是袭用"西游"题材，或在《西游记》的故事之后，接着展开叙述，如《续西游记》与《后西游记》；或在《西游记》原书情节中插入一段叙述，如《西游补》。

《续西游记》共一百回，作者不详。此书紧接原著情节，叙唐僧等人取得真经之后，如来恐悟空、八戒、沙僧归途中伤害生灵，收缴其武器。师徒归途中又遇妖魔，悟空虽能神通变化，却难以抵挡，幸有如来派比丘、灵虚暗中保护，师徒最终明心见性，除却不净根由。

《后西游记》共四十回，“天花才子”撰，真实姓名不详。此书叙唐僧虽取得真经，却未得真解，唐宪宗便派唐半偈，率领小行者、朱一戒、沙弥，组成新的西行团队，再上灵山。

作为典型的续书，两书在思想与艺术上，都无法与原著媲美，但内部比较而言，《后西游记》的艺术品位略高于《续西游记》，如刘廷玑《在园杂志》卷三所言：“《后西游》虽不能媲美于前，然嬉笑怒骂皆成文章，若《续西游》则诚狗尾矣。”

《西游补》共十六回，董说撰。与上两部书“接着说”的策略不同，此书转而采取“插着说”的策略，在“孙行者三调芭蕉扇”之后，横生出一段情节：孙悟空被鲭鱼（情欲）所迷，进入幻设的青青（情情）世界，历经过去未来，最终又回到取经的故事时间。此书在旨趣与艺术上都达到了相当水平，本章第四节将专门予以讨论。

此外，《醉菩提全传》和《济颠大师全传》也明显是由《钱塘湖隐济颠禅师语录》发展而来的，“因”的成分更多。同类作品还有《扫魅敦伦东度记》，此书与发展期的《达摩出身传灯传》相比，在题材上多有重合之处。

（二）革：叙述旨趣上的变化

在“革”的方面，此一时期的作品大多更明确地借神佛叱咤、魔怪腾挪的故事来讽喻现实，这是与明清时期小说家主体意识自觉的大趋势相适应的。

自晚明以来，尤其进入清代，小说家的主体意识越来越鲜明，通俗小说不仅由“改写”期向“原创”期迈进，也正式进入“文人小说”时代。这是两个完全不同的时期：“改写”期的作品主要是总结、提炼民间集体叙述经验，即便有一位艺术手段较高的作者，也必须首先接受前代叙述的“既成事实”，才能展开叙述。在向“原创”期过渡的阶段，作者的主体意识（尤其个体化的文人精神）也很难清晰地体现出来，叙述旨趣大多仍倾向于市民集体的知识结构、文化修养和审美期待。进入“文人小说”时代，作家表现出更强的主体性，经常自觉地摆脱“媚俗”叙述，不再为了提供简单的、机械的“积极快感”而叙述，转而追求自我疗救的“消极快感”的叙述，最突出的表现就是由“娱乐”性叙述转向“寄寓”性叙述，叙述的目的不再是提供消遣，而是“言志”与“遣情”，反映在神魔小说这一体式上，就是出现了讽喻类作品。其中的代表是刘璋的《斩鬼传》。此书叙钟馗斩妖除邪之事，而书中形形色色的恶鬼，如涎脸鬼、缠绵鬼、捣大鬼、冒失鬼等，都是现实中丑恶现象与人性缺陷的化身。这种讽喻叙述，在前期《三教开迷归正演义》中已见端倪，但《三教开迷归正演义》仍然鼓吹“三教混融”的信仰，《斩鬼传》则更明确地借故事来表达对现实的揭露与批判，如其第一回所说，“世事浇漓奈若何，千般变态出心窝。只知阴府皆魂魄，不道人间鬼魅多”。显然，作者并非要借此书为钟馗信仰“背书”，而是借驱鬼除恶之事来影射现实。

需要说明的是，所谓“因”与“革”，不是割裂的关系。因袭旧题的作品中也存在诸多讽喻成分，如《西游补》《扫魅敦伦东度记》等作品，从题材上讲当然可以归入“因”的一类，但书中“革”的成分也很明显，借幻写实，揶揄嘲讽，种种主体自觉的表现也是比较显豁的。

四、衰退期的神魔小说

衰退期在乾隆元年(1736)至道光二十年(1840)之间。此一时期的作品产量最多，据统计有二十一部①，但艺术品位偏低，尤其与世情类作品的“质的飞跃”比较起来，神魔小说创作的疲软态势，暴露得格外明显。

清中叶正是中国古代章回小说的繁盛期，《红楼梦》与《儒林外史》两部叙事巅峰之作问世，两书不仅代表了中国古代通俗叙事的最高成就，即便置于18世纪的世界小说舞台之上，也是足以睥睨群雄的。相形之下，神魔小说却在持续衰退，产量固然不低，品质也确实不高。

究其原因，固然是多方面的，主要因素则在于两点：一是外在的，即来自其他类型的压力与干预。自诞生之日起，神魔小说就处于与历史演义小说、英雄传奇小说和世情小说的竞争关系里，由于前两种类型自身的发展周期性，神魔小说一度代替其成为市场主流，但与世情小说的竞争(尤其艺术上的竞争)，神魔小说是“节节败退”的。入清之后，在题材合流的大趋势下，神魔小说中出现了许多与历史演义、英雄传奇合流的作品，如《走马春秋》《锋剑春秋》《征西说唐三传》《平闽全传》等，更与世情小说合流，出现了《绿野仙踪》这样身份颇为“尴尬”的作品(详见第五节)。二是内在的，即神魔小说自身逐渐丧失题材上的市场吸引力，历代流传的奇幻故事、宗教故事、民俗故事大多已经被开发，新编故事无非袭用套路，同时大众对新编故事的人物与事件又比较陌生，提不起兴趣——就神魔题材而言，市民更喜欢看到“旧”人物的“新”故事，而非“新”人物的“旧”故事。因袭旧作者，步履迟重，如西湖渔樵主人的《济公传》，不仅未能推动济公系列小说实现艺术上的飞跃，反而节缩前期作品。继承讽喻一脉的作品，又无法如其前辈一般含蓄蕴藉，大多笔无藏锋，将讽喻发展至嘲骂——当“言志”与“遣情”退化为简单的“宣泄”，作品的思想性与艺术性必然流于下乘。如孙楷第《戏曲小说书录解题》评价《平鬼传》：“盖寒士不得志者所作，故托以鬼语，骂尽世人，慨乎其有余怒，

① 参见胡胜：《明清神魔小说研究》，中国社会科学出版社，2004，第104—105页。

不自知其言之惼急也。”这类作品大多沉浸于“庶民视角”，对社会现实采取扁平化、刻板化认识，徒以漫画方式呈现表面现象，而缺乏深入发掘与思考，语言上又流于油滑，甚至刻意追求谑浪风格，有限的讽刺性都被刻板的喜剧（甚至闹剧）性场面和油腔滑调的文字稀释掉了。

五、终结期的神魔小说

终结期在道光二十一年（1841）之后，直至中国古代小说演进历史整体上宣告结束。所谓“终结”，是就其体式自身而言的；作为叙述内容，以及相对稳定的叙述间架结构，“神魔”其实从未退出通俗文学市场，在近现代的武侠小说，以至当代的玄幻小说中，依旧可见其深刻影响。

从体量看，这一时期的作品并不少，有十八部之多①。但受到晚清“拟旧小说”风潮影响，因袭、模仿的成分大多较重，如张小山的《平金川全传》基本上就是套用《封神演义》的结构，魏文中的《绣云阁》则明显因袭《三教开迷归正演义》的路数，惺惺居士的《精神降鬼传》也是模仿《斩鬼传》《平鬼传》。

照搬前作的也不少见，如《四大妖精》，其中的《孙行者》《猪八戒》《红孩儿》，主要就是摘录《西游记》与《封神演义》的情节（甚至文字）而成，《白娘娘》则基本可以视作《雷峰塔奇传》的翻版。《百大妖精斗法奇观》的第五十九至七十五则，也是从《草木春秋》里移用过来的。

因袭、模仿，甚至抄袭、剽窃的现象，在中国古代通俗小说生产过程中，固然是不可避免的，但直至终结的前夜，这类现象依旧在神魔小说编创活动中占据主要地位，不免令我们感慨：《西游记》的问世，固然是“世代累积”的必然结果，但也确实具有历史的偶然性。如果将这部巨著暂时悬置起来，纵观明清神魔小说的发展史，它其实没有真正繁荣过——进入发展期后，创作体量并无太大波动，整体的艺术水平却在持续走低，思想旨趣与艺术手段上的有益新变，并非没有，却未能得到充分继承，遑论创造性的发展，因袭与模仿反而始终作为重要的编创模式存在。明于此，我们再将《西游记》放置回来，突然发现：这部巨著对于后来神魔小说的消极影响，原来远大于其积极影响——在三个多世纪的发展历程中，没有一部小说完全继承了《西游记》的思想精神与艺术经验，却有相当一部分作品陷在“西游魔咒”里，满足于“编新不如述旧”的保守策略。

当然，以上评价主要是就明清神魔小说的整体发展态势而言的，尤其是在与

① 参见胡胜：《明清神魔小说研究》，中国社会科学出版社，2004，第122—123页。

横空出世的经典文本，以及其他类型代表文本的共时性比较之中，形成的价值判断。回归具体作品，总有可圈可点之处。今人对于明清神魔小说的认识，不能满足于历时性描述所提供的刻板印象，尤其不能基于对整体对象的消极认识，而忽视、磨灭一个又一个具体的艺术创见，以及其影响后世的可能性；我们应该回归具体的作品，哪怕是叙述片段，汲取其有益成分，建立古今之间关于叙述经验的链接，继承与发展中国古代优秀的叙事传统，或将其艺术创见再现于当下，或将其落实为当代的事实。

第二节 《西游记》研读

继承优秀叙述经验，当然要首先锚定经典文本。明清时期即已实现经典化的神魔小说，只有《西游记》一部，而其叙述经验不只深刻影响(甚至制约)从发展期到终结期的同类型作品，对于当代通俗文学生产而言，也有极大的借鉴价值与启发意义。

目前所见《西游记》的最早刊本为万历二十年(1592)金陵世德堂刊本，全名《新刻出像官板大字西游记》，分二十卷，共一百回，未题撰者。据卷首陈元之序，此前已经存在一部百回本《西游记》，只是至今尚未见到。

关于此书写定者，旧时大多以为是长春真人丘处机。清人吴玉搢编纂《山阳志遗》时，发现天启《淮安府志・淮贤文目》中著录了一部《西游记》，归在吴承恩名下。后来经胡适、鲁迅考证坐实，又经出版、教育等文化机构推动，吴氏的著作权遂成为现代以来的文学常识。然而，吴氏原书至今未被发现，且此书究竟是小说，还是游记(黄虞稷《千顷堂书目》即将其著录于史部地理类)，也要打一个问号。在缺乏足够的可靠证据的情况下，只能说吴承恩写定百回本《西游记》的可能性很大。或者说，吴氏是目前写定者人选中可能性最大的一个。

与其他几部巨著一样，《西游记》问世以后，也形成了复杂的版本系统。概括起来，有明代的繁本、简本、节本系统，清代的繁本、删本、抄本系统(可参看石昌渝主编《中国古代小说总目》等小说书目)，今人校点、注释、出版此书时多以世德堂本为底本，又插入《西游证道书》增补的唐僧出身事迹(陈光蕊赴任逢灾，江流僧复仇报本)作为“附录”。

至于“西游”故事的漫长演化、传播历史，与《西游记》的成书过程，以及这部“终极文本”对后世各类通俗文艺(以戏曲、说唱为主)的影响，限于篇幅，这里不再赘述，围绕本教材的“研读”主旨，重点分析其叙述成就。

一、《西游记》的叙述框架

所谓“叙述框架”，不是叙述组织的结构，而是保证故事得以“流出”的一种框架形态。传统意义上，我们习惯将其理解为叙述者形态，但正如谭光辉在《小说叙述理论研究》中所说的，“叙述者只是一个拟人的说法”，它实际上是“一个框架”。叙述者不是一个真实存在的生命主体，而是一个“功能”（行为），即讲述故事，这是其在叙述结构中最主要的价值。

受说话艺术的影响，中国古代白话小说的叙述者，总是以一种稳定的形象出现，即赵毅衡《苦恼的叙述者》所说的“出场但不介入式”的叙述者，也就是“说话人”。这是一种有明确自我意识的叙述者，他并不隐藏在故事背后，而是显豁地“暴露”在文本中；他处于最外面的叙述层，负责转述一切内容，又要时不时地对叙述内容进行评价（甚至指点）性干预，但他与叙述内容本身没有关系，并不介入故事。即便发展到《红楼梦》，按鲁迅《中国小说的历史的变迁》所说，“传统的思想和写法都打破了”，但其叙述框架仍是传统的，最外层的叙述者仍是与“看官”相对应的“说话人”。

作为由“改写”期向“原创”期过渡的作品，《西游记》的叙述者也是“说话人”，但与后来刻意模仿说话人声口（比如自称“说话的”或“小的”，又刻意点出“看官”等受述者形象）的文人小说不同，《西游记》并不明确标识叙述者的存在，我们主要是感知到了他的语态和动作。如第八十三回，托塔李天王抡起砍妖刀，斩杀悟空，哪吒用剑拦住，天王“大惊失色”，随后接入一句：

> 噫！父见子以剑架刀，就当喝退，怎么反大惊失色？原来天王生此子时……
>
> （吴承恩：《西游记》，人民文学出版社，2010，第1021页。）

这里出现的语气词，强化了“说话人”的语态，而“原来”一词，也让我们发现了他拨转时序指针的动作。

与叙述者密切联系在一起的是隐含作者，即隐藏在叙述中的“人格”。

早期，人们倾向于从创作论的角度去理解隐含作者，即韦恩·布斯所说的真实作者的“第二自我”。但这个真实作者在创作情境中分离出来的第二人格，恐怕连真实作者自己也无法描述清楚，后来人们便习惯从接受论的角度去理解和描述他，即赵毅衡所说的“从叙述中归纳出来、推断出来的一个人格”，“这个人格代表了一系列社会文化形态、个人心理以及文学观念的价值”。这是一个被总结出来的人格，因而与小说主旨有密切关系。

不同时期的人们，对《西游记》隐含作者的理解与描述是不同的。明清时期的知识阶层认为此书的隐含作者有明确的“证道”意图，无论金丹大道，还是禅门心法，抑或正心诚意的教条，隐含作者是用故事“图解”这些理念。现代以来的学者则摆脱了“证道”逻辑，回归文学轨道，如胡适《〈西游记〉考证》所说：“他并没有什么微妙的意思，他至多不过有一点爱骂人的玩世主义。这点玩世主义也是很明白的；他并不隐藏，我们也不用深求。”

今人对于胡适这番话，应辩证理解。胡适的立论出发点，是极力解构早期占据批评话语主流的“证道”逻辑，所谓“不用深求”，是对过去“无数道士、和尚、秀才”之“强制阐释”的反对。胡适指出隐含作者玩世不恭的态度，无疑是正确的。作为一部以诙谐为主调的小说，《西游记》确实表现出明显的玩世不恭的态度——无论写人，还是述事，大多以嬉笑怒骂的方式呈现，但如果只停留在嬉笑怒骂的层次，《西游记》不可能在现代学术转型之后，依旧作为文学史经典存在。文学作品的经典化，需要“发现人”对文本主旨意涵的提炼与发扬。一部仅仅标榜“玩世主义”的作品，是不会得到“发现人”肯定的。我们之所以高度评价《西游记》的文学史意义，包含着对于其思想意蕴的肯定。我们从嬉笑怒骂的表象下，总结出了隐含作者对于社会人生的思考，即“掩藏在诙谐滑稽的外表下的那颗忧时伤世的热切之心”（谭帆《明清小说分类选讲》）。

二、《西游记》的叙述组织

所谓“叙述组织”，即小说的情节。按一般逻辑，对叙述组织的分析，是放在叙述内容之后的。但《西游记》的叙述组织相对传统，这里便将其前置。

对叙述组织的分类，主要是对情节类型的分析。对情节的分类，只有从其功能角度出发，才是真正有意义的——直到今天，仍存在“内容依赖”的倾向，即以内容描述代替功能分析。如将《西游记》的情节分为打斗情节、日常情节、戏谑情节等。这种分类，不能说一点价值没有，但明显缺乏学理性。分类的标准并不统一，难免导致交叉与重复论述——打斗中有没有戏谑内容？更重要的是，分类逻辑不是功能本位，而是内容本位，这很容易使言说者从对于情节形态、功能的学理性分析，退回到对于内容的机械描述。

从功能角度的情节分类，只关注功能对于故事发展的作用，以及其与叙述组织的离合关系。能推动故事发展的就是动力性的，否则就是静力性的；无法从叙述组织中摘除的是束缚型的，否则是自由型的。

较早的“改写”期作品，以动力性束缚型功能为叙述组织的主体。毕竟，民间口头集体叙述以“讲故事”为主要目的，对情节发展没有多大帮助的功能，经常被集体选择所抛弃，这也是民间口头集体叙述的“速度”（即便后来落实为写定本）总是远远大于个体案头叙述的原因。如《水浒传》中的一段。

> 且说李逵独自一个离了梁山泊，取路来到沂水县界。于路李逵端的不吃酒，因此不惹事，无有话说。行至沂水县西门外，见一簇人围着榜看。李逵也立在人丛中……
>
> （施耐庵：《水浒传》，人民文学出版社，1997，第567页。）

从中几乎看不到静力性情节，即便是动力性情节，也基本都是束缚型的，否则叙述就无法保持连贯了。

作为过渡性作品，《西游记》仍旧依赖动力性束缚型功能，但文本中出现了不少自由型功能，试看第二十一回的一段文字。

> 不觉又是五更将晓，行者抹抹脸，睁开眼道：“果然好药！比常更有百分光明！”却转头后边望望，呀！那里得甚房舍窗门，但只见些老槐高柳，兄弟们都睡在那绿莎茵上。那八戒醒来道：“哥哥，你嚷怎的？”行者道：“你睁开眼看看。”呆子忽抬头，见没了人家，慌得一毂辘爬将起来道：“我的马哩？”
>
> （吴承恩：《西游记》，人民文学出版社，2010，第257页。）

着重号为笔者所加，将这些文字抹去，情节依然连贯，说明它们都是描述性的，起修饰作用，对于故事发展没有任何帮助。

自由型功能对于情节发展没有帮助，却正是文学意蕴得以生发的关键。尽管与《金瓶梅》以后的“原创”期作品，特别是入清以后的“文人小说”相比，《西游记》的情节组织仍接近“改写”期，但更多自由型功能的羼入，使其表现出较之《三国演义》《水浒传》更强的文学性，这也是不争的事实。

三、《西游记》的叙述内容

叙述内容是小说的主体，也是我们研读小说的聚焦所在。这主要涉及人物形象、空间环境、时空关系等方面。

人物是叙述的中心，是具有行动的拟人，即杰拉德·普林斯《叙述学词典》所说的“被赋予人的特性并从事人的行动的存在体”，而文学叙述又要将人物塑造成具有“这一个”色彩的艺术形象。

作为人物，孙悟空是全书唯一保持了连贯性行动的人物。与之相配合，尤其在神魔冲突的间架结构内，其他的角色则大多充当帮助者或坏人的功能，前者帮助英雄达成愿望，后者阻挠英雄达成愿望。

作为形象，孙悟空也是书中最为立体的形象。在“大闹天宫”单元，作者将其塑造成一个挑战规则的英雄，重点突出其抗争意识与战斗精神，而从挑战造化规则的成功，到挑战制度规则的失败，作者也赋予了该形象以悲剧性；在“西天取经”的单元，作者将其塑造成一个期望通过完成取经事业以自赎的英雄，在与神祇、魔怪的互动过程中，悟空仍表现出强烈的个性，以及持续的战斗热情，最终加升大职正果，被封为斗战胜佛，实现了叙述上的闭合，但今天人们也能从其愿望达成的结果中解读出一种悲剧性——挑战规则的英雄最终回归平庸。

在塑造该形象时，作者并非一味美化，使其变成一个“高大全”的艺术典型，而是保留了丑陋的形象表征，同时暴露其性格缺陷，如好勇斗狠、争强好胜、喜欢托大、遇事急躁等。这并不是为了矮化（甚至丑化）英雄，而是为了突出其人性的一面。

《西游记》在人物塑造上的最成功之处，就是以人性统摄神魔气质。无论主要人物，还是次要人物，我们总能从中发现“神（魔）性”“物性”“人性”的统一。仙佛的神圣晕轮被驱散，取而代之的是人间烟火气，魔怪虽然依旧保留着狰狞的面孔与狼犺的身形，甚至暴露出生物表征，却并不令人厌恶，因其每每流露出人性的一面，有人的欲望、人的理念、人的情感、人的情绪。与其他神魔小说相比，《西游记》中的人物之所以具有无穷的艺术魅力，就在于我们总能从其身上发现自己的影子。

与人物塑造相结合，作者也有意识地利用空间环境的表征功能，即龙迪勇《空间叙事研究》所说的“空间表征法”。空间成为人物气质的外化，甚至象征。尤其书中的形象大多是“扁的人物”（福斯特语），特定空间与人物气质的意指关系，也就更容易被构建起来。如第十七回描写黑风山黑风洞的环境。

崖深岫险，云生岭上；柏苍松翠，风飒林间。崖深岫险，果是妖邪出没人烟少；柏苍松翠，也可仙真修隐道情多。山有涧，涧有泉，潺潺流水咽鸣琴，便堪洗耳；崖有鹿，林有鹤，幽幽仙籁动闻岑，亦可赏心。这是妖仙有分降菩提，弘誓无边垂恻隐。

（吴承恩：《西游记》，人民文学出版社，2010，第216页。）

用韵语来描写环境，固然是中国古代白话小说的常见套路，而这段韵语本身的艺术品位也不高，但作者注意使其区别于一般的魔窟妖洞环境，涤去腥臊恶臭的感官联想，突出隐世修真的氛围，从而暗示黑熊精虽然贪心未泯（正是其人性的一面），但炼养路数却不是邪魔外道的，且已经有了几分道气；也正因为看到了黑风洞的环境，观音心中暗喜，有意将黑熊精收入门下。

在时间关系的处理上，《西游记》继承了民间集体口头叙述的模式，以顺时叙述展开故事，偶尔采用追叙与预叙，但时序指针波动的幅度不大；在话语时间（或称所指时间，即故事所包含的时间总量，它是被推断出来的）与叙述时间（或称能指时间，即完成一段叙述所需要的时间）的关系上，《西游记》仍以概述（summary）加场景（scene）的方式为主。概述用以提掇“冷淡处”，场景则用以敷演“热闹处”。较之更早的“改写”期作品，《西游记》之所以显得“热闹好看”，不只是题材本身为叙述赋能，也在于场景的篇幅比重与成色。书中带有戏剧性的场景变得更为密集，作者对场景的呈现也更加生动，特别是人物之间的对话，以滑稽诙谐为主调，又突出日常性、口语性，如下面一段。

八戒见说，战兢兢，忍不得疼痛道：“罢了，罢了！死了，死了！”沙僧笑道：“二哥，莫扭，莫扭！只怕错了养儿肠，弄做个胎前病。”那呆子越发慌了，眼中噙泪，扯着行者道：“哥哥！你问这婆婆，看那里有手轻的稳婆，预先寻下几个，这半会一阵阵的动荡得紧，想是摧阵疼。快了！快了！”沙僧又笑道：“二哥，既知摧阵疼，不要扭动，只恐挤破浆泡耳。”

（吴承恩：《西游记》，人民文学出版社，2010，第654页。）

按《西游记：李卓吾评本》此处夹批，盛赞其有“趣”，回末总批又言：“这回想头奇甚幻甚，真是文人之笔。”这里所谓“奇”与“幻”，应该不只是从素材角度（男人产子本身就有奇幻性）出发的评价，也包含场景呈现的趣味性、生动性。清代张照主编的清宫连台本大戏《升平宝筏》戊集第十八出“子母河误吞得胎”的人物宾白中，便大段移用这段对话，案头叙述竟然能够直接转移至场上，几乎不需要做任何改动，足见其戏剧性、口语性品位之高。而清代戏剧家特别强调设计场面时，要做到雅俗共赏，如李渔在《闲情偶寄·科诨》中说：“插科打诨，填词之末技也，然欲雅俗同欢，智愚共赏，则当全在此处留神。”又说：“科诨之妙，在于近俗，而所忌者，又在于太俗。不俗则类腐儒之谈，太俗即非文人之笔。"《西游记》这段对话之所以能够移用到舞台上，因其本身就是"文人之笔"，是一种基于大众娱乐趣味，又经过个体艺术提炼的虚构场面，它带有世俗兴味，又散发着饱满的文学光泽，更是生动的，富有画面感的，如在目前的，而书中这类场景俯拾即是，使人不得不佩服作者的笔力。

只可惜，《西游记》的叙述经验未被明清神魔小说充分继承与发扬。这部巨著之后，再无能够与之比肩的神魔小说，后来作品中的人物形象塑造大多是刻板化的，甚至呆板的，叙述组织偏于模式化，又不乏板滞之处，场景的文学成色也有限，入清后更是被其他小说类型带入另一种叙述轨道，使得该类型小说陷入持续的衰退过程。然而，部分作品也确实存在值得肯定与发扬的艺术创造，我们不可将其全部抹杀。

第三节 《封神演义》研读

关于《封神演义》与《西游记》成书之先后，学界一直存在争议。柳存仁等人认为《封神演义》早于《西游记》，黄永年等人则持相反观点。徐朔方则主张换一个角度看问题："它们之间是双向的彼此影响，不是单向的一个作品因袭另一作品。"(《论金瓶梅的成书及其它》)总之，就现有资料来看，还无法确定两书的先后关系，只能说其成书时间接近。

目前所见《封神演义》最早的刊本为明金阊舒载阳刊本，全名《新刻钟伯敬先生批评封神演义》，分二十卷，共一百回，署"钟山逸叟许仲琳编辑"。许仲琳生平事迹不详，且其著作权的证据只有这一条，无法形成定论。后人多认为此书为嘉靖、万历年间道士陆西星编撰。陆西星是当时全真道的著名人物，而《封神演义》中截教与阐教的冲突，应该也与当时道教正一派与全真派的竞争有关，以陆氏为此书作者，可能更接近历史事实。但当代出版机构多将著作权归于许氏，基于约定俗成，这里也就不再进一步讨论。

同为"改写"期作品，《封神演义》的艺术成色远不及《西游记》，但回归特定历史阶段来看，作为发展期作品，《封神演义》在整合民间集体口述经验方面的成就也是应当被肯定的，或者说更为典型的。

该书更充分地继承了"讲史"的传统，书名"演义"，就含有据史实敷演大义的叙述旨意，而"封神"题材又便于作者卷入大量神话传说、民间故事中的人物与事件，在连贯的故事线索中穿插密集的内容。

最迟到元代，“武王伐纣”的故事就已经完成了由历史叙述(纪实)向文学叙述(虚构)的蜕变。《全相平话五种》中有《武王伐纣平话》，以往学界更倾向于将其视作《封神演义》成书史上的一个标志性文本坐标，我们则在此基础上进一步强调其作为“前文本”的重要地位：它不只标志着故事演化的历史形态，为后来的“终极文本”做了素材的准备，也产生了叙述经验方面的深刻影响，更直接决定了《封神演义》的“宏大叙事”特质。

应当看到，在发展期的四部作品中，《封神演义》是直接继承“讲史”传统的一部。在“人”与“事”的处理上，《钱塘湖隐济颠禅师语录》以“人”为中心，串联起一系列“事”，延续“小说”与“说经”的经验，与“讲史”传统之间缺乏联系；《三遂平妖传》与《西游记》尽管以“事”为中心，或多或少受到“讲史”的影响，却都缺乏一种“宏大叙事”的艺术质感，在宋元说话中已经发育成熟的“讲史”的审美传统，未被其有效继承与发扬。

从题材上看，《三遂平妖传》其实比《西游记》更具有继承“讲史”传统的优势，但王则起义的事实，本身是比较单薄的(接近“宋江三十六人起义”的成色)，虽然也能够构建现实冲突(正与邪)与幻想冲突(神与魔)的矛盾，但事实限制了想象的空间，给幻想叙述留下的自由度也是有限的。

《封神演义》可能受到了《三遂平妖传》的启发，但应该更直接地从《武王伐纣平话》那里获得了“讲史”叙述经验，又以《三国演义》为示范，即将纷繁复杂的历史事件“编织”进一条连贯的、整合的时间流程，由此形成具有“宏大叙事”质感的历史叙述，进而在该叙述所提供的现实冲突的意态结构之上，框套神魔冲突的意态结构，创造了一种新的神魔小说叙述范式。如果说后来如《南海观音传》《达摩出身传灯传》《天妃娘妈传》《韩湘子全传》等作品继承了《钱塘湖隐济颠禅师语录》的叙述范式，《三宝太监西洋记》等作品继承了《西游记》的叙述范式，则《走马春秋》《锋剑春秋》《平闽全传》等“讲史”味略重的作品其实是远绍《封神演义》精神的产物。从小说发展史的整体性视角切入，这些作品当然是与历史演义合流的结果，但从类型演化的连续性视角来看，早在神魔小说的发展期，《封神演义》就已经继承并改造了“讲史”经验，这不是被动接受干预的结果，而是自觉的艺术创造。从这个意义上说，《封神演义》也是一部具有里程碑性质的作品。

一、《封神演义》的叙述框架

从叙述框架看，尽管成书时间与《西游记》接近，但《封神演义》保留着更鲜明的“说话人”语态。《西游记》中保留了大量暴露语态的词语，如许多章节都以“却说”“话表”等词语领起，但进入正文叙述后，“说话人”对这些词语的使用是比较克制的，而《封神演义》则充分暴露“说话人”的语态。试看第二回引文。

> 话说纣王听奏大喜……
> 话说四镇诸侯整齐朝服……
> 话说圣旨一下……
> 且言纣王见苏护当面折诤一番……
> 且言苏护离了朝歌……
> 话说崇侯虎领五万人马……
> 且言崇侯虎恃才妄作……
> 且言苏护把人马暗暗调出城来……
> 话说两家大战……
> 单言崇侯虎父子……
>
> （许仲琳编《封神演义》，广东人民出版社，1980，第 8—18 页。）

着重号为笔者所加。可以看到，几乎每一个叙述段落，都是由暴露语态的词语领起的，这种情况在《西游记》中几乎是看不到的。

从艺术发展的角度（尤其受刻板的文学进化论观念影响），这种操作当然是不值得肯定的，但我们也惊喜地发现：“说话人”的声音并没有被暴露语态的词语限制住。试看第二十五回的一段文字。

> 且说众狐狸酒在腹内，醉将起来，架不得妖风，起不得朦雾，勉强架出午门，一个个都落下来。拖拖拽拽，挤挤挨挨，三三五五，簇拥而来。出南门，将至五更。
>
> （许仲琳编《封神演义》，广东人民出版社，1980，第 226 页。）

基于刻板印象，由暴露语态的词语领起的段落，主要是概述性文字，叙述速度较快，在一连串动力性情节的铺垫之后，转入场景，即代言体对话，这是宋元说话所提供的相对稳定的艺术经验。但细读以上引文，叙述者在概述中不着痕迹地插入了静力性情节，“拖拖拽拽”以下三句，对于推动故事发展没有帮助，却生动描写了群狐醉酒的丑态。说明书中的语态标识，大多只是一种标识，对于叙述段落节奏的干预性，已经没有以往那么强了。

而这也自然引出《封神演义》的叙述组织问题。

二、《封神演义》的叙述组织

与《西游记》相比，《封神演义》的情节看似密集——因为更频繁地卷入人物与事件，但单独拎出每条线索来看，实际上都是比较“干瘪”的。情节的组织主要依靠核心功能（即故事的最基本单位，起决定作用，引导情节向规定方向发展），组成“三段式”的基本序列，序列之间的形态又主要是链状的，在机械的“时间-因果”关系中，事件被紧密地组织起来，这都是直接继承了说话艺术的经验，但一部分段落的情节略为曲折，自由型功能比重增加，使得叙述的文学性增强，最突出的就是第十二回至第十四回。

这是交代哪吒出身的三回故事，也是全书叙述品位最高的段落。

按中古时期，哪吒（本名那罗鸠婆，系梵语音译；原为北方毗沙门天王第三子，属药叉神系统）形象已实现了本土转化，如赞宁《宋高僧传》的记载：“（道宣）于西明寺夜行道，足跌前阶，有物扶持。履空无害。熟顾视之，乃少年也。宣遽问：‘何人中夜在此？’少年曰：‘某非常人，即毗沙门天王之子那吒也，护法之故，拥护和尚，时之久矣。’”

据佛典记载，哪吒的主要任务就是护持佛法、护佑僧团，但其形象狰狞，多以“忿怒”相示人，这里则被改造成一位少年，已经接近后世形象。

随着李靖形象与毗沙门形象融合，形成托塔李天王形象，哪吒形象又进一步中国化，关于其出身事迹的传说也形成稳定形态，《封神演义》则在此基础上详加敷演，闹龙宫、杀石矶、莲花现身等情节，也变得更加曲折。

如闹龙宫事迹，《绘图三教源流搜神大全》等书的记述颇为粗略：“那吒生五日化身，浴于东海，脚踏水晶殿，翻身直上宝塔宫。龙王以踏殿故，怒而索战。师（帅）时七日即能战，杀九龙。老龙无奈何而哀帝。帅知之，截战于天门之下而龙死焉。”

可以看到，这完全是核心功能的组织。《封神演义》则对其进行升级改造，加入一系列催化功能（指负责填充、完善、修饰核心功能的功能，如打死寻水夜叉、抽取敖丙龙筋、敖光上门问罪等，都是典型的催化功能），使得情节更加丰盈；又改变了结局，调整了序列关系。按《绘图三教源流搜神大全》等书记载，龙王、石矶皆被哪吒打杀，李靖因石矶为“诸魔之领袖”，恐群魔报复，由此怨恨儿子，以致哪吒割肉剔骨。《封神演义》中，敖光未被打死，他在遭受凌辱后，联合三海龙王，逼迫李靖夫妇，以致哪吒割肉剔骨，由此引出莲花现身情节，石矶则为太乙真人打杀。如此一来，戏剧冲突更强，前、后序列之间以“时间-因果”为逻辑的承续关系更为紧密，更服务于截教与阐教斗法较量的大序列建构。

同时，叙述者也在这段情节中加入了更多自由型功能，甚至静力性功能，试看如下一段。

> 话说哪吒同家将出关，约行一里之余，天热难行。哪吒走得汗流满面，乃叫家将：“看前面树阴之下，可好纳凉？”家将来到绿柳阴中，只见熏风荡荡，烦暑尽解，急忙走回来，对哪吒禀曰：“禀公子，前面柳阴之内，甚是清凉，可以避暑。”哪吒听说，不觉大喜，便走进林内，解开衣带，舒放襟怀，甚是快乐。猛然的见那壁厢清波滚滚，绿水滔滔，真是两岸垂杨风习习，崖旁乱石水潺潺。
>
> （许仲琳编《封神演义》，广东人民出版社，1980，第109页。）

其中许多文字对故事发展没有帮助，甚至可以被完全剜掉，而不会妨害故事的发展，但正是这些修饰性文字增强了叙述的文学性。如此段落，即便置于《西游记》之中，也是几可乱真的。

至于叙述内容，《封神演义》也远不及《西游记》。

《封神演义》的人物塑造流于刻板，大量人物看上去只是充当行为功能的傀儡，缺乏“神魔皆有人情，精魅亦通世故”的艺术光彩，即便贯通全书叙述的第一主人公姜子牙，也缺乏生气。

空间环境的描写（尤其韵语）也显得寒碜，甚至大量抄袭前作。如果判定《西游记》成书在《封神演义》之前，则前者的韵语描写，不少都被后者移用了，如第十二回哪吒所见天宫景致，与《西游记》第四回悟空所见天宫景致，就是大体相同的，而第四十三回闻太师所见金鳌岛景致，更是与《西游记》第一回描写花果山风光的韵语相同，几乎只字未易。

更重要的是，这些以韵语形式呈现出来的空间环境，对于写人叙事没有多大帮助，反倒是散文叙述中穿插的环境描写，偶尔与人物的心理、情态相关。如第二十三回写姜子牙隐居磻溪，以人物视角表现渭水景象。

> 子牙作罢诗，坐于垂杨之下。只见滔滔流水，无尽无休，彻夜东行，熬尽人间万古。正是：惟有青山流水依然在，古往今来尽是空。子牙叹毕，只听得一人作歌而来……
>
> （许仲琳编《封神演义》，广东人民出版社，1980，第205页。）

按中国古代白话小说的聚焦方式，长期以零聚焦(即上帝视角)为主，入清以后才逐渐发展出较长段落的内聚焦(即人物视角)，但早期作品中也间或出现短暂的内聚焦情形，引文中的景观呈现，就是以姜子牙视角完成的，并与人物的心境相结合。

由“只见”一词领起聚焦对象，本来是说话艺术的俗套，转入案头后也大多服务于零聚焦；“正是”一词，更是“说话人”进行评价性干预的标志。但在这段引文中，“只见”的行为主体(即聚焦者)确实为姜子牙，后面衔接的聚焦对象也是由人物视点过滤而呈现出来的。“彻夜东行，熬尽人间万古”，看似溢出了人物所在的时空情境，但聚焦不是狭隘地“看”，正如谭君强《叙事学导论》所说：“聚焦所涉及的是谁在作为视觉、心理或精神感受的核心，叙述信息透过谁的眼光与心灵传达出来”。通过对渭水东流的聚焦，引出的“逝者如斯夫”的思考，依旧是通过姜子牙的心灵视角生发出来的。好比曹操《观沧海》，“水何澹澹，山岛竦峙。树木丛生，百草丰茂。秋风萧瑟，洪波涌起”，这自然是聚焦者的真实所见；而“日月之行，若出其中；星汉灿烂，若出其里”，尽管溢出了聚焦者所在的自然时空，却仍是经过其心灵过滤而自然流出的，“熬尽人间万古”与其有异曲同工之妙。基于此，由“正是”二字领起的，不是叙述者的评价性干预，而是人物言语。

这样一来，聚焦者与聚焦对象之间形成了更密切的关系。聚焦者与聚焦对象之间经常存在一种辩证关系，聚焦者首先决定了聚焦对象(即他是什么人，决定了他能够或倾向于看到什么东西)，但聚焦对象也可以反过来暗示有关聚焦者的信息(即看到了什么东西，可以暗示他是一个怎样的人)。《封神演义》的作者没有机械地交代姜子牙垂钓之时的心理及其长期抱负，但通过对于渭水东流的聚焦和由此生成的联想，我们可以理解人物此时此刻的心境。这种操作，确实是具有进步意义的。

在时间关系的处理上，《封神演义》的概述明显多于《西游记》，场景虽然也不少，但主要是两种：一种是继承说话艺术经验的代言体对话——这种对话，经常很自然地与概述衔接，是由“说话人”的叙述声音所提供的方便，并不是案头叙述的创造。另一种是斗法场景。单看数量，同为神魔小说，《封神演义》中的斗法场景远多于《西游记》，但从质量看，《封神演义》要逊色许多，如第六十回写土行孙斗马元的场景。

马元笑而问曰：“你来做什么?”土行孙曰：“特来拿你。”又是一棍打来。马元大怒：“好孽障!”绰步撩衣，把剑往下就劈。土行孙身子伶俐，展动棍就势已钻在马元身后，提着铁棍把马元的大腿连腰打了七八棍；把马元打得骨软筋酥，招架着实费力。怎禁得土行孙在穴道上打。马元急了，念动真言，伸出那一只神手，抓着土行孙，望下一摔。马元不知土行孙有地行道术，摔在地下，就不见了。

（许仲琳编《封神演义》，广东人民出版社，1980，第551页。）

如果与《西游记》中同类场景比较，这段场景的艺术成色确实差一些：人物言语较为呆板，也未能充分利用人物的形象特征，在动作细节上做足文章，本来可能由此生发的滑稽兴味，也被“扼杀在摇篮里”。但与其他“改写”期作品比较起来，这段文字又明显高出一截，叙述者毕竟注意到对于动作细节的捕捉，在动词的使用上也相对考究，尽量避免重复。说明这已经不是对集体口头叙述经验的简单继承，而是融入了个体案头叙述的匠心。

而个别场景的艺术成色，又是可以追摹《西游记》的，试看第十三回哪吒暴打敖光的场景。

哪吒被他骂得性起，恨不得就要一圈打死他，奈太乙真人吩咐，只是按住他道：“你叫，你叫，我便打死你这老泥鳅也无甚大事！……我师父说来，就连你这老蠢物都打死了，也不妨事。”敖光听罢，骂曰：“好孺子！打的好！打的好！”哪吒曰：“你要打，就打你。”揝起拳来……一气打有一二十拳。打的敖光叫喊。哪吒道：“你这老蠢才，乃顽皮；不要打你，你是不怕的。”古云：“龙怕揭鳞，虎怕抽筋。”哪吒将敖光朝服一把扯去了半边，左胁下露出鳞甲。哪吒用手连抓数把，抓下四、五十片鳞甲，鲜血淋漓，痛伤骨髓。敖光疼痛难忍，只叫：“饶命。”

（许仲琳编《封神演义》，广东人民出版社，1980，第116—117页。）

限于篇幅，引文略去了相当一部分对话及动作细节，仍足以反映这段场景的艺术成色，尤其人物的言语，既符合人物的一般气质性格，又符合其在特定情境中的情绪，各自声口也得到了还原。

总之，我们对于《封神演义》叙事成就的认识，既要有宏观把握，也要有微观考察，既需要将其与同类型经典文本做一番比较，也需要将之还原到神魔小说发展史的连续线索中进行分析。无论从叙述框架、叙述组织，还是叙述内容上来看，《封神演义》固然更多受到了说话艺术的影响，但也表现出进步性，尤其在个别段落中，不乏散发艺术光泽的笔墨，仿佛“鱼目”中的“珠玉”，“如果把‘珠玉’从‘鱼目’中挑选出来，它们还是会闪光的”（齐裕焜《中国古代小说演变史》）。同样的逻辑，也应该移用至我们对于后来发展期以至终结期的神魔小说的考察。

第四节 《西游补》研读

入清以后，神魔小说正式迈进“文人小说”阶段。此一时期出现的引人注目的作品，之所以取得较高文学成就，主要原因就是叙述中融入了更多文人的个体精神与艺术旨趣。董说的《西游补》便是一部代表作。董说（1620—1686），字若雨，号西庵，又号静啸斋主人，别署鹧鸪生，浙江乌程（今属浙江湖州）人。明亡后改姓林，名蹇，字远游，号南村。曾参加复社，后见大势已去，便出家为僧，更名南潜，字宝云，号补樵、枫巢等。需要说明的是，按成书时间，该书写定于明亡之前，但董说是经历明清鼎革者，且就此书的文人精神而言，也确实更接近入清以后的作品。

一、《西游补》与《西游记》的关系

直到今天，我们仍旧习惯将《西游补》视作《西游记》的续书。无论综合性小说史，还是专题性小说史，皆如此认为，相沿成习，以致形成关于这部作品的历史地位与意义的刻板印象。

究其原因，主要是“续书”这一概念限制了我们的思路。续书现象，确实是明清白话小说生产的一大特点，尤其是各大题材类型的开山之作，大多取得了令人瞩目的艺术成就，扛鼎之作也经常出现于早期，后来踵武之作便连绵不断。这一方面是经典文本提供了直接的艺术经验，另一方面也在于素材的市场影响力——白话小说生产，不仅仅是纯粹的文学生产，也经常受到市场因素的干预，袭用现成素材的叙述具有极强的经济效益。

然而，即便袭用了素材，一部分后期作品也不属于严格意义上的续书。尽管今人尝试通过扩大“续书”内涵与外延的方法，尤其从续作方式的分类上，安置采取不同叙述策略的作品①。以便继续对其形成统摄，但这本身就在一定程度上解构了“续书”的概念。比如，将续作分为“接着说”与“借着说”两种，“接着说”自然是接续前作，“借着说”却只是借助于某段情节，衔接的故事则别开生面。既然我们

① 参见高玉海：《论明清小说续书的接续方式》，《湛江师范学院学报》2006年第1期。

不能将《金瓶梅》视作《水浒传》的续书，则《西游补》与《西游记》的关系也可以重新考虑。

归根到底，与“续书”相对应的概念是“原作”。对于《续西游记》等书而言，《西游记》自然是原作，对于《西游补》而言，《西游记》则仅仅是一部前文本（其实，原作本身也是一种前文本）。按谭光辉的分类，前文本有两大类：一是组合型，即前文本成为后文本的一部分（经常以引文、典故形式出现），一是聚合型，即前文本为后文本提供了未用的草稿、影射对象、知识背景，或者引申与暗示对象。

基于此，对《西游补》来说，《西游记》是一部“组合-聚合”型前文本。一方面，与《金瓶梅》不同，《西游补》并未大段地引用前文本的文字，《西游记》是其引申对象，为其提供了一个前置故事；另一方面，《西游补》也有意识地以《西游记》的人物与事件为典故。正如赵红娟所说，“《西游补》常常关照到《西游记》的一些情节，时时刻刻在唤醒读者对《西游记》的某种记忆”。而其唤醒记忆的方式，既有聚合型的，也有组合型的。

二、《西游补》的叙述框架

从叙述框架看，尽管保留了一部分标识“说话人”语态的领起词，但《西游补》的叙述者尽可能躲在一边，使故事仿佛自然流出，又表现出极大的克制，回避对于叙述内容的干预，尤其对于人物与事件的评价。作为一部寓含讽刺的作品，能够做到这一点，的确是难能可贵的。

在聚焦方面，由于故事是通过孙行者的跨时空体验串联起来的，羼入内聚焦的情况也就更多，艺术品位也更高。如第六回开篇。

> 忽见一个黑人坐在高阁之上，行者笑道：“古人世界里有贼哩！满面涂了乌煤，在此示众。”走了几步，又道：“不是逆贼，原来倒是张飞庙。”又想想道：“既是张飞庙，该带一顶包巾，纵使新式，只好换做将军帽。皇帝帽子也不是乱带的。带了皇帝帽，又是元色面孔，此人决是大禹玄帝。我便上前见他，讨些治妖斩魔秘诀，我也不消寻着秦始皇了。”看看走到面前，只见台下立一石竿，竿上插一首飞白旗，旗上写六个紫色字：“先汉名士项羽。”行者看罢，大笑一场，道：“真个是‘事未来时休去想，想来到底不如心’。老孙疑来疑去，又道是大禹玄帝，又道张飞，又道是逆强盗；谁想一些不是，倒是我绿珠楼上的遥丈夫！”
>
> （董说：《西游补》，上海古籍出版社，1983，第24页。）

这当然还不是人物内聚焦，但我们又确实发现：人物的视点被阶段性地限制住了。孙行者的视点在由远及近地推移，有关聚焦物的信息越来越多，帮助聚焦者形成阶段性的判断。而人物所见与人物所想是对应的；每一次“看”，都伴随着推测性的“想”；每一次“看”到的内容，决定了“想”到的结果。

可以这样说，单纯从聚焦的角度讲，这里的确是人物在“看”，只不过“说话人”的叙述声音(毕竟所有聚焦结果都是经其转述出来的，“说”与“看”之间可以有较大距离)，限制了真正意义上的内聚焦的发展，而在明清之际的文人小说中，已经可以发现作者在聚焦问题上所做出的探索(视觉活动与心理活动的联系)，以及达到的艺术品位，这是足以令我们感到欣喜的。

三、《西游补》的叙述组织

该书在叙述组织上的创造是突破性的。故事主体是孙行者的“梦”，这一特殊的叙述内容，需要打破传统的叙述组织。

梦，本身就是一种叙述。赵毅衡称其为“心像叙述”，即通过心像(以及心感、心语)媒介实现的二次叙述。梦当然是时间性的，却又表现出极强的空间性；梦境中的场面，总是在不同的空间里转换，又缺乏清晰的因果联系。当其成为叙述内容，就需要叙述者在传统的“时间-因果”策略之外，寻找另一种组织事件的方法，空间的能动性便自然而然地引起作者关注，以“空间连接”的方式组织事件就是方便易行的。所谓“空间连接”，在胡亚敏《叙事学》一书中指的就是“序列按空间关系或空间位置组合”。在这种连接方式里，如张寅德《叙述学研究》所说，“逻辑关系和时间关系都退居次要地位或者干脆消失，而其结构组成依赖于各因素之间的空间关系”。

当然，《西游补》的“空间连接”还处于艺术探索初期，但这已经在很大程度上打破了传统的“时间-因果”连接。作者构造了一个幻设的青青世界，这是一个庞大的一级“梦空间”，其中包含一系列次级空间，主人公在某一次级空间内部的行动，是“时间-因果”性的，但其在不同空间内的转移，是缺乏清晰的逻辑关系的，这使得一级空间内部的事件组织关系也缺乏完整的、清晰的“时间-因果”性。这就比较接近真实的梦境。尤其基于“西游”题材自身的奇幻性，作者可以自由想象，构造主人公穿越时空的各种奇妙方式，如第五回。

（行者）登时变作一个铜里蛀虫，望镜面上爬定，着实蛀了一口，蛀穿镜子，忽然跌在一所高台……

（董说：《西游补》，上海古籍出版社，1983，第19页。）

作者利用“七十二变”的典故（组合型前文本），打破次空间之间的物质壁垒，尤其“蛀穿镜子”的想象，令人称奇。又如第七回：

却说行者撞入玉门，原来是一直滚下去的。滚下数里，耳朵里只听得楚王哭声，侍儿号叫；又滚下数里，才不听得，只是未来世界再不肯到。

（董说：《西游补》，上海古籍出版社，1983，第33页。）

以冲撞、腾跃、翻滚、跌扑等动作穿越时空，并非《西游补》原创（这本来也是日常梦境中常见的行为），但作者拉长了行为时间，并与人物感官结合，说明作者不只在意穿越时空的动作本身，也追求穿越时空的行为的艺术质感。

四、《西游补》的叙述内容

服务于特定的叙述组织，《西游补》在空间、时间的处理上，都有一定的创造，而且其在人物形象塑造方面，也是相当成功的。该书不只以人物穿越时空的行动串联场面，还通过密度更高的场面来塑造人物形象。作为梦境的“再现”，《西游补》更依赖于对场面的还原，无论对话，还是动作细节，其密度都明显高于传统小说，艺术质感也更强。如第六回行者变虞美人。

行者笑道：“绿珠楼上的老孙，如今在这里了。我不要管他死活。”行者登时把身子一摇，仍前变做美人模样，竟上高阁，袖中取出一尺冰罗，不住的掩泪，单单露出半面，望着项羽，似怨似怒。项羽大惊，慌忙跪下。行者背转，项羽又飞趋跪在行者面前，叫：“美人，可怜你枕席之人，聊开笑面!”行者也不做声。项羽无奈，只得陪哭。行者方才红着桃花脸儿，指着项羽道：“顽贼！你为赫赫将军，不能庇一女子，有何颜面坐此高台!”项羽只是哭，也不敢答应。行者微露不忍之态，用手扶起，道：“常言道：‘男儿两膝有黄金。’你今后不可乱跪。”项羽道：“美人说那里话来！我见你愁眉一锁，心肺都已碎了。这个七尺躯还要顾他做甚！你说与我，果是为何?”行者便道：“大王，我也瞒你不得了。我身子有些不快，在藤榻上眠得半个时辰，只见窗外玉兰树上跳出一个猿精，自称五百年前大闹天宫齐天大圣菩萨孙悟空。”项羽听得时，叫跳乱嚷：“拿我玉床头刀来！拿我刀来！不见刀，便是虎头戟！”他便自爬头，自打脚，大喝一声：“如今在那里！”

（董说：《西游补》，上海古籍出版社，1983，第24—25页。）

写行者变美人，当然也是受到前文本的启发，但《西游记》中的类似场景，还略欠几分火候。如第十八回写悟空变高翠兰，《西游记：李卓吾评本》回末总批即言：“行者妆女儿处尚少描画，若能设身做出夫妻模样，更当令人绝倒。”这种遗憾，为《西游补》所弥补。无论言语，还是动作，都是对“妆女儿”的生动描画，又能设身处地构造“夫妻模样”，尤其项羽英雄气短的嘴脸，以及关心则乱的表现，通过符合人物气质与心境的口吻和精准的动作细节表现出来，也确实实现了“令人绝倒”的艺术效果。而这类场面，绝不是混在“鱼目”中的“珠玉”。《西游补》的叙述是整体性的质变，文本通身散发着饱满而晶莹的艺术光泽。

总之，今天对于《西游补》的认识，不应局限于《西游记》的续书，此书的小说史意义，也绝不只是因革时期神魔小说的一个典型。它反映了初期“文人小说”已经开始创造性的艺术探索，并取得了引人注目的成就。

五、《西游补》的讽刺艺术

基于明清易代的背景，以及董氏的特殊经历，曾有学者主张《西游补》中寓含了反清复明思想，但鲁迅早已指出：此书应写定于明亡之前。当时董说还是一个二十出头的青年，而从文本内容来看，也确实主要是一个“正直嫉恶的青年”对于明季社会现实的嘲讽。

这种嘲讽笔墨，在书中俯拾即是。如第二回，写孙行者来到一座大城池，城头绿锦旗上有几个飞金篆字“大唐新天子太宗三十八代孙中兴皇帝”。行者自忖唐僧离开长安，不到二十年，唐朝怎么可能已经换了三十八个皇帝，转念一想：

也未可知，若是一月一个皇帝，不消四年，三十八个都换到了。

（董说：《西游补》，上海古籍出版社，1983，第7页。）

这当然是一种文学夸张，但历史上的“短命皇帝”实在不少，董氏所处的明末时期就有著名的短命皇帝。明光宗于1680年8月登基，9月即驾崩，恰是“一月皇帝”。而这又不只是在讽刺明光宗，我们甚至可以将其理解为作者对古代封建君主“万岁”梦想的辛辣讽刺。

再如第七回，写诸侯见项羽，一个个“只剩得半截的身子”，原来他们把膝盖当作脚底板，一路跪行上殿。见到项羽，便匍匐在地，头也不敢动，脚也不敢摇。项羽只听得“地底上洞洞儿一样声音，又不是钟声，又不是鼓声，又不是金箭声”，再仔细听，原来是诸侯口称“万岁”。“一伙英雄”尚且如此，更不用说百官奴颜婢膝的样子了。海瑞曾讽刺晚明官僚集体士气低迷，所谓“今举朝之士皆妇人也!”虽然略显偏激，却也道出当时士人普遍缺乏骨气的事实，《西游补》则以文学夸张，生动呈现当时执政群体的奴才相。

又如第四回，行者进入名为“三千大千世界”的万镜楼，从“天字第一号”镜中看到秀才们的一系列病态表现。

> 也有呆坐石上的；也有丢碎鸳鸯瓦砚；也有首发如蓬，被父母师长打赶；也有开了亲身匣，取出玉琴焚之，痛哭一场；也有拔床头剑自杀，被一女子夺住；也有低头呆想，把自家廷对文字三回而读；也有大笑，拍案叫“命，命，命”；也有垂头吐红血；也有几个长者费些买春钱，替一人解闷；也有独自吟诗，忽然吟一句，把脚乱踢石头；也有不许僮仆报榜上无名者；也有外假气闷，内露笑容，若曰应得者；也有真悲真愤，强作喜容笑面。
>
> （董说：《西游补》，上海古籍出版社，1983，第16—17页。）

科举制度发展至后期，早已成为封建统治者用以钳制知识群体思想的主要工具。尤其应试性、程式化的八股文，不仅挖空了文士的脑子，也掏空了他们的精神。借科举荣身，成为许多士子的唯一人生抱负。经过激烈的科场竞争，晋升者自然扬扬得意，落第者却各有各的表现，或是失魂落魄，或是愤懑怅怨，或是歇斯底里，或是自暴自弃。以上文字，我们可称其为“群丑图”，作者集中暴露了汲汲于功名而未得者的种种丑态。这固然令我们心生同情，却更觉其可悲——外在行为的丑态，源自内在心理的病态，“天字第一号”镜所映照出来的，实际是当时知识分子精神空乏、思想庸俗、人格扭曲的“集体症候群”。

此外，对于晚明社会生活中常见的许多现象(如追名逐利、穷奢极欲、迷信异端、弄虚作假等)，书中也多有委曲反映与辛辣讽刺。鲁迅称此书以“讥弹明季世风”为主，洵为确论。而董氏对讽刺“火候”的拿捏，是恰到好处的，既是深刻有力的，也是含蓄蕴藉的，这也为后来的讽喻类作品提供了良好示范。

第五节 《绿野仙踪》研读

与《西游补》一样，《绿野仙踪》的小说史意义也不止于神魔小说一类；即便将其置于清中期的小说“百花园”中看，它也是当之无愧的上乘之作。

此书叙明代嘉靖年间，士子冷于冰因触怒严嵩，功名无望，又屡次经历世间无常，便出家访道。火龙真人为其精诚所感，传授桃木剑、雷火珠等法宝，命冷于冰济世度人，累积功德。此后数十年间，冷于冰惩贪官、除豪强、救危困、济灾厄，又平叛乱、退海寇，积累了无数功德。其间，又度化袁不邪、温如玉、连城璧、金不换、锦屏、翠黛等人，最后功德圆满，白日飞升。

此书作者李百川，生平事迹不详。据其《自序》，李氏原是一介书生，却经历商海沉浮，落得贫困潦倒，由此产生借著述以遣怀的想法。

> 转思人过三十，何事不有，逝者如斯，惟生者徒戚耳！苟不寻一少延残喘之路，与兴嗟废食者何殊！……总缘蓬行异域，无可遣愁，乃作此呕吐生活耳。
>
> （李百川：《绿野仙踪》，人民文学出版社，1987，第818页。）

可见撰写《绿野仙踪》是李氏后期生活的主要寄托之一。此书的撰写过程又颇为漫长，于乾隆十八年（1753）冬草创三十回后，便因“风尘南北，日与朱门作牛马”而时写时辍，最终于乾隆二十七年（1762）完稿。十年之间，对于历经辗转飘零之苦的李氏而言，借“侈谈神怪”以填充零碎时间，疗愈病苦身心，应是其获得精神慰藉的主要方式了。也正因为如此，书中灌注了作者更多的精神，尤其借文学以遣怀的意图，使该书表现出更明显的提供“消极快感”的功能。

一、《绿野仙踪》的尴尬形象

尽管我们习惯将《绿野仙踪》归在神魔小说的大类中，但此书的文本形象确实显得怪异。一面是神魔小说，一面是世情小说，后者又更为抢眼，如胡胜在《明清神魔小说研究》中说，“世情描写精彩绝伦，而神魔部分倒显得平板乏味”，不是传统意义上的神魔小说。

照李氏本意，此书应当属于神魔小说。李氏本人“最爱谈鬼”，自序中也有明确交代：“余于《列仙传》内，添一额外神仙，为修道之士悬拟指南，未尝非吕纯阳欲渡尽众生之志也。”可见用以盛贮作者旨趣的容器，是一个比较标准的神魔故事。该书与《吕祖全传》一样，皆以神祇成道、行道事迹为线索，只不过作者尝试虚构“新”的人物来讲述“旧”的故事。

但人们对于一部作品的理解，经常与作者的真实意图相违背。正如结构主义者所鼓吹的“作家死了”，真实作者无法有效干预文本的后世接受，一部作品被理解为何种性质的文本，取决于接受者对作品的认识。

当时的“发现人”已经注意到《绿野仙踪》的艺术成就，甚至将其与《水浒传》《金瓶梅》等书相提并论，如陶家鹤在本书序言中所说：

> 愿善读说部者，宜疾取《水浒》《金瓶梅》《绿野仙踪》三书读之，彼皆谎到家之文字也。谓之为大山水大奇观书，不亦宜乎！
>
> （李百川：《绿野仙踪》，人民文学出版社，1987，第815页。）

却几乎没有见到将《绿野仙踪》与《西游记》比较的评价。即便神魔小说的概念已经流行起来，现代学者仍习惯将其与世情小说进行比较，如郑振铎说：“这部小说，比《儒林外史》涉及的范围更广大，描写社会的黑暗面，比《外史》也更深刻，而其技巧与笔力也更是泼辣；几乎是纵横如意，无孔不入。”评价不可谓不高，但这一评价是聚焦于反映世情的广度与深度的。足见《绿野仙踪》之所以受到后世关注，不在其“神魔”的一面，反倒是“世情”的一面。

之所以出现“神魔”与“世情”的冲突，主要在于两方面：一是作者本人长年游走于中下层社会，想来饱受生活艰辛，也看尽了世态炎凉。既然是借文学书写以抒发苦楚愤懑，作者便会将生活体验与感悟不自觉地代入文本。一是受当时早已成主流的世情小说的干预。世情小说，总是要在人情冷暖上做文章的。鲁迅所谓“世情书”，从其叙述内容看，就是“描摹世态，见其炎凉”（《中国小说史略》）。开山之作《金瓶梅》便以“冷暖”二字为纲，诚如张竹坡在《冷热金针》中所说的：“《金瓶》以‘冷热’二字开讲，抑孰不知此二字为一部之金钥乎？”“冷”与“热”不仅是说散本《金瓶梅》第一回《西门庆热结十兄弟　武二郎冷遇亲哥嫂》的题眼，更是贯穿全书，以理念原则组织情节的关键字。在后来世情小说的整体或局部序列中，也总是可以看到“冷”与“热”的冲突。

在题材类型合流的大背景下，受到最具干预能力的世情小说影响，各题材类型作品也继承了这种叙述经验，《绿野仙踪》更是将其与人物塑造相结合，书中的两个主要人物——冷于冰与温如玉——就是“冷”与“热”的中心。

二、《绿野仙踪》的叙述组织

全书的情节序列也以“冷”与“热”两条线索组织起来：以冷于冰为中心的线索，是“神魔”的一面，是继承神魔小说叙述套路的序列，是主线序列；以温如玉为中心的线索，是“世情”的一面，是受世情小说叙述套路影响的序列，是副线序列。

然而，两条线索既不是并行的，也不是对等交叉的。

基于常见的组织情节的理念原则（即序列的语义排列原则），小说的序列形态有两种对应的形态：一是否定连接，即序列逐渐向其对立面过渡；一是实现连接，即序列向既定目标进发。[①] 但从整体上看，《绿野仙踪》的情节，既不是否定连接，也不是实现连接。它不是由“冷”向“热”的过渡（或者反过来），也不是既定的由“热”转向“冷”的目标的实现，而是两者之间的纠葛。

作为一个“冷人”，冷于冰也曾抱有热切的功名之心，只不过屡遭挫折，及早勘破，踏上修仙之路。然而，这并没有导致人物由“热”转“冷”——不是表面的“冷”，而是实质的“冷”。在之后的线索中，冷于冰依旧表现出热切：由对于功名利禄的热切，转向对天仙金箓的热切。他不做隐居于三岛十洲的神仙，反而在人间积极行道，累积功德。无论是救灾解难，还是平乱拒寇，其实都是以另一种方式实现“齐治平”的抱负；但究其根本，还是冷于冰对飞升天仙的渴望，是后者给人物的行动提供了持续动力。单看冷于冰的线索，似乎是否定连接，但它不是由“热”转向“冷”，而是由一种“热”转向另一种“热”。当时的评者已经注意到这一点了，如侯定超所言：

> 今观其赈灾黎，荡妖氛，藉林岱、文炜以平巨寇，假应龙、林润以诛权奸，脱董玮、沈襄于桎梏，摄金珠米粟于海舶，设幻境醒同人之梦，分丹药

① 参见胡亚敏：《叙事学》，华中师范大学出版社，2004，第128—129页。

玉弟子之成，彼其于家、于国、于天下何如也？故曰：天下之大冷人，天下之大热人也。

（李百川：《绿野仙踪》，人民文学出版社，1987，第816页。）

作为友人，又是同样从故事中获得了补偿性满足的文人，侯氏自然对作者笔下外“冷”内“热”的主人公给予肯定。今天的我们，间隔更远的历史距离，从人物行动动力的角度对其进行分析，应该注意到“冷人”自身所表现出来的矛盾性——看似否定连接，实为实现连接，只不过换了一种伪装。

作为一个“热人”，温如玉沉浸于花柳繁华、温柔富贵，享受着“热”的欢悦，本不想转向“冷”，冷于冰却偏偏要将其由“热”导向“冷”。在经历南柯一梦后，温如玉表示业已看破红尘，愿意弃世修道，但他凡心不泯，不仅在幻境中娶孀妇，还在仙境中淫狐精，最终被冷于冰杖毙。单看温如玉的线索，我们可以说这是由“热”过渡到“冷”的否定连接，但结局是失败的，否定连接的过程最终为其结果所否定。

按作者原意，无非希望突出“冷”之于“热”的胜利。但涉及两种题材类型的冲突，组织事件的理念原则就会紊乱。如果是纯粹的神魔小说，叙述组织的理念一般都是“冷”之于“热”的胜利，即出世思想之于入世思想的胜利；这是一种积极导向的连接，即主人公愿望的实现。如果是纯粹的世情小说，叙述组织的理念也经常是“冷”之于“热”的胜利；这是一种消极导向的连接，即主人公愿望的失败。《绿野仙踪》将两种题材融合在一起，形成互相干预。表面上看，还是“冷”对“热”的胜利，但“冷人”不冷，“热人”冷而复热，而其最终的失败，也是对“冷人”具体期待的否定。给人的感觉，整部小说就不是由“热”导向“冷”，而是持续的“热”。否定与实现的关系就显得颇为暧昧。

三、《绿野仙踪》的叙述内容

从叙述内容上看，“热”也是远胜于“冷”的。

以冷于冰为中心的线索，读之味同嚼蜡，无论对主人公的形象塑造，还是相关场面，都显得刻板，尤其神魔斗法场面，往往流于形式，缺乏趣味。如第十回写冷于冰用雷火珠降伏狐精。

于冰见妇人语言刚硬，与前大不相同，愈知为妖怪无疑。将木剑从腿中抽出，迎面一晃，顿长三尺有余，寒光一闪，冷气逼人。……那妇人道：“不消说了。”将身子向地一滚，但见现了原身，是个狗大狐狸，张牙舞爪，掣电般向于冰扑来。于冰急将雷火珠打去，大震了一声，将狐狸打了个筋断骨折，死在地下，皮毛烧黑，与雷打死者无异。

（李百川：《绿野仙踪》，人民文学出版社，1987，第95页。）

应当看到，这的确也是文人笔墨。遣词造句是偏于案头的，叙述流畅，用语讲究，且加入了静力性情节。但我们也不得不承认，这种描写索然寡味，叫人提不起一点兴趣。

以温如玉等人为中心的世情线索，则写得活灵活现，即便是概述文字，也显得细腻动人，如第六十三回写苏氏见庞氏。

苏氏换了极好的衣服，拿上银子，一径到齐贡生门前，说是周家太太差来看望的。贡生家人将他领到庞氏房内。这妇人一见庞氏，就恭恭敬敬和自己主人一样相待，也不万福，爬倒就叩下头去，慌的庞氏搀扶不迭。起来时，替自己的主人都请了安。庞氏让他坐，他辞了三番五次，方才斜着身子坐下。庞氏问一句话，他就站起来回答，满口里称呼太太。庞氏是个小户人家妇女，从未经过这奉承，喜欢的和驾上云一般。

（李百川：《绿野仙踪》，人民文学出版社，1987，第632页。）

再寻常不过的情形，在作者笔下偏偏生出韵致；本来是概述性文字，却能令人不自觉地联想到人物的表情、语态，甚至声口；叙述者没有转述任何言语，我们却仿佛能够听到“一车话”。这固然因为世情小说对于此类情形的书写，已经积累了丰富的艺术经验，但归根到底还是取决于作者的笔力。

随后接入的一大段说媒场景，更是精彩。对话是纯然一派生活化的口语，又能充分暴露人物的心境，活画其嘴脸。苏氏以白镪诱人，庞氏见财心喜。尤其后者，见了四锭白花花的银子，“心内都是奇痒”，又要假客套一番，先说“断断不好收”——虽以“断断”二字领起，却不是“不能收”或“收不得”，而是“不好收”。言外之意：于情于理都收得，只是磨不开。随后接入一句：“再不了你还拿回去罢。”更是富有无穷韵味，以商量口气“推拒”馈赠，正是市侩者的惯用伎俩。苏氏心领神会，要庞氏照顾“娘儿们”的情意，后者便顺水推舟，却不忘装腔作势——“你如此鬼混我，我也没法”——明明是自己利欲熏心，偏要倒打一耙。不得不承认，作者是善于观察生活的，更善于对日常情境进行艺术提炼，整段对话仿佛就是从生活中来的，又经过仔细修剪，显得十分精当。

同时，作者也善于捕捉动作细节，以看似寻常的动作，强化艺术效果。在这段连贯的对话中，作者适时插入了一个人物动作。

(苏氏)说着，将银子从新包起，早看见床头有个针线筐儿，他就替庞氏放在里面。

(李百川：《绿野仙踪》，人民文学出版社，1987，第633页。)

所谓"至平实至奇"(脂砚斋语)，孤立的日常动作，当然是不具有艺术质感的。苏氏将银子包好，顺势放在床头的针线筐里，与《红楼梦》第六回王熙凤用铁筷子拨弄手炉里的炭灰一样，都是再寻常不过的动作，但在特定的人际关系场域(尤其言语情境)中，结合人物的特殊心理，寻常动作便显出"奇"效，既服务于人物塑造、场面营构的叙述功能，又不露一丝痕迹，仿佛"天然地设，非别文杜撰妄拟者"(俞平伯《脂砚斋红楼梦辑评》)。苏氏精明世故，庞氏矫揉造作，收不收银子，原不是问题，关键是如何处理四锭银子的着落。如胡屠户一般，"把银子揩在手里紧紧的，把拳头舒过来"，是一种着落。如马道婆一般，"并不顾青红皂白，满口里应着，伸手先去抓了银子掖起来"，又是一种着落。但这都不符合上述对话的情境。见鱼儿咬钩，却不肯出水，苏氏就势一送，便吃定了庞氏，这既是生活化的动作，又是艺术化的动作。

也正因为这一动作细节，庞氏心花怒放，由此引出苏氏的真实目的。而在两段对话之间，作者又加上一个垫脚。

庞氏向小女厮道："请姑娘来！"又道："我真正糊涂，说了半日话，还没问大嫂的姓。"苏氏道："小妇人姓苏，我男人姓周。"

(李百川：《绿野仙踪》，人民文学出版社，1987，第633页。)

虽是日常言语，经过刻意安排，便令人叫绝。询问姓名，打听来意，本应是前置内容，这里却"调了个"。回看之前"紧锣密鼓"的对话场景，庞氏被苏氏捧到云端，又满心满眼只有银子，竟忘了询问来者姓名，读来不禁失笑，又不得不佩服作者调度、剪裁日常情境的能力。而这类笔墨在书中俯拾即是，置于同时代的世情小说中，也堪称上乘，所以"发现人"习惯性地忽略其"神魔"的一面，赞誉其

"世情"的一面。

总之,《绿野仙踪》在今天仍可归入神魔小说大类,但我们对于此书艺术成就及小说史价值的肯定,主要是聚焦于书中的世情笔墨的。

这也提示我们,今天对于明清小说叙事艺术的分析,不应受到题材类型的限制。聚焦于题材类型的分析,主要为两种学术发现服务:一是关于故事素材的连续性传递的描述,一是小说的文体发展史。它们与叙事经验没有直接关系,也没有绝对的、必然的关系。无论叙述框架,还是叙述组织,抑或叙述内容,一方面受到整体传统的影响,同时受制于时代风尚,另一方面则取决于作者的风格。在这一过程中,小说文体当然表现出较强的能动性——毕竟,即便在通俗文学的生产过程里,作家也是有"尊体"意识的,但小说文体与题材类型是两个概念,前者大于后者,文体可以制约具体的叙述,而题材则很难做到这一点。对于明清神魔小说叙述经验的总结,不能"就神魔而论神魔",应将其置于明清小说叙述经验的整体连续性中予以观照。

思考园地

1. 简述明清神魔小说的历史分期。
2. 如何看待《西游记》的小说史地位?
3. 如何评价《封神演义》的人物塑造?
4. 如何看待《西游补》的寓寓性?
5. 如何看待《绿野仙踪》的文学史形象?

参考答案

第四章

明清世情小说研读

学习要点

- 掌握明清世情小说的特征。
- 了解明清世情小说的总体概况。
- 研读《金瓶梅》《儒林外史》《红楼梦》等明清世情小说，了解它们的思想内容与艺术成就。

关于世情小说的概念，鲁迅在《中国小说史略》中说："当神魔小说盛行时，记人事者亦突起，其取材犹宋市人小说之'银字儿'，大率为离合悲欢及发迹变态(泰)之事，间杂因果报应，而不甚言灵怪，又缘描摹世态，见其炎凉，故或亦谓之'世情书'也。"据此，"世情"主要指向世态与人情两方面。世情小说即围绕日常生活中婚姻恋爱、饮食欲望、人情百态、市井消费之类的题材，以世俗人生与情感欲望为描写重点，着重反映家庭生活与社会现实的一种写实类小说。世情小说叙写市井之人的平凡生活，塑造了诸多个性鲜明的人物形象。这些特点使得世情小说有别于历史演义小说、神魔小说、公案小说、侠义小说等其他类型的小说。

第一节 明清世情小说概况

世情小说萌芽于反映世俗人生的唐代传奇小说中，在以谈情、写欲及"烟粉"为核心的宋元市人小说中得到发展。明中叶以描写家庭生活为主要内容的《金瓶梅》的诞生，极大地拓展了世情小说在反映人情世态等方面的深度。而后的"才子佳人"系列小说，进一步推动了世情小说在清代初期的发展。清中叶出现的《姑妄言》《林兰香》等家庭小说，《儒林外史》等社会小说，预示着世情小说第二波写作风潮即将到来。尤其是，《红楼梦》的出现，成为世情小说发展过程中的顶峰。清代中后期产生的《蜃楼志》等才子佳人小说延续了世情小说的题材，但在思想内容与艺术特色上已日渐降格。晚清时期出现的《官场现形记》《二十年目睹之怪现状》《老残游记》《孽海花》等社会小说，《品花宝鉴》《海上花列传》等狭邪小说，紧紧贴合晚清社会的世俗人情，成为世情小说发展的余波。

一、《金瓶梅》：明清世情小说的崛起

（一）《金瓶梅》概况

《金瓶梅》诞生于明代中期，是一部文人创作的长篇通俗小说，作者署名"兰陵笑笑生"。有关"兰陵笑笑生"的身份，明人沈德符《万历野获编》、袁中道《游居杮录》、谢肇淛《小草斋文集》等著述，或称为"世庙时一巨公"，或称之"嘉靖间大名士"，或言"绍兴老儒"，或称作"金吾戚里门客"。众说纷纭，难以考定。

有关《金瓶梅》的最早版刻时间，鲁迅《中国小说史略》据沈德符《万历野获编》

所言万历三十八年庚戌(1610)“吴中始有刻本”，称之为“庚戌本”。关于《金瓶梅》的成书时间，则有“嘉靖说”与“万历说”两种。

今存版本系统主要包括：一是《新刻金瓶梅词话》十卷一百回本。该版卷首有欣欣子《金瓶梅词话序》、廿公《金瓶梅词话跋》及东吴弄珠客《金瓶梅序》等多篇序跋文。二是《新刻绣像批评金瓶梅》二十卷一百回本，世称“绣像本”或“崇祯本”。该版有弄珠客《金瓶梅序》一篇及眉批、旁批等多条。三是康熙年间张竹坡评点的《皋鹤堂批评第一奇书金瓶梅》一百回本，被称为第一奇书本、张竹坡评本。该版每回之前有回评，正文内有眉批、旁批、夹批等，另附有《竹坡闲话》等。其中，《新刻金瓶梅词话》不仅有回前诗词和文中韵文赞语，还著录了前代传奇、话本及明代时调、戏曲、宝卷等资料，较为完整地保留了该小说的原始面貌。

《金瓶梅》由小说塑造的潘金莲、李瓶儿、庞春梅三名女性，各取其姓名中的一个字而得名。该小说以《水浒传》中武松杀嫂祭兄的情节为故事蓝本，重点描绘西门庆与潘金莲、李瓶儿、庞春梅等妻妾的家庭生活与爱恨情仇。小说围绕“市井之常谈，闺房之碎语”等，以高超的艺术水平描绘了一幅人物众多、个性鲜明、场景开阔的市井画面。在此基础上，小说充分展现西门庆的发迹过程及其与当时社会经济、文化消费之间的关系，揭露了当时社会复杂的政治生态与纷繁的经济活动，亦展现了一种对“市井之人”的人性关怀，具有一种贴近现实的艺术品格。以“不夸张，也不过度的形容”等手法描写“赤裸裸的绝对的人情”与“中等社会的男与女的日常生活”(郑振铎《插图本中国文学史》)，成为《金瓶梅》世情写作的最重要特色。

(二)明中叶以降世情小说的崛起

鲁迅在《中国小说史略》中说：“诸‘世情书’中，《金瓶梅》最有名。”《金瓶梅》是中国古代小说史上的第一部世情小说，它的出现对明中叶以来的世情小说产生了深远影响，推动了世情小说的发展。此后，世情小说主要有以下几类。

1.《金瓶梅》的续作与仿作

《金瓶梅》影响巨大，出现了一批接续与模仿之作。如丁耀亢的《续金瓶梅》以宋钦宗靖康年间金兵入犯中原为背景，一方面沿着《金瓶梅》中尚在世的人物，如月娘、孝哥等人的遭际而写；另一方面叙述西门庆转生为金哥，李瓶儿转生为常姐，庞春梅转生为玉梅等新的角色，将这两类人物交织在一起，重点叙述这些“君臣家国”“闺壶婢仆”在兵火离合中如何去偿还各类情债或冤债的种种遭遇。另如署名“西周生辑著，燃藜子校定”的《醒世姻缘传》以因果报应为主题，前二十回以明代正统年间山东武城县秀才晁思孝的独子晁源倚仗其父权势，虐待发妻计氏，娶妾珍哥，射死狐精，与人通奸后被杀的"前世姻缘"为中心；从第二十三回起讲述晁源转世为狄希陈，狐精转世为薛素姐，计氏转世为童寄姐，珍哥转世为珍珠，描写以狄希陈与诸女子之间的爱恨情仇与因果报应为主线的"今世情缘"。该小说采用夸张的漫画讽刺法，以一个两世家庭的道德伦理为中心，言及当时的官吏、商人、奴仆、僧道等市井百态与社会腐败，展现了小说深刻的社会洞察力。

2. 家庭伦理小说

此类小说的代表作有李海观的《歧路灯》，成书于清乾隆后期。该书讲述世家子弟谭绍闻在父亲去世后，被匪人诱惑，逐渐堕落，一步步走上歧路，导致家业败落，后又浪子回头，重振家业的故事。小说以浪子回头为主线，用现实笔法，以小见大，展现出18世纪中国社会生活的广阔画面。作品结构严密，布局紧凑。不少人物写得栩栩如生，颇具特点。语言简练、形象、风趣，富有河南的地域色彩。另如"随缘下士编辑""寄旅散人批点"的《林兰香》(又名《第二奇书》《美益奇观孝义传》)，约成书于道光十八年(1838)。该小说以明仁宗即位之后励精图治为背景，讲述耿朗与妻妾们的家庭生活，展现他们的爱恨情仇。人物形象刻画得丰满鲜活，对贵族家庭生活的描绘生动细腻，具有较高的艺术性。

3. 才子佳人小说

这类小说主要讲述才子与佳人的婚恋故事，是以"文雅风流"作为审美趣味的通俗小说。才子佳人小说在明末清初的兴盛，既和晚明时期商品经济兴盛，市民阶层的崛起及其消费需求有关，又与当时反思"人欲"与注重"人情"的社会思潮有关。这时期才子佳人小说的代表有"荑秋散人编次"的《玉娇梨》、"大花藏主人"的《平山冷燕》、"青心才人编次"的《金云翘传》，这些小说仿效《金瓶梅》以人物命名的方式，重点描绘"男才女貌"的团圆故事。到了清代中后期，大量下层文人加入了创作队伍，使得这时期的才子佳人小说逐渐与侠义、讲史类小说相合流。这一阶段的才子佳人小说，其结局在团圆式之外多了急流勇退、归隐成仙等情况。同时，又隐含创作者书愤与炫才的另一层趣味。例如，娥川主人在《生花梦序》中说该书的创作就有"所以慨遇也，所以寄讽也，所以涵泳性情，发抒志气，牢骚激昂，淋漓痛快，言其所不能言，发其所不易发"等"托以自讽"或"寓托"等目的。

4. 淫秽艳情小说

明中叶以降，这类小说有吕天成的《绣榻野史》，"情痴子批校、芙蓉主人辑"的《痴婆子传》，"风月轩又玄子著"的《浪史奇观》，"古杭艳艳生编"的《昭阳趣史》，"情隐先生编次"的《肉蒲团》等。进入清代初期，又有"嘉禾餐花主人"的《浓情快史》、“云游道人”的《灯草和尚》、“烟水散人”的《桃花影》等作品。此类作品有两大突出特点：一是摘采野史、笔记等各种材料，渲染宫廷情爱，于其间的艳情部分则极尽铺张之能事。二是铺排市井之人的性爱生活，偏好同性恋的题材。这类小说过于露骨，淫秽不堪，格调很低。这种创作的潮流直接影响到清代中后期的狭邪小说。

二、《儒林外史》：明清世情小说发展的另一高潮

进入清代中叶，世情小说在才子佳人的主题之外，又出现了一批以写实为主要特征的作品，形成了另一波发展高潮。这时期的写实类世情小说主要以讽刺为典型特征。其中，《儒林外史》以描写知识分子的日常生活、精神状态等人生百态为主题，成为写实讽刺类世情小说中的佼佼者。

（一）吴敬梓生平

吴敬梓（1701—1754），字敏轩，号粒民，安徽全椒人，后移居南京，晚号秦淮寓客，又号文木老人。吴敬梓出身于科举世家，曾祖父吴国对曾在顺治十五年（1658）的殿试中，获得探花，官至翰林院侍读。伯祖父吴晟是康熙十五年（1676）进士。至其父吴霖莘，家道中落，仅以拔贡授赣榆县学教谕。吴敬梓受家族影响，欲以金榜题名为志，曾考取秀才，“生而颖异，读书才过目，辄能背诵。稍长，补学官弟子员”（程晋芳《文木先生传》）。但他后来名场蹭蹬，又因其父罢官，族人强占其父家产，以致颠沛流离。吴敬梓在三十三岁这一年变卖财产之后，移居南京，以卖文为生。他在三十六岁时，被推荐参加博学鸿词科的地方考试，因病推辞。其人性格张扬，“企脚高卧”，放荡不羁，后逐渐对科举失去兴趣，并宣称“男儿快意贫亦好”，最终客死扬州。其友程晋芳曾作《文木先生传》述其生平事迹，并撰《怀人诗》一首言：“外史纪儒林，刻画何工妍！吾为斯人悲，竟以稗说传。”此诗对《儒林外史》的写作过程与寓意作了较精到的概括。除此之外，晚年的吴敬梓好治经，著有《诗说》七卷（已佚）。今有《文木山房集》四卷等著述存世。

（二）《儒林外史》概况

《儒林外史》共五十六回，一说五十五回，成书于乾隆年间。今存最早刊本为嘉庆八年（1803）卧闲草堂的五十六回本，现今通行本均以此本为底本，删去第五十六回《神宗帝下诏旌贤　刘尚书奉旨承祭》，融合为五十五回。

《儒林外史》假托明代叙事，实系一部以清代文化与社会的各种矛盾为中心，

取材于清代江南士绅的现实事件，以吴敬梓周遭所熟悉的亲友或旧识为故事人物原型，乃至带有自况性质的小说作品。对此，《齐省堂增订儒林外史》例言曾说："原书不著作者姓名。近阅上元金君和跋语，谓系全椒吴敏轩征君敬梓所著，杜少卿即征君自况，散财、移居、辞荐、建祠，皆实事也。慎卿乃其从兄青然先生檠，虞博士乃江宁府教授吴蒙泉，庄尚志乃上元程绵庄，马二先生乃全椒冯粹中，迟衡山乃句容樊南仲，武书乃上元程文。其他二娄为浙江梁家，牛布衣为牛草衣，权勿用为是镜，凤鸣岐为甘凤池，汤奏为杨凯，萧云仙姓江，赵雪斋姓宋，随岑庵姓杨，杨执中姓汤，匡超人姓汪，严贡生姓庄，高翰林姓郭，余先生姓金，万青云姓方，范进姓陶，荀玫姓苟，韦思元姓韩，沈琼枝即随园所称'扬州女子'：或象形谐声，或廋词隐语，若以雍乾间诸家文集细绎而参稽之，则十得八九矣。征君著有《文木山房诗文集》及《诗说》，均未付梓。是书为金棕亭官扬州教授时刊行等语。窃谓古人寓言十九，如毛颖、宋清等传，韩、柳亦有此种笔墨，只论有益世教人心与否，空中楼阁，正复可观；必欲求其人以实之，则凿矣。且传奇小说，往往移名换姓，即使果有其人，而百年后，亦已茫然莫识，阅者姑存其说，仍作镜花水月观之可耳。"这则例言较为详细地指出《儒林外史》的人物原型与艺术加工的关系。虽然小说中处处有人物原型的痕迹，却能够通过"移名换姓"来达到"寓言十九"的叙事目的。此类叙事目的达成的过程，促使《儒林外史》能够在生活原型的基础上，以"象形谐声，或廋词隐语"而寓其姓名，加以典型化、类型化、艺术化的想象与虚构，再现了以进士、举人、贡生、生员、监生为主体的清代江南士绅群体的生活状况，进而对江南士绅群体的精神状况及其人物形象，进行入木三分的概括。

（三）《儒林外史》的余波

在《儒林外史》之后，值得关注的还有李百川的《绿野仙踪》、张南庄的《何典》（又名《鬼话连篇录》）等小说，承继它的讽刺之余绪。但此类小说在思想深刻性、讽刺艺术性及文本趣味性等方面，则日渐衰微。尤其是李百川在《〈绿野仙踪〉百回本自序》中说："然余书中若男若妇，已无时无刻不目有所见、不耳有所闻……污纸秽墨，亦自觉鲜良极矣！总缘蓬行异域，无可遣愁，乃作此呕吐生活耳。……至于章法、句法、字法有无工拙，一任世人唾之骂之已尔。夫竹头木屑，尚同杞梓之收；马渤牛溲，并佐参苓之用。余一百回中，或有一二可解观者之颐，不至视为目丁喉刺，余荣幸宁有极哉！"这充分说明清代中后期的讽刺类世情小说在"目有所见"与"耳有所闻"的基础上对当时的社会人情予以充分揭示外，亦带有一种小说作者自遣的强烈倾向。

三、《红楼梦》：明清世情小说发展的顶峰

《红楼梦》是一部伟大的小说，它的诞生意味着明清世情小说跃上了发展的顶峰。

（一）《红楼梦》概况

1.《红楼梦》的作者

关于《红楼梦》的作者曹雪芹具体是谁，学界仍存在较大争论。程伟元在刊刻一百二十回本《红楼梦》时所作的《红楼梦序》中，就已指出："《红楼梦》小说本名《石头记》，作者相传不一，究未知出自何人，惟书内记雪芹曹先生删改数过。"

除了《红楼梦》相关版本所载曹雪芹及此书传播情况，现存最早论及《红楼梦》作者的文献资料，当属乾隆五十七年（1792）所刊的袁枚《随园诗话》。该书卷二记载："康熙间，曹练亭为江宁织造，每出，拥八驺，必携书一本，观玩不辍。人问：'公何好学？'曰：'非也。我非地方官，而百姓见我必起立，我心不安，故借此遮目耳。'素与江宁太守陈鹏年不相中。及陈获罪，乃密疏荐陈。人以此重之。其子雪芹撰《红楼梦》一部，备记风月繁华之盛。明我斋读而羡之。当时红楼中有某校书尤艳，我斋题云：'病容憔悴胜桃花，午汗潮回热转加。犹恐意中人看出，强言今日较差些。''威仪棣棣若山河，应把风流夺绮罗。不似小家拘束态，笑时偏少默时多。'"这是最早将曹雪芹与"江宁织造"曹寅家族相联系的文献，也指出了《红楼梦》在明我斋（即满洲镶黄旗人富察明义）等好友中流传的信息。至于"其子雪芹"到底是谁，学界至今无定论。不过，"备记风月繁华之盛"的评价，表明清代中期的读者已充分肯定《红楼梦》的世情写作及其高超水平。

2.《红楼梦》的版本

关于《红楼梦》的版本，主要包括两类：一类是带有"脂砚斋""畸笏叟""棠村"等人的评语，题名含有"脂砚斋重评石头记"等字样，且属于抄本的"脂评本"，称为"脂本"。此类抄本代表者有"甲戌本""己卯本""庚辰本"等，均系后来的过录本。此类抄本的传播过程与后世的递藏情况均不明，皆出现于1927年之后。因此，此类抄本的版本价值与学术价值均需重估。另一类是高鹗、程伟元整理的"程本"系统。此系统包括：乾隆五十六年（1791）由萃文书屋活字排印的版本，称为"程甲本"，此本系现存最早的刊本。次年，高鹗、程伟元对"程甲本"的回目、正文等内容进行了修订后再次重印，称为"程乙本"，另有"程丙本"等。

（二）《红楼梦》的影响

世情小说发展至清代中叶时，以《红楼梦》的诞生为其顶峰。清代中叶的社会政治相对安定，经济较为发达，但社会矛盾亦已积累到较为尖锐的程度。这在一定程度上促使世情小说在反映社会现实的深度与广度等方面，有了较大的突破。鲁迅在《中国小说的历史的变迁》中说："总之自有《红楼梦》出来以后，传统的思想和写法都打破了。"确实如此，《红楼梦》的出现"标志着反映中国传统社会生活的古典小说所可能达到的水平，标志着从明末开始的通俗小说文人化的进程终于完成，而且使得通俗小说开始具有现代社会思想和现代审美观念的朦胧意识"（王齐洲《中国通俗小说史》）。

《红楼梦》问世后颇受欢迎，"遍于海内，家家喜阅，处处争购"，《京都竹枝词》甚至有"开谈不说《红楼梦》，读尽诗书是枉然"的说法。嘉庆、道光年间形成了一种研究《红楼梦》的专门学问，叫作"红学"。两百多年以来，红学形成了各种派别，主要有以下几派。

1. 评点派

评点派采用评述、评点的方法来探讨《红楼梦》的本事出处、内容思想与艺术价值。如乾隆年间周春《阅红楼梦随笔》、嘉庆年间裕瑞《枣窗闲笔》和诸联《红楼梦评》等，采用随笔、杂记等方式逐条论述。另如脂砚斋、畸笏叟、王希廉、哈斯宝等人的评点也很有价值。

2. 索隐派

索隐派又被称为旧红学派。其探索与发掘被小说故事所隐藏的"本事"，其实是牵强附会，用猜谜式的方法去附会历史人物和事件。如把小说故事附会所谓纳兰明珠家事、和珅秽史，甚至去附会顺治皇帝与董小宛的根本不存在的爱情故事，这是一种主观主义的、反科学的方法。这一派的代表有王梦阮、沈瓶庵的《红楼梦索隐》，蔡元培的《石头记索隐》和邓狂言的《红楼梦释真》等。

在索隐派占据上风之时，王国维的《〈红楼梦〉评论》借用叔本华的哲学思想，以科学的方法来探讨该小说的题旨与美学价值等问题，成为红学史上的一座里程碑。他把《红楼梦》推崇为"彻头彻尾之悲剧"，颇有见地，富有启示。

3. 考据派

考据派又被称为新红学派。其继承乾嘉学派的学风，用考证的方法研究《红楼梦》，注重证据与文献，实事求是，开创了一个新的研究局面。代表作有胡适的《红楼梦考证》、俞平伯的《红楼梦辨》等。他们肯定了《红楼梦》的作者为曹雪芹，对他的家世、生平与《红楼梦》的版本等问题进行了大量的考证，并深入分析了该小说的思想内涵与艺术成就。

迄今为止，《红楼梦》研究还有一些重大问题，如小说的主题、脂砚斋的身份、后四十回的作者与评价问题等，仍然存在较大的分歧，需要不断深入探究。

四、世情小说在晚清的发展

晚清世情小说的发展呈现出两股重要潮流：一是延续“情”之话题，仿拟、续作《红楼梦》的小说不时出现，如逍遥子《后红楼梦》、秦子忱《续红楼梦》、陈少海《红楼复梦》、花月痴人《红楼幻梦》等。同时，出现了以陈森《品花宝鉴》、邗上蒙人《风月梦》、魏秀仁《花月痕》(又名《花月姻缘》)、韩邦庆《海上花列传》为代表的一大批狭邪小说。陈森《品花宝鉴》以杜琴言、袁宝珠、苏蕙芳、陆素兰、金漱芳、林春喜、李玉林、王兰保、王桂保、秦琪官等十位伶官与当时士大夫的交往之事为主线，展现了晚清异化的社会图景与世人的病态心理，成为晚清狭邪小说的滥觞之作。二是沿着讽刺写实类的话题，出现了以李伯元《官场现形记》、吴沃尧《二十年目睹之怪现状》、刘鹗《老残游记》、曾朴《孽海花》为典型的谴责类世情小说，这四部作品被称为“晚清四大谴责小说”。如刘鹗《老残游记》以江湖医生“老残”在游历过程中的所见所闻为叙述线索，呈现了晚清黑暗腐朽的社会状况。刘鹗在《自序》中说：“吾人生今之时，有身世之感情，有家国之感情，有社会之感情，有种教之感情。其感情愈深者，其哭泣愈痛：此鸿都百炼生所以有《老残游记》之作也。棋局已残，吾人将老，欲不哭泣也得乎？吾知海内千芳，人间万艳，必有与吾同哭同悲者焉!”这则自序清楚交代了晚清谴责类小说的作者大多感于“有身世之感情，有家国之感情，有社会之感情，有种教之感情”，形成了“与吾同哭同悲”的写作特色。

第二节 《金瓶梅》研读

《金瓶梅》以西门庆为中心，详细描绘了一个暴发户家庭的生活百态，不仅细致描绘了西门庆发迹变泰及衰亡的一生，而且将笔墨由西门庆的家庭活动扩大到当时广阔的社会生活场景之中，塑造了众多个性鲜明的人物形象。《金瓶梅》采用“逐日记其家淫荡风月之事”的方式，形成“隐大段精采于琐碎之中”的叙事特征，使得小说文本蕴含了大量的日常生活细节。现以“潘金莲冷嘲宋惠莲”与“潘金莲共李瓶儿斗气”两段故事为例，来研读《金瓶梅》的艺术水平与写作题材。

一、潘金莲冷嘲宋惠莲

袁宏道在《与董思白》中称赞《金瓶梅》是“云霞满纸，胜于枚生《七发》多矣”，认为该小说的艺术绚丽多彩，超过了宏赡富丽的汉大赋标志性作品《七发》。《金瓶梅》确实取得了很高的艺术成就，成为中国古代小说艺术史上的一座里程碑。我们可以通过“潘金莲冷嘲宋惠莲”这一段落来管窥《金瓶梅》的艺术成就。《金瓶梅》第二十三回《玉箫观风赛月房　金莲窃听藏春坞》节选如下。

金莲正临镜梳妆，蕙莲小意儿，在傍拿抿镜，掇洗手水，殷勤侍奉。金莲正眼也不瞧他，也不理他。蕙莲道：“娘的睡鞋裹脚，我卷了收了罢?”金莲道：“由他，你放着，教丫头进来收。”便叫秋菊：“贼奴才，往那去了?”蕙莲道：“秋菊扫地哩，春梅姐在那里梳头哩。”金莲道：“你别要管他，丢着罢，亦发等他每来拾掇。歪蹄泼脚的，没的展污了嫂子的手。你去扶侍你爹，爹也得你恁个人儿扶侍他，才可他的心。俺每都是露水夫妻，再醮货儿，只嫂子是正名正顶，轿子娶将来的，是他的正头老婆，秋胡戏。”这老婆听了，正道着昨日晚夕他的真病，于是向前双膝跪下，说道：“娘是小的一个主儿，娘不高抬贵手，小的一时儿存站不的。当初不因娘宽恩，小的也不肯依随爹。就是后边大娘，无过只是个大纲儿。小的还是娘抬举多，莫不敢在娘面前欺心？随娘查访，小的但有一字欺心，到明日不逢好死，一个毛孔儿里生下一个疔疮。”金莲道：“不是这等说，我眼里放不下砂子的人。汉子既要了你，俺每莫不与争？不许你在汉子根前弄鬼，轻言轻语的。你说你把俺每蹦下了，你要在中间踢跳。我的姐姐，对你说，把这等想心儿且吐了些儿罢!”蕙莲道：“娘再访，小的并不敢欺心，到只怕昨日晚夕娘错听了。”金莲道：“傻嫂子，我闲的慌，听你怎的？我对你说了罢，十个老婆买不住一个男子汉的心。你爹虽故家里有这几个老婆，或是外边请人家的粉头，来家通不瞒我一些儿，一五一十就告我说。你问声，你六娘当时和他一个鼻子眼儿里出气，甚么事儿来家不告诉我。你比他差些儿!”说得老婆闭口无言，在房中立了一回，走出来了。走到仪门夹道内，撞见西门庆，说道：“你好人儿，原来你是个大滑答子货！昨日人对你说的话儿，你就告诉与人，今日教人下落了我恁一顿。我和你说的话儿，只放在你心里，放烂了才好。想起甚么来对人说！干净你这嘴头子就是个走水的槽，有话到明日不告你说了。”西门庆道：“甚么话？我并不知道。”那老婆瞅了一眼，往前边去了。

平昔这妇人嘴儿乖，常在门前站立买东买西，赶着傅伙计叫傅大郎，陈敬济叫姐夫，贲四叫老四。昨日和西门庆勾搭上了，越发在人前花哨起来，常和众人打牙犯嘴，全无忌惮。或一时教：“傅大郎，我拜你拜，替我门首看着买粉的。”那傅伙计老成，便惊心儿替他门首看。过来，叫住，请他出来买。玳安故意戏他，说道：“嫂子，卖粉的早辰过去了，你早出来拿秤称他的好来。”老婆骂道：“贼猴儿，里边五娘、六娘使我要买搽的粉，你如何说拿秤称？三斤胭脂二斤粉，教那淫妇搽了又搽，看我进里边对他说不说？”玳安道：“耶哧嫂子，行动只拿五娘唬我。”几时来一回，又叫：“贲老四，你替我门首看着卖梅花菊花的，我要买两对儿戴。”那贲四误了买卖，好歹专心替他看着，卖梅花的过来，叫住，请他出来买。妇人立在二层门里，打开箱儿拣，要了他两对鬓花大翠，又是两方紫绫闪色销金汗巾儿，共该他七钱五分银子。妇人向腰里摸出半侧银子儿来，央及贲四替他凿，称七钱五分与他。那贲四正写着帐，丢下走来，蹲着身子替他锤。只见玳安走来，说道：“等我与嫂子凿。”一面接过银子在手，且不凿，只顾瞧那银子。妇人道：“贼猴儿，不凿，只情端详的是些甚么？你半夜没听见狗咬？是偷来的银子。”玳安道：“偷倒不偷，这银子有些眼熟，倒像爹银子包儿里的。前日爹在灯市里，凿与买方金蛮子的银子，还剩了一半，就是这银子，我记得千真万真。”妇人道：“贼囚，一个天下人还有一样儿的。爹的银子，怎的到得我手里？”玳安笑道：“我知道甚么帐儿。”妇人便赶着打。

（兰陵笑笑生：《金瓶梅词话》，人民文学出版社，2000，第266—268页。）

上引段落主要是讲西门庆第五房小妾潘金莲惩治仆人宋惠莲的场景。宋惠莲原名宋金莲，是棺材店老板宋仁的女儿，长得俊俏妩媚，而且很会妆扮。她原在蔡通判家做使唤丫头，因坏了事而被逐出，嫁给厨子蒋聪后与西门庆的仆人来旺通奸。蒋聪与人斗殴致死，宋惠莲再嫁来旺，进入西门府。很快，西门庆与她勾搭成奸。西门庆为了方便私通，常常把来旺派到外地做事。第二十三回中讲述，一天晚上，西门庆想把宋惠莲带到潘金莲房里鬼混，但她不愿意，推托说春梅不会同意。西门庆于是把宋惠莲留在藏春坞中私通。两人聊到了买鞋面的事情，她说昨日偷偷试穿了潘金莲的鞋子，还把它套在自己的鞋子外面进行糟蹋。宋惠莲又问起潘金莲的来历，得知“也是回头人儿”，于是嘲讽说西门庆与潘金莲是“露水夫妻”。这些话全被特意前来偷听的潘金莲听到，她恼羞成怒，“气的在外两只胳膊都软了，半日移脚不动”，但顾忌西门庆在场，只得忍到第二天早晨寻机教训宋惠莲，于是出现了上引的场景。潘金莲开始是酸言酸语，话藏机锋。宋惠莲猛然发现潘金莲已经知道她在昨晚发的牢骚，进一步领教了她的厉害，因而双膝跪下求她原谅，解释这只是一场误会，发誓表明自己的忠心。但潘金莲根本不屑，穷追猛打，并掩盖自己偷听的实情，制造是西门庆相告的假象，最终让宋惠莲哑口无言，在窘迫难堪中埋怨西门庆。小说还叙及宋惠莲和西门庆勾搭上以后，越发在众人面前花哨起来，“常和众人打牙犯嘴，全无忌惮”。这些场景看似平淡无奇，但能以小见大，反映出《金瓶梅》的高超艺术成就，其具体表现如下。

（一）人物性格个性化、复杂化

《三国演义》基本上是用类型化手法塑造人物，《水浒传》走上了初步的个性化之路，《金瓶梅》则更加成熟地使用了个性化手法塑造人物，不仅塑造了众多栩栩如生的人物形象，尤其是潘金莲、李瓶儿、庞春梅、宋惠莲等一大批女性形象，而且纠正了单一化、凝固化的倾向，美丑对照，写出了人物性格的丰富性、复杂性和发展性。如上文中的宋惠莲，长得俊俏、聪慧，但又轻浮浅薄、爱慕虚荣。她一心想成为西门庆的第七个老婆，经常教唆他打发丈夫来旺远赴他乡做买卖，以方便行苟且之事。但宋惠莲并不是一个简单的淫妇形象，卑劣的品行中还保留一点可贵的良知。在她发现来旺遭陷害，自己被欺骗时，她觉得愧对丈夫，潜藏在内心的良知被唤醒，于是大骂西门庆：“你原来就是个弄人的刽子手，把人活埋惯了，害死人还看出殡的!”任凭西门庆百般劝诱，也不肯就范。最终，宋惠莲以死抗争，带着强烈的悲愤诀别了这个吃人的世界。就连西门庆这个令人发指的恶人，小说也没有将他作简单的符号化处理。他贪得无厌，但面对吴典恩借钱，称得上仗义疏财。西门庆肆意玩弄女性，但对李瓶儿怀有真情。他不顾潘道士告诫“恐祸将及身”，坚持守在垂危的李瓶儿的身边。当她死后，西门庆不顾一切地抱着尸体哭嚎：“宁可教我西门庆死了罢，我也不久活于世了，平白活着做甚么!”确实表现出几分真诚的悲痛。但这并不能改变西门庆淫乱无耻的本性，他很快就在灵床的对面与如意儿苟合。另如孙雪娥是西门庆妻妾中地位最低且最不得意之人。她的长相是“唇反无棱，耳反无轮，眼反无神，鼻反不正”，是个身材短小的陪嫁丫头。她尽管处于为西门家看家做饭的境地，但不甘于贫贱，不认自己的“没时运”。小说第二十一回写西门庆与吴月娘和好时，吴月娘给众妾还酒时，“惟孙雪娥跪着接酒，其余都平叙姊妹之情”。但她又处心积虑，伺机报复，曾向吴月娘告发金莲偷人，教唆吴月娘打潘金莲的姘头陈经济。这些举动虽然并不光彩，但也是孙雪娥捍卫自身人格、争取生存空间的无奈体现。又如李瓶儿泼辣、凶狠、贪婪，但与西门庆结合后，变得善良、懦弱和富于同情心。小说将人物性格的丰富性与复杂性表现得淋漓尽致，给人以鲜活、真实的感觉。

（二）语言生活化、口语化，富有市井色彩

《三国演义》的语言半文半白，《水浒传》与《西游记》的白话语言日渐成熟，但还是残留了话本中讲故事的痕迹。《金瓶梅》则摆脱了话本的影响，运用生动鲜活的市民口语，又大量吸取了方言、俗谚、行话、俏皮话、歇后语等等，熔铸成“一篇市井的文字”（张竹坡《批评第一奇书〈金瓶梅〉读法》），充满了浓郁的市井生活气息，“只是家常口头语，说来偏妙”（张竹坡第二十八回批语）。而且，《金瓶梅》善于用个性化的语言来刻画人物。例如，当宋惠莲意识到潘金莲知晓了内情，跪下来说，“但有一字欺心，到明日不逢好死，一个毛孔儿里生下一个疔疮”。运用了俗谚来发誓，表现出宋惠莲急于辩解的慌乱心情。而潘金莲酸言酸语、穷追猛打显示她对付宋惠莲的自信心与优越感。潘金莲用“雪狮子”猫害死了李瓶儿的儿子官哥儿。李瓶儿悲痛欲绝，潘金莲百般称快，意犹未尽，又指桑骂槐道：“贼淫妇，我只说你日头常晌午，却怎的今日也有错了的时节？你斑鸠跌了弹，也嘴答谷了！春凳折了靠背儿，没的倚了！王婆子卖了磨，推不的了！老鸨子死了粉头，没指望了。却怎的也和我一般?”一连串的歇后语与市井俗谚，生动刻画出潘金莲刻薄、狠毒的性格。

（三）叙事结构如网状交织，形成有机整体

《金瓶梅》之前的长篇小说基本上采用线性发展的结构形式，即用一条线索将一系列的故事贯穿而成，每个故事又以时间为序纵向直线推进，《三国演义》《水浒传》与《西游记》都大体如此。《金瓶梅》则突破了线性结构，采用复杂的网状结构。全书围绕西门庆一家的盛衰史开展，前八十回以西门庆为中心，反映了官场与社会的黑暗，在家庭内部又与潘金莲形成一条主线，与此并行或穿插的李瓶儿、庞春梅、宋惠莲等人的故事，又可以单独连成一线，它们错综复杂，形成了一张家庭内部的矛盾关系网。后二十回以吴月娘、庞春梅与陈经济为中心，反映了西门家族的衰败。全书以西门庆及其家庭为中心辐射到整个社会，将情场、商场与官场连接起来，交织成一张情节勾连、意脉互通的叙事网络，千头万绪而又浑然一体。

二、潘金莲共李瓶儿斗气

现以第四十一回所写“潘金莲共李瓶儿斗气”为中心，进一步管窥《金瓶梅》的家庭题材写作。节选原文如下。

李瓶儿见西门庆出来了，从新花枝招飐，与月娘磕头，说道：“今日孩子的事，累姐姐费心。”那月娘笑嘻嘻，也倒身还下礼去，说道：“你喜呀。”李瓶儿道：“与姐姐同喜。”磕毕头起来，与月娘、李娇儿坐着说话。只见孙雪娥、大姐来与月娘磕头，与李娇儿、李瓶儿道了万福。小玉拿将茶，正吃茶，只见李瓶儿房里丫鬟绣春来请，说：“哥儿屋里寻哩。爹使我请娘来了。”李瓶儿道：“奶子慌的三不知就抱的屋里去了，一搭儿去也罢了，是孩子没个灯儿。”月娘道：“头里进门，我教他抱的房里去，恐怕晚了。”小玉道：“头里如意儿抱着他，来安儿打着灯笼送他来。”李瓶儿道：“这等也罢了。”于是作辞月娘，回房中来。只见西门庆在屋里，官哥儿在奶子怀里睡着了。因说是：“你如何不对我说，就抱了他来？”如意儿道：“大娘见来安儿打着灯笼。就趁着灯儿来了。哥哥哭了一回，才拍着他睡着了。”西门庆道：“他寻了这一回，才睡了。”李瓶儿说毕，望着他笑嘻嘻说道：“今日与孩子定了亲，累你，我替你磕个头儿。”于是插烛也似磕下去。喜欢的西门庆满面堆笑，连忙拉起来，做一处坐的。一面令迎春摆上酒儿，两个这屋里吃酒。

且说潘金莲到房中，使性子，没好气，明知西门庆在李瓶儿这边。一经因秋菊开的门迟了，进门就打两个耳刮子，高声骂道：“贼淫妇奴才！怎的叫了恁一日不开？你做什么来摺儿？我且不和你答话！”于是走到屋里坐下，春梅走来磕头递茶。妇人问他：“贼奴才他在屋里做什么来？”春梅道：“在院子里坐着来。你叫了，我那等催他还不理。”妇人道：“我知道，他和我两个殴业。党太尉吃匾食——他也学人照样儿行事，欺负我。”待要打他，又恐西门庆在那屋里听见，不言语心中又气，一面卸了浓妆，春梅与他搭了铺，上床就睡了。

到次日，西门庆衙门中去了。妇人把秋菊教他顶着大块柱石，跪在院子里。跪的他梳了头，教春梅扯了他裤子，拿大板子要打他。那春梅道：“好干净的奴才，教我扯裤子！倒没的污浊了我的手。”走到前边，旋叫了画童儿小厮，扯去秋菊底衣。妇人打着他，骂道：“贼奴才淫妇！你从几时就恁大来？别人兴你，我却不兴你！姐姐，你知我见的，将就脓着些儿罢了。平白撑着头儿，逞什么强？姐姐，你休要倚着。我到明日，洗着两个眼儿看着你哩！”一面骂着又打，打了大骂，打的秋菊杀猪也似叫。李瓶儿那边才起来，正看着奶子官哥儿，打发睡着了，又唬醒了。明明白白听见金莲这边打丫鬟，骂的言语儿妨头，闻一声儿不言语，唬的只把官哥儿耳朵握着。一面使绣春去，“对你五娘说：休打秋菊罢，哥儿才吃了些奶，睡着了。”金莲听了，越发打的秋菊狠了，骂道：“贼奴才，你身上打着一万把刀子，这等叫饶？我是恁性儿，你越叫我越打！莫不为你拉断了路行人？人家打丫头，也来看着。你好姐姐，对汉子说，把我别变了罢！”李瓶儿这边分明听见指骂的是他，把两只手气的冰冷，忍气吞声，敢怒而不敢言。早辰茶水也没吃，搂着官哥儿在炕上就睡着了。

等到西门庆衙门中回家，入房来看官哥儿，见李瓶儿哭的眼红红的，睡在炕上，问道：“你怎的这咱还不梳头收拾？上房请你说话。你怎揉的眼恁红红的？”李瓶儿也不题金莲那边指骂之事，只说：“我心中不自在。”西门庆告说：“乔亲家那里，送你的生日礼来了：一匹尺头，两坛南酒，一盘寿桃，一盘寿面，四样嗄饭，又是哥儿近节的两盘元宵，四盘蜜食，四盘细果，两挂珠子吊灯，两座羊皮屏风灯，两匹大红官段，一顶青段攥的金八吉祥帽儿，两双男鞋，六双女鞋。咱家倒还没往他那里去，他又早与咱孩儿近节来了。如今上房的请你计较去。只他那里使了个孔嫂儿和乔通押了礼来，大妗子先来了，说明日乔亲家母不得来，直到后日才来。他家有一门子做皇亲的乔五太太，听见和咱门做亲，好不喜欢。到十五日，也要来走走。咱少不得补个帖儿请去。”李瓶儿听了，方慢慢起来梳头。走到后边，拜了大妗子。孔嫂儿正在月娘房里待茶，礼物都摆明间内，都看了。一面打发回盒起身，与了孔嫂儿、乔通每人两方手帕、五钱银子，写了回帖。又差人补请帖，送与乔太太去了。

（兰陵笑笑生：《金瓶梅词话》，人民文学出版社，2000，第489—491页。）

上述情节主要围绕潘金莲与李瓶儿争风斗气而展开，反映出西门庆家庭内部琐碎的日常片段，展现了潘金莲、李瓶儿等人为了自身的利益而互相倾轧的权谋斗争。这是《金瓶梅》通过人物之间的关系及其变化，来展现晚明市井生活片段的缩影，主要具有以下几个特点。

（一）着眼“时俗”，主要讲述家庭生活中的日常琐事

《金瓶梅》不再聚焦于王朝更替与军国大事，人物形象不再集中于帝王将相、

英雄豪杰与神仙鬼怪，而是“寄意于时俗”。所谓“时俗”，就是当时的世俗社会生活。张竹坡在《批评第一奇书〈金瓶梅〉读法》中说：“因西门庆一分人家，写好几分人家，如武大一家，花子虚一家，乔大户一家，陈洪一家，吴大舅一家，张大户一家，王招宣一家，周守备一家，何千户一家，夏提刑一家……凡这几家，大约清河县官员大户屈指已遍，而因一人写及一县。”《金瓶梅》将视角聚焦于这些家庭，写的主要就是世俗的社会、琐碎的家事与平凡的人物，这些“市井之常谈，闺房之碎语”，表现的是平凡人物当时的日常生活，这与历史演义、英雄传奇、神魔小说大异其趣。这标志着我国的小说艺术进入了一个更加贴近现实生活、面向平凡人生的新阶段。

（二）展现出“耳目之内，日用起居”的各种人情世故

《金瓶梅》对世俗社会的众多欲望及日常生活予以多方面的暴露，不仅揭示出当时政治的黑暗、官场的腐朽与世风的奢靡，而且刻画了世人趋名逐利的异化心理与无耻的道德状态。这些揭露往往是通过寓于日常生活的普通场景展开的。潘金莲与李瓶儿斗气只是西门庆家庭生活中的某一琐碎场景，这种“闺房之碎语”却又是普遍存在的。在这一场景中，吴月娘既与潘金莲、李瓶儿矛盾共存，又能够和平相处，是一种和谐与矛盾共存的关系。但这种和谐之下又存在着强烈的冲突。李瓶儿因为生下官哥儿以及顺从西门庆而受宠，势必引发自以为貌美伶俐的潘金莲的嫉妒与打压。此举是这一次明争暗斗、指桑骂槐事件的导火索，也是潘金莲维护自身利益的宣示。这里既显示了潘金莲怨恨生结的必然性，为后来西门庆一家的衰败埋下了伏笔；又通过对比的方式将潘金莲与李瓶儿两人的处境状态、处事风格、性格差异等内容，一一加以展示。潘金莲的咄咄逼人与李瓶儿的以退为进——当潘金莲使性子去骂“贼淫妇奴才”激发矛盾时，李瓶儿首先只是“一面使绣春去”规劝，并无直接冲突，而是将重点放到讨好西门庆上。尤其是当西门庆回来时看到李瓶儿“哭的眼红红的，睡在炕上”而发问时，李瓶儿也不提潘金莲那边指骂之事，只说：“我心中不自在。”这一典型细节不仅可以看到李瓶儿隐忍的生存之道——保全自己与官哥儿，也是对人性扭曲的一种无奈之叹。因为李瓶儿知道西门庆到她房中次数的增加，使得她已经成为众人的眼中钉，唯有冷静才能避免更大、更直接的冲突。这些细节表面上是写承宠，实际上却反映出人物的不同生存境遇及焦虑的心理。可见，日常琐事的白描展现人物的多重性格、复杂关系与处事差异，不仅推动了小说情节的发展，而且暴露与批判了当时溃败的社会风气。

（三）描绘了明代社会文化的百态

《金瓶梅》从交通、饮食、嫁娶、丧葬、诉讼、贸易、宴会、祭祀等方面，对明代的社会文化展开了种种描绘与评判。小说写了百余种菜肴，十多种茶名，几十种酒，共写了389次饮酒，可谓极尽铺张。此外，小说既描述了各式各样的衣服穿戴，也描写了各种听戏娱乐活动。在上文转录的第四十一回中，乔亲家送给李瓶儿的生日礼物就有“一匹尺头，两坛南酒，一盘寿桃，一盘寿面，四样嗄饭，又是哥儿近节的两盘元宵，四盘蜜食，四盘细果，两挂珠子吊灯，两座羊皮屏风灯，两匹大红官段，一顶青段摞的金八吉祥帽儿，两双男鞋，六双女鞋”，可谓是写尽了明代富贵人家交往之礼的华贵与奢侈。这也体现了当时社会的等级森严。李瓶儿只是西门庆的妾，因此送给她的“两匹大红官段，一顶青段摞的金八吉祥帽儿”等布料与衣物，只能是符合她的身份的，不得僭越。此类铺排往往隐含着一种讽刺意味，不断预示西门庆一家由奢华走向衰败的必然。

第三节　《儒林外史》研读

《儒林外史》围绕江南士绅的日常生活与科举病态进行了酣畅淋漓的嘲讽，揭露了科举制度的腐朽，塑造了科举制度下众生百相，展现了科举对士人心理的毒害与扭曲。现以第三十七回所写“祭祀泰伯祠”与第三回所写“范进中举”为例，以小见大来了解《儒林外史》的内容旨趣及其对读书人日常生活的描写艺术。

一、祭祀泰伯祠

关于“祭祀泰伯祠”的缘起，《儒林外史》第三十三回是这样写的。

杜少卿便到仓巷卢家去会迟衡山。卢家留着吃饭。迟衡山闲话说起：“而今读书的朋友，只不过讲个举业，若会做两句诗赋，就算雅极的了，放着经史上礼、乐、兵、农的事，全然不问！我本朝太祖定了天下，大功不差似汤武，却全然不曾制作礼乐。少卿兄，你此番征辟了去，替朝廷做些正经事，方不愧我辈所学。”杜少卿道：“这征辟的事，小弟已是辞了。正为走出去做不出甚么事业，徒惹高人一笑，所以宁可不出去的好。”迟衡山又在房里拿出一个手卷来说道："这一件事，须是与先生商量。"杜少卿道："甚么事?"迟衡山道："我们这南京，古今第一个贤人是吴泰伯，却并不曾有个专祠。那文昌殿、关帝庙，到处都有。小弟意思要约些朋友，各捐几何，盖一所泰伯祠，春秋两仲，用古礼古乐致祭。借此大家习学礼乐，成就出些人才，也可以助一助政教。但建造这祠，须数千金。我裱了个手卷在此，愿捐的写在上面。少卿兄，你愿出多少?"杜少卿大喜道："这是该的!"接过手卷，放开写道："天长杜仪捐银三百两。"迟衡山道："也不少了。我把历年做馆的修金节省出来，也捐二百两。"就写在上面，又叫："华士，你也勉力出五十两。"也就写在卷子上。迟衡山卷起收了，又坐着闲谈。只见杜家一个小厮走来禀道："天长有个差人，在河房里要见少爷，请少爷回去。"杜少卿辞了迟衡山回来。只因这一番，有分教：一时贤士，同辞爵禄之縻；两省名流，重修礼乐之事。

（吴敬梓：《儒林外史》，上海古籍出版社，2012，第226页。）

第三十七回《祭先圣南京修礼　送孝子西蜀寻亲》详细描绘了祭祀泰伯祠的过程，节选原文如下。

次日五鼓，把祠门大开了，众人起来，堂上、堂下、门里、门外、两廊，都点了灯烛，庭燎也点起来。迟衡山先请主祭的博士虞老先生，亚献的征君庄老先生；请到三献的，众人推让，说道："不是迟先生，就是杜先生。"迟衡山道："我两人要做引赞，马先生系浙江人，请马纯上先生三献。"马二先生再三不敢当，众人扶住了马二先生，同二位老先生一处。迟衡山、杜少卿先引这三位老先生出去，到省牲所拱立。迟衡山、杜少卿回来，请金东崖先生大赞；请武书先生司麾；请臧荼先生司柷；请季萑先生、辛东之先生、余夔先生司尊；请蘧来旬先生、卢德先生、虞感祁先生司玉；请诸葛佑先生、景本蕙先生、郭铁笔先生司帛；请萧鼎先生、储信先生、伊昭先生司稷；请季恬逸先生、金寓刘先生、宗姬先生司馔。请完，命卢华士跟着大赞金东崖先生，将诸位一齐请出二门外。

当下祭鼓发了三通，金次福、鲍廷玺两人领着一班司球的、司琴的、司瑟的、司管的、司鼗鼓的、司柷的、司敔的、司笙的、司镛的、司箫的、司编钟的、司编磬的，和六六三十六个佾舞的孩子，都立在堂上堂下。

金东崖先进来到堂上，卢华士跟着。金东崖站定，赞道："执事者，各司其事!"这些司乐的都将乐器拿在手里。金东崖赞："排班。"司麾的武书，引着司尊的季萑、辛东之、余夔，司玉的蘧来旬、卢德、虞感祁，司帛的诸葛佑、景本蕙、郭铁笔，入了位，立在丹墀东边；引司枧的臧荼上殿，立在祝版跟前；引司稷的萧鼎、储信、伊昭，司馔的季恬逸、金寓刘、宗姬，入了位，立在丹墀西边。武书捧了麾，也立在西边众人下。金东崖赞："奏乐。"堂上堂下，乐声俱起。金东崖赞："迎神。"迟均、杜仪各捧香烛，向门外躬身迎接。金东崖赞："乐止。"堂上堂下，一齐止了。

金东崖赞："分献者就位。"迟均、杜仪出去引庄征君、马纯上进来，立在丹墀里拜位左右两边。金东崖赞："主祭者就位。"迟均、杜仪出去引虞博士上来，立在丹墀里拜位中间。迟均、杜仪一左一右，立在丹墀里香案傍。迟均赞："盥洗。"同杜仪引主祭者盥洗了上来。迟均赞："主祭者诣香案前。"香案上一个沉香筒，里边插着许多红旗，杜仪抽一枝红旗在手，上有"奏乐"二字。虞博士走上香案前。迟均赞道："跪。升香。灌地。拜，兴；拜，兴；拜，兴；拜，兴。复位。"杜仪又抽出一枝旗来："乐止。"金东崖赞："奏乐神之乐。"金次福领着堂上的乐工，奏起乐来。奏了一会，乐止。

…………

这一回大祭，主祭的虞博士、亚献的庄征君、终献的马二先生，共三位。大赞的金东崖、副赞的卢华士、司枧的臧荼，共三位。引赞的迟均、杜仪，共二位。司麾的武书一位。司尊的季萑、辛东之、余夔，共三位。司玉的蘧来旬、卢德、虞感祁，共三位。司帛的诸葛佑、景本蕙、郭铁笔，共三位。司稷的萧鼎、储信、伊昭，共三位。司馔的季恬逸、金寓刘、宗姬，共三位。金次福、鲍廷玺二人领着司球的一人、司琴的一人、司瑟的一人、司管的一人、司鼗鼓的一人、司枧的一人、司敔的一人、司笙的一人、司镛的一人、司箫的一人、司编钟的、司编磬的二人，和佾舞的孩子共是三十六人。通共七十六人。

（吴敬梓：《儒林外史》，上海古籍出版社，2012，第247—251页。）

祭祀泰伯祠这一情节，体现了以虞博士为首的江南士绅群体的文化担当与社会责任感。在这场祭祀中，倡议者是"正人君子"、纯真无私的迟衡山，主祭者是南京国子监的虞博士，"亚献"则是庄尚志，引赞及发起人乃至捐银最多的是含有作者吴敬梓自况影子的杜少卿，"三献"是马二先生。这场祭祀的目的是"借此大家习学礼乐，成就出些人才，也可以助一助政教"，希冀以此来感召世人，具有强烈的人伦说教之味。就人格、处事及精神状态而言，虞博士、杜少卿这些士人并非吴敬梓心中的"完人"代表，却是在以"功名富贵"为中心的社会中，尚保留着一种"真"或平淡之情的正面且世俗化的士人形象。因此，这些士人希冀将"经史上礼、乐、兵、农的事"当作一种事业，以此挽救日下的世风。这就寄托着吴敬梓在儒家人伦世界中，尝试加以某种社会典范建构的迫切诉求，成为《儒林外史》独特的文本旨趣与士人群像的刻画重心。

（一）直面清代江南士绅精神世界的旨趣

在主旨方面，《儒林外史》对清代江南士绅的婚姻、家庭日常及历史责任感，做了颇为详尽的描写，具有直面清代江南士人精神世界的独特倾向。该小说第一回以《说楔子敷陈大义　借名流隐括全文》为题，首先描写了隐于会稽山的名士王冕，以此痛斥"人生南北多歧路，将相神仙，也要凡人做。百代兴亡朝复暮，江风吹倒前朝树。功名富贵无凭据，费尽心情，总把流光误。浊酒三杯沉醉去，水流花谢知何处"等士人群体一味追求"功名富贵"的不良精神状态。对此，卧闲草堂本回评指出："作者以史汉才作为稗官，观楔子一卷，全书之血脉经络无不贯穿玲珑，真是不肯浪费笔墨。'功名富贵'四字是全书第一着眼处。故开口即叫破，却只轻轻点逗。以后千变万化，无非从此四个字现出地狱变相。可谓一茎草化丈六金身。"又说："功名富贵，人所必争。王元章不独不要功名富贵，并且躲避功名富贵；不独王元章躲避功名富贵，元章之母亦生怕功名富贵。呜呼！是真其性与人殊欤？盖天地之大，何所不有？原有一种不食烟火之人，难与世间人同其嗜好耳。"这里以志向与性情为评价契机，肯定王冕"躲避功名富贵"的高尚节操。然而，小说从第二回开始，笔锋一转，将言说重点转到士人群体如何对"功名富贵，人所必争"的世俗欲望加以各种反馈；尤其是为了获取"功名富贵"，士人群体被迫或主动地依照科举考试的要求而改变自身的性格、人格、精神、心术、习性等诸多方面，形成了如闲斋老人在《儒林外史序》中所言的"其书以功名富贵为一篇之骨：有心艳功名富贵而媚人下人者，有倚仗功名富贵而骄人傲人者，有假托无意功名富贵自以为高被人看破耻笑者，终乃以辞却功名富贵，品地最上一层，为中流砥柱。篇中所载之人，不可枚举，而其人之性情、心术，一一活现纸上。读之者，无论是何人品，无不可取以自镜"等诸般"地狱变相"的详尽描绘。

可以说，《儒林外史》以吴敬梓所熟悉的生活与社会环境切入，对士绅群体的科名心态、精神状况及处世态度，通过典型化的提炼，以人物描写为主线，希冀形成对当时现实生活的深刻写照。因此，鲁迅在《中国小说史略》中赞其道："迨吴敬梓《儒林外史》出，乃秉持公心，指擿时弊，机锋所向，尤在士林；其文又戚而能谐，婉而多讽：于是说部中乃始有足称讽刺之书。""指擿时弊"是讽刺类世情小说的最主要现实面向，"戚而能谐，婉而多讽"则是此类小说的最主要文体形态。

（二）刻画各式各样的士人群像

《儒林外史》采用“驱使各种人物，行列而来，事与其来俱起，亦与其去俱讫，虽云长篇，颇同短制”的行文方式，以“集诸碎锦，合为帖子，虽非巨幅，而时见珍异，因亦娱心”的自然笔墨与写作趣味，刻画了积极正面的士绅群体。

例如，小说刻画了“常熟县真儒降生　泰伯祠名贤主祭”的南京国子监博士虞育德。其原本是赤贫之士。小说第四十六回言及虞博士与杜少卿的饯别时，曾以虞博士第一人称的口吻说了这么一番话：“在南京来做了六七年博士，每年积几两俸金，只挣了三十担米的一块田。我此番去，或是部郎，或是州县，我多则做三年，少则做两年，再积些俸银，添得二十担米，每年养着我夫妻两个不得饿死，就罢了。子孙们的事，我也不去管他。现今小儿读书之余，我教他学个医，可以糊口，我要做这官怎的？你在南京，我时常寄书子来问候你。”正是这种求真的冲淡与率性，使得虞博士时常善待他人，博爱乡邻，被称为“书中第一人”，甚至置于“圣人”之位。小说第三十六回以杜少卿的口吻评其道：“这人大是不同，不但无学博气，尤其无进士气。他襟怀冲淡，上而伯夷、柳下惠，下而陶靖节一流人物。”可以说，虞博士的“襟怀冲淡”，代表着吴敬梓对士人品性的一种向往与追求。又如，该小说以东汉著名隐士严光来写庄尚志（字绍光），意图突出其与严光具有相近的风范。小说写到其“将及四十岁名满一时”，却“避户著书，不肯妄交一人”；当因礼部徐侍郎举荐而被召进京时，深知“君臣之礼是僭不得的”；当皇帝召见时则“屏息进去”，“上前朝拜”。这些细节描写充分展现了庄绍光的淡泊且知礼。

同时，该小说也揭露、描绘了一大批消极、反面的知识分子。诸如周进、范进等受尽科举制度折磨、备尝人情冷暖的士人。又如，以是否“有碍圣贤”为标准而专作选文、却不识西湖美景的马二先生，当小说第十四回写到他看到“仁宗皇帝的御书”时，“马二先生吓了一跳，慌忙整一整头巾，理一理宝蓝直裰，在靴桶内拿出一把扇子来当了笏板，恭恭敬敬朝着楼上，扬尘舞蹈，拜了五拜。拜毕起来，定一定神，照旧在茶桌子上坐下”。这个描写足见马二对功名的热衷，乃至迂腐的一面。又如自诩有“经天纬地之才”却奸淫尼姑的权勿用、本是盐商而冒充秀才的支剑锋等，各人各面，展现世相百态。

二、范进中举

《儒林外史》第三回《周学道校士拔真才　胡屠户行凶闹捷报》在第二回写周进为功名发“痴”之后，紧接着写了范进中举喜极而疯之事。节选原文如下。

（范进）家里住着一间草屋、一厦披子，门外是个茅草棚。正屋是母亲住着，妻子住在披房里。他妻子乃是集上胡屠户的女儿。范进进学回家，母亲、妻子俱各欢喜。正待烧锅做饭，只见他丈人胡屠户，手里拿着一副大肠和一瓶酒，走了进来。范进向他作揖，坐下。胡屠户道："我自倒运，把个女儿嫁与你这现世宝穷鬼，历年以来不知累了我多少！如今不知因我积了甚么德，带挈你中了个相公，我所以带个酒来贺你。"范进唯唯连声，叫浑家把肠子煮了，烫起酒来，在茅草棚下坐着。……

次日，范进少不得拜拜乡邻。魏好古又约了一班同案的朋友，彼此来往。因是乡试年，做了几个文会。不觉到了六月尽间，这些同案的人约范进去乡试。范进因没有盘费，走去同丈人商议，被胡屠户一口啐在脸上，骂了一个狗血喷头……

到出榜那日……

那邻居飞奔到集上，一地里寻不见，直寻到集东头，见范进抱着鸡，手里插个草标，一步一踱的东张西望，在那里寻人买。邻居道："范相公，快些回去！你恭喜中了举人，报喜人挤了一屋里。"范进道是哄他，只装不听见，低着头往前走。邻居见他不理，走上来就要夺他手里的鸡。范进道："你夺我的鸡怎的？你又不买。"邻居道："你中了举了，叫你家去打发报子哩。"范进道："高邻，你晓得我今日没有米，要卖这鸡去救命，为甚么拿这话来混我。我又不同你顽，你自回去罢，莫误了我卖鸡。"邻居见他不信，劈手把鸡夺了，掼在地下，一把拉了回来。

报录人见了道："好了，新贵人回来了。"正要拥着他说话，范进三两步走进屋里来，见中间报帖已经升挂起来，上写道："捷报贵府老爷范讳进高中广东乡试第七名亚元。京报连登黄甲。"范进不看便罢，看过一遍，又念一遍，自己把两手拍了一下，笑了一声道："噫，好了！我中了！"说着，往后一交跌倒，牙关咬紧，不省人事。老太太慌了，慌将几口开水灌了过来。他爬将起来，又拍着手大笑道："噫，好！我中了！"笑着，不由分说就往门外飞跑，把报录人和邻居都唬了一跳。走出大门不多路，一脚踹在塘里，挣起来，头发都跌散了，两手黄泥，淋淋漓漓一身的水，众人拉他不住，拍着，笑着，一直走到集上去了。

众人大眼望小眼，一齐道："原来新贵人欢喜疯了。"老太太哭道："怎生这样苦命的事，中了一个甚么举人，就得了这个拙病！这一疯了，几时才得好？"娘子胡氏道："早上好好出去，怎的就得了这样的病！却是如何是好？"众邻居劝道："老太太不要心慌，我们而今且派两个人跟定了范老爷。这里众人家里拿些鸡蛋酒米，且管待了报子上的老爹们，再为商酌。”当下众邻居有拿鸡蛋来的，有拿白酒来的，也有背了斗米来的，也有捉两只鸡来的。……

…………

来到集上，见范进正在一个庙门口站着，散着头发，满脸污泥，鞋都跑掉了一只，兀自拍着掌，口里叫道：“中了！中了！”胡屠户凶神一般走到跟前说道：“该死的畜生！你中了甚么？”一个嘴巴打将去。众人和邻居见这模样，忍不住的笑。不想胡屠户虽然大着胆子打了一下，心里到底还是怕的，那手早颤起来，不敢打到第二下。范进因这一个嘴巴，却也打晕了，昏倒于地。众邻居一齐上前，替他抹胸口，捶背心，舞了半日，渐渐喘息过来，眼睛明亮，不疯了。……

范进看了众人，说道：“我怎么坐在这里？”又道：“我这半日，昏昏沉沉，如在梦里一般。”众邻居道：“老爷恭喜高中了。适才欢喜的有些引动了痰，方才吐出几口痰来好了。快请回家去打发报录人。”范进说道：“是了，我也记得是中的第七名。”范进一面自绾了头发，一面问郎中借了一盆水洗洗脸。一个邻居早把那一只鞋寻了来，替他穿上。见丈人在跟前，恐怕又要来骂。……

看着范进洗了脸，郎中又拿茶来吃了，一同回家。……

……范进迎了出去，只见那张乡绅下了轿进来，头戴纱帽，身穿葵花色圆领，金带、皂靴。他是举人出身，做过一任知县的，别号静斋，同范进让了进来，到堂屋内平磕了头，分宾主坐下。张乡绅先攀谈道：“世先生同在桑梓，一向有失亲近。”范进道：“晚生久仰老先生，只是无缘，不曾拜会。”张乡绅道：“适才看见题名录，贵房师高要县汤公，就是先祖的门生，我和你是亲切的世弟兄。”范进道：“晚生侥幸，实是有愧。却幸得出老先生门下，可为欣喜。”张乡绅四面将眼睛望了一望，说道：“世先生果是清贫。”随在跟的家人手里拿过一封银子来，说道：“弟却也无以为敬，谨具贺仪五十两，世先生权且收着。这华居其实住不得，将来当事拜往俱不甚便。弟有空房一所，就在东门大街上，三进三间，虽不轩敞，也还干净，就送与世先生，搬到那里去住，早晚也好请教些。”范进再三推辞，张乡绅急了，道：“你我年谊世好，就如至亲骨肉一般，若要如此，就是见外了。”范进方才把银子收下，作揖谢了。又说了一会，打躬作别。

胡屠户直等他上了轿，才敢走出堂屋来。范进即将这银子交与浑家打开看，一封一封雪白的细丝锭子，即便包了两锭，叫胡屠户进来，递与他道：“方才费老爹的心，拿了五千钱来。这六两多银子老爹拿了去。”屠户把银子攥在手里紧紧的，把拳头舒过来，道：“这个，你且收着。我原是贺你的，怎好又拿了回去?”范进道:“眼见得我这里还有这几两银子,若用完了,再来问老爹讨来用。”……

(吴敬梓:《儒林外史》,上海古籍出版社,2012,第18—23页。)

这一回以极高超的艺术手法塑造了范进科考之前与高中之后的典型形象,亦展现了科举对读书人生存境遇的压迫,由此造成了各种人格扭曲,还描绘了胡屠户等人的市侩嘴脸。

(一)揭露科举制度扭曲世人心理,讽刺变异的人际关系

从小说的描述可知,范进中举之前与老丈人胡屠户相处时是低人一等的,处处遭受白眼。尤其是范进的作揖举动与胡屠户“我自倒运”的嘲讽,一方面暴露出当时底层读书人的生计问题达到何种严峻的程度,另一方面也深刻揭露了在追名逐利的世俗社会环境中,读书人为了功名而不断自降人格与自伤尊严,心理越来越扭曲。

在科举制度下,举子金榜题名往往伴随着荣华富贵。范进中举后,众人对待他由此前的嘲讽,迅速变为巴结与奉承,“有拿鸡蛋来的,有拿白酒来的,也有背了斗米来的,也有捉两只鸡来的”,变得非常热情。他们并不感到突兀与尴尬,一切显得那么自然。这使得小说由对范进人格的扭曲描写,进一步延展到在此类文化环境中的所有人。尤其是张乡绅在范进中举的当天,不仅送了五十两银子与一所房子,而且将从未谋面的范进称为“亲切的世弟兄”,期待通过这次拉拢,达到攀附范进的宗师周学道和汤知县的目的,并在范进“将来当事”的升迁中,获得“投资”升值。吴敬梓描述这些人趋炎附势,急于结交新贵的丑态,深刻讽刺了变异的人际关系。

(二)通过典型生活细节来塑造科举士子的可悲形象

《儒林外史》第三回讲述范进与周进会面时,周进问他的年龄及为何屡次科考不中。范进回答道:“总因童生文字荒谬,所以各位大老爷不曾赏取。”这个细节显示出范进是个老实人。当未曾考中的范进回到家中,面对胡屠户对他进行“现世宝穷鬼”的谩骂,只得做出“唯唯连声”的讨好。前一个是科场上的处世细节,后一个是日常生活的常态。这两处细节充分展现了范进的无奈与辛酸。小说通过范进中举之前忍受饥饿、挨骂的刻画,深度反映了范进渴望通过科考改变现状的心态。所写范进的内心活动为“宗师说我火候已到,自古无场外的举人,如不进去考他一考,如何甘心?”以及“瞒着丈人,到城里乡试。出了场,即便回家”的行动,进一

步丰富了范进这一落魄读书人渴望改变现状的不甘心气。范进感觉“火候已到”，是一种自我鼓气却又不自信的体现，更体现出他时时刻刻处在一种希望、幻想与现实无奈交织的神经质状态中。

当范进科考高中后，一切的付出都集中于“噫，好！我中了”等不知所措之中，进一步展现了范进的懦弱与憋屈的心理。因为当他每次幻想高中时，却无一例外地失败了。这些现实一次又一次地打破了他的希望与幻想，以至于当高中的“幸福”突然来到时，现实的突兀又被他硬生生地转化成一种“不敢相信”式的精神幻想。这是范进中举发疯的直接缘由，也是对当时读书人苦闷心灵的一次深刻讽刺。

值得一提的是，小说通过对范进发疯后又清醒的奇特细节描写，从姿态、神情、言语等角度刻画了一个可笑又可怜的人物形象。范进发疯前的最后一个动作是“往后一交跌倒，牙关咬紧，不省人事”，颇有一种“死不瞑目”的怨愤之感。而后，通过胡屠户这个范进最怕的人打了他一巴掌，彻底让范进由不敢相信的状况回到现实中来。小说写范进“因这一个嘴巴，却也打晕了，昏倒于地。众邻居一齐上前，替他抹胸口，捶背心，舞了半日”之后才清醒，而后“吐出几口痰来好了”。这处细节的含义是多重的：首先，说明范进发疯是梦想实现时的不可置信，也是现实环境的逼迫所致。其次，范进被胡屠户的一个巴掌打晕，这让他回到了之前非常熟悉的现实环境，仿佛中举之事并不能改善当前的处境。最后，范进口中吐出的“痰”不仅是气血上头的淤积，更是功名富贵这口“痰”的长时间压迫所致。在这个过程中，小说又以胡屠户“连斟两碗酒喝了”才敢壮着胆子“凶神一般”走到范进跟前，打下去，以及打了之后“那手早颤起来，不敢打到第二下”这两个细节，不仅展现了科举制度中被扭曲的人际关系，而且强化了范进沉迷于科举考试、渴望功名富贵而丧失尊严与灵魂的可悲形象。

（三）悲喜剧交织下针砭时弊的讽刺艺术

《儒林外史》通过对当时现实素材的提炼与加工，以深刻的写实手法去加强一种自觉的批判及自省意识，从而开创了别具一格的讽刺艺术。这种讽刺艺术主要体现在以下三点：一是以冷峻的笔触对士人的文化心理结构进行深度剖析，集中暴露科举制度种种不合理之处的社会危害性。二是摄取当时现实生活中某些畸形且司空见惯的人、事予以深度描摹，从而寓讽刺于文本细节之中。三是通过对科举制度各类受害者的嘲笑与同情，形成“戚而能谐，婉而多讽”的语言艺术。尤其是从小说的白描中，可以发现小说对故事人物痴迷科举及由此带来的人格、关系的异化等方面的讽刺，并不是通过发表长篇议论展开的，而恰恰是隐含在文本白描之中的无形嘲讽。其对讽刺的加强，一方面是通过人物性格的多面性来展现的，另一方面则是通过人物言行举止的突兀来深化的，二者皆建立在相关人物日常生活的典型场景中。

例如，当穷困潦倒到已揭不开锅的时候，范进仍痴迷科举而不死心，这里面的讽刺意味已不言而喻了。当范进得知自己中举后，“不由分说就往门外飞跑，把报录人和邻居都唬了一跳”，小说通过悲喜交集的方式，再次强化科举对范进精神异化的毒害之深。同时，“众人大眼望小眼，一齐道：‘原来新贵人欢喜疯了。’”小说通过众人的反应，使得科举影响世人日常与思想的反常现象，具有一种符合现实情况与生活逻辑的合理性。再如，当胡屠户接过范进的银子时，他“把银子攥在手里紧紧的，把拳头舒过来”，前倨后恭的反应，带有辛辣的嘲讽意味。这些笔墨在展现范进发疯的悲剧之外，又多了一重喜剧效果。胡屠户与范进在中举前后的言行及神态差异，又通过“只怕姑老爷还不希罕”的平常字眼，讽刺了科举制度下的世相百态。

第四节 《红楼梦》研读

《红楼梦》是中国古典小说的巅峰之作，犹如一部百科全书，博大精深，取得了很高的成就。我们以第二回所言“正邪两赋”与第二十七回所写“黛玉葬花”为例，来展现《红楼梦》的主题、叙事策略与人物刻画等。

一、正邪两赋

《红楼梦》第二回《贾夫人仙逝扬州城　冷子兴演说荣国府》借贾雨村之口，对历代人物及贾宝玉的谱系与品性进行评论，节选原文如下。

> 天地生人，除大仁大恶两种，余者皆无大异。若大仁者，则应运而生，大恶者，则应劫而生。运生世治，劫生世危。尧、舜、禹、汤、文、武、周、召、孔、孟、董、韩、周、程、张、朱，皆应运而生者。蚩尤、共工、桀、纣、始皇、王莽、曹操、桓温、安禄山、秦桧等，皆应劫而生者。大仁者，修治天下；大恶者，挠乱天下。清明灵秀，天地之正气，仁者之所秉也；残忍乖僻，天地之邪气，恶者之所秉也。今当运隆祚永之朝，太平无为之世，清明灵秀之气所秉者，上至朝廷，下及草野，比比皆是。所余之秀气，漫无

所归，遂为甘露，为和风，洽然溉及四海。彼残忍乖僻之邪气，不能荡溢于光天化日之中，遂凝结充塞于深沟大壑之内，偶因风荡，或被云摧，略有摇动感发之意，一丝半缕误而泄出者，偶值灵秀之气适过，正不容邪，邪复妒正，两不相下，亦如风水雷电，地中既遇，既不能消，又不能让，必至搏击掀发后始尽。故其气亦必赋人，发泄一尽始散。使男女偶秉此气而生者，在上则不能成仁人君子，下亦不能为大凶大恶。置之于万万人中，其聪俊灵秀之气，则在万万人之上；其乖僻邪谬不近人情之态，又在万万人之下。若生于公侯富贵之家，则为情痴情种；若生于诗书清贫之族，则为逸士高人；纵再偶生于薄祚寒门，断不能为走卒健仆，甘遭庸人驱制驾驭，必为奇优名倡。如前之许由、陶潜、阮籍、嵇康、刘伶、王谢二族、顾虎头、陈后主、唐明皇、宋徽宗、刘庭芝、温飞卿、米南宫、石曼卿、柳耆卿、秦少游，近日之倪云林、唐伯虎、祝枝山，再如李龟年、黄幡绰、敬新磨、卓文君、红拂、薛涛、崔莺、朝云之流，此皆易地则同之人也。

（曹雪芹：《红楼梦》，人民文学出版社，2005，第28—30页。）

此文是“冷子兴演说荣国府”的主要内容，我们可以从以下几个方面来进行解读。

（一）《红楼梦》的主题及悲剧色彩

《红楼梦》采用真切、细致的笔墨叙述了一个大家族的日常细节，展现了作者对清代社会某种冷峻的洞察力，带有强烈的现实批判性。小说刻画了两个世界：一是大观园（理想世界），一是贾府（现实世界）。在这两个世界的交叉中，小说以家庭为单位，由大观园写及整个贾府，再由贾府写及与贾府“一损俱损，一荣俱荣”的史家、王家、薛家，乃至贾府之外的整个世界，并与那个封建王朝保持着一种兴衰与共的关联。这两个世界构成了小说的三重内容：首先是贾宝玉与林黛玉、薛宝钗之间的悲剧爱情，以及大观园中诸儿女的情思；其次是贾府等大家族内部的各种争斗、骄奢淫逸，以及纷繁复杂的人事纠葛；最后是大家族由盛转衰的历程。这三层内容环环相扣，刻画了一幅“为官的，家业凋零；富贵的，金银散尽；有恩的，死里逃生；无情的，分明报应。欠命的，命已还；欠泪的，泪已尽。冤冤相报实非轻，分离聚合皆前定。欲知命短问前生，老来富贵也真侥幸。看破的，遁入空门；痴迷的，枉送了性命。好一似食尽鸟投林，落了片白茫茫大地真干净”的封建大家族盛衰图景。

其中，贾宝玉与林黛玉之间的“木石前盟”、与薛宝钗之间的“金玉良缘”是小说发展的最主要线索，联结着贾府之内的众多人、事。《红楼梦》第一回以“通灵”

说《石头记》时，对小说“所记何事何人”做了一番说明：“今风尘碌碌，一事无成，忽念及当日所有之女子，一一细考较去，觉其行止见识，皆出于我之上。何我堂堂须眉，诚不若彼裙钗哉？实愧则有余，悔又无益之大无可如何之日也！当此，则自欲将已往所赖天恩祖德，锦衣纨绔之时，饫甘餍肥之日，背父兄教育之恩，负师友规训之德，以至今日一技无成、半生潦倒之罪，编述一集，以告天下人：我之罪固不免，然闺阁中本自历历有人，万不可因我之不肖，自护己短，一并使其泯灭也。虽今日之茅椽蓬牖，瓦灶绳床，其晨夕风露，阶柳庭花，亦未有妨我之襟怀笔墨者。虽我未学，下笔无文，又何妨用假语村言，敷演出一段故事来，亦可使闺阁昭传，复可悦世之目，破人愁闷，不亦宜乎？”“将已往所赖天恩祖德，锦衣纨绔之时，饫甘餍肥之日，背父兄教育之恩”等经历融入小说故事中，说明《红楼梦》的写作带有作者回忆的特征。其所记的回忆展开，主要围绕“念及当日所有之女子，一一细考较去，觉其行止见识，皆出于我之上”等认知，形成了为“闺阁昭传”的主体聚焦。“晨夕风露，阶柳庭花”之类的笔墨，则是《红楼梦》刻画大家族日常场景的内容。

在这之中，贾宝玉不仅是“悲金悼玉”爱情悲剧的主角，而且是贾府这个家族悲剧的缩影。小说第五回的《红楼梦曲》说：“〔终身误〕都道是金玉良姻，俺只念木石前盟。空对着，山中高士晶莹雪；终不忘，世外仙姝寂寞林。叹人间，美中不足今方信。纵然是齐眉举案，到底意难平。”又说：“〔枉凝眉〕一个是阆苑仙葩，一个是美玉无瑕。若说没奇缘，今生偏又遇着他；若说有奇缘，如何心事终虚化？一个枉自嗟呀，一个空劳牵挂。一个是水中月，一个是镜中花。想眼中能有多少泪珠儿，怎经得秋流到冬尽，春流到夏！”贾宝玉在处理“木石前盟”与“金玉良姻”的取舍中，内心是偏向一种自然自在状态且隐含着个性解放诉求的“木石前盟”，这才符合贾宝玉“情种”的精神追求。但在贾府的环境下，“金玉良姻”才符合封建礼教的需求。因此，即便是齐眉举案的“金玉良姻”，贾宝玉也“意难平”；而“木石前盟”的奇缘，终究躲不过现实的干扰。这两种爱情悲剧让我们看到从爱情角度去解读《红楼梦》文本，具有无限的可能。

（二）《红楼梦》的人物谱系

所谓“正邪两赋”，则系人之秉于“天地”之性所呈现出来的不同的表现形式与反应。其所言“清明灵秀，天地之正气”与“残忍乖僻，天地之邪气”，二者并非截然对立的，而是随“天地之气”的清浊、正邪的变化而变化，甚至在正、邪之间来回变动。因而，这种“正邪之气”既体现于天地之中的不同人群中，形成不同类型的人群及其共性，又体现于某一个体之中，形成个体之中那一正一邪、亦正亦邪、依正依邪之复杂且多层次的禀性。在此篇“正邪两赋”论中，曹雪芹对历代人物进行了类型与谱系的划分，即“仁人君子”“大凶大恶”及“介于仁人君子与大凶大恶之间”三类。这种划分是将历代人物置于同一时空之下，通过比较来寻求历代人物的共性与特异之处。

上述禀性的本体依据、形成过程及体现于个体之中的具体表象，并不会随时间的推移而改变，亦不会随个体存在环境的变动而变化。但会出现因具体个体之间不同的气质、品性及存在环境的差异，而呈现出所禀“天地之气”的依托根基、表现程度、典型特征显著与否等方面的差异。因而，《红楼梦》指出，具体个体禀于“天地之气”时，体现于某一类型的人群与某一具体个人时，就可能存在或以“正气”为主而隐含“邪气”，或以“邪气”为主而亦有“正气”等复杂的表象。故而，小说指出，其中的第三类人物“其聪俊灵秀之气，则在万万人之上；其乖僻邪谬不近人情之态，又在万万人之下”，往往会呈现出“正不容邪，邪复妒正”之亦正亦邪的特征。此类人物的秉性又因依托环境的不同，呈现出不一样的表现形态，即所谓“若生于公侯富贵之家，则为情痴情种；若生于诗书清贫之族，则为逸士高人；纵再偶生于薄祚寒门，断不能为走卒健仆，甘遭庸人驱制驾驭，必为奇优名倡”。也就是说，在第三类人物类型中，“情痴情种”“逸士高人”及“奇优名倡”并没有品性的差异，也没有本质的差异，而体现为出身环境的不同。这种形而上的判断，使得曹雪芹看到生于“公侯富贵之家”者所禀“天地之气”的表象得以情痴情种而展现，生于“薄祚寒门”者所禀“天地之气”的表象亦不至沦为“走卒健仆，甘遭庸人驱制驾驭”，二者仅仅呈现出内涵特征的程度不一与表象形态的复杂多面而已。

例如，《红楼梦》对贾宝玉的描写，第二回借冷子兴之口，指出贾宝玉所言“女儿是水作的骨肉，男人是泥作的骨肉。我见了女儿，我便清爽；见了男子，便觉浊臭逼人”，系“好笑”之言，以为贾宝玉“将来色鬼无疑了”。第三回所写《西江月》二词，批贾宝玉时又说：“无故寻愁觅恨，有时似傻如狂。纵然生得好皮囊，腹内原来草莽。潦倒不通世务，愚顽怕读文章。行为偏僻性乖张，那管世人诽谤！”“富贵不知乐业，贫穷难耐凄凉。可怜辜负好韶光，于国于家无望。天下无能第一，古今不肖无双。寄言纨绔与膏粱：莫效此儿形状！”指出贾宝玉“似傻如狂”“潦倒不通世务”及“天下无能第一，古今不肖无双”等特征，就是亦正亦邪之正邪两面相杂糅的典型。这不正是“乖僻邪谬不近人情之态”的真实写照吗？当世人纠结于仕途经济之时，贾宝玉却钟爱于儿女情长，且系“天分中生成一段痴情”式的真情性表露。其与林黛玉那种“痴男怨女”般的结合，结局却是“情不尽”“风月债难酬”，最终导致贾宝玉参加科考之后遁入空门，以此见空见色。这就奠定了《红楼梦》对所刻画人物之“正邪”两见特征的叙述格局与书写重点。

（三）《红楼梦》的叙事策略

曹雪芹通过“正邪两赋”，将古今人物置于同一时空之下进行类别把握，是小说着力表现人物复杂品性及其诱因的理论指导，也是作者意图虚构“朝代年纪，地舆邦国却反失落无考”的“钟鸣鼎食之家，翰墨诗书之族”，再现其间“闺阁之人”之“离合悲欢，兴衰际遇”的重要平台。既然“正邪两赋”将古往今来的人物都涵盖于三种类型之中，则这三种类型的人物将在不同的历史与空间之中，反复再现。这种意识促使《红楼梦》建立了一个可以随时进行置换的故事敷衍场所——虚构的、年代及地名失考的“大观园”。这种随时可以置换的安排及任意添加细节的设置，成为《红楼梦》展开叙事的主要策略。在这种情况下，作品所写人物及其品性，带有古往今来同类人物所存有的共性。此类共性使得作品所写的人物，存在与历代同类型人物进行相互比较的可能，乃至存在相一致的特征。

（四）《红楼梦》多重解读的可能

“正邪两赋”不仅奠定了《红楼梦》进行主题表达、建构叙述格局的基础，同时赋予所写人物以深厚的历史底蕴、深刻的人物品性及饱满可感的形象等多重韵味，使得小说具备永恒的时空意义。此中的比较意识与书写策略，使得小说不仅能与历代同类题材作品相比较，更能凸显其间不一样的旨趣。而且能与此前或同时期的其他文化类型、文学作品进行比较，以强化作品所写的现实底蕴。这也是作者鄙薄此前才子佳人作品“千部共出一套，且其中终不能不涉于淫滥”的底气所在。在“正邪两赋”的指导下，小说虚化叙述对象“三维时空”的比较式叙述策略与多元的内涵指向。这也是后世研究者对《红楼梦》进行诸如政治说、自传说、情爱说等多种解读的根本原因。

“正邪两赋”不仅体现在对贾宝玉等人物的刻画过程中，亦体现于对小红、探春等人物刻画之中；不仅体现在小说宏观的叙述格局建构之中，亦体现在具体人、事的编排过程中；不仅宏观上奠定了小说的主题内涵，亦成为具体人、事的建构指导之一；不仅反映在对“奇优名倡”的书写及评判过程中，亦体现在对诸如儒家经典人物、历代文豪等的书写及评判中；不仅体现在诸如贾宝玉、林黛玉等具体人物对不同类别人、事的品评之中，亦体现在该具体人物对同一类型人、事的品评之中。从这个角度讲，我们完全可以通过“正邪两赋”的视角，深挖《红楼梦》所写与彼时多样文学类型之间的承继关系。

二、黛玉葬花

《红楼梦》第二十七回《滴翠亭杨妃戏彩蝶　埋香冢飞燕泣残红》讲述“黛玉葬花”的故事。此前，林黛玉夜间失眠，又与宝玉拌嘴。小说内容节选如下。

宝玉因不见了林黛玉，便知他躲了别处去了，想了一想，索性迟两日，等他的气消一消再去也罢了。因低头看见许多凤仙石榴等各色落花，锦重重的落了一地，因叹道：“这是他心里生了气，也不收拾这花儿来了。待我送了去，明儿再问着他。”说着，只见宝钗约着他们往外头去。宝玉道：“我就来。”说毕，等他二人去远了，便把那花兜了起来，登山渡水，过树穿花，一直奔了那日同林黛玉葬桃花的去处来。

将已到了花冢，犹未转过山坡，只听山坡那边有呜咽之声，一行数落着，哭的好不伤感。宝玉心下想道：“这不知是那房里的丫头，受了委曲，跑到这个地方来哭。”一面想，一面煞住脚步，听他哭道是：

花谢花飞花满天，红消香断有谁怜？
游丝软系飘春榭，落絮轻沾扑绣帘。
闺中女儿惜春暮，愁绪满怀无释处。
手把花锄出绣闺，忍踏落花来复去。
柳丝榆荚自芳菲，不管桃飘与李飞。
桃李明年能再发，明年闺中知有谁？
三月香巢已垒成，梁间燕子太无情！
明年花发虽可啄，却不道人去梁空巢也倾。
一年三百六十日，风刀霜剑严相逼，
明媚鲜妍能几时，一朝飘泊难寻觅。
花开易见落难寻，阶前闷杀葬花人，
独倚花锄泪暗洒，洒上空枝见血痕。
杜鹃无语正黄昏，荷锄归去掩重门，
青灯照壁人初睡，冷雨敲窗被未温。
怪奴底事倍伤神，半为怜春半恼春：
怜春忽至恼忽去，至又无言去不闻。

昨宵庭外悲歌发，知是花魂与鸟魂？
花魂鸟魂总难留，鸟自无言花自羞。
愿奴胁下生双翼，随花飞到天尽头。
天尽头，何处有香丘？
未若锦囊收艳骨，一抔净土掩风流。
质本洁来还洁去，强于污淖陷渠沟。
尔今死去侬收葬，未卜侬身何日丧？
侬今葬花人笑痴，他年葬侬知是谁？
试看春残花渐落，便是红颜老死时。
一朝春尽红颜老，花落人亡两不知！

（曹雪芹：《红楼梦》，人民文学出版社，2005，第369—371页。）

这一情节不仅刻画了林黛玉多愁善感的人物性格，而且在一定程度上向读者展现了《红楼梦》的某种雅趣倾向。

（一）刻画林黛玉的多重秉性

林黛玉心高气傲却又寄人篱下，在世俗与道德传统的双重制约下，终使“木石前盟”的爱情含恨而尽。这种性情高洁与命运不幸的矛盾，使得林黛玉时刻处于“花谢花飞花满天，红消香断有谁怜”或“一年三百六十日，风刀霜剑严相逼”等压抑的心境之中，终致其性情愈加乖僻。其间，林黛玉对命运所作的无声抗争，不正是对“庸人驱制驾驭”的反抗吗？

小说第六十四回又写林黛玉对唐代侠妓红拂的推崇：“长揖雄谈态自殊，美人具眼识穷途。尸居余气杨公幕，岂得羁縻女丈夫。”红拂之事初见于杜光庭《虬髯客传》，系“杨（素）家之红拂妓”，《神仙感遇传》又称：“妓姓张，第一，知素危亡不久，弃素而奔靖。”红拂被称作“风尘三侠”之一，历代戏曲多有改编与搬演。如明代凌濛初《识英雄红拂莽择配》将红拂塑造成无奈落魄风尘的侠妓：“（旦执红拂上白）花有重开日，人无再少年。则俺姓张行一，家住东吴，本是衣冠子女。因避兵西来，借助越府廊下。不幸父亲亡过。误堕风尘。今为越公侍儿，手中拿着红拂子，日侍越公客座，就唤俺名做红拂。”又说：“想俺家本是香闺女侠，眼识英雄，情耽书史。只因误堕风尘，没作豪门姬妾。终日选伎征歌，随行逐队。也无可我意的人，也无知我心的人，好是不耐烦！俺这家门户，好不颓气也！”此处重点刻画了“误堕风尘”而引发红拂对自身处境的烦忧，试图进行反抗，以改变命运。在这种情况下，林黛玉对红拂做出“岂得羁縻女丈夫”的评价，即是针对红拂敢于反抗的魄力。从时代环境及身世遭遇看，二人有一定的相似之处。林黛玉对红拂的推崇，不单单是情感方面的赞同，亦是生活环境的相似。林黛玉推崇红拂有“具眼”，能摆脱“家妓”身份，掌握自己命运。而林黛玉自感“风刀霜剑严相逼”，所以红拂的形象在林黛玉心中激起了强烈反响，成为受林黛玉推崇的“女丈夫”。正是因为红拂的不懈努力及结局的圆满，林黛玉更加感伤于自身处境，造成其更严重的精神困惑与心理抑郁。这种状态正如第七十回写林黛玉所作《唐多令》所言：

> 粉堕百花洲，香残燕子楼。一团团逐对成球。飘泊亦如人命薄，空缱绻，说风流。
>
> 草木也知愁，韶华竟白头！叹今生谁舍谁收？嫁与东风春不管，凭尔去，忍淹留。
>
> （曹雪芹：《红楼梦》，人民文学出版社，2005，第971页。）

这里是由“人命薄”引发了“空缱绻”之叹之怜。纵观小说所写，林黛玉所钦佩者，诸如杜丽娘、崔莺莺、谢道韫、红拂等，大多为非凡的佳人才女之典型。可见，对此类女子的感叹，是小说着意刻画林黛玉的性格与周遭环境二者产生矛盾之后，描写其心理活动与情感走向的重要手段。

（二）凸显雅趣艺术

首先，《红楼梦》在贾府的现实之外虚构了大观园的理想环境，以此展现曹雪芹的独特情思。小说刻画了经过共同生活而形成相互了解的宝黛爱情，使得小说的中心故事是一种文人独创。在严酷的环境压迫下，宝黛爱情多了一种“生于末世运偏消”的悲剧色彩。这既涉及贾宝玉与林黛玉之间的爱情悲剧，也涉及贾宝玉与薛宝钗之间的婚姻悲剧，又涉及晴雯等人的青春悲剧。这样的悲剧建立在曹雪芹所虚构的由盛转衰的大家庭及大观园的环境之中，体现的是曹雪芹对社会、对人生的一种特殊思索与抗争。这一方面体现了曹雪芹“一朝春尽红颜老，花落人亡两不知”之类的现实感触，另一方面构造了一种“质本洁来还洁去，强于污淖陷渠沟”的理想期许。

其次，为了深度展现曹雪芹的情感寄托，小说在大观园里各种人、事与日常的理想环境中，创作了数量颇多且水平颇高的诗词文赋。这使得《红楼梦》文本具有文人加工的雅趣痕迹。例如，《葬花吟》一诗仿效初唐歌行体，将花拟人，以花喻人，被当作是林黛玉感叹身世遭遇的哀音。此诗通过奇特的想象、凄清的画面，加以忧伤的情调展现了林黛玉多愁善感的性格与细微的心理活动。尤其是透过花之命运与人之命运的联系，抒情淋漓尽致，语言如泣如诉，声声悲音，无一字不是血泪凝成，有力地控诉了那些摧残花的势力，从而创造出内涵丰富的诗境。《葬花吟》从伤春到感怀、到控诉、到自伤、到向往、到失落、到绝望等多重颓伤情绪的交杂，是对林黛玉生命理念和人生价值的多维写照。可见，此类诗词不仅展现了曹雪芹高超的创作水平，而且是《红楼梦》所写人物的性格与个性行为的独到说明，从而细化了《红楼梦》的悲剧根源。

再次，《红楼梦》在日常琐屑生活的写作策略中，往往使用一些典型且极具艺术性的细节来展现人物的情思，以至于小说文本兼具诗意与哲理的色彩。《葬花吟》的写作就体现在"黛玉葬花"的细节中。林黛玉为落花缝锦囊与埋香冢的举动，充分体现林黛玉不愿受辱被污、不甘低头的孤傲性格，也使得小说文本具有一种融诗境于文的多重层次感。尤其是小说第七十八回写宝玉因"想起小丫鬟说晴雯作了芙蓉之神"而作的《芙蓉女儿诔》，进一步体现小说借助诗文的抒情去展现小说人物内心、推进故事情节的高超艺术性。该诔文说宝玉写至"始信上帝委托权衡，可谓至洽至协，庶不负其所秉赋也。因希其不昧之灵，或陟降于兹；特不揣鄙俗之词，有污慧听"之后，"歌而招"曰：

天何如是之苍苍兮，乘玉虬以游乎穹窿耶？地何如是之茫茫兮，驾瑶象以降乎泉壤耶？望伞盖之陆离兮，抑箕尾之光耶？列羽葆而为前导兮，卫危虚于旁耶？驱丰隆以为比从兮，望舒月以离耶？听车轨而伊轧兮，御鸾鹥以征耶？闻馥郁而薆然兮，纫蘅杜以为纕耶？炫裙裾之烁烁兮，镂明月以为珰耶？籍葳蕤而成坛畤兮，檠莲焰以烛兰膏耶？文瓟瓠以为觯斝兮，漉醽醁以浮桂醑耶？瞻云气而凝盼兮，仿佛有所觇耶？俯窈窕而属耳兮，恍惚有所闻耶？期汗漫而无夭阏兮，忍捐弃余于尘埃耶？倩风廉之为余驱车兮，冀联辔而携归耶？余中心为之慨然兮，徒嗷嗷而何为耶？君偃然而长寝兮，岂天运之变于斯耶？既窀穸且安稳兮，反其真而复奚化耶？余犹桎梏而悬附兮，灵格余以嗟来耶！来兮止兮，君其来耶？

（曹雪芹：《红楼梦》，人民文学出版社，2005，第 1113—1114 页。）

《芙蓉女儿诔》被称作"全书诗词歌赋之冠冕"，大量引用《楚辞》，以"骚"言代"诗(经)"言。该诔文一方面打破诔文"正体"礼制的规范，另一方面也为小说前七十八回作“大言”总结之意。在艺术上，该诔文的写作多用虚笔，塑造了柔弱女性以精神人格取胜的崇高形象。小说借助晴雯的屈死来控诉礼法压抑的环境，表达作者寻求精神解脱的某种诉求。同时，该诔文的招文词句融合了《离骚》“求女”的象征手法、《远游》的求仙意象、庄子的逍遥境界。“来兮止兮，君其来耶”，不仅是对招魂巫术仪式的模拟，亦借此将招魂的“回归”主题改造成“追寻”主题，故隐含悼亡和追寻的双重主题，亦带有悲秋与愤世的双重情感。可以说，此类艺术创新与情感投射，皆是《红楼梦》雅趣的艺术展现。它使得文中的诗文创作与故事情节融为一体，充分展现了人物情感的宣泄需求。

·思考园地·

1. 请简述明清世情小说的发展历程。
2. 请分析《金瓶梅》的主题与艺术特色。
3. 请分析《儒林外史》的讽刺艺术。
4. 请分析《红楼梦》的人物形象塑造与雅趣艺术的表现。

参考答案

第五章 明清公案小说研读

学习要点

- 掌握公案小说的文体特征与《包公案》的基本常识。
- 了解明清公案小说的总体概况。
- 研读《包公案》《海公案》《施公案》与《狄公案》等公案小说，了解它们的思想内容与艺术成就。

当历史演义小说、英雄传奇小说、神魔小说在文学的舞台上渐次展演之时，公案小说也在发展。公案小说主要通过叙述曲折的案件经过来吸引读者，其中融入了中国古代的法律思想。它多以清官决狱断案为主题，故事情节几乎都遵循了如下发展模式：案发—迷局或冤狱—清官查冤—案情大白。“公案”一词的含义丰富，最初是指官府处理公务所用的几案，后引申为官府案件文卷。它在发展过程中形成了明显的类型特征，石昌渝《明代公案小说：类型与源流》将其概括为三点：一是主题的同一性，即描写决狱判案，赞赏断案官员的精察干练；二是明显的司法诉讼实用性；三是语体和文体，使用接近白话的浅近文言，其文体既不同于话本体和长篇章回体，也不同于文言传奇体。公案小说所涉及的多为现实生活中的人和事，不仅暴露了社会阶级矛盾，揭示了中国古代社会法治的缺陷，也展现了人性的幽微，隐藏着人们对“清官”的期盼。作为文体上的一个概念，公案小说的真正确立是在明代后期完成的。它的标志就是万历年间的公案小说专集的大量问世。其中刊刻于万历年间的《百家公案》，标志着长篇公案通俗小说的诞生。

第一节　明清公案小说概况

公案小说萌芽于魏晋南北朝时期，如《列异传·鹄奔亭》《搜神记·东海孝妇》《搜神记·严遵破案》等。唐宋时期，公案小说进一步发展，故事更加丰富，情节更加曲折，如《纪闻·苏无名》《阙史·崔尚书雪冤狱》《玉堂闲话·杀妻者》《夷坚志·何村公案》等。不少作品具备了公案小说应有的结构，即作案、报案、审案、判案四个要素。有明一代，政府广泛建立官学，并鼓励民间办学，书院、私塾空前兴盛。随着文化资源的下移、知识的普及、民间互动交流的日益频繁，作为一种通俗读物的小说也得到了市场的青睐。尤其是明中叶之后，社会经济繁荣，文化控制松弛，民间出版业日益发达，文化知识(包括法律知识)的生产、传播日益商业化、通俗化。在这种文化传统和社会背景下，明清公案小说创作热情高涨、作品众多，成为最受读者欢迎的小说类型之一。关于明清公案小说的发展，我们可以分为兴起、新变、衰落三个阶段，来进行整体了解。

一、《百家公案》与公案小说的兴起

（一）《百家公案》

《百家公案》全名《新刊京本通俗演义全像包龙图判百家公案全传》，又名《包龙图判百家公案》《包公演义》《包公传》等。作者安遇时，生平事迹无考。其最早版本为万历二十二年（1594）朱仁斋与耕堂刊本，为十卷一百回，现仅有孤本藏日本蓬左文库。三年后，南京万卷楼有写刻本《新锲全像包孝肃公百家公案演义》出版，为六卷一百回，是与耕堂刊本的修订本。此本现存孤本藏韩国首尔大学奎章阁。在如此短的时间内，就有书坊主重新刊刻《百家公案》，可见此书在当时极有市场，受到了读者的欢迎。

该书内容描叙包拯断案，书中的大量故事，有不少是从其他作品移植过来的，例如，第二十七回《拯判明合同文字》、第二十九回《判刘花园除三怪》、第五十一回《包公智捉白猿精》，分别取自宋、元话本《合同文字记》《洛阳三怪记》《陈巡检梅岭失妻记》；第四十八回《东京判斩赵皇亲》、第四十九回《当场判放曹国舅》、第八十七回《瓦盆子叫屈之异》，分别取自成化词话《全相说唱师官受妻刘都赛上元十五夜看灯传》《新刊说唱包龙图断曹国舅公案传》《新编说唱包龙图公案断歪乌盆传》；第二十四回《判停妻再娶充军》、第六十二回《汴京判就胭脂记》、第七十八回《两家愿指腹为婚》，分别取自元人杂剧《潇湘雨》《留鞋记》《绯衣梦》。

此外，还有不少是对文言小说的改编。例如第一回《判焚永州之野庙》实改编自明人瞿佑《剪灯新话·永州野庙记》，第二回《判革猴节妇坊牌》实改编自明人陶辅《花影集·节义传》，第三回《访察除妖狐之怪》（一作《访察除妖狐之精》）实改编自明人李祯《剪灯余话·胡媚娘传》，等等。这些改编主要是借用其故事情节，而立意却多有不同，显示出作者有自己的文化思想和创作意图。

《百家公案》作者主观上是想编撰一部反映包公断案的长篇通俗小说，也努力在编撰中加以贯彻。但由于作者水平所限，再加上反映世俗生活的长篇通俗小说在当时还属草创，公案类故事的讼状判词在作品中如何处理也缺少经验，这便使得《百家公案》总体上还比较粗糙，比如第七十九回《勘判李吉之死罪》纯粹是一则素材，并没有成为真正意义上的文学作品。不过，尽管这部作品的笔法幼稚粗疏，但它的叙事方式毕竟已明显异于《折狱龟鉴》一类的法家书，而是努力向话本小说靠近，这对于明末公案小说流派的形成与发展都有十分重要的意义。

王齐洲《中国通俗小说史》认为，《百家公案》的价值主要体现在两个方面。其一，"《百家公案》开创了公案小说描写现实世俗生活的新时代。作品虽然以包拯断案为故事的关键，但无论案情多么复杂，形式如何变幻，它们所涉及的都是世俗生活中的人和事，往往能够深入到生活的极隐秘的角落，不仅暴露出现实社会的各种矛盾，也揭示出人与人之间错综复杂的关系，这是此前的历史演义小说和神魔小说所无法做到的，也是英雄传奇小说所不能相比的。"其二，"《百家公案》很好地打破了古体小说和通俗小说的阻隔，开辟了将古体小说移植并转变为通俗小说的成功道路"，对后来的公案小说不无创造性和启发性，使其作品具有更大的包容性。

（二）公案小说的兴起

《百家公案》的出现，刺激了读者对公案小说的阅读兴趣，社会需求急剧升温，书商们意识到这是一个巨大的商机，便纷纷编印公案小说以谋利，形成了明后期公案小说编撰和刊刻的高潮。我们择其要者予以展示。

《皇明诸司廉明奇判公案》，简称《廉明公案》，四卷一百零五则，作者系明代万历年间著名的通俗文学的刊行者和编著者余象斗，刊刻于万历二十六年（1598）。此本今藏中国国家图书馆、日本内阁文库。全书分为十六类，每类下有文字二至二十则不等。每则叙述一件案情，叙述方式不一：有的只录状词、判语而无故事，读者只能从状词判语中得知案情；有的交代作案、破案过程，叙述粗略简单。由于编者对文字加工不多，因而此书的文学性不强，但真实地反映了社会世风民情，甚至接近原生态语境，在当时具有新闻性和时效性，很受读者欢迎。与《百家公案》相比，该书有三个特点。首先，《廉明公案》很少运用神怪因素结构小说，从《廉明公案》展开叙述的四十一篇故事来看，虽然有一些仍然是"幻妄不经之说"，但大部分以官吏的认真调查、深入分析为主，切题"廉"而"明"。其次，从司法诉讼实用性来说，《廉明公案》直观呈现了"公案"题材的司法属性，全书结构承袭法家书按罪统刑的方式，分门别类编排十六类："人命""奸情""盗贼""争占""罪害""威逼""拐带""坟山""婚姻""债负""户役""斗殴""继立""脱罪""执照""旌表"。此外，余象斗的叙事能力也高于《百家公案》的编撰者安遇时。比如改编自《百家公案》第九回《判奸夫窃盗银两》，两相对比可见《廉明公案》在情节设置、叙事风格、人物形象塑造以及判案逻辑等方面，都有很大的改进，情节安排详略得当，删除了不伦不类的诗词而使叙事风格更协调，环境描写和人物语言动作描写皆符合故事情境和人物身份，故事较为合理，人物心理、性格形象较为真实可信。

《皇明诸司公案》，又称《诸司公案》，一作《续廉明公案》，今存明万历三台馆文台余氏刊本。正文上图下文。全书共六卷，每卷为一类：卷一人命类、卷二奸情类、卷三盗贼类、卷四诈伪类、卷五争占类、卷六雪冤类。类下分则，每类则数不等，每则均有标题，故事之间不相连续。如卷一人命类的九则标题依次为：《曾大巡判雪二冤》《刘刑部判杀继母》《朱知府察非火死》《胡宪司宽宥义卜》《左按院肆赦误杀》《孙知州判兄杀弟》《许大巡问得真尸》《张县令辨烧故夫》《韩廉使听妇哀惧》。《诸司公案》在文学性上比《廉明公案》有了长足的进步。作品所收均为纯粹的小说故事，状词、判词等一概不再独立成章，而只是作为情节发展的有机组成部分而存在；作品素材多采自案例书的做法一如其旧，但改编时已能作比较细致的铺叙描摹，注意故事的生动、曲折。这种变化，反映出作者叙述技术的成长与进步。

《海公案》全名《海刚峰先生居官公案传》，又称《刚峰公案》，四卷七十一回。有万历三十四年（1606）金陵万卷楼刊本。今藏中国国家图书馆、首都图书馆等处。据卷首李春芳《新刻海刚峰先生居官公案传序》称，此书为某“好事者”所撰，则作者非晋人李春芳，而是金陵虚舟生。海瑞（1514—1587），字汝贤，号刚峰，广东琼山（今属海南海口琼山区）人，是明嘉靖至万历年间的著名清官。为人正直刚毅，敢于直面权贵，从不谄媚逢迎。一生忠心耿耿，直言敢谏。他的生平事迹在民间广泛流传，成为说唱文学的重要内容，附会的自然不少。与《郭公案》写郭青螺亲历之事不同，此书乃编辑各种案例而成，并不都是海瑞亲历之事。每回故事一般先简叙案情经过，次列原告状词和被告反诉，最后是海瑞判词。故事情节叙述大多简略，而状词、判词等却颇详细，编者对这些原始资料似未作艺术加工，亦不见编者功力，故可读性不强。

《古今律条公案》全名《新刻海若汤先生汇集古今律条公案》，七卷四十六则。有明万历间“书林师俭堂行”本。今藏日本内阁文库。“海若”为明代著名戏曲家汤显祖之号，撰者署汤显祖显是伪托。作者（编者）当另有其人，或即金陵陈玉秀。陈玉秀生平事迹不详。《古今律条公案》首卷为律条，下分“谋害类”“窃盗类”“淫僧类”“除精类”“除害类”“婚姻类”“奸情类”“妒杀类”“谋产类”“混争类”“拐带类”“节孝类”等，每类一至七则故事不等。这些故事大多写得比较细致，超过《郭公案》与《海公案》，可读性明显增强。如《马代巡断问一妇人死五命》这则故事，情节复杂曲折，颇能吸引读者。

《包公案》原名《龙图公案》，又名《包龙图神断公案》，全称为《京本通俗演义包龙图百家公案全传》，十卷一百则。有明末刊本，具体刊刻时间不详。此本残本卷一至六，现藏中国社会科学院文学研究所。全本（内封佚）藏日本东京大学东洋文化研究所仓石文库。正文有眉批和听五斋评语。《包公案》是在吸收《百家公案》和其他公案的基础上，将所有作者感兴趣的公案故事都归于包公名下，成为集大成的包公公案小说。据马幼垣、程毅中先生考证，《包公案》一百则，至少有八十四则故事来源于《百家公案》《廉明公案》《海公案》《古今律条公案》《详刑公案》《法林灼见》。和之前的公案小说相比较，《包公案》对隐藏制造悬念、反转手法的重视明显加强。比如《百家公案·判阿杨谋杀前夫》和《廉明公案·严县令诛误翁奸女》，标题把案情都说出来了。而《包公案》在重写这两则故事时，却修改了标题，将标题改为《白塔巷》《房门谁开》，原先在标题中显露的案情结果因此得以隐藏。从总体上说，《包公案》更能够代表明代公案小说的文学成就，可读性也更强。

二、清中叶公案小说的新变

清早期，公案小说一度沉寂。然而，从乾隆后期开始，公案小说又重新受到人们的欢迎，并且出现了一个显著变化，那就是公案小说与侠义小说合流，形成侠义公案小说，代表作是《施公案》和《三侠五义》，它们标志着长篇章回体公案小说的成熟，也体现了清代侠义公案小说的最高成就。侠义公案小说是讲述清官与侠士的小说，它具有以下几个特点。

（一）文本形式长篇章回化、传奇化

这一时期的公案小说《施公案》《于公案奇闻》和《三侠五义》等侠义公案小说在谋篇布局的结构上采用的都是串珠盘花式的框架。每个案件都独立成章，在案件结构上又回环勾连，案中套案。为了满足读者的审美需要，这一时期的侠义公案小说一方面大量使用悬念的手法，造成了情节的迂曲、变幻、起伏，有意增强故事的惊险程度和刺激性。另一方面又增加了侠客义士打斗的场面，侠客多是武功超群、身手不凡、行踪诡秘、来去无迹的人物；他们又常惩恶除奸，救人于危难，身处险地，面临着生与死的较量和抉择。“事迹新奇、笔意酣恣，描写既细入毫芒，点染又曲中筋节”（俞樾《重编〈七侠五义传〉序》），所有这些都让公案小说的情节跌宕起伏。

（二）官吏与侠士会合

清代侠义公案小说的特点是承续民间说唱艺术，接“水浒”之余韵，讲忠义，轻生死，具体表现为清官统领侠客，侠客为清官断案保驾护航。如《施公案》中的黄天霸、关小西、朱光祖等人，《三侠五义》中的展昭、欧阳春等人，他们利用自己的身份特质，协助施公、包公侦破案件，甚至在一些地方起着关键作用。这种跌宕起伏、富有悬念的小说情节设置牢牢吸引了广大市民并满足了他们的文化消

费趣味。不仅如此，传统中国政治社会结构可以分为三个场域——庙堂之上、民间社会与江湖之远(徐忠明《明镜高悬：中国法律文化的多维观照》)，通过清官与侠士齐力断案，便将这三个政治社会场域巧妙地联结在了同一故事文本中，极大地拓宽了故事阅读视野。

(三)具有强烈的现实主义色彩

这一时期的公案小说着重反映官府昏庸腐败、恶霸横行的黑暗现实，所写的许多案件都是由于官吏贪赃枉法造成的冤假错案，作品具有强烈的现实主义色彩。比如《三侠五义》，原名《忠烈侠义传》，一百二十回。小说前七十回主要写侠客义士协助清官包公断案，惩办豪强，后五十回主要写侠客义士协助清官颜查散剪除马朝贤、马强及襄阳王等邪恶势力的故事。小说明显地表达了人们对贤明政治的要求和对豪强贪官的愤慨，例如小说揭露和抨击了太师庞吉恃宠结党营私，诬陷忠良；庞昱荼毒百姓，抢掠民间妇女；苗秀父子鱼肉乡里，重利盘剥；葛登云、马刚肆虐逞凶，独霸一方等。这些描写都有一定的积极意义。小说家们正是从生活中吸取丰富的素材，以笔为矛，揭露种种罪恶和不公，满足了市井百姓的心理需要。

三、晚清公案小说的衰落

光绪年间，公案小说走向了尾声。尽管如此，这一时期的小说仍然呈现出一些独特之处。

(一)出现质疑清官的内容

在传统公案小说中，清官断案的正确性似乎是不言自明的，但在晚清的公案小说中却出现了对清官断案结果准确性的质疑，对清官的质疑之声则更能体现出晚清公案小说自身发展变化的趋势和特点。与这种质疑相伴而生的，是对执法者智谋与才干的越发重视。比如小说《狄公案》第一回就开门见山地指出执法者不仅要具备“清”与“正”的优秀品质，还需要“有精明之气，有果决之才”，然后才是“官声好，官位正”。作者认为清官审案不能一味靠棍棒刑罚，更需要行之有效的侦破手段，否则就会产生冤案。这不失为对传统公案小说中清官形象的一种有力质疑，甚至可以说是某种颠覆，直接触动了公案小说的基础。

（二）公案的色彩日趋淡薄

由于西方侦探小说的译介，传统公案小说也随之发生了变化。公案只是作为一个大的背景，而探案过程越来越注重推理，开始突出案件的调查和推理过程。晚清公案小说开始从以断案为重逐渐转向对查案曲折过程的表现；注重证据和线索分析，故事情节更加扣人心弦、逻辑更为清晰；人物塑造上亦由“德性”代表的清官良吏渐变为“智性”化身的私家侦探，其思维方式、推理能力和情感世界成为小说深描的内容；叙述结构也不再拘泥于顺叙结构；更侧重于描绘案件背景和反映社会文化，丰富了故事的历史和文化内涵。总之，这一时期的公案小说创作更多地采用类似于西方侦探小说的结构和叙事技巧。这实际上预示着公案小说朝现代侦探小说转化，这一发展过程被学者形象地描述为“包拯与福尔摩斯‘交接班’”（黄岩柏《中国公案小说史》）。

（三）政治化倾向鲜明

这些小说或明或暗地或深或浅地反映了要求变革的进步政治倾向，有的借古代历史讽喻晚清现实，有的则直接抨击时弊，揭露吏治腐败、司法不公等。比如《狄公案》就是一部借历史题材针砭时弊的公案小说。小说讲述大唐狄仁杰乔装私访，将杀人劫货案的真凶捕获；查明黎姑婚后暴死的原因，系误饮含蛇毒的茶水中毒而亡，平息了亲属间的纠纷；又严惩佞臣张昌宗家恶奴，将奸僧怀义治罪；对武则天暗养于后宫的情人薛敖曹施刑阉割；武氏宗族诬陷庐陵王谋反，武则天欲设计处死，狄公力谏乃止。这五件案子的后三件，都是政治性极强的。联系此书刊行时间，作者实际上是借古人以讽时政，对武则天的揭露，实际上是把抨击的矛头指向了当时最高统治者慈禧。该书的选材和立意，可谓是别具慧眼，匠心独运。

（四）续书侠义化

《施公案》续至十集，《三侠五义》续至二十四集，《彭公案》续至二十集。值得注意的是，这些续书逐渐偏离公案侠义合流的模式，公案成分逐渐减少，侠义成分日益增多。这是侠义小说和公案小说合流后最基本的倾向。清官由小说的主角逐渐沦为符号，侠客成为小说的主角。侠义的内容则增加了更多的武力成分，武功高低成为胜负的关键，武器和特定事件则是故事的重要关目。这类作品最终蜕变成纯粹的武侠小说，与《永庆升平》前后传、《圣朝鼎盛万年青》、《七剑十三侠》等小说一起，再次掀起一股武侠小说的热潮，并直接促成了民国武侠小说的繁盛。

第二节 《包公案》研读

《包公案》主要记述宋代包拯审案断狱的故事。内容大都是包公明断谋财害命、仗势欺人以及奸盗欺诈等案，塑造了一个刚直正义的清官形象，同时夹杂了大量封建伦理道德说教和因果报应思想。故事情节较为生动曲折，对后世公案小说有一定的影响。我们接下来研读《三娘子》与《扯画轴》两则经典故事，以小见大，来了解《包公案》的思想内容与艺术成就。

一、《三娘子》

《三娘子》的故事在《包公案》卷之七，原文不长，兹录如下。

话说广东潮州府揭阳县有赵信者，与周义相交。义相约同往京中买布，先一日讨定张潮艄公船只，约次日黎明船上会。至期，赵信先到船，张潮见时值四更，路上无人，将船撑向深处去，将赵信推落水中而死，再撑船近岸，依然假睡。黎明，周义至，叫艄公，张潮方起。等至早饭过，不见赵信来。周义乃令艄公去催。张潮到信家，连叫几声，三娘子方出开门，盖因早起造饭，夫去后复睡，故反起迟。潮因问信妻孙氏道："汝三官人昨约周官人来船，今周官人等候已久，三官人缘何不来？"孙氏惊道："三官人出门甚早，如何尚未到船？"潮回报周义，义亦回去，与孙氏家遍寻四处，三日无踪。义思：信与我约同买卖，人所共知，今不见下落，恐人归罪于我。因往县去首明，为急救人命事，外开干证艄公张潮，左右邻舍赵质、赵协及孙氏等。

知县朱一明准其状，拘一干人犯到官，先审孙氏称："夫已食早饭，带银出外，后事不知。"次审艄公，张潮道："前日周、赵二人同来讨船是的。次日，天未明，只周义到，赵信并未到，附帮数十船俱可证。及周义令我去催，我叫'三娘子'，彼方睡起，初开大门。"又审左右邻赵质、赵协，俱称："信前将往买卖，妻孙氏在家吵闹是实。其侵早出门事，众俱未见。"又问原告道："此必赵信带银在身，汝谋财害命，故抢先糊涂来告此事。"周义道："我一人岂能谋得一人，又焉能埋没得尸身？且我家胜于彼家，又是至相好之友，尚欲代彼伸冤，岂有谋害之理！"孙氏亦称："义素与夫相善，决非此人谋害。但恐先到船，或艄公所谋。”张潮辩称：“我一帮船几十只，何能在口岸头谋人，怎瞒得人过？且周义到船，天尚未明，叫醒我睡已有明证。彼道夫早出门，左右邻里并未知之，及我去叫，他睡未起，门未开，分明是他自己谋害。”朱知县将严刑拷勘孙氏，那妇人香姿弱体，怎当此刑。只说：“我夫已死，我拼一死陪他。”遂招认“是我阻挡不从，因致谋死”，又拷究尸身下落，孙氏说：“谋死者是我，若要讨他尸身，只将我身还他，何必更究！”再经府复审，并无变异。

次年秋谳，请决孙氏谋杀亲夫事，该至秋行刑。有一大理寺左任事杨清，明如冰鉴，极有见识，看孙氏一宗案卷，忽然察到。因批曰：“敲门便叫三娘子，定知房内已无夫。”只此二句话，察出是艄公所谋，再发巡行官复审。时包公遍巡天下，正值在潮州府，单拘艄公张潮问道：“周义命汝去催赵信，该叫三官人，缘何便叫三娘子？汝必知赵信已死了，故只叫其妻！”张潮闻此话，愕然失对。包公道：“明明是汝谋死，反陷其妻。”张潮不肯认，发打三十；不认，又夹打一百，又不认；乃监起。再拘当日水手来，一到，不问便打四十。包公道：“汝前年谋死赵信。张潮艄公诉说是你，今日汝该偿命无疑。”水手一一供招：因见赵信四更到船，路上无人，帮船亦不觉，是艄公张潮移船深处推落水中，复撑船近岸，解衣假睡。天将亮周义乃到。此全是张潮谋人，安得陷我？”后取出张潮与水手对质，潮无言可答。将潮偿命；孙氏放回；罢朱知县为民。可谓狱无冤民，朝无昏吏矣。

（《包公案》，冯不异校点，宝文堂书店，1985，第245—247页。）

公案小说来源于宋元“说话”技艺中的“说公案”，叙写的都是百姓喜闻乐见的故事，作为百姓了解社会的重要文学载体，展现了时代的动向，反映了百姓的所思所想。公案小说不离官员英明断案，发奸擿伏，为百姓洗冤沉雪，以此寄托渴望政治清明的愿景。通过研读《三娘子》，我们可以管窥《包公案》的主要思想内容，主要有以下几点。

（一）揭露了社会黑暗与不公，表达了民众对政治清明的愿景

《包公案》描写了大量的刑事案件和民事案件，旨在表现包公的断案能力和破案技巧，但无论案情多么复杂，所涉及的都是世俗生活中的人和事。全书一共十卷一百个案件，它一方面揭露了封建统治者的罪恶，比如《黄菜叶》就是将矛头指向皇亲国戚；另一方面也反映了明代社会险恶的世风，对金钱的追求导致个人私欲膨胀，不惜一切，甚至铤而走险，《三娘子》中的张潮就是一个典型。而小说中

这些作恶多端的坏人，最终都受到包公的公正审判，是民众朴素而美好愿望的形象反映。

小说家们不经意间留下的宝贵史料，让我们在小说中发现历史，让我们得以通过小说的描写而丰富我们对过往社会生活、政治生活的理解。尽管公案中包拯的故事与历史事实不能完全等同，但并非完全虚构，一定程度上折射出了当时的社会实况。正如孙旭《明代白话小说法律资料研究》总结的那样，明代公案小说“对法律的描摹是非常细致具体、生动活泼的，其触角深入到了史籍和官箴书没有涉及的方面，具有独特的法律资料价值”。

（二）描绘和歌颂了明察秋毫的清官，反映了民间的清官崇拜意识

中国古代社会皇权至上，等级制度森严，民众处于社会的最底层，各方面的利益都很难得到保障。封建社会的政治制度与“人治”大于“法治”的司法特征，常使百姓感到公平和正义的缺失。官员独自掌握审理案件与定夺生杀的大权，很容易造成冤假错案。断案官员的公正，对于百姓来说极为重要，因此公案小说极力歌颂清官。

包拯可谓清官的典型，他明察秋毫、秉公执法、惩处奸恶。《三娘子》叙广东潮州府揭阳县赵信与周义相约同往京城买布，租了艄公张潮的船只。次日四更，赵信先到船上。张潮见四周无人，便将赵信推入水中淹死，又回到船上假装睡觉。黎明，周义到，叫艄公，张潮方起。周义久等不见赵信来，乃叫张潮去催。张潮来到赵信家门口，连叫赵妻三娘子开门。三娘子说丈夫早已出门。张潮回报周义。周义与三娘子遍寻四处，三日无踪。周义到县衙报案。知县审案。知县不加细审，听信张潮一面之词，将赵妻严刑拷打，赵妻招架不住，遂招认是自己谋杀亲夫。包公巡行此地，重新审理此案。拘来张潮，说道：“周义命汝去催赵信，该叫三官人，缘何便叫三娘子？汝必知赵信已死了，故只叫其妻！”“明明是汝谋死，反陷其妻。”最终，张潮得到了应有的惩罚。这则故事中，包公从张潮在叫喊时无意留下的破绽，分析作案者的心理，找到了案子的突破口，将真正的凶手绳之以法。这本是一起寻常的谋杀案，但朱知县的刚愎自用，导致赵妻屈打成招，而真正的凶手逍遥法外，因此《包公案》还对那些草菅人命、收受贿赂、制造冤狱的贪官酷吏进行了批判。

值得注意的是，这个故事中包拯是以监察官的身份出现，因为监察官“代天子巡行”，职责本就在于绳愆纠谬，他们位尊权重，具有实现公平正义的实力和条件。所以，案件被错判，冤屈已酿成，监察官就介入，最终平反冤案就成了通俗小说描述故事的惯常套路。由此可见市井百姓对于巡按御史、按察司官荡涤司法

腐败、主持司法正义的期待。

（三）集中反映了包拯的断案技巧和智慧

包公的清官形象主要由两个方面聚合而成，一个是为官清廉、执法公正，即铁面无私；一个是善于侦审、有案必破，即断案如神。《包公案》涉及形形色色的犯罪案件，如抢劫、盗窃、谋杀、强奸、诈骗等等，他在断案过程中，常常运用多种侦讯方式，往往在出其不意的情况下使案件真相大白。我们据此可总结包公的断案技巧和智慧，大体分来有以下几点。

第一，注重案件调查。包公在接到报案后，并不轻信双方陈述，而是持存疑态度，进一步调查取证。包公调查取证的方式方法也灵活多样，有时微服私访，有时发动群众多方获取信息。

第二，善于推理分析。在调查取证的基础上，包公善于通过逻辑推理进行案情分析，进而得出结论。

第三，谙熟受害者或犯罪者的心理策略。比如《瞒刀还刀》的故事则充分表现出包公洞悉当事人双方的心理。案子破了，被侵害人、原告都心服口服；既照顾了秀才的面子，又令其羞愧悔过。在当时的文化语境里，包公的做法可谓达到了法律效果与社会效果的辩证统一。

第四，精于智拿巧捕。包公能够用一些机智巧妙的方法将一些难以抓捕的凶犯缉拿归案。

二、《扯画轴》

《扯画轴》的故事见于《包公案》卷之八，我们节选原文如下。

> 不觉岁月如流，善述年登十八，求分家财，善继霸住，全然不与，说道：“我父年上八旬，岂能生子？汝非我父亲骨肉，故分关开写明白，不分家财与汝，安得又与我争执?”先春闻说，不胜忿怒，又记夫主在日曾有遗嘱，闻得官府包公极其清廉，又且明白，遂将夫遗画一轴，赴衙中告道：“氏幼嫁与故知府倪守谦为妾，生男善述，甫周岁而夫故，遗嘱谓，嫡子善继不与家财均分，只将此画轴在廉明官处去告，自能使我儿大富。今闻明府清廉，故来投告，伏念作主。”包公将画轴展开看时，其中只画一倪知府像，端坐椅上，以一手指地。不晓其故，退堂，又将此画挂于书斋，详细想道：指天谓我看天面，指心谓我察其心，指地岂欲我看地下人分上？此必非是。叫我何以代他

分得家财使他儿子大富！再三看道："莫非即此画轴中藏有甚留记？"拆开视之，其轴内果藏有一纸，书道："老夫生嫡子善继，贪财昧心；又妾梅氏生幼子善述，今仅周岁，诚恐善继不肯均分家财，有害其弟之心，故写分关，将家业并新屋二所尽与善继；惟留右边旧小屋与善述。其屋中栋左边埋银五千两，作五埕；右间埋银五千两，金一千两，作六埕。其银交与善述，准作田园。后有廉明官看此画轴，猜出此画，命善述将金一千两酬谢。"

包公看出此情，即呼梅氏来道："汝告分家业，必须到你家亲勘。"遂发牌到善继门首下轿，故作与倪知府推让形状，然后登堂，又相与推让，扯椅而坐，乃拱揖而言道："令如夫人告分产业，此事如何？"又自言道："原来长公子贪财，恐有害弟之心，故以家私与之。然则次公子何以处？"少顷，又道："右边一所旧小屋与次公子，其产业如何？"又自言道："此银亦与次公子。"又自辞逊道："这怎敢要，学生自有处置。"乃起立四顾，佯作惊怪道："分明倪老先生对我言谈，缘何一刻不见了，岂非是鬼？"善继、善述及左右看者无不惊讶，皆以为包公真见倪知府。由是同往右边去勘屋，包公坐于中栋召善继道："汝父果有英灵，适间显现，将你家事尽说与我知，叫你将此小屋分与汝弟，你心下如何？"善继道："凭老爷公断。"包公道："此屋中所有的物尽与汝弟，其外田园照旧与你。"善继道："此屋之财，些小物件，情愿都与弟去。"包公道："适间倪老先生对我言，此屋左间埋银五千两，作五埕，掘来与善述。"善继不信道："纵有万两亦是我父与弟的，我决不要分。"包公道："亦不容汝分。"命二差人同善继、善述、梅先春三人去掘开，果得银五埕，一埕果一千两。善继益信是父英灵所告。包公又道："右间亦有五千两与善述，更有黄金一千两，适闻倪老先生命谢我，我决不要，可与梅夫人作养老之资。"善述、先春母子二人闻说，不胜欢喜，向前叩头称谢。包公道："何必谢我，我岂知之？只是你父英灵所告，谅不虚也。"即向右间掘之，金银之数，一如所言。时在见者莫不称异，包公乃给一纸批照与善述母子执管。包公真廉明者也。

（《包公案》，冯不异校点，宝文堂书店，1985，第271—273页。）

《扯画轴》主要围绕一个老夫少妻家庭的遗产分割问题展开。退休官员倪守谦，原来已有一个儿子叫倪善继。后来又纳妾梅氏，生有一子，取名倪善述。倪守谦害怕自己去世后，倪善继为独霸家产而加害梅氏母子，因此就在自己病危时将所有家产都留给长子继承，只为梅氏及幼子留下一卷画，并嘱咐他们需要时找一位清官评断。多年后幼子倪善述成人，果然到官府告状要求分得家产，包公从倪守谦遗留的画轴中找到遗嘱，将倪守谦埋在地下的金银掘出，梅氏母子终于得到了公正的判决。此事不仅见于《包公案》，亦见于《廉明公案》下卷《争占类·滕同知断庶子金》，《喻世明言》卷十《滕大尹鬼断家私》，等等。同一个题材故事被不同作者改编，在叙事文学创作中并不罕见。细览此篇，其艺术成就主要体现在以下几个方面。

（一）塑造了一个睿智明察又富有人情味的审判官形象

包公是中国古代社会极具典型意义的清官。所谓清官，既包括了刚毅无私、公正廉洁，又包括了明察秋毫，其中“明察”是建立在“廉洁”基础之上的更高要求，“明察”型的包公形象是“廉洁”型的包公形象的深入发展。元杂剧中的包公，主要是强调刚正无畏，而到了明代的公案小说，包公更凸显睿智明察。《扯画轴》故事中，包公通过仔细分析倪守谦留下的画轴，发现其中的玄机。不仅如此，这部小说中的包公还有一个重要特征：富有人情味。包公公正地处理了遗产之后，并不像《滕大尹鬼断家私》中的滕大尹，赶紧把一千两银子装入自己的腰包，而是留给那位可怜的遗孀，以备其养老之需。这实际上反映了人们的美好愿望。

（二）巧设悬念，极大地调动了读者的阅读兴趣

这则故事始终是以第三人称“全知叙事”的视角在“平铺直叙”中展开，但平铺直叙并不意味着平淡无奇，恰恰相反，由于作者在文本的开头预先设下悬念，埋下伏笔，然后在后文各个点破，释开悬念，且此处悬念的解开是全盘托出，直接将结果明示，从而使接受主体的阅读期待得到应有的回应。它不仅极大地调动了接受主体的阅读兴趣，使其保持高度集中的注意力，推动着情节的发展，加深了接受主体对文本内容的理解，同时也在悬念中完成了人物形象的塑造，揭示了人性的抉择、情感的困惑、伦理与道德等问题，直击作者和读者的心灵，既渲染了公案小说的氛围，又深化了公案小说伸张正义的主题。

或许正是因为这则故事所蕴含的独特的艺术魅力，后来的汉学家高罗佩以《扯画轴》的故事为内核，通过将倪家长兄调换遗嘱的方式将这则故事复杂化，加入“迷宫藏真遗嘱”的类似西方“密室推理”的设定等，巧妙地将这个仅仅一千余字的公案故事扩展为十几万字的推理小说《迷宫案》。同时，加入了倪家长兄涉及其他案件的情节，将倪家老爷藏真遗嘱于迷宫的行为解释为防范和试探。相比西方推理小说中往往很少解释案件当事人煞费苦心设计密室的原因，《迷宫案》中这样的情节安排合乎情理，更胜一筹。

第三节 《海公案》研读

《海公案》系《海公大红袍全传》《海公小红袍全传》的合集。该书是以海瑞为原型敷衍而成的一部公案小说。小说情节曲折，跌宕起伏，悬案迭起，引人入胜，生动地塑造了一个刚正清廉、不畏权贵、断案如神、体恤百姓的清官形象。我们接下来研读“妒妾成狱”与“判鳄豪占妻”两个经典片段，以小见大，来了解《海公案》的思想内容与艺术成就。

一、《妒妾成狱》

《妒妾成狱》的故事出自《海公案》第二十九回，兹录如下。

南京聚宝门外，有一王舜卿，父为显宦，致政归。生留都下，与妓玉堂春日久情深，不忍相舍。乃所携之银渐消，还只恋妓。后囊罄，然妓待如故。但鸨日憎，生不得已出院。流落都下，寓一城隍庙中廊下。有卖果者见之曰：“公子乃在此耶？玉堂春为公子誓不接客，命我访公子所在，今幸毋他往。”乃走报玉堂春。妓诳其母，往庙酬香，见生抱泣曰：“君名家公子，一旦至此，妾罪何言！然胡不归？”生曰：“路遥费多，欲归不得！”妓与之金曰：“以此置衣服，再至我家，当徐区画。”生盛服饰仆从复往，鸨大喜，相待有加，设宴。夜阑，生席卷所有而归。鸨知之，挞妓几死，因剪发跣足斥为庖婢。未几，有一浙江客，兰溪人，姓彭名应科，闻妓名求见，知前事，愈贤之，以百金为赎身。逾年，发长，颜色如旧，携归为妾。初，商妇皮氏，以夫出，邻有监生，浼妪与通，及夫娶妓，皮妒之，夜饮，置药酒中，妓疑未饮，夫代饮之，遂死。监生欲娶皮，乃唆皮告官。云：“妓毒杀夫。”妓曰：“酒为皮置。”皮曰：“夫始绐妓为正室，不甘为次，故杀夫，冀改嫁。”妓遂成狱。生归，父怒斥之，遂矢志读书，登甲后，擢御史，案山西。时公已转江浙运使，生以之告公：“可为生根究此？”公诺之托，至浙询之，乃知妓成狱已久。一日，察院录囚犯，解妓往审，值公轿至，妓即扳公轿曰：“老爷神谳，小妇冤于囹圄，乞爷爷救之！”公沉思，曰：“舜卿曾托究此妓下落，今日可救之，以脱其罪，日后可好与舜卿相见。”乃即带归衙审，令隶去逮刘妪、胡监生等至，不伏。乃潜匿一卒于庭下柜中，监生、皮氏与妪俱受刑于柜外。公伪退，吏胥散。妪老年不堪刑，私谓皮曰：“尔杀人累我，我止得监生银五两，布二匹，安能为此挨刑?”二人曰:“老妪娘,再奈烦一刻不招,我罪得脱,当重报老娘。”柜中卒闻此言,大叫曰:“三人已尽招矣!”公出,卒面证,俱伏。公令人伪为妓兄,领回籍,后与舜卿为侧室……

(李春芳:《海公案》,北方文艺出版社,2018,第34—35页。)

玉堂春蒙冤昭雪的公案故事,发生在明代万历年间,曾经轰动一时。这个真实的时事新闻,几经流传,也被纳入了《海公案》之中。披览此文,其艺术成就可概括为三点。

(一)塑造了善良有情义的女性形象

这则故事中的人物形象比较鲜明,其中玉堂春这一形象表现了女子对爱情的忠贞。玉堂春,本是一名风尘女子,善良有情义,与王舜卿真心相爱,“为公子誓不接客”,得知王舜卿因囊银消尽,被迫“流落都下,寓一城隍庙中廊下”,她冒着极大的风险,设计让王公子“席卷所有而归”,得以返回。而玉堂春遭到鸨母的鞭挞,几次昏死,又受到贬责,“剪发跣足斥为庖婢”。后玉堂春遭变卖,被一浙江客彭应科“以百金为赎身”,“携归为妾”。后又遭正室皮氏诬陷,遇冤狱,终昭雪,并与王舜卿有情人终成眷属。可见作者对坚守气节、以死明志和守身如玉的伟大女性的讴歌与赞美。这类女子还见于第二十六回《姑疑媳与翁有奸》、第三十一回《断问奸僧》、第三十九回《捉圆通伸兰姬之冤》、第四十回《谋夫命占妻》、第五十一回《周氏为夫伸冤告张二》、第五十四回《判奸友劫财误董贤置狱》、第五十五回《判误妻强奸》等,描写了女性之力虽薄但她们却可以为了正义、为了忠贞而“杀身成仁”。这些女子可歌可泣,值得褒奖,她们的智慧、坚毅和忠诚甚至要远胜于男子。

(二)情节曲折有致,跌宕起伏,富有变化

小说先写玉堂春与王舜卿相识相爱,“日久情深,不忍相舍”,情节呈单线推进。嗣后一面写玉堂春在南京和鸨母抗争,被鸨母骗卖与彭应科;一面写王舜卿回乡,矢志读书,中举授官。两处落笔,双线发展。最后,玉堂春和王舜卿结合,两条线索并在一处。分分合合之间,展示了较为丰富的生活画面,人物的形象也得到更好的表现。小说故事情节的发展曲折有致,变化多端,引人入胜。

(三)体现了海公的审案智慧

在这则故事中,海公展现出了出色的断案能力。他不仅熟读律法,还具备实践能力,并且始终保持着刚正不阿的职业道德修养,可谓综合素质极高。面对复杂棘手的案件,海公在断案过程中既没有敷衍了事,也没有徇私舞弊,而是充分展示了他强大的逻辑分析能力和心细如尘的观察能力。譬如在“奸侄妇杀媳抵命”

案中，海公见到两具尸体后敏锐地察觉到异常，“公一见即曰：‘双奸则杀必一时，今尸色有鲜陈，必诈也。’”通过辨别两具尸体的不同颜色而确定此事有诈，后来又通过分别审问嫌犯而得到真相。海公破案时不仅态度严谨、观察入微，还充分运用其智慧侦破案件。同时，海公在审问犯罪分子时，还充分洞悉罪犯的犯罪心理，如这则谋杀亲夫案，就充分利用了罪犯的心理来破案，罪犯在三犯受刑之后，一定会趁无人之际相互交谈，吐露真实案情，于是，先“潜匿一卒于庭下柜中”，果然奏效。由此彰显海公精明强干、剖断如流的特点。

二、《判鳄豪占妻》

《判鳄豪占妻》出自《海公案》第六十九回，原文较长，节选如下。

清郎知其有势，县里不能与敌，必须要个清廉官府方可。乃即往海公处，告他宦豪诬占妇女。海公审清郎口词明白，乃曰：“男女有别，奚容奸乱，况占人妻乎？”遂准其告。差公牌往该县提骆可显。可显见军门讨人，只得着往，具诉对状。状为“恶棍拐妾”。海公亦准之诉，遂吊原卷来看。见当时已告尤得才，拐带问结停当，今日又在县告余清郎，因思之曰：可显乃骆道贤之子，宦家子弟，何如只为区区一妇，每每缠告不了？清郎必是受屈，见前者判断不明，故不往县诉而方赴此告也。适若依此告，清郎拐带，则前者非矣。若明年再告一人拐带，则前两者又非矣。此必骆可显欺心谋人妻子，故前诬一人，今又诬一人，以行其奸也。必须拘妇人并妇人之父来审，方见真伪。可显闻得要拘妇人之父，即串假结父母出官。清郎禀曰：“小人所嫁之父自冯富，今伏案不可鞫。”尤得才曰：“小人先年凭媒娶到余清郎之妇是的。”海公曰：“我自知真伪。”遂将冯氏真假父母一齐监起。单问冯氏年庚八字，父甚名，母甚姓，冯氏对曰：“妾年二十三，四月十五日生日，父名冯富，母姓饶氏。”海公一一硃笔记之，又监禁一处。随呼可显所结之女父来审，问女年庚名氏，与冯氏所言不合，又拘清郎所举之女父来审问，其年庚名氏，一一与冯氏所言者相同。海公遂决真伪。即取二女父来对审问，但见天亲不假于人，如真父真女相见，相抱而对泣，假父假女则默而不合。海公曰：“冯富，汝女原适谁人？案前三人，谁是你真女婿？”冯富曰：“我女原嫁余清郎，惟识余清郎是吾女婿。他二人我不晓得。”海公曰：“汝女还是明白嫁与清郎，还系清郎拐带伊女乎？”冯富曰：“凭媒过聘，原无拐带事情。”尤得才曰：“清郎既非拐带，则我娶清郎之妻，岂为拐带乎？小人有清郎之婚书在此。”清郎曰：“此是小人笔，妇之临行，备载其间。”海公心下明白，所审清郎、得才、冯富等之言皆真，便知冯氏淫荡，喜新厌旧，爱富嫌贫，遂命手下拶起，冯氏只得从实供出：可显经店门口过，见身姿色艳冶，将银买奸是实。海公审问明白，遂将可显重打四十，不合将钱买奸良人妇女，强占冯氏为妾，买嘱媒人，假父偏证尤得才拐带，今又悬空架陷余清郎拐带。恃富贵、骋豪强而霸占良人妻妾，架罪陷枉加一等，问充军，仍追银二十两赔尤得才当日赃赎。假媒人、假女父各打三十，问以同恶相助不应之罪。冯氏背夫不义，去衣受刑，重责三十，断还得才。清郎所告，理实无罪，冯富不知，免究。

告诬捏拐带

告诉人余清郎，告为宦豪诬占妇女事。孽豪骆可显，素倚宦势，积霸人口，毒害乡方，寒心惨骨。身妻冯氏厌贫甘离，转嫁尤得才。豪贪美貌，飘驾拐带，贿官问徒，害人不已。闻身外归，复砌冤词，诬耸告县图陷，前酷害才，今惨害身，翼虎飞狼，啮绝民骨。乞天亲提法断，剿除恶党安民。上告。

诉

诉状人骆可显，诉为棍恶拐妾事。枭恶余清郎，素不守法，拐人货卖。先年窥妾少貌，潜拐归家，转卖尤得才为配，滥受礼银二十五两，远逃湖广，罪恶漏网。今闻获妾，日久怨消，复还故乡，仍思奸拐，贪淫灭法，黩货伤伦，夷行华地，人面兽心。乞剿棍恶，扫除□风，激切哀诉。

海公判

审得骆可显，宦豪禽兽，华夏蛮髦。倚宦势而乱人伦，衣冠盗贼；灭天理而姿女色，尘土妖魔。淫奸冯氏抬归，更嘱强梁，买嘱地方偏证，尤为惨毒。前以拐带陷得才，疗生白肉；后以拐事害清郎，裀惨黑天。假媒人，假岳丈，虚张声势；真奸究，真寇贼，实犯律条。贪一淫妇，害两平民，宇中剧恶，操一歹心，用百诡计，天下枭邪。占人妻而陷人罪，皆曰无赦。追汝艮而问汝军，谁云不宜？伪岳、伪媒不应助恶。清郎、冯富免究为良。冯氏背夫，受刑去衣重责。得才领妻，合律给良乐归。

（李春芳：《海公案》，北方文艺出版社，2018，第 122—124 页。）

本则故事中骆可显系官宦巨富之家的公子，“倚仗父势，凌侮乡邦”，横行乡里，“好酒贪花，专尚淫乱”。一天，他率家奴去田庄寻欢作乐，路过店家，见尤得才妻冯氏貌美，借故逗留，勾搭成奸。于是，他设计陷害尤得才，尤被县官打了四十板，判了徒刑。后冯氏前夫余清郎从外经商回来了，尤得才去询问冯氏来历，余清郎说是来历清白，无拐带之情，要帮尤得才打官司申辩。骆可显听说后，立即写状子，抢先告状，争充原告，诬余清郎拐带冯氏。余清郎知在县里斗不过骆可显，就前往海公处告他。然后，海公细心审阅案卷和分析推理，发现了骆可显的可疑之处，从冯氏身上突破，使她招出实情，疑案大白。通过研读“判鳄豪占妻”，我们可以管窥《海公案》的主要思想内容，主要有以下几点。

（一）有意识地表现普通民众的日常生活

《海公案》虽然也有前代公案书和小说作为素材，但经过改编后主要表现的是晚明时期广阔的社会生活面貌，其借形形色色的公案，涉猎广阔的地域空间和更为广泛的人群阶层，地域遍及大江南北、城镇乡野；社会阶层上至高级官员，下至商人小贩、盗贼土匪、僧侣无赖、寡妇少妇、妓女恶仆、士庶杂徭。正是各色人等的介入，《海公案》才极为贴近百姓的日常生活。小说中的人物并不都以光辉正面的形象出现，而是以暴露真实人性的形象出现，他们自私、贪婪、猥琐和卑鄙的真实人性特征，在书中一览无余。许多人物各自打着小算盘，在金钱、利益方面斤斤计较，甚至不顾礼义廉耻地追名逐利。作者通过对平凡善良富有正义感、敢于同罪恶势力作斗争的余清郎，贪财害命夺人妻妾的骆可显等形色各异的市井人物进行深入细致的刻画，以此凸显人性中的美好和丑恶，从而使小说文本更加鲜活多彩，充满了浓郁的市井气息。《海公案》通过描写世俗社会中小市民阶层五花八门的案件故事，成为观照民间世情百态和世俗社会的风俗画卷。这也是《海公案》这类小说受到欢迎的重要原因。如涂秀虹所说：“这些逼真表现社会生活情境的公案故事，是难得的历史记录，但跟高头讲章的历史著作不同，小说表现的不是帝王将相的历史，却比帝王将相的历史更有着集体记忆的社会学意义。”

（二）着力刻画了恪尽职守、不畏强权的海公形象

明代中后期是中国历史上政治、司法比较黑暗的时期，故民间对清官的渴盼尤其强烈。就塑造清官形象、强化清官崇拜意识而言，明代也有着独特的资源。众所周知，朱元璋立国伊始，就采取“明刑弼教”的基本国策，一方面推行“重典治国”，另一方面大力推行教化，宣扬程朱理学。在这样的风气影响之下，明代涌现出了很多清官循吏，况钟、海瑞、郭子章就是其中的典型。所以，这一时期的小说家除了可以利用包公、韩琦等“历史资源”，还可以发掘海瑞等人的故事，利用其同时代的资源进一步丰富清官形象，塑造出更丰满、更受人欢迎的清官形象。《海公案》故事虽大多与海瑞无关，多牵强附会，但是作者却在序言中煞费苦心，以故事彰显背后之政治意图：“先生历事三朝，其直声，在朝廷；其实惠，在黎

庶；其清风，在宇内；其公论，在人心。先生盖钟扶舆之口气，而为熙朝之名臣矣乎!”海公断案故事虽为虚拟，然其人其行所牵引出的清高品行与直臣风范却历历在目，且以断案之事彰显名公之意不言而明。“判鳄豪占妻”案的案情虽然曲折，涉及诬告、刑讯、错判，但从推问准状开始，到现场勘验蛛丝马迹，再到判断案情和折狱处决，作者对故事情节描写细致、逻辑合理，对人物刻画栩栩如生，无论是语言、动作还是心理意识的描写，都生动逼真，最终形成完整的证据链，让海公顺利侦破此案。尽管作者批判了个别官员昏聩无能、草菅人命、逢迎权奸的恶劣行径，但更多地塑造了一批像海瑞那样恪尽职守的清官形象。他们或体察民情、惩抑豪强，或细心勘察、寻找线索，或精明强干、剖断如流，或会通鬼神，经冤魂梦示、祈求城隍等方法，澄清事实、平反冤案，实现了“民奸不终隐伏，而王法悉得其平矣”的社会理想。

（三）诉讼实用性很强

学者杨绪容认为，《海公案》这类小说，“大量引录诉状、判词，甚至在行文上也使用了标注的法律文书格式”。文言句式整饬严谨，比较规整统一，原告和被告之词，如学者崔蕴华、葛成文所说，“或夸张虚浮，或言辞凄惨，呈现民间浮动的百态，而判词则是来自官府的法律文书，其对案件性质之确定与善恶之裁定代表上层态度”。有学者认为过多的法律文献消减了文学价值。比如孙楷第《日本东京所见小说书目》评价“似法家书非法家书、似小说亦非小说”，但阿部泰记肯定这些小说的价值，“决不把这些小说看作是俚拙无文”。倘若联系当时的社会现实，或许会有更深的体会。明朝的法律明确要求官吏讲读律令，然而实际情况是大部分民众的阅读能力较为低下，直接学习律令规定较为困难。尤其是晚明社会的日益腐败使各种诉讼纠纷增多，诉讼程序是怎样的，以及如何写状词和诉词是这一时期民众急切想了解的，这一时期的公案小说就承担了这一功能，成为向民众传播法律知识的重要媒介。“判鳄豪占妻”故事就是一个典型，它采用“以罪统刑”的书写方式，并在叙事中着意引述原告状词、被告诉词和官府判词，一定程度上为百姓提供了实用范文，满足了他们的实际需求。“广大读者希望了解法律知识的需求正是重要的推动因素，正如讲史演义的盛行适应了百姓渴望了解历史知识一样”（《中国古代文学通论・明代卷》），在不断的阅读中，民众潜移默化地将其中的观念内化于心，有意无意间传播了法律知识和法律文化，从而“成了小民学习法律的生动教材”（李建明《包公文学研究》）。

第四节 《施公案》研读

《施公案》又名《百断奇观》，以康熙年间清官施仕纶（书中为“施仕伦”）为中心，主要讲述他从扬州府江都县令到升任通州仓厂总督期间“审案、剿寇”的故事，是一部在民间流传很广的侠义公案小说。该书开拓公案小说写作新模式，添加了侠客形象，因此比明代纯断案的公案小说更加精彩，为后世武侠小说的诞生打下了坚实的基础，具有承上启下的作用。我们接下来研读“审铜钱”与“蓝田玉被冤杀人案”两个经典片段，以小见大，来了解《施公案》的思想内容与艺术成就。

一、审铜钱

“审铜钱”故事出自《施公案》第七十九回《瞎子生心讹诈　清官审断铜钱》，我们节选原文如下。

> ……二人见问，有年纪的先说，口尊：“大老爷容禀：小的是教门中回子；这瞎子也是回子。小的们乃表兄弟：小的是舅舅跟前的，他是姑妈生的。小的姑夫死了，他在齐化门外礼拜寺住，算命为生；小的现在顺天府西边鼓楼弯里，开一座汤羊铺生理。昨晚这瞎表弟进城到铺。小的问他来意，他说买卖不济，短少日用，姑妈叫他来找小的，要点费用。大老爷上裁，一个姑表至亲，小的留他住在家内，想着今早给他几百钱拿去使用。那知睡了一夜，他变了心肠，把小的血本铜钱两吊，拿着便走。因此告到仁明大老爷台下。可恨他瞎眼迷了血心，欺负年尊，与小的相打。”
>
> 贤臣听罢说：“何用争嚷？”叫声：“瞎子，我问你：二目双瞎，还行坏事？人家钱你拿着便走，也使得吗？”瞎子见问，口尊：“大老爷，他说完了，小的细禀：小的名叫王兰芝，大老爷看小的眼瞎，心却公道。虽说姑舅亲，各衣另饭。上回大老爷人生天地间，不过凭的良心二字。”贤臣说：“王兰芝，依你说来，两吊钱真是你的了。”瞎子回答：“不是小的钱，小的就敢拿着走吗？内有缘故，这两吊钱，小的也不是容易积的。终日游街，算命打卦，挣不得多少钱文，少吃俭用，攒够两吊。小的心里想着要买两件衣服遮体。有心烦别人买，又恐赚小的钱文，是以想到表兄身上。闻他在鼓楼弯里开铺，典衣铺

他很是熟识，烦替小的买买。因此把两吊钱拿进城来找他。适遇天晚，未买。因此留小的住在铺内，说今早去问。小的夜间思量：气候和暖，一时还用不着棉衣；何不把钱拿回家去，放给与人，加几文利息，养膳小的寡母。到冬再买衣服未迟。所以才不买了，一早起来拿钱要走。不料表兄为财昧了血心。只用他说一句良心话。仰求大老爷公断。”施公闻听，心中为难，无据无证，沉吟多会。又问：“那个回子，你什么名字?”回回见问，叩头口尊：“大老爷，小的名叫洪德。”施公说：“你铺中还有伙计?”洪德回答：“铺中一个伙计，他白日挑出净肉担子去卖，到晚回铺归钱。”施公说：“既是你的钱，可有记号无有?”回回尊声：“大老爷，小的串钱，不过是见数串起，那里来说记号呢?”贤臣又问王兰芝说：“你的钱可有记号对证没有?”瞎子见问，说：“大老爷，各人的钱，岂无记号，小的穿的钱，是满底子。”贤臣命数过。施安回禀：“小的数过，分文不错。”

施公略思，吩咐：“公差，快取新沙锅一口，堂内架起干柴。沙锅内放入水，把钱放在锅内。”公差遵照辨理完毕，回禀。施公吩咐：“将二人带上。”公差随即将二人带上堂来听审。公差答应，将回子、瞎子带到，一齐跪下。施公说道：“二人争吵，告进衙门。本府用刑拷煮铜钱，他又不会说话。本府有妙处，叫你二人心服。”施公道：“你们去到锅边细看，锅内水面上飘的是什么东西？用鼻子闻闻，是什么气味？明白报本府知道。”差人答应，走至沙锅跟前细看：水底是钱，浮面飘着一层油。端起一闻，膻气之味，放下回身上堂，跪倒回明。

（《施公案》，谢振东校订，宝文堂书店，1982，第177—179页。）

通过研读“审铜钱”，我们可以管窥《施公案》的主要艺术成就，主要有以下几点。

（一）形塑了聪慧而博学的施公

《施公案》大到命案，小到如告穷、告偷窃贼等民事案件，百姓无不告与施公，而施公总是不论案件大小一一严肃查办。《施公案》中的施仕伦较为显著的形象特征是聪慧而博学。虽其外表甚为丑陋，但其学识渊博、智慧超群。在审理各类案件中，施公不用严刑逼供，而是充分运用智慧、谋略查出真凶，揭示真相。无论是审理无头案，还是欺诈案，不管罪犯如何狡诈，案情如何复杂，他都能运用谋略，迅速破案，使罪犯受到应得的惩处，为百姓主持公道、伸张正义。以“审铜钱”为例，瞎子和羊肉铺老板为争两吊铜钱，僵持不下，施公将有争议的铜钱放入锅中烧煮，通过烧煮出的浮油带有膻气这一特征，断定铜钱归羊肉铺老板所有，终于化解了这场纠纷。可见，施公聪明睿智，没有严刑逼供、屈打成招，而是运用智慧和日常生活中的经验，搜寻人证、物证，查清真相，使罪犯无处遁形。吴士余《中国文化与小说思维》认为，小说在叙述上虽“作意好奇”，但情节、人物等必须合乎人情物理与生活逻辑规范，“从广度和深度上概括社会生活的历史，从生动入微的生活细节中虚拟出栩栩如生的人物形象，艺术地传达生活的实感”。

（二）贴近现实，富有生活气息

《施公案》实际上是从说唱鼓词转化而来，出自同下层劳动人民有紧密联系的说唱艺人之手，文笔虽不是很优美，却以通俗易懂、富有生活气息见长。比如“审铜钱”这一大段描写，富有浓郁的人情味。如果作者对市井生活景象缺乏细致的观察与深切的体会，是不可能写得这么真切的。这类富有生活气息与生活情趣的场景、细节，书中还不乏其例。读时令人有身历其境之感。作者对市民阶层的语言也很熟悉，如瞎子和羊肉铺老板，各自陈述，不仅符合人物的身份、口气，也活灵活现地揭示了人物的神情。这样出色的艺术描写，书中还有多处。例如，第一百七十八回有一段饭铺堂倌回答客人的问话：“爷，这么着省些钱。难道我们卖饭还怕大肚汉不成么？你老人家要吃鱼呢，是糟鱼，是酥鱼，锅贴鲇鱼，溜鱼片，烩甲鱼，烩白鱼。要吃肉呢，烧紫姜盐煎肉，排骨，丸子，炸肉骨碌儿。”这一连串的菜谱，报出来滚瓜溜熟，确是口齿伶俐的堂倌口吻。总之，该书虽然是站在拥护清王朝统治者的立场上，但具有同情人民的思想倾向，生活气息浓厚，艺术上也比较完整，是承接了明代《包公案》传统的又一部“散韵结合”的比较优秀的清代公案小说。

二、蓝田玉被冤杀人案

“蓝田玉被冤杀人案”出自《施公案》第一百六十七回《施贤臣卖卜访案　白朱氏问卦寻夫》，我们节选原文如下。

且说施公、黄天霸出了门，瞧了瞧天才晓，尚未大亮。爷儿两个往东正走。一个手拿卦板，肩背小蓝包袱；一个拿着一卷字画，霎时散步前行。但见对面铺子，一边是茶馆，一边是酒肆。贤臣看罢，望着天霸递了个眼色，迈步前行；好汉在后跟随。进了酒铺，拣了个背地方，见一张小桌子，爷儿俩私访，并不拘礼。二人对面坐下，要了两壶酒、两碟子菜。天霸斟酒，爷儿俩对饮。施公虽然坐着吃酒，耳内留神。那些个吃酒之人，内有一人口尊："众位，今日咱弟兄结义同盟，必须使用的东西，俱各随买停妥，方不令人耻笑。须要访学古人桃园之义，意气相投，患难相救。"又有一人开言，口呼："列位，上次咱们商议结拜弟兄，小弟偶遇一人，说出来，列位也必认识他：姓佟行六，名德有，爱交朋友。听说咱们结义，也要与咱们结拜。我们两个，才商量停当，就出了事咧。前者，他在此关蓝家店中被人杀死。并非他独自个住店，听说还同着一个妇女，口称夫妻，占了个独屋。天亮不见妇女踪影，剩下佟六尸首，血淋淋的躺在店中。只怕是妇女动的手，杀死佟六，暗里逃走，也是有的。细想佟六并无婚配，那里来的妇女，与他一同下店？教人好不明白。"又有一人说："大哥，你不知道佟六，他素日为人，吃喝嫖赌，无所不为。仗着他舅舅是个内监，发财回家，置买地土，任意胡行；全仗那个地租，还不够他花费呢！咱们的乡里郭大朋，种着点子；咱这里东街里白富全，也种点子。一定是佟六起了地租来咧，腰内有银钱，不知打那里接了个烟花女子，下在店内。女子起意，杀死佟六逃走。再不然，他把人遭踏的苦，人家暗定巧计，诓出他来，下在店内，夜间把他刺死逃走，把祸撂给店中。店家报官，州官将他收监。店婆在钦差台前鸣冤。钦差把店东蓝田玉释放出来。钦差还不走呢，听说完了这案才走。依我说这件事要完，除非有了那个妇女才结了案呢。不知那妇女姓甚名谁，家住在何处？真是个无头无脑，连一点音信也没有，好令人发闷！"只见又有一个开言说："哎哟！这件事情，我倒想起来咧，他别是合粉子万儿那家女的对眼儿罢？见他常住在那里，我如今心内只是疑惑。这宗事，管保不错，准是那一句戏言。"这个人的话未说完，只见有一个年长些的说："老七还多言呢！人家官司还没有完呢，咱这里只顾胡言乱语，倘若叫官人听见，咱就摆弄不清，那时后悔也晚了。依我说咱们还是喝酒，休要闲谈。"贤臣听见店中之事，被那人拦住不说咧。贤臣甚是着急，也难追问，少不得慢慢的访查。思想之间，将酒喝完，老爷站起，天霸会钱，出了酒铺。爷儿两个，进了一条小巷，瞧见一座小庙，左右无人，一同进去。细看原来是座七圣神祠，旁边有两间土房。爷儿两个坐在台阶石上面。贤臣眼望天霸开言说："壮士细听酒铺之中那个后生之言，事情可有些顺手。我如今要上东街上寻访寻访，你也不必跟着。咱二人今晚别入公馆，在北关寻店住下。你先出城，在城外等我，到晚上再见。"天霸答应，辞别贤臣，出庙去了不表。

（《施公案》，谢振东校订，宝文堂书店，1982，第528—529页。）

通过研读“蓝田玉被冤杀人案”，我们可以管窥《施公案》的思想艺术成就，主要有以下几点。

(一)内容丰富，作品容量大

《施公案》中，传统公案小说津津乐道的奸盗凶杀、争田夺房之类的刑事案和民事案已降至次要地位，更多笔墨描写的是清官和侠士打击恶霸豪强和山贼巨寇的“大案”。首先，小说通过这些案件，揭露了关升、黄隆基、罗似虎等土豪劣绅倚仗权势、勾结官府残害百姓的种种罪行，抨击了地方官吏贪赃枉法、昏聩无能，在一定程度上揭示出社会政治现实的黑暗。其次，作品还描绘了一些前人作品很少涉及的经济案件，如仓厂的官吏勾结各旗承领和奸商，偷盗冒领仓粮，中饱私囊；漕运粮官各怀私利，纵容船帮揽头械斗，抢先过桥过关。再次，由于侠士成为作品中的主要人物，侠客义士的侠义行为也成为作品的重要内容。由此可见，《施公案》作为一部公案小说，其内容的丰富是以往同类小说所不及的。《施公案》突破了历来公案小说单一叙述官吏审案故事的传统，增加了大量的侠士捕盗缉贼的描写，并且以公案串联全书故事情节，将清官审案断狱与侠士侦破缉拿有机地结合在一起，成为一部人物新颖、情节曲折、内容丰富的长篇公案小说，并将公案和武侠连成一体。这一开创性的变化，正是《施公案》这部作品在小说文体学上的成就之所在。

(二)悬念迭出，故事情节引人入胜

《施公案》这部小说发轫于说书，说书人要吸引听众，情节的生动曲折是最基本的条件。为使情节引人入胜，《施公案》摆脱了前代公案小说只是叙述案情和审断过程的格局，不仅描写了清官审断案件的过程，更充分展现了侠士侦破、缉捕案犯的经过。这样，代表正义的清官、侠士与代表邪恶的罪犯、寇贼之间不仅斗智，而且还增添了斗力、斗勇的情节，这就增强了小说的故事性和艺术魅力。以“蓝田玉被冤杀人案”为例，施公在回京途经涿州时，偶遇旅馆老板娘冯氏替丈夫蓝田玉(因杀人罪被捕)鸣冤一案。小说先介绍蓝田玉为什么被捕(头天夜里店中来了一男一女，翌晨发现男的被杀、女的遁逸，州官认定是蓝田玉所杀)，但此时不仅不确定真正的杀人犯是谁，连被杀者的姓名职业也没有说明；在进一步提审蓝田玉时，通过州官之口，才影影绰绰地暗示，也可能是蓝田玉店中雇佣的伙计所为，但仍未认定；再传讯死者之舅父，才初步搞清死者的身份，但是，对于是谁、又为了什么而杀死此人，此人是好人还是坏人，那个与他同宿的女子是什么人……这一类读者急于想弄清的问题，作者均采取遮遮掩掩的态度，不急于揭破，让人手不释卷地看下去。之后，小说层层递进采取露一点、藏一点的手法，像剥笋一样，一层一层地深入下去。直至通过施公扮作算卦人外出私访，以及黄天霸几次夜间侦察才终于弄清楚，被杀的乃是恶霸佟六，杀人者是为了保持自己的贞节并为丈夫复仇的“侠烈流芳”的女子王氏。这个案子，绵亘六回，约两万字，写得悬念迭出，扑朔迷离，在情节的处理上，峰回路转，曲曲折折，显示了较高的艺术水平。层层的疑点，调动着读者的思维和想象力。作者在结构和布局上，是环环相扣，是“设谜—解谜”模式的循环往复，是“伏笔—应笔”的不停交错。作者一步步地设置谜题，同时又一步步地解开谜题，继而再设置、再解开，直到小说结尾，一切才真相大白。别林斯基说过：“一桩事件尽管漫长，如果有了引人入胜的叙述，就不致使我们的兴趣涣散。”《施公案》在民间能长期流传并深受欢迎的原因也就在此。

（三）细节描摹细腻、逼真

追求情节曲折的同时，《施公案》还力求把细节描摹得细腻、逼真。例如第一百一十回写施仕伦被困“三义庙”，一见关小西赤手空拳闯进庙来，便“急的心中乱跳，二目如灯，又是怨恨，又是惊怕，瞧着好汉，暗暗叫苦不绝”。这一段描写，把施公的心理活动和紧张神情描绘得活灵活现。这种细腻、生动、逼真的细节描写，不仅让人有身临其境之感，而且让人不自觉地为施公扑朔迷离的命运紧张起来，从而有引人入胜之感。同时让施仕伦这一清官形象在作品中塑造得更为饱满生动。

（四）大案套小案，结构错落有致

在情节的结构形式上，《施公案》一反明代公案小说的情节结构模式，呈现出完全不同的面貌。明代后期大量的公案小说，大致可分两类：一类是主角不一、各自独立的短篇小说集，如《廉明公案》等；一类是主角贯穿始终，但书中各篇相对独立的短篇小说集，如《百家公案》《海公案》等。《施公案》在后一类公案小说集的基础上，发展成结构上是一案套一案，有机地连接在一起的。有时一件大案分出数支，形成若干个小案；有时若干件小案连成一片，构成一个大案，使小说的结构丰富、饱满，具有较强的艺术性。前案尚未水落石出，后案又以波横山见，能够紧紧抓住一般读者想看个究竟的愿望，满足其猎奇的欣赏心理，使读者一回接一回地看下去。这种大案套小案，几桩公案穿插进行，情节线索此断彼续，故事发展波浪式此起彼伏，交织成一个较为完整的公案网络，打破了以前中国公案小说短篇结集式，即各自独立的结构方式，对后来的公案小说《彭公案》《狄公案》不无启发，有特殊的艺术贡献。

第五节 《狄公案》研读

《狄公案》，原名《武则天四大奇案》，又名《狄梁公全传》。六卷六十四回，著者不详。最早的刊本是光绪十六年(1890)上海书局石印本。前三十回主要讲述狄仁杰任昌平令尹，负责侦破案件，平断冤狱的事迹，后三十四回讲述狄公来到武周的权力中枢，通过自己的智慧与武则天麾下薛怀义、张昌宗、武承嗣等人斗智斗勇的故事。我们接下来研读“黎姑被毒案”与“周氏杀夫案”两个经典片段，以小见大，来了解《狄公案》的思想内容与艺术成就。

一、黎姑被毒案

“黎姑被毒案”出自《狄公案》第二十三回《访凶人闻声报信　见毒蛇开释无辜》，我们节选原文如下。

……狄公心下已是大喜，赶着向马荣道：“你们可看见么?”马荣道：“看是看见了，还是就趁此时取出知何?”狄公忙道：“且勿动手。既有这个物件，先将他家主人请来，一同观看，究竟那毒物是怎么样下入，方令他信服。从来本县断案，不肯冤屈于人，若不彻底根究，岂得谓民之父母!”当时彩姑见了这样，赶紧跑入上房，报于华国祥知道。里面众人一听，真是意外之事，无不惊服狄公的神明。华国祥也随即出来观看。狄公道：“这案庶可明白了。且请稍坐片刻，看这物究意怎样。”

当时华国祥抬头细瞧，但见火炉一股热烟冲入上面，那条红光被烟抽得蠕蠕欲动，忽然伸出一个蛇头，四下观望，口中流着浓涎，仅对炉内滴下。那蛇见有人在此，顷刻又缩进里面。此时众人无不凝神屏气，吓得口不敢开。狄公向华国祥道：“原来令媳是为这毒物所伤，这是尊驾亲目所睹，非是本县袒护胡作宾了。尊处房屋既坏，历久不修，已至生此毒蛇，不如趁此将他折毁。”说着，命那些闲杂人等一概走开，令马荣与值日差以及华家打杂的人，各执器具，先拥入屋内，将檐口所有的椽子捣下。只见上面响了一声，有一尺多长的火赤炼蹿入院落里面，欲想逃走。早被马荣看见，正欲上前去提，乔泰早取了一把火叉，对定那蛇头叉了一下，那蛇登时不得走动。复又一叉，将他打死。众人还恐里面仍有小蛇，一齐上前，把那一间房屋折毁个干净。狄公命人将蛇带着，到了厅前。

此时里面得信，早将李王氏接来。狄公坐下，向华国祥言道："此案本县初来相验，便知令媳非人毒害。无论胡作宾是个儒雅书生，断不致干这非礼之事，惟进房之时闻有一派骚腥气，那时便好生疑惑。复来临验之时，又有人说他肚内掀动。本县思想，用毒害人无非是砒霜信石，即便服下，但七窍流血而已，岂有腥秽的气味？因此未敢遽断。日来思虑万分，审讯高陈氏的口供，他但说茶是自己所泡，泡茶之后，胡作宾又未进房。除他吃晚饭出来，其余又未离原处，又未见别人进去。难道新人自己毒害？今日听彩姑之言，这明是当日高陈氏烧茶之时，在檐口添火，那烟冲入上面，蛇涎滴下。其时他未看见，便将开水倒入茶壶。其余一半却巧为他泼去，以致未害别人。缘原祸端，仍是高陈氏自不小心，以至令媳误服其毒。理应将他治罪，惟是他事出无心，老年可悯，且从轻办理。令媳无端身死，亦属天命使然，仍请尊驾延请高僧，讽经忏悔，超度亡魂。胡作宾无辜受屈，本应释放，奈他嬉戏性成，殊非士林的正品，着发学戒饬，以警下次。"说毕，又向李王氏道："你女儿身死的缘由，今已明白。本县如此断结，汝等可服么？"李王氏哭道："照此看来，却是误毒所致，这皆是我女儿命苦。太爷如此讯结，也是秉公而论，还有何说呢？"狄公见李王氏应允，当即命众人具结销案。

（不题撰人：《狄公案》，晓蒙、宏利校点，齐鲁书社，1993，第66—67页。）

"黎姑被毒案"叙华国祥状告秀才胡作宾毒死刚成婚的儿媳黎姑，原因是胡作宾曾经扬言要毒死黎姑，狄公最终用火炉烧出了躲在新房檐口的毒蛇，黎姑正是被蛇涎毒死。小说精心描写了狄公现场勘查蛇毒这一场景，表现出《狄公案》的思想倾向和艺术成就。

（一）小说从以判案结果为重，转向对查案曲折过程的表现

《狄公案》所写的"六里墩丝客被杀""黎姑被毒""周氏杀夫"三个案件，不再是以强凌弱的案件，而是疑难案件。在叙事结构上采取了草蛇灰线、三案并行的讲述方式，讲求的是"如草中之蛇，于彼见头，于此见尾"，三个案件彼此互不关联却相互照应，往往探访一案一地，获知另一案境况，使故事情节扑朔迷离，令人难以判断。比如邵礼怀杀人案，有许多疑点。最初，地甲告店主杀死前来投宿的江南客商，店主是第一个嫌疑犯。紧接着，店主又告地甲公报私仇，移尸陷害，狄公查明属实，地甲又有杀人的嫌疑。但经进一步查证，两人都被排除。后来，

差役从商人赵万全那里找到赃物，读者都以为凶手是赵万全。进一步侦破，发现真正的凶手是死者的伙伴邵礼怀。案情错综复杂，稍有疏忽，便会错判。小说重点写的是狄公运用自己的智慧侦破案件的经过。

此外，《狄公案》描写破案不再是粗线条地勾勒故事情节，而是破天荒地对作案现场多有细致入微的呈现式描写。如第三回写仵作验尸："无名男尸一具，左手争夺伤一处，宽径二寸八分；后背跌伤一处，径三寸，宽五寸一分；肋下刀伤一处，宽一寸三分，径五寸六分，深二寸二分；治命。死后胸前刀伤一处，宽径各二寸八分。"这是在明代公案小说中所难以见到的一种描写与呈现方式。这种写法在客观效果上既增强了整个故事的真实可信度，也有助于读者将注意重点由判案结果转移到破案过程中去，使读者不仅仅满足于了解大概结局或人物命运。上述这些方面，都使《狄公案》不同于一般的公案小说，而具有侦探小说的某些特点。

（二）清官的"德性"逐步让位于"智性"

例如"黎姑被毒案"，一开始案情似乎非常明朗：新婚之夜，黎姑的公公华国祥因胡秀才闹房越分，曾与他发生过争执。胡秀才扬言："三朝内定叫你知我的利害便了。"三日后，果然发生此案。由此，华国祥一口咬定胡秀才是凶手，其作案动机一是挟嫌报复，二是见新娘貌美而生妒。应该说，这种判断有一定的道理。胡秀才辩称，闹新房越分是实，"知我的利害"云云，乃是大庭广众之下受到训斥，感到下不了台而说的"借此为转圜之话"；况且第二天便又言归于好，不至于冒着触犯刑律的风险杀人。即便是妒忌，也该是谋占谋奸，而不是毒死。胡秀才的话，更合乎情理。勘查现场时又发现尸首有一般被毒死者所没有的腥臭。狄公循着这条线索，再经实地勘查，排除了嫌疑人胡作宾与伴姑（陪嫁）的作案嫌疑，推断案件与烧茶紧密相关，并向死者家属表示"明日午后，定在尊府分个明白"。"午后"一词，并非作者随意指定，而是与前几回狄仁杰了解到的案件信息紧密相关的。狄公后来重回死者家调查，从烧茶的仆妇口中了解了案发当日烧水、泡茶的过程以及地点，"罚"烧水的人在同一地点烧一天水，并且像案发当日一样不断添火、倒水，自己与死者家属在一旁细细观察等内容，则明显是作者设计的案发情形"重演"。而正是在"重演"后，狄仁杰发现了新娘死亡的真正原因。整个破案过程的描写，合情合理，且经得起推敲。

（三）通过生动细致的细节描写创造氛围

《狄公案》的作者善于用伏笔，设悬念。"黎姑被毒案"中作者先是通过叙述胡作宾的戏言，给他贴上嫌疑人的标签，引导读者认为罪犯是人，又叙述狄仁杰审问死者的丈夫与伴姑后“委决不下”，继续向读者隐瞒罪犯的真实信息。读者也与狄仁杰一样摸不着头脑，直到第二十三回，才真相大白，下毒者乃一条蛇。《狄公案》不仅把故事写得扑朔迷离，引人入胜，还善于用生动细致的细节描写创造氛围，使故事更为惊险、紧张。如第三回写店主孔万德辨认尸首：“孔老儿到了场上，低头才看，不禁一个筋斗吓倒在地，眼珠直向上渺，口中喃喃的直说不出来。狄公在上面见了这样，知道有了别故，赶着令洪亮将他扶起，等他舒醒过来，说明了再验。尸场上面，那许多闲人团团围住，恨不得立刻验毕，好回转城去。忽见孔老儿栽倒地下，一个个也是猜疑不定，反而息静无声，望着孔老儿，等他醒来，究为何事。此时洪亮将他扶坐在地下，忙令他媳妇取了一盏糖茶灌了下去。好容易方醒转来，嘴里只说道：‘不不……不好了，错……错了。’”孔老儿受到的惊吓来自两个方面：一是尸首本身给人的恐惧感，二是因为原先不曾细看，认错了尸身，怕担干系，所以竟然昏死过去。紧接着小说又通过狄公的反应，闲人的反应，烘托出当时气氛的紧张。看似“闲来之笔”，却使得故事情节更加扣人心弦，且具有真实感。

二、周氏杀夫案

“周氏杀夫案”出自《狄公案》第二十八回《真县令扮作阎王　假阴官审明奸妇》，我们节选原文如下。

> 周氏看了这样，心下自分必死，惟有不顾性命自认谋害情事，上前供道：“我丈夫平日在皇华镇开绒线店面，自从小妇人进门之后，生意日渐淡薄，终日三顿饮食维艰。加之婆婆日夜不安，无端吵闹，小妇人不该因此生了邪念，想另嫁他人。这日徐德泰忽至店内买物，见他年少美貌，一时淫念忽生，遂有爱他之意。后来又访知他家财产富有，尚未娶妻，以至他每次前来，尽情挑引，遂至乘间苟合。且搬至家中之后，却巧与徐家仅隔一墙，复又生出地窖心思，以便时常出入。总之，日甚一日，日可处暂，未克处常，以此生了毒害之心，想置毕顺于死地。却巧那日端阳佳节，大闹龙舟，他带女儿顽耍回来。晚饭之后，带了几分酒意。当时小妇人变了心肠，等他睡熟之时，用了一根纳鞋底的钢针，对定头心命下，他便一声大叫，气绝而亡。以上是小妇人一派实供，实无半句虚言。”只见上面喝道：“你这淫妇，为何不害他别处，独用这钢针钉在他的头上呢？”周氏道：“小妇人因别处伤痕治命，皆显而易见，这钢针乃是极细之物，钉入里面，外有头发蒙护，死后再有灰泥堆积，

虽再开棺揭验，一时看验不出伤痕。此乃恐日后破案的意思。”上面复又喝道：“你丈夫说你与徐德泰同谋，你为何不将他吐出？而且又同他将你女儿药哑，这状呈写得清清楚楚，你为何不据实供来。显见你在这森罗殿前，尚敢如此狡猾。”周氏见他如此动怒，深恐他一声吆喝，又下油锅，赶紧在下面叩头道：“此事徐德泰实不知情。因他屡次问我，皆未向说。至将女儿药哑，此乃那日徐德泰来房，为他看见，恐他在外混说露了风声，因此想出主意，用耳屎将她药哑。别事一概没有，求王爷饶命。”周氏供毕，只听上面喝道：“谅你这一个妇人，也逃不了阴曹刑具。今且将汝放还阳世，俟禀了十殿阎王，那时且要汝命，来受那刀山油锅之苦。”说毕，仍然有两个蓬头散发的恶鬼将他提起，下了殿前，如风走相似，提入牢内，复代他将刑具套好。周氏等他走后，吓出一身冷汗，抖战非常，心下糊糊涂涂，疑惑不止：“若说是阴曹地府，何以两眼圆睁，又未睡熟，那里便会鬼迷。若说不是，这些牛头马面、恶鬼阴差，又从何处而来？”一人思想，心下实是害怕，遥想这性命不保。

看官你道这阎王是谁？真个是阴曹地府么？乃是狄公因这案件审不出口供，虽再用刑，无奈验不出伤痕，终是不能定谳，以故想出这条计策。命马荣在各差里面找了一人，有点与毕顺相同，便令他装作死鬼。马荣装了判官，乔泰与洪亮装了牛头马面，陶干与值日差装了阴差。其余那些刀山油锅，皆是纸扎而成。狄公在上面，又用黑烟将脸涂黑，半夜三更又无月色，上面又别无灯光，只有一对绿豆似的腊烛，那种凄惨的样子，岂不像个阴曹地府？此时狄公既得了口供，心下甚是欢喜。当时退入后堂，以便明日复审。

（不题撰人：《狄公案》，晓蒙、宏利校点，齐鲁书社，1993，第80—81页。）

“周氏杀夫案”主要讲述狄公扮作江湖郎中微服私访，路过皇华镇为一位妇人瞧病，发现她儿子毕顺死得蹊跷，儿媳周氏行为怪异，孙女被药哑。狄公再要深究，却被周氏大骂。狄公后与助手洪亮，打听到毕顺的坟墓。狄公开棺验尸，可尸体并没有伤痕和中毒的迹象，周氏趁机撒泼胡闹。后来狄公找到周氏与徐德泰通奸之所，徐德泰招认通奸，但对杀人却不知情。狄公假扮阴司审周氏，获得了口供，治好了周氏女儿的哑毒，周氏最终被依法治罪。周氏用一枚铁钉贯顶杀人这一题材，可上溯至《搜神记》“严遵”条，述扬州刺史严遵出行途中，听到路边有女子哭泣，但哭声并不哀痛。严遵从她的言谈举止中产生了怀疑，命令小吏把尸体抬到近前，然后命令人们把死尸的头发散开一看，看见头顶心钉着一根大铁钉。审问那个女子，原来是因为她与别人通奸而杀害了自己的丈夫。这个故事在后来的公案小说中被花样翻新反复利用，比如《酉阳杂俎》续集卷四《贬误》，陶宗仪《南村辍耕录》卷五《勘钉》，以及《百家公案》第七十六回《阿吴夫死不分明》、第七十七回《判阿阳谋杀前夫》，《包公案》之《白塔巷》，《皇明诸司公案》之《韩廉使听妇哀惧》，袁枚《续子不语》卷六《换尸雪冤》，等等，几乎成了一个小小的、绵长的题材系统。小说精心描写了狄公假扮阴司审周氏，获得了口供这一场景，表现出高超的艺术技巧。

（一）人物形象鲜明

这则故事中狄仁杰的精明审慎、刚强果断，周氏的泼辣、凶悍，周氏的婆婆唐氏的猥琐、糊涂，都给人留下了深刻的印象。作品还把人物形象的塑造和破案故事情节的发展结合起来。如“周氏杀夫案”，破案故事是情节的冲突，同时又是人物个性的冲突。周氏的凶悍、泼辣、精明，给案件的侦破设置了一道又一道的难关，逼得狄公使出了浑身的解数来破此案。人物的性格冲突促使故事情节层层推进；而情节的步步发展，又使人物性格显现得更为鲜明。

（二）“神判”向“人判”过渡

“周氏杀夫案”，虽然一开始就被狄公看出破绽，但由于周氏泼辣善辩，身受笞刑却不肯认罪，所以破案过程大费周折。起先狄公也称毕顺的阴魂告状，若在以往的公案小说中，这一招犹如灵丹妙药，一鞫而此案可破；但在这里却失灵了，周氏不信此说，辩称：“你说我丈夫身死不明，告了阴状，这事谁人作证？他的状呈现在何处?”口口声声要求拿出实据来。后来，狄公又采用了如同《三侠五义》中包公审郭槐的办法，深夜趁周氏做贼心虚，假扮阎王提审她。虽然当时吓出了口供，但第二天便被她推翻了：“太爷又用这无稽之言前来哄骗。……若说我在阴曹认供，我又未尝身死，焉能得到阴曹?”这就使得狄公进行实地探查：先是找出了通向周氏卧室的暗道，并由此找到了她的奸夫，揭穿了她居家守节的假象。周氏幽会被她的女儿撞破，后来女儿被她以药毒哑。狄公设法治好了她的女儿，有了人证，周氏才被迫认罪。

从中可以看出，《狄公案》中更加侧重于清官“人判”，而不是完全依据神灵判案。所谓“人判”注重断案逻辑、讲求人证物证、利用犯罪心理等等，相对而言会更加公平公正，因为它讲求的是切实的证据和客观真实。“神判”又称为“神裁”“神断”等，是神明裁判的简称。它其实更像是依据内心的道德准绳进行判案。也就是说，断案时官吏往往会依托威严肃穆的神灵向罪犯或者被怀疑对象施加心理压力，以检验他们是否真的问心无愧。所谓“清者自清”，如果嫌疑人没有违心犯罪，那他禁得住道德的考验；如果犯罪嫌疑人做了亏心事，那他就不敢正视严明的神灵，迫于道德感的压力，犯罪嫌疑人内心充满了愧疚，此时判官会依据其表情和行为的变化进一步对其施压，以突破其心理防线，逼迫罪犯服罪。《狄公案》中虽然也有少量的“神判”情节，但更多的是狄公利用因果报应和鬼神迷信等充分掌控了犯罪者的心理，通过对其施加心理压力迫使其招供认罪。狄公借助鬼神震慑罪犯，攻破其心理防线后使其吐露案情真相的办案方式与今天利用犯罪心理学审判犯人的方式大同小异，实际上都是利用了人的道德良知。因而，《狄公案》中最常用的断案方式已由“神判”过渡到了“人判”，也彰显出时代新风向。

思考园地

1. 请简述明清公案小说的发展历程。
2. 《百家公案》是如何成书的？
3. 分析《包公案》的主要思想内容与艺术成就。
4. 分析《海公案》的主要思想内容与艺术成就。
5. 《施公案》具有公案侠义小说的哪些特征？全书的结构有什么特点？
6. 《狄公案》有哪些特点？

参考答案

第六章 明清文言短篇小说研读

学习要点

- 掌握文言短篇小说的文体特征与《剪灯新话》《聊斋志异》等著作的基本常识。
- 了解明清文言短篇小说的总体概况。
- 研读《剪灯新话》《剪灯余话》《聊斋志异》《阅微草堂笔记》等文言小说集中的代表篇目，了解它们的思想内容与艺术成就。

古代文言小说的分类，是一个复杂的问题。传统目录学著录文言小说，常在子部、史部之间徘徊。刘知几《史通》卷十一认为："史氏流别，殊途并骛。榷而为论，其流有十焉：一曰偏纪，二曰小录，三曰逸事，四曰琐言，五曰郡书，六曰家史，七曰别传，八曰杂记，九曰地理书，十曰都邑簿。"逸事、琐言、杂记三类，近似今日的小说。胡应麟《少室山房笔丛》卷二十四认为："小说家一类又自分数种，一曰志怪，《搜神》《述异》《宣室》《酉阳》之类是也；一曰传奇，《飞燕》《太真》《崔莺》《霍玉》之类是也；一曰杂录，《世说》《语林》《琐言》《因话》之类是也；一曰丛谈……；一曰辨订……；一曰箴规……"志怪、传奇和杂录三类，属于今日的小说。四库馆臣认为，"小说家类""迹其流别，凡有三派：其一叙述杂事，其一记录异闻，其一缀辑琐语也"，将唐传奇排除，仅留下魏晋志怪。现当代学者对文言小说的分类也各有不同。程毅中提出"古体小说"概念，"相当于古代的文言小说"，并编辑《古体小说钞》。鲁迅在《中国小说史略》中创造性地提出"志怪小说"和"志人小说"的类型概念。目前学界主要有：二分法，即分传奇小说和笔记小说两大类；三分法，即分传奇小说、志怪小说和志人小说三类，或将志人小说改称轶事小说。本章所言文言短篇小说，包含但不限于学科意义上的小说著作，主要论述传奇小说和志怪小说，兼及轶事小说。

第一节 明清文言短篇小说概况

明清白话小说创作取得了辉煌的成就，文言短篇小说作为明清小说的重要组成部分，也具有自己的特色，取得了很高的成就。我们首先来了解明清文言短篇小说的概况。

一、明初文言短篇小说的崛起与新变

明代文言短篇小说的兴起，与当时的社会背景和文化氛围密不可分。元末明初是一个剧烈动荡、新旧交替的时代。战乱频繁，百姓生活困苦，社会秩序混乱。明代文言短篇小说在继承魏晋志怪小说和唐宋传奇小说的基础上，不断发展和创新。

（一）《剪灯新话》与明代文言小说的崛起

《剪灯新话》是明代写作年代早、成就最高、影响最大的文言短篇小说集。作者瞿佑曾编辑《剪灯录》四十卷（今已佚）。《剪灯新话》成于洪武十一年（1378）之前，所写故事主要来自现实，表达了对爱情的赞美和对现实黑暗的揭露，也反映了元末动乱以来的社会生活，并融入个人的时代感受。瞿佑的写作目的是“劝善惩恶，哀穷悼屈”，有说教意味。《剪灯新话》在继承唐宋传奇小说传统的基础上，富有鲜明的个性色彩和文体特征，如词语绮丽，优美典雅，富有文采。其间穿插大量诗文和典故，肇启“诗文小说”的文体创新。《剪灯新话》是宋元以来传奇小说勃兴的标志，在唐传奇和《聊斋志异》之间起到承前启后的桥梁作用。《剪灯新话》在东亚文化圈影响巨大，直接影响了朝鲜的《金鳌新话》、日本的《雨月物语》及越南的《传奇漫录》的创作。

（二）“剪灯”系列小说的延续

《剪灯新话》影响深远，产生了很多仿作，主要有李昌祺《剪灯余话》、赵弼《效颦集》、雷燮《奇见异闻笔坡丛脞》、陶辅《花影集》、周礼《湖海奇闻》、钓鸳湖客《鸳渚志余雪窗谈异》、邵景詹《觅灯因话》、宋懋澄《九籥集》（含《九籥别集》）等。还有亡佚的丘燧《剪灯奇录》、周人龙《挑灯集异》、陈钟盛《剪灯纪训》、无名氏《剪灯续录》等。永乐年间，李昌祺“役房山”期间创作完成《剪灯余话》，意在“豁怀抱，宣郁闷”，但在风教意识和穿插诗文方面，比《剪灯新话》更进一步。赵弼《效颦集》于宣德年间完成，多写幽冥鬼神、阴德报应，偏于议论，意在劝诫，宣扬忠孝节义。正统年间，《剪灯新话》等图书受到朝廷禁毁，创作和传播一度受阻。陶辅《花影集》成书于成化、弘治年间，寓意述怀，个性独具，但多史传实录，小说意味不强。《觅灯因话》成书于万历时，以劝善惩恶、宣扬封建教化为创作主旨，故事曲折，反对“逞文字之藻”，风格质朴。《九籥集》中，传、稗类作品多为文言小说，涉及男女爱情婚姻、奇人侠客、神道仙迹、历史事件、社会名流、曲艺杂技和奇闻异事，多为传奇名篇。《鸳渚志余雪窗谈异》成书于万历时，多从《嘉兴府图记》取材，刻意描绘嘉兴的民情风貌和社会问题，地域特色浓郁。

二、明中叶至晚明文言短篇小说的复兴

明代是中国文言小说的复兴时期，而明代中后期则是文言小说复兴的第二个阶段。这一时期，文化思想钳制相对放松，以个性解放为特色的思想解放运动正

在兴起。深受《娇红记》《剪灯新话》影响的通俗化传奇小说和小说类丛书、类书及通俗读物等大量出现，呈现出文言小说复兴的大势。

（一）传奇志怪小说的复兴

明中叶至明末的传奇小说，在文言小说发展史上具有承前启后的历史意义。主要有马中锡《中山狼传》、林鸿《梦游仙记》、蔡羽《辽阳海神传》、杨仪《娟娟传》、陆粲《洞箫记》、陆采《鸳鸯记》、韩梦云《王秋英传》、胡汝嘉《韦十一娘传》等，塑造了富有典型意义的人物形象，注意细节描写，情节发展更为曲折，达到了较高的艺术水平。在反映现实的深度、广度和时代精神方面，也超越了宋元和明初的传奇志怪作品。王同轨的《耳谈》及《耳谈类增》，内容有纪实性，但加入细节与修饰性成分，借鬼怪妖魅、奇闻逸事，来曲折反映社会现实，寄寓作者的理想，对后世小说与戏曲产生了深远的影响。

（二）中篇传奇小说的兴起

明代中篇传奇小说滥觞于元代宋远（字梅洞）的《娇红记》。洪武年间有桂衡的《柔柔传》，已佚。现存最早的明代中篇传奇小说是李昌祺的《贾云华还魂记》。成化末年至明末，则主要有《钟情丽集》、《怀春雅集》（又名《寻芳雅集》《金谷怀春》）、《龙会兰池录》、《丽史》、《荔镜传》、《双卿笔记》、《花神三妙传》、《天缘奇遇》、《刘生觅莲记》、《金兰四友传》、《李生六一天缘》、《传奇雅集》、《双双传》、《五金鱼传》等四十余篇，它们一再被翻刻。万历末年出现汇编本《风流十传》。该类小说篇幅在一至二万字不等，多写才子佳人一见钟情得遂鱼水之欢，中间遇到挫折，最终团圆的爱情故事。整体上是“本《莺莺传》而作，语带烟花，气含脂粉，凿穴穿墙之期，越礼伤身之事，不为庄人所取”（高儒《百川书志》卷六）。其主要特点是大量羼入诗文、辞赋、书信等非情节因素，强调细节刻画，形成“几若以诗为骨干，而第以散文联络之”（孙楷第《日本东京所见小说书目》“风流十传”条）的结构范式和诗歌化的文体特征。其末流踵事增华，难免流于烦冗，日趋浅俗鄙俚。但是，从时代性和影响持久性上来说，诗歌化和文章化是有明一代文言小说的重要文体创新。

（三）文言短篇小说选集和丛书的盛行

从明代中叶开始，文言短篇小说总集、丛书、类书等编纂盛行，一直延续至明末。出现多种系列小说的编选：一是《艳异编》系列小说。题王世贞编的《艳异编》，分十七部，收文三百六十一篇；万历年间，吴大震续编成《广艳异编》，调整为二十五部，收文五百九十五篇。二书以类书体例编纂，以“艳”“异”为编选标准，几乎将汉魏至明代的男女艳情、神鬼妖怪小说名篇，网罗殆尽。《续艳异编》收文一百六十三篇，实际是《广艳异编》的精选本。二是“虞初”系列小说，从明代至民国初年，共有十余种。吴仲虚(或言陆采)在嘉靖时期编辑的《虞初志》，是“虞初”系列小说的奠基之作，多收唐传奇佳作。随后署名汤显祖辑的《续虞初志》、邓乔林辑的《广虞初志》，渐成系列。至清初，张潮于康熙年间编辑的《虞初新志》，将“事多近代”与“文多时贤”作为辑文标准，选编多为名家的记传之作。后继者大多依张潮之例。主要有郑澎若辑的《虞初续志》、黄承增辑的《广虞初新志》、朱承鉽辑的《虞初续新志》、胡怀琛辑的《虞初近志》、姜泣群辑的《虞初广志》、王葆心辑的《虞初支志》等十多种，产生了很大的社会影响，但这类作品混淆了小说与史传的界限，由小说汇编渐变为“文选”，史料价值大于文学价值，是小说观念倒退的体现。

此外，还有《古今说海》、《合刻三志》、《剪灯丛话》、《顾氏文房小说》、《广四十家小说》、《稗海》、《稗乘》、《五朝小说》、《说郛》(重编本)、《花阵绮言》、《稗家粹编》、《一见赏心编》、《逸史搜奇》、《情史》，以及朝鲜编刻本《删补文苑楂橘》和《太平通载》等，非常流行。陆楫(或说黄标)的《古今说海》，是明代小说汇编类丛书的开山之作。计收唐宋元明的说部和笔记一百三十五种，“说渊部”的“别传家”保存了大量唐传奇经典文本，收入明代小说名篇《辽阳海神传》《中山狼传》。冯梦龙编著的《情史》(一名《情史类略》)，搜集上古至明代的八百七十余则爱情婚姻故事，分门别类，在人情、爱情、婚姻等方面，闪烁着反封建礼教与程朱理学的民主思想光辉，为之后戏曲、小说创作提供了丰富的素材。通俗类书如《国色天香》《万锦情林》《绣谷春容》《燕居笔记》等，也大量收录文言短篇小说。

值得一提的是，还出现了一种改编型文言小说著作的纂辑，即从古代小说中选择素材，每篇多自他书抄入数量不等的诗词，普遍诗不对题，形成一种比较独特的诗文拼合的写作类型。主要所见有三种，如周礼的《湖海奇闻》，“聚人品、脂粉、禽兽、木石、器皿五卷灵怪，七十二事”，所记多“偏重事状，少所铺叙”。征引诗词多出自童轩的诗集《清风亭稿》等。佚名的《古今清谈万选》和碧山卧樵纂辑的《幽怪诗谭》与之类似。

上述书籍主要迎合市场需要，往往不注明撰人或乱改乱题，编辑态度不严谨。但是佚名的《西阁寄梅记》《并蒂莲花记》《玉虚洞记》《彩舟记》《蒋生》《游会稽山记》《杜丽娘记》等珍稀小说，得以保存，功不可没。

(四)轶事小说空前发展

明中期，随着思想控制有所松弛，轶事小说获得空前发展，表现为品种类型增多，纪实性增强，反映市民阶层的生活和心态的作品增多。轶事小说一般包含琐言类、杂记类和笑话类三种。

1. 琐言类

这类作品主要是仿《世说新语》，较著名的有何良俊《何氏语林》、李绍文《明世说新语》、曹臣《舌华录》、焦竑《玉堂丛语》等。《何氏语林》的体例依从《世说新语》，另增“言志”“博识”二门，辑录了自汉代至元代的二千七百多则文人逸事言行，具有时代特色。

2. 杂记类

这类作品主要记朝野逸事。主要有陆容《菽园杂记》、胡侍《真珠船》、梅鼎祚《青泥莲花记》与《才鬼记》等。祝允明著有《祝子志怪录》、《(九朝)野记》、《猥谈》、《前闻记》、《语怪编》(《支山志怪录》)等多种志怪笔记小说，多取材于元明时期的幽鬼神怪、妖狐精怪等传闻异事，犹存六朝志怪遗风。梅鼎祚《青泥莲花记》取题莲花“出淤泥而不染”之意，收录汉至明代两百余名“倡女之可取者”的故事，对妓女有深切的同情，体现出进步的妇女观。

3. 笑话类

这类作品主要讽刺、暴露社会弊端和人性弱点。冯梦龙的《古今谭概》(后又名《古今笑》《笑史》)成书于天启年间，集史传笑谈之大成，皆为真人实事，文笔犀利，风趣幽默。冯梦龙另有一部《笑府》，则纯属虚构，以嘲笑为目的，笑话味道更为纯正。二书汇集古今民间笑话近两千五百则，代表了中国古代笑话的最高水平。此外，黄瑜《双槐岁抄》、陆采《览胜纪谈》、朱国桢《涌幢小品》、谢肇淛《五杂组》等杂记类笔记，也有一定的影响。

三、清初至中叶文言短篇小说的繁荣

我国文言小说创作有过三个高峰：魏晋南北朝、唐代以及清代。清初，《聊斋志异》以其独特的艺术风格和深刻的思想内涵，成为古代文言短篇小说的巅峰之作。清代中期，《阅微草堂笔记》等作品相继问世，一定程度上延续了文言短篇小说的繁荣态势。到了晚清，随着西方文化的传入和社会变革的加剧，文言短篇小说创作大多缺乏创新和深度，逐渐衰落。

(一)《聊斋志异》与清初文言小说的繁荣

蒲松龄的《聊斋志异》兼具志怪小说、轶事小说和传奇小说的特色，取得了很高的成就。蒲松龄在《聊斋自志》中说："集腋为裘，妄续幽冥之录；浮白载笔，仅成孤愤之书。寄托如此，亦足悲矣！"他通过鬼怪故事的描绘，揭露社会黑暗，抨击封建礼教，寄托自己的悲愤之情，也表达对美好人性的向往和对自由、平等、幸福的追求。《聊斋志异》通过细腻的心理描写和生动的情节设计，刻画了婴宁、聂小倩、连城等一系列性格鲜明，具有典型性且立体饱满的人物形象。其旨趣，或写忧愤，寓劝惩，或寄闲情，抒谐趣。《聊斋志异》善于运用悬念、转折等手法，使故事情节跌宕起伏、引人入胜。《聊斋志异》还创造出一种雅洁、明畅、鲜活的语言风格。适度的诗词创作与吟咏情节，以及典故运用，使作品表现出诗化倾向和诗性品格。《聊斋志异》批判继承了唐宋传奇小说的传统，恰当处理史才、诗笔与议论的关系，艺术成就极高，是中国古代文言短篇小说的巅峰之作，在海内外具有重要影响。

(二)文言短篇小说的发展

《聊斋志异》风行海内，模仿者接踵而起，刺激了志怪小说的繁荣。"聊斋体"小说在乾隆和光绪年间曾出现过两次创作高潮。乾隆前后主要有和邦额《夜谭随录》、沈起凤《谐铎》、乐钧《耳食录》、长白浩歌子《萤窗异草》等，嘉庆以后则主要有冯起凤《昔柳摭谈》、管世灏《影谈》、宣鼎《夜雨秋灯录》、许奉恩《里乘》、王韬《淞隐漫录》、吴昌炽《客窗闲话》等。沈起凤的《谐铎》多写神鬼精怪，但大都借题发挥，着意劝惩，与现实人生、民情世风紧密相连。在情节的戏剧化、故事的荒诞化上，形成独特的"谐趣"意境，在《聊斋》仿作中自成一格。浩歌子的《萤窗异草》成书于乾隆年间，比较真实地反映了明清鼎革之际人民的苦难经历以及黑暗现实，妇女题材最多，其中神怪、爱情故事离奇曲折，"酷摹《聊斋》"，有《聊斋剩稿》之名，但不及《聊斋志异》的寓意深刻和批判尖锐。宣鼎的《夜雨秋灯录》，又名《聊斋志奇》，所写故事大多发生在太平天国运动前后，皆是耳目闻见，尽管光怪陆离、惊世骇俗，但奇巧而不悖情理，可窥当时社会的世态人情。在故事题材由虚入实的转变上，具有标志性意义。王韬的《淞隐漫录》(又名《后聊斋志异图说》)肯定了青年男女大胆追求自由、幸福、美满的爱情和婚姻的精神。其涉及英法日等国的域外风情，令人耳目一新。该小说集情节曲折，语言典雅，但也有内容浮泛、语句冗沓、结构重复的弊病。

可与《聊斋志异》抗衡的以纪昀的《阅微草堂笔记》为代表。纪昀作为一代文宗，博雅淹通，曾担任《四库全书》总纂官。他批评《聊斋志异》为才子之笔，不应崇尚。《阅微草堂笔记》系纪昀的晚年遣兴之作，谈狐说鬼，记叙见闻，据实笔录，文笔简洁，以“尚质黜华，追踪晋宋”(鲁迅《中国小说史略》)的风格著称。又由于纪昀地位高，文名大，仿效之作纷纷出现，主要有屠绅《六合内外琐言》、俞樾《右台仙馆笔记》等。《右台仙馆笔记》的作者俞樾自称“以《阅微》为法，而不袭《聊斋》笔意”。其题材广泛，涉及人情世态、鬼神狐仙、民俗风物、遗闻逸事等，甚至还介绍了域外风土人情。文笔简洁雅致而略带诙谐，琐屑考辨亦体现学人小说的特点，但文学情趣略显寡淡。后世仿作写狐鬼渐少，描烟花粉黛日盛，最终回到笔记杂录的老路。

此外，还有既不同于《聊斋志异》，也不类似《阅微草堂笔记》者，如袁枚《子不语》、徐昆《柳崖外编》、王兰沚《无稽谰语》、曾衍东《小豆棚》等文言小说集，也取得了较高的成就。袁枚的《子不语》中有传说，有奇闻，以文为戏，追求诙谐趣味，艺术特色鲜明。其记述简略，行文洒脱，体现出向六朝志怪回归的趋势，成为清代文言短篇小说的佳作。

(三)轶事小说进一步发展

这一时期，轶事小说得到了进一步发展，主要表现在两个方面。

1. 琐言类开始转写当代人物和事件，有所创新

“世说”体在清初一度勃兴，主要有李清《女世说》、梁维枢《玉剑尊闻》、吴肃公《明语林》、章抚功《汉世说》、王晫《今世说》等。《今世说》体例全仿《世说新语》，但删去“自新”“黜免”等六门，以避免揭短伤人之嫌。其以顺治、康熙两朝士大夫的逸闻遗事为采录对象，刻画人物大都栩栩如生，别具个性。但书中阑入作者个人才学品行，不合常规。

2. 杂记类向人物传记发展，影响广泛

如余怀的《板桥杂记》通过描述南京妓院的盛衰变化、秦淮名妓的悲惨遭遇以及相关文人名士的逸事与处境，以个人琐细情事折射时代悲剧，香艳之中寄寓国破家亡之痛。语言简洁纤丽，情感沉郁缠绵，属于轶事小说中的上乘之作。褚人获的《坚瓠集》成书于康熙中期，取材于历代笔记和野史，涉及典章制度、名人逸事、风俗民情、神鬼怪异乃至诗文评论等。其中既有人物遗事琐闻，又有鬼怪神异故事，卷帙浩繁，内容丰富，但有博而不精的缺点。

四、清后期文言短篇小说的衰落

嘉庆元年（1796）至光绪二十年（1894），将近一百年，是文言小说的衰落期，没有出现一流的作家作品。嘉庆时禁毁小说，禁令范围从康熙时的“淫词小说”扩大到“不经小说”与“无稽小说”，几乎排斥一切小说。这种高压的文化政策，影响了小说的创作质量。乾嘉以考证为主的朴学盛行，倡导简洁朴实文风，排斥小说虚构。因此，文言小说的衰落势在必然。这一时期的代表作，除了前面为了便于集中论述而提及的王韬《淞隐漫录》、俞樾《右台仙馆笔记》以外，还有范兴荣《啖影集》、潘纶恩《道听途说》、解鉴《益智录》等。但这些作品主要模仿《聊斋志异》，缺乏创新。

“戊戌变法”后，维新派提倡“小说界革命”，小说观念发生巨大变化，小说地位大幅提高。梁启超在《论小说与群治之关系》中指出“小说为文学之最上乘”，并主张“今日欲改良群治，必自小说界革命始。欲新民，必自新小说始”。“文体革命”兴起，倡导改革文学语言和文体，白话文越来越受到重视，同时受翻译文学的影响，报纸和杂志成为清末民初小说的重要载体，出现报章文体的通俗化，形成不同于传统古文的报章文体。因此，传统的传奇体小说、笔记小说的创作以及编选均走向没落。不过，值得一提的是，民国初年出现了一股文言小说创作的小高潮，除了徐枕亚《玉梨魂》与苏曼殊《断鸿零雁记》等长篇文言小说以外，值得关注的短篇文言小说集有易宗夔《新世说》与陈赣一《新语林》，文笔典雅，讲究文学性，被誉为民国世说类小说的“双璧”。另如徐珂编撰的《清稗类钞》，是关于清代掌故遗闻的笔记汇编，保存了不少珍贵史料。

第二节 《剪灯新话》研读

瞿佑的《剪灯新话》是明初传奇小说崛起的重要标志。瞿佑（1347—1433），一作瞿祐，字宗吉，号存斋，钱塘（今属浙江杭州）人，永乐初升任周王府右长史，后因辅导失职入狱八年，谪戍保安（今属河北涿鹿县）十年。瞿佑学博才瞻，著述近三十种，小说作品主要有《剪灯录》四十卷（已佚）和《剪灯新话》。

《剪灯新话》现存瞿佑早期抄刻本和晚年重校本两种版本系统。章甫言刻本、黄正位刊本、虞淳熙序本等属于早期抄刻本。《剪灯新话句解》属于瞿佑晚年重校本。清江堂本以早期刊本为基础，对瞿佑晚年重校本进行了参校。《剪灯新话》的两种版本系统能够体现作者早期和晚期的创作差异，当属稀见。

《剪灯新话》共四卷，附录一卷，凡二十一篇，其中有九篇爱情婚姻小说，属于悲剧者有《爱卿传》《翠翠传》《秋香亭记》等三篇。《秋香亭记》是瞿佑的自传体小说，被《万锦情林》《燕居笔记》《稗家粹编》等选本收录，影响甚大。《秋香亭记》的早期刊本与晚年重校本，具有较大的文字差异。为了便于研读，先照录《秋香亭记》晚年重校版本如下。

至正间，有商生者，随父宦游姑苏，侨居乌鹊桥，其邻则弘农杨氏第也。杨氏乃延祐大诗人浦城公之裔，浦城娶于商，其孙女名采采，与生中表兄妹也。浦城已殁，商氏尚存。生少年，气禀清淑，性质温粹，与采采俱在童丱。商氏，即生之祖姑也。每读书之暇，与采采共戏于庭，为商氏所钟爱，尝抚生指采采谓曰："汝宜益加进修，吾孙女誓不适他族，当令事汝，以续二姓之亲，永以为好也。"女父母乐闻此言，即欲归之，而生严亲以生年幼，恐其怠于学业，请俟他日。生、女因商氏之言，倍相怜爱。数岁，遇中秋月夕，家人会饮沾醉，遂同游于生宅秋香亭上。有二桂树，垂荫婆娑，花方盛开，月色团圆，香气秾馥，生、女私于其下语心焉。是后，女年稍长，不复过宅，每岁节伏腊，仅以兄妹礼见于中堂而已。闺阁深邃，莫能致其情。后一岁，亭前桂花始开，女以折花为名，以碧瑶笺书绝句二首，令侍婢秀香持以授生，属生继和。诗曰：

秋香亭上桂花芳，几度风吹到绣房。自恨人生不如树，朝朝肠断屋西墙！

秋香亭上桂花舒，用意殷勤种两株。愿得他年如此树，锦裁步障护明珠。

生得之，惊喜，遂口占二首，书以奉答，付婢持去。诗曰：

深盟密约两情劳，犹有余香在旧袍。记得去年携手处，秋香亭上月轮高。

高栽翠柳隔芳园，牢织金笼贮彩鸳。忽有书来传好语，秋香亭上鹊声喧。

生始慕其色而已，不知其才之若是也，既见二诗，大喜欲狂。但翘首企足，以待结缡之期，不计其他也。女后以多情致疾，恐生不知其眷恋之情，乃以吴绫帕题绝句于上，令婢持以赠生。诗曰：

罗帕薰香病裹头，眼波娇溜满眶秋。风流不与愁相约，才到风流便有愁。

生感叹再三，未及酬和。适高邮张氏兵起，三吴扰乱，生父挈家南归临安，展转会稽、四明以避乱；女家亦北徙金陵。音耗不通者十载。吴元年，国朝混一，道路始通。时生父已殁，独奉母居钱塘故址，遣旧使老苍头往金陵物色之，则女以甲辰年适太原王氏，有子矣。苍头回报，生虽怅然绝望，然终欲一致款曲于女，以导达其情，遂市剪彩花二盝，紫绵脂百饼，遣苍头赍往遗之。恨其负约，不复致书，但以苍头己意，托交亲之故，求一见以觇其情。王氏亦金陵巨室，开彩帛铺于市，适女垂帘独立，见苍头趑趄于门，遽呼之曰："得非商兄家旧人耶?"即命之入，询问动静，颜色惨怛。苍头以二物进，女怪其无书，具述生意以告。女吁嗟抑塞，不能致辞，以酒馔待之。约其明日再来叙话。苍头如命而往，女剪乌丝襕，修简遗生曰：

伏承来使，具述前因。天不成全，事多间阻。盖自前朝失政，列郡受兵，大伤小亡，弱肉强食，荐遭祸乱，十载于此。偶获生存，一身非故，东西奔窜，左右逃逋；祖母辞堂，先君捐馆；避终风之狂暴，虑行露之沾濡。欲终守前盟，则鳞鸿永绝；欲径行小谅，则沟渎莫知。不幸委身从人，延命度日。顾伶俜之弱质，值屯蹇之衰年，往往对景关情，逢时起恨。虽应酬之际，勉为笑欢；而岑寂之中，不胜伤感。追思旧事，如在昨朝。华翰铭心，佳音属耳。半衾未暖，幽梦难通，一枕才欹，惊魂又散。视容光之减旧，知憔悴之因郎；怅后会之无由，叹今生之虚度！岂意高明不弃，抚念过深，加沛泽以滂施，回余光以返照，采葑菲之下体，记萝茑之微踪；复致耀首之华，膏唇之饰，衰容顿改，厚惠何施！虽荷恩私，愈增惭愧！而况迩来形销体削，食减心烦，知来日之无多，念此身之如寄。兄若见之，亦当贱恶而弃去，尚何矜恤之有焉！倘恩情未尽，当结伉俪于来生，续婚姻于后世耳！临楮呜咽，悲不能禁。复制五十六字，上渎清览，苟或察其辞而恕其意，使箧扇怀恩，绨袍恋德，则虽死之日，犹生之年也。诗云：

好因缘是恶因缘，只怨干戈不怨天。两世玉箫犹再合，何时金镜得重圆？彩鸾舞后肠空断，青雀飞来信不传。安得神灵如倩女，芳魂容易到君边！

生得书，虽无复致望，犹和其韵以自遣云：

秋香亭上旧因缘，长记中秋半夜天。鸳枕沁红妆泪湿，凤衫凝碧唾花圆。断弦无复鸾胶续，旧盒空劳蝶使传。惟有当时端正月，清光能照两人边。

并其书藏巾笥中，每一览之，辄寝食俱废者累日，盖终不能忘情焉耳。生之友山阳瞿佑，备知其详，既以理谕之，复制《满庭芳》一阕，以著其事。词曰：

月老难凭，星期易阻，御沟红叶堪烧。辛勤种玉，拟弄凤凰箫。可惜国香无主，零落尽露蕊烟条。寻春晚，绿阴青子，鶗鴂已无聊。

蓝桥虽不远，世无磨勒，谁盗红绡？怅欢踪永隔，离恨难消！回首秋香亭上，双桂老，落叶飘飖。相思债，还他未了，肠断可怜宵！

仍记其始末，以附于古今传奇之后。使多情者览之，则章台柳折，佳人之恨无穷；仗义者闻之，则茅山药成，侠士之心有在。又安知其终如此而已也！

（瞿佑：《古本小说集成 剪灯新话》，上海古籍出版社，1994，第245—256页。）

在《剪灯新话》瞿佑早期刊本与晚年重校本当中，杨采采与商生的书信文字差异较大，现将早期刊本的内容抄录如下。

伏承来使，具述绸缪。昔日欢情，一旦终阻。自遭丧乱，十载于兹。祖母辞堂，先君弃室；茕然形影，四顾无依。欲终守前盟，则鳞鸿永绝；欲径行小谅，则沟渎莫知。不幸委身从人，苟延微命。虽应酬之际，强为笑欢；而岑寂之中，不胜伤感。追思旧事，恍若前朝。华翰铭心，佳音在耳。每孤灯夜永，落叶秋高，往往目断遥天，情牵异域。半衾未暖，幽梦难通；一枕才攲，惊魂又散。岂意高明不弃，抚念过深，加沛泽以旁施，广余光而下照。采葑菲之下体，托萝葛之微踪。复致耀首之华、膏唇之饰，衰容非故，厚惠何施？虽荷殊恩，愈怀深愧！盖自近岁以来，形销体削，面目可憎，览镜徘徊，自疑非我。兄若见之，亦当贱恶而弃去，尚何矜恤之有哉？倘恩情未尽，当结姻缘于来世矣。没身之恨，噢叹何言。拜会无期，忧思靡竭，惟宜自保以冀远图，无以此为深念也。临楮呜咽，情不能伸，复作律诗一章，上渎清览。苟或察其词而恕其意，使箧扇怀恩，绨袍恋德，则虽死之日，犹生之年也。

（瞿佑：《剪灯新话》，中华书局，2020，第162—163页。）

《秋香亭记》的文笔细腻生动，故事哀婉动人，在《剪灯新话》中属于上品，被视作瞿佑的自传体小说。我们从以下三个方面予以考察。

（一）尚无二例的版本价值

《剪灯新话》现存瞿佑早期刊本与晚年定本，有较多的文字差别。尤其是《秋香亭记》，异文竟有五十多处。《剪灯新话》成书于洪武十一年（1378），瞿佑时年三十一岁。在《剪灯新话》“旧本失之已久”的情况下，七十二岁的瞿佑于永乐十七年（1419），在谪地时对《秋香亭记》进行重写并送人。瞿佑将这次重写保存到永乐十九年（1421）的晚年重校本中。瞿佑晚年重校时，在正常的文字修订完善之外，还存在对早年因袭、参考唐传奇的痕迹进行涂抹的现象。嘉靖年间，著名学者孙绪在《沙溪集》卷一三中曾批评瞿佑及《剪灯新话》说：“瞿笔路固敏劲，然剽窃者多，甚至全篇累行誊录。”孙绪也许看到的就是《剪灯新话》的早期刊本。瞿佑晚年重校时对此类问题作了修订，尽量减少了对原文的依傍，并有所区分。上文引用《秋香亭记》中采采与商生的书信，明显受到唐传奇《莺莺传》中崔莺莺与张生书信的影响。早期刊本有九处与《莺莺传》相关，但是晚年重校本删去了三处，修改了两处，逐渐抹去对《莺莺传》的依傍痕迹。早期版本以情贯穿始终，但晚年定本掺入了情与理的考量。其中，采采的书信内容前后变化甚大。早期刊本的总体感觉是追忆欢情，寄望于重好。“倘恩情未尽……无以此为深念也”句，虽谈来生，但仍寄望今世再合。对再次“重逢”的恋人而言，这种情感是完全真实的。晚年重校本则更多的是对人生的感喟和爱情始末的理性分析，体现出浓厚的绝望情绪。删掉了“宜自保以冀远图”等内容，增加了“怅后会之无由，叹今生之虚度”“知来日之无多，念此身之如寄”等，说明希望已经破灭，表现出彻底的绝望。这种绝望情绪生发于事情已经结束、无以挽回和更改的情况下。而且书信中还弥漫着一种事过境迁式的“天不成全”之感。这说明采采所过的是“来日无多”“此身如寄”的日子，并且她很有可能较早就因“食减心烦”而郁郁身亡了。那么，这只能是事后的追忆了。瞿佑晚年重校时，商生与采采的情缘早已尘埃落定。因此，《秋香亭记》在文学史上具有独特的版本价值：一是《秋香亭记》存在两个不同版本，成为反映版本演变过程的重要范例；二是两个版本在文学风格上存在一定差异，为研究文学的风格演变提供了具体案例；三是不同的版本体现出不同的自传心态，在古代文学史上尚无二例。《秋香亭记》恰好为我们提供了一个令人回味的样本。另外，由于《秋香亭记》不同版本异文的客观存在，我们需要强化版本意识，规范引用文献。

（二）悲天悯人的自传体小说

《秋香亭记》讲述了商生与表妹杨采采在乱世中的爱情悲剧。两人青梅竹马，两小无猜，双方家长也有意促成婚事。二人中秋夜在秋香亭约会，许下终身。他们后来却因战乱而天各一方，不通音信。等到战乱平息，采采已嫁作他人妇，儿女绕膝。她通过书信向商生表达悲伤情绪，期待来生再结为夫妻。商生无奈接受事实，“只怨干戈不怨天”。小说中的杨采采是“元诗四大家”之一的杨载（字仲弘）的孙女，而杨载妻为商生的祖姑。瞿佑《归田诗话》卷下载：“杨仲弘……夫人瞿氏，予祖姑也。”又孔子有弟子姓商名瞿，可见商生系瞿佑自喻。而且《秋香亭记》的情节发展与瞿佑的人生轨迹相契合。因此，学界将《秋香亭记》视作瞿佑创作的自传体小说。事实上，这种自传性也可以从《秋香亭记》的异文中得到验证。如早期刊刻本讲述：“是时生始弱冠，女年及笄。”按照古代传统，商生二十岁，采采十五岁。晚年重校本改作：“生少年，气禀清淑，性质温粹，与采采俱在童丱。”“童丱”意指年幼，符合1353—1356年“三吴扰乱”时瞿佑八九岁的事实。早期刊本在“生始弱冠，女年及笄”的情况下，生女“日相嬉戏于宅中秋香亭上”，有不甚合情理处：一是男女长大成人，应有所避忌；二是“日相嬉戏”，与前文所叙“生严亲以生年幼，恐其怠于笔砚，请俟他日”不合。晚年重校本改为生与采采“俱在童丱”，“每读书之暇，与采采共戏于庭”，就比较合乎情理了。早期刊本的虚构性在晚年重校本中已经减弱，自传色彩明显加强了。早期刊本中，商生和采采已是成人，“私于其下誓心焉”含有男女欢会之后的海誓山盟性质，也与下文中采采的书信所言“昔日欢情”相互照应。然而晚年重校本中，“生、女私于其下语心焉”则完全是少男少女朦朦胧胧的爱情憧憬，更多的是花好月圆的浪漫氛围。去掉了虚构成分，还其本真，体现出来的青梅竹马的纯情也就更加真实和动人。早期刊本对采采的去向只提供了一个信息：“则女已适太原王氏，生一子矣。”但是籍贯太原的金陵王氏何其之多，显得隐讳。晚年重校本于此之外，还另外提供了三个重要信息：甲辰年（1364）、金陵巨室、开彩帛铺。这就等于缩小范围，简直可以按图索骥了。四十多年过去，《秋香亭记》自传性的事实已为人知，晚年重校本更加忠实于历史，也就不必隐讳了。

《秋香亭记》继承了唐传奇《莺莺传》等前代文言小说的传统，但又融入了创新元素，已将个人经历感受与时代背景相结合。《莺莺传》讲述张生对崔莺莺始乱终弃的悲剧故事，《秋香亭记》则是表现商生与表妹杨采采青梅竹马却因战乱“爱而不得”的时代悲剧。从内在意蕴来看，《秋香亭记》更接近陆游与唐琬被唐母拆散的爱情悲剧。从互文性来看，瞿佑晚年所作“桂老花残岁月催，秋香无复旧亭台。伤心乌鹊桥头水，犹往阊门北岸来”（《过苏州三首》）等诗歌所显示出来的“桂老”“秋香亭”“乌鹊桥”等特定信息，完全是模拟陆游的《沈园二首（其一）》“城上斜阳画角哀，沈园非复旧池台。伤心桥下春波绿，曾是惊鸿照影来”。以瞿佑之诗才，如此模仿，并非江郎才尽，确是“心有戚戚焉”，也正如他在《归田诗话》中所坦承的“予垂老流落，途穷岁晚，每诵此数联（指陆游《沈园》诗），辄为之凄然，似为予设也”。

《秋香亭记》《翠翠传》《爱卿传》的爱情悲剧，皆由战乱引发，是元末明初时代的真实再现。瞿佑亲身经历了元末社会剧烈动荡，战乱频仍，百姓生活困苦，目睹了战争对人们生活的巨大破坏和对人性的考验，产生了人生无常、命运不可捉摸的深刻感受，为《秋香亭记》中爱情悲剧的创作提供了现实基础。商生和杨采采两情相悦，却因战乱和命运的捉弄无法在一起，反映了瞿佑自己在现实生活中对美好情感的向往以及爱而不得的无奈，通过描写商生和杨采采的爱情悲剧，一定程度上反映出乱世带给百姓的灾难。

采采不仅容貌出众，而且文才横溢。她以折花为借口，用碧瑶笺写了两首绝句给商生，展现了她的才情。她与商生青梅竹马，两小无猜，情感深厚。在战乱分离后，她仍对商生念念不忘，甚至因多情思念而染上疾病。即便已嫁他人，采采对商生也没有埋怨、责怪，只有对过去美好时光的怀念和眷恋，愧疚和思念，展现了古代女性在战乱和命运面前的悲楚和无奈。采采的形象，无疑丰富了中国古典小说的人物画廊。

（三）开宗立派的文体创新

《剪灯新话》继承唐传奇的诗笔传统，有意融合多种文体。《秋香亭记》全文有五首七绝、两首七律、一首词、一篇书信，若加上关于诗文穿插时的过渡语，诗文将达到一半篇幅。通过诗歌唱和，书信抒怀，采采才貌俱全的形象得以凸显。商生“始慕其色而已，不知其才之若是也”，“翘首企足，以待结缡之期，不计其他也”，也就水到渠成，推动了情节发展。另外，《秋香亭记》好用典故，如“两世玉箫”“金镜重圆”“倩女离魂”“月老难凭”“御沟红叶”“蓝桥”“磨勒”“红绡”“章台柳折”“茅山药成”等，分别与唐传奇《云溪友议·韦皋》《本事诗·杨素》《离魂记》《续玄怪录·定婚店》《本事诗·顾况》《传奇·裴航》《传奇·昆仑奴》《柳氏传》《无双传》等篇目相关，从而增强了文本的诗性品格。羼入的诗文注入个人经验，将诗文的抒情与小说的叙事结合起来，形成了感伤优美的意境与叙事格调。《秋香亭记》将文人气息与学者风度相融合，形成诗歌化、辞章化的叙事风格和文体特征。

《剪灯新话》首开明代“诗文小说”风气，具有文体创新和发展的意义，影响了后来的“剪灯”系列小说创作。当然也带来文体的体例不纯问题，后期的“诗文体”传奇小说创作，并不重视叙事的曲折和人物性格的刻画，渐渐失去以诗文强化环境烘托、人物塑造的作用，意在自炫，最终沦为赘疣。

第三节 《剪灯余话》研读

李昌祺的《剪灯余话》是最早模仿《剪灯新话》的传奇小说。李昌祺（1376—1452），名祯，字昌祺，号侨庵，庐陵（今属江西吉安）人。永乐二年（1404）进士，入选庶吉士，参与编修《永乐大典》，历任广西、河南左布政使等要职，曾有两次谪役经历，著有《运甓漫稿》《侨庵诗余》和《剪灯余话》。李昌祺于谪役期间创作完成《剪灯余话》，意在“豁怀抱，宣郁闷”，此书讲求节义，在风教方面比《剪灯新话》更进一步。《剪灯余话》词采秾丽丰蔚，富有诗意。在“文备众体”方面，比《剪灯新话》更为凸显，已有烦冗之兆。宣德八年(1433)刊刻的《剪灯余话》(含《至正妓人行》)，有十一人次十六篇序跋，序跋者曾棨、王英等均为进士、翰林学士与台阁重臣，其中曾棨、萧时中两人还是状元。《剪灯余话》获得如此众多的翰林文人作序跋推荐，在中国古代小说史上属于特例。

《剪灯余话》四卷二十一篇，涵盖了婚姻爱情、幽冥灵异、神仙鬼怪等多种题材，展现了广阔视野和丰富想象力。有一系列反映爱情婚姻的作品，如《连理树记》《田洙遇薛涛联句记》《秋夕访琵琶亭记》《鸾鸾传》《凤尾草记》《琼奴传》《芙蓉屏记》《秋千会记》，以及附录《贾云华还魂记》等，各有特色。卷二的《鸾鸾传》结构精巧，情节跌宕，人物刻画和细节描写也多有精到之处，现节选原文如下。

赵鸾鸾，字文鹓，东平赵举女也。幼时，家人以香屑杂饮食中啖之，长而体香，故又名香儿。有才貌，喜文词，犹精于剪制刺绣之事。父欲以嫁近邻之才子柳颖，而鸾亦深愿事焉，许而未聘。会颖家坐事，日就零替，鸾母悔之，以适缪氏。缪虽富室，而子弟村朴，目不知书。鸾既嫁，而郁郁不得志。凡佳辰令节，异卉奇葩，辄对之掩镜悲吟，闭门愁坐，景之接于目，事之感于心，一寓于诗，积而成帙，名曰《破琴稿》。既三月，而缪生死，鸾回父母家。次年冬，颖亦丧耦，乃遣人复申前约而求娶之。举夫妇弗许。颖必欲成其姻，盖闻鸾之贤而悦鸾之貌也。乃廉得穿珠匠妇王妈妈者，出入赵氏甚熟，且言听计从，重贿妈妈求劝亲焉。兼使私问于鸾，微观其意。妈妈许诺……举闻语，慨然而从。妈妈复密劝于鸾曰：“颖之慕尔，若大旱之望云霓。今尊君既许，好事即谐，然既遇知音，尔不可无一语以答其深意；第恐他日相从，悔之迟矣。”鸾甚然之，而难于启口，乃作书附妈妈曰：

妾本良家，幼承慈训，调铅傅粉，深处中闺；执枲治丝，谨循内则。惟知纫针而补缀，未解举案以齐眉！天与荣华，亲怜巧慧，冰为神而玉为骨，蝤如领而手如荑。正及芳年，遴选佳婿，讵期薄命，竟配下流……

妈妈还贺曰：“可谐矣！请以百金为赏。”颖曰：“若余事济，百金岂于毋惜！”乃出鸾简付颖。颖读而雀跃曰：“真所谓‘窈窕淑女’，吾其可不以‘琴瑟友之’乎?”即卜日纳聘，而续其弦焉。御轮之夕，鸾乃私语于颖曰：“妾虽孀妇，然尚处子，郎不可不知。”颖愕然曰：“何谓也?”鸾云：“昔缪生有疾，不能近妇人，虽与为夫妇将四月，而无人道，卒以丧身。然此事独吾母知之，他人不知也。”颖未信，鸾请验之，而果不谬。既归之后，孝敬奉于舅姑，雍和友于娣姒，遇婢仆以恩惠为先，相夫子以勤俭为本。乡邻之贫乏者，则随力相周；亲戚之往还者，则以礼相待。由是内外交誉，称道其贤。暇则与颖玩绎诗骚，吟咏情性，若吴绛仙之容华，曹文姬之藻思，不屑论也。颖中表兄弟，有自都下回者，录得贯学士《兰房谑咏六题》曰：《云鬟》《檀口》《柳眉》《酥乳》《纤指》《香钩》凡六首。颖借归，与莺观之，将效其体制，而构思未就。莺辄先赋曰：

扰扰香云湿未干，鸦翎蝉翼腻光寒。侧边斜插黄金凤，妆罢夫君带笑看。（右《云鬟》）

…………

春云薄薄轻笼笋，晚月娟娟巧露锥。簇蝶裙长何处见？秋千架上下来时。（右《香钩》）

写以呈颖。颖服其敏妙，为之搁笔。

明年至正戊戌，田丰破东平，颖与莺相失，莫知所在。已而毛贵复陷东昌，留伪将俞左丞者镇守，俞颇知道理，凡所掠男女，出榜召人识认给还。颖闻之，意莺或者在彼，冲冒白刃中，求而未得致。忧窘间，有指女冠院语之曰："盍不于此访求乎？"颖如言去，果见妇女十余人，累然监系。颖问莺姓名存殁，一妇人答云："数日前唤去，不在此，盖贤妇人也。可惜！可惜！"颖又问："娘子何以惜之？"曰："妾亦良家遭虏，与赵氏处者五阅月。其他人家宅眷，皆污辱于寇，辄得放还。独吾与赵氏及在此数人，誓死不辱，故被囚禁。何时复得见天日也！"言讫，泪下如雨。颖亦洒泣，低声语妇云："赵氏，余妻也，不知今在何处？"妇曰："闻有周万户者领去，莫测所之。但临行时，知君必来相觅，留书托我，俾以授君。"即于衣领中取付颖，使急持去，盖恐监者知觉，必遭棰骂。颖开而读之，果妻手笔也。书云：……

颖得书，则又间关跋涉，达于彼中。万户方拥重兵，赫然声势，未敢轻进，投其邻而安下焉。越数日，缉知莺之在也，而无由以通消息，乃日伺于门。见一巫媪，往来频数，意必府中之亲信人也。候媪出，潜随至家，奉银一锭为寿，而以情告焉。媪曰："将军夫人妒忌，所虏妇女，皆处于别室，除浣洗衣裳、炊造饮食之外，不容辄出，近亦有给还其亲属者。令妻若在，吾当为玉成。"次日，媪诣第潜问，果得莺而私报焉。莺密出一缄，付媪，媪持出以授颖，题曰《悲笳四拍》。……

颖、莺既复合，乃相与谋曰："世方离乱，人不聊生，吾夫妇虽重得团圞，而前途何去，端未可保，莫若远遁于深林大壑中，少避氛埃，以需时泰。"乃隐于徂徕山麓……一日，颖出城负米，遇贼获之。曰："闻公名久矣！当送田将军，任以官职，不患不富贵也。"颖瞠目大骂曰："斫头贼！吾岂从汝反哉？"

贼怒，杀之道上。邻舍奔告鸾，鸾走哭负其尸以归。亲舐其血而手殓之，积薪焚颖。焰既炽，鸾亦投火中死焉。见者惊骇，为之竦然，曰："古称烈妇，何以加之！"火灭，邻里拾其遗骼葬之，伐石表其冢曰："双节之墓。"

君子曰："节义，人之大闲也，士君子讲之熟矣，一旦临利害，遇患难，鲜能允蹈之者。鸾幽女妇，乃能乱离中全节不污，卒之夫死于忠，妻死于义。惟其读书达礼，而赋质之良，天理民彝，有不可泯。世之抱琵琶过别船者，闻鸾之风，其真可愧哉！"

（李昌祺：《古本小说集成 剪灯余话》，上海古籍出版社，1994，第71—79页。原本文字错讹，径取他本改正。为避繁冗，不一一注出。）

在《剪灯余话》中，《鸾鸾传》不及《芙蓉屏记》《秋千会记》等爱情故事有名，但它以元末明初社会为背景，讲述了柳颖与赵鸾鸾之间婚姻爱情悲剧，情节跌宕起伏，情感真挚动人。作品通过对人物内心世界的细腻描绘，以及对社会现实的深刻反映，展现了作者高超的文学技巧和深刻的洞察力。

（一）丰满深刻的典型形象

赵鸾鸾才貌双全，许婚近邻才子柳颖。但因柳家败落，父母将她改嫁富室之子。鸾鸾婚后三个月，因丈夫不幸亡故，又嫁给丧偶的柳颖。夫妇二人婚后诗词吟咏，十分恩爱。后来发生战乱，鸾鸾被乱军所掳，誓不受辱，又为周千户所得，于府中干杂役，被柳颖用重金赎出。夫妻二人躬耕隐居，同甘共苦，相敬如宾。不料柳颖被乱军所杀，鸾鸾遂殉节而死。众人将柳颖、赵鸾鸾合葬，题"双节之墓。"

在传统观念中，节妇指恪守妇道、有节操，或指夫死守贞不再嫁的妇女。赵鸾鸾的"节"，主要体现在两个方面：一是赵鸾鸾在婚姻中恪守妇道，端庄贤淑，符合节妇的标准。赵鸾鸾的婚姻经历颇为坎坷，但她始终坚守妇道。即使在战乱中被掳，她也誓死不受辱，坚守节操。二是赵鸾鸾对爱情忠诚，与柳颖婚后诗词吟咏，夫妇相得。在柳颖不幸被杀后，她也选择殉节而死，体现了对爱情的忠贞不渝。在古代文学作品中，烈妇殉夫的行为常被视作崇高的道德行为。《儒林外史》和《型世言》等小说作品，均有烈妇以身殉夫的情节描写。赵鸾鸾这一形象具有深刻的典型意义：一是鸾鸾不仅"有才貌，喜文词"，而且女工刺绣样样精通，展现了才情与美貌并重；二是鸾鸾在婚姻上听凭父母安排，体现了封建礼教对女性的束缚；三是鸾鸾对爱情忠贞不渝，然而遭遇家庭变故和战乱分离，体现了女性在封建社会的悲惨命运。

《鸾鸾传》属于才子佳人模式，但又融入了悲剧结局，使得故事更加哀婉动人。

作者通过曲折的情节建构、细腻的心理描写和生动的场景刻画，将赵鸾鸾由退让而抗争、再退让而绝望的情感变化，展现得淋漓尽致。

(二)表彰节义的教化意识

《剪灯新话》开始追求小说创作的教化功能，至《剪灯余话》则更进一步。《剪灯余话》的刊刻者张光启认为，李昌祺著书是因为《剪灯新话》“措词美而风教少关”。《剪灯余话》的序跋者对《剪灯余话》的关注，也着重在节义之事。如罗汝敬指出，“若饼师妇之贞，谭氏妇之节，何思明之廉介，吉复卿之交谊，贾、祖两女之雅操，真、文二生之俊杰识时，举有关于风化，而足为世劝者”。王英也指出，“若唐诸王之骄淫，谭妇之死节，赵鸾、琼奴之守义，使人读之，有所惩劝”。为消解鸾鸾曾嫁为人妇对节义的伤害，小说《鸾鸾传》又刻意设置了缪氏“有疾，不能近妇人”和将军夫人“妒忌”的特殊情境，维护和保全了赵鸾鸾“幸存贞节”和“全节不污”的形象。

事实上，《剪灯余话》对政治失节行为多有指斥。明初燕王朱棣借靖难之名篡夺皇位后，除方孝孺被诛杀十族外，死节大臣凤毛麟角，以“三杨”为代表的朝臣绝大多数屈节归顺。永乐后，“三杨”、解缙、胡濙、胡俨等被选入内阁，逐渐成为朝廷重臣。《鸾鸾传》篇末评论说：“节义，人之大闲也，士君子讲之熟矣，一旦临利害，遇患难，鲜能允蹈之者。……世之抱琵琶过别船者，闻鸾之风，其真可愧哉!”这一评说放在“靖难之变”之后的政治环境里，不论是否有所影射，对当时掌权的归附之人来说，是难免如鲠在喉的。祝允明《野记》卷三明确指出，李昌祺“其作《剪灯余话》，虽寓言小说之靡，其间多讥失节，有为作也。同时诸老多面交而心恶之，李不屑意也”。后来，张萱《疑耀》卷五亦有类似看法。《鸾鸾传》和《秋夕访琵琶亭记》《月夜弹琴记》等小说的寓言性指斥，成了正统七年(1442)国子监祭酒李时勉上奏请禁《剪灯余话》的间接原因，而直接原因是《剪灯余话》的风行影响了国子监的教学秩序。李昌祺刚严方直，多有治绩，但因《剪灯余话》而未能入先贤祠。

(三)文备众体的审美风格

就现代小说观念中的文学经典和文学史经典意义而言，《剪灯新话》当然胜于《剪灯余话》。但在体现学识广博方面，《剪灯余话》胜于《剪灯新话》。《剪灯新话》首开“诗文小说”一派，粗具文体杂糅特征。至《剪灯余话》则“文备众体”，《剪灯余话》二十一篇小说大量穿插诗、词、曲、祭文、判词、制、疏、箴、铭、记、论等，甚至出现了体现创作难度和才学的集句诗、联句诗、回文诗。如卷一《月夜弹琴记》插入集句诗三十首，包含李白、杜甫等七十余位唐代诗人的诗句。而集句诗，“起于近代，然非该博广览、用意精到者，弗能佳也”（胡广《集句诗序》），创作难度很大。如卷二《田洙遇薛涛联句记》，联句多至四十八句和一百句。

具体到《鸾鸾传》，“文备众体”也体现得比较明显。小说穿插赵鸾鸾的书信两封、七绝六首、《悲笳四拍》四首。其中《悲笳四拍》与“徒怀蔡琰之悲”句，和蔡文姬的《胡笳十八拍》呼应。《破琴稿》与“永抱淑真之恨”句，和朱淑真的《断肠集》《断肠词》互文。《破琴稿》是赵鸾鸾内心痛苦和无奈的真实写照。上述诗文穿插，既做到上下文照应，又贴合鸾鸾的才情，以及夫妇吟咏相得的生活雅趣，还是比较切题的。“挽桓君之鹿车”典出《后汉书·列女传》，指夫妻间不慕荣华、同甘共苦。丈夫鲍宣家贫，妻子桓少君家富有，柳颖、赵鸾鸾恰与之相同。柳颖与赵鸾鸾隐居时，“同甘共苦，相敬如宾，冀缺、梁鸿、庞公、王霸，亦未可以优劣论也”。冀缺、梁鸿属于夫妻相敬如宾型，庞公、王霸属于德行高尚型。通过用典，展现了柳颖与赵鸾鸾相敬如宾、琴瑟和鸣。同时，上述诗文和典故的巧妙运用，有力提升了小说的诗文气质，突出了辞章化风格。这当然与作为诗人的李昌祺才华富赡、学识渊博相关。

当然，小说中穿插诗文过多，一定程度上影响情节进展和叙事节奏，也多招致学界批评。20 世纪以来的中国古代小说研究，普遍运用西方的小说观念和标准来评价中国古代小说，以西释中或以西律中，难免有削足适履、隔靴搔痒的弊病。回归中国传统语境来评价中国古代小说，才更合适。《剪灯余话》卷四后附“元白遗音”《至正妓人行》，通篇就是一首长诗，不必作文言小说看和用小说标准来评价。事实上，“文备众体”和“藻思风情”，可能正是《剪灯余话》深受国子监生喜爱的重要因素，“是编初出，少年子争传之，甚至国学生袖以坐班吾伊。于是祭酒李文毅奏禁之”。依据常理，国子监生阅读《剪灯余话》，应与普通读者的休闲阅读有所区别。《剪灯余话》的作者李昌祺是进士出身，受过庶吉士的馆课训练。《剪灯余话》体现出来的博学，无疑比《剪灯新话》更有吸引力。《剪灯余话》的“文备众体”，既“足以广材识、资谈论”，也可满足国子监生对庶吉士三年馆课训练的翰林想象。

第四节 《聊斋志异》研读

《聊斋志异》是蒲松龄创作的文言短篇小说集。蒲松龄（1640—1715），字留仙，一字剑臣，别号柳泉居士，世称聊斋先生，自称异史氏，济南府淄川（今属山东淄博）人。他出身于书香门第，但科场失意，一生未仕，长期在家乡教书为生。科场失意和家道中落的经历，让他深刻体会了下层社会的疾苦，认识到官场的腐败与科举的弊端。蒲松龄自幼喜欢民间文学，广泛搜集精怪鬼魅的奇闻异事，为创作《聊斋志异》打下了基础。

《聊斋志异》以丰富的想象力、深刻的寓意和独特的艺术风格，建构了一个以谈鬼说狐为主的色彩缤纷的奇幻世界。《聊斋志异》批判继承了唐宋传奇小说的传统，恰当处理了史才、诗笔与议论的关系，“用传奇法，而以志怪”，是中国古代文言小说的巅峰之作，在中国文学史上占有重要地位。

本章选取的《鸽异》，虽不如《聊斋》中《连城》《小翠》《婴宁》《莲香》《画皮》《席方平》《司文郎》《促织》等篇章那么广为人知，也没有创造出如婴宁、聂小倩、连城等性格丰富、具有典型性、立体饱满的人物形象，却以对养鸽之爱的细腻描绘和对人情世态的微妙讽刺，展现了蒲松龄深厚的文学功力和对生活细节的敏锐观察，可以管窥《聊斋志异》的艺术特色。《鸽异》见于《聊斋志异》卷五，原文如下。

鸽类甚繁，晋有坤星，鲁有鹤秀，黔有腋蝶，梁有翻跳，越有诸“尖”，皆异种也。又有靴头、点子、大白、黑石夫妇、雀花、狗眼之类，名不可屈以指，惟好事者能辨之也。

邹平张公子幼量癖好之，按经而求，务尽其种。其养之也，如保婴儿：冷则疗以粉草，热则投以盐颗。鸽善睡，睡太甚，有病麻痹而死者。张在广陵，以十金购一鸽，体最小，善走，置地上，盘旋无已时，不至于死不休也，故常须人把握之；夜置群中，使惊诸鸽，可以免痹股之病，是名“夜游”。齐鲁养鸽家，无如公子最；公子亦以鸽自诩。

一夜，坐斋中，忽一白衣少年叩扉入，殊不相识。问之，答曰：“漂泊之人，姓名何足道。遥闻畜鸽最盛，此亦生平所好也，愿得寓目。”张乃尽出所有，五色俱备，灿若云锦。少年笑曰：“人言果不虚，公子可谓养鸽之能事矣。仆亦携有一两头，颇愿观之否?”张喜，从少年去。月色冥漠，野况萧条，心窃疑惧。少年指曰：“请勉行，寓屋不远矣。”又数武，见一道院，仅两楹，少年握手入，昧无灯火。少年立庭中，口中作鸽鸣。忽有两鸽出：状类常鸽，而毛纯白，飞与檐齐，且鸣且斗，每一扑，必作筋斗。少年挥之以肱，连翼而去。复撮口作异声，又有两鸽出：大者如鹜，小者裁如拳，集阶上，学鹤舞。大者延颈立，张翼作屏，宛转鸣跳，若引之；小者上下飞鸣，时集其顶，翼翩翩如燕子落蒲叶上，声细碎，类鼗鼓；大者伸颈不敢动。鸣愈急，声变如磬，两两相和，间杂中节。既而小者飞起，大者又颠倒引呼之。张嘉叹不已，自觉望洋可愧。遂揖少年，乞求分爱，少年不许。又固求之，少年乃叱鸽去，仍作前声，招二白鸽来，以手把之，曰："如不嫌憎，以此塞责。"接而玩之，睛映月作琥珀色，两目通透，若无隔阂，中黑珠圆于椒粒；启其翼，胁肉晶莹，脏腑可数。张甚奇之，而意犹未足，诡求不已。少年曰："尚有两种未献，今不敢复请观矣。"方竞论间，家人燎麻炬入寻主人。回视少年，化白鸽，大如鸡，冲霄而去。又目前院宇都渺，盖一小墓，树二柏焉。与家人抱鸽，骇叹而归。试使飞，驯异如初，虽非其尤，人世亦绝少矣。于是爱惜臻至。

积二年，育雌雄各三。虽戚好求之，不得也。有父执某公，为贵官，一日，见公子，问："畜鸽几许？"公子唯唯以退，疑某意爱好之也，思所以报而割爱良难。又念长者之求，不可重拂。且不敢以常鸽应，选二白鸽，笼送之，自以千金之赠不啻也。他日，见某公，颇有德色，而其殊无一申谢语。心不能忍，问："前禽佳否？"答云："亦肥美。"张惊曰："烹之乎？"曰："然。"张大惊曰："此非常鸽，乃俗所言'鞑靼'者也！"某回思曰："味亦殊无异处。"张叹恨而返。至夜，梦白衣少年至，责之曰："我以君能爱之，故遂托以子孙。何以明珠暗投，致残鼎镬！今率儿辈去矣。"言已，化为鸽，所养白鸽皆从之，飞鸣径去。天明视之，果俱亡矣。心甚恨之，遂以所畜分赠知交，数日而尽。

异史氏曰："物莫不聚于所好，诚然也。叶公好龙，则真龙入室，而况学士之于良友，贤君之于良臣乎？而独阿堵之物，好者更多，而聚者特少，亦以见鬼神之怒贪，而不怒痴也。"

向有友人馈朱鲫于孙公子禹年，家无慧仆，以老佣往。及门，倾水出鱼，索柈而进之，追达主所，鱼已枯毙。公子但笑不言，以酒犒佣，即烹鱼以飨。既归，主人问："公子得鱼颇欢慰否？"答曰："欢甚。"问："何以知？"曰："公子见鱼便欣然有笑容，立命赐酒，且烹数尾以犒小人。"主人骇甚，自念所赠颇不粗劣，何至烹赐下人。因责之曰："必汝蠢顽无礼，故公子迁怒耳。"佣扬手力辩曰："我固陋拙，遂以为非人耶！登公子门，小心如许，犹恐筲斗不文，敬索柈出，一一匀排而后进之，有何不周详也？"主人骂而遣之。

灵隐寺僧某，以茶得名，铛臼皆精。然所蓄茶有数等，恒视客之贵贱以为烹献；其最上者，非贵客及知味者，不一奉也。一日，有贵官至，僧伏谒甚恭，出佳茶，手自烹进，冀得称誉，而贵官殊无一语。僧惑甚，又出以最上一等，细细烹煎而后进之。饮已将尽，犹无赞语。急不能待，鞠躬曰："茶何如？"贵官执琖一拱曰："甚热。"此两事，可与张公子之赠鸽同一笑也。

（蒲松龄：《聊斋志异详注新评》，人民文学出版社，2023，第1470—1472页。）

《鸽异》以其丰富的文化内涵、深刻的社会寓意和独特的艺术魅力，成为一篇别具特色的佳作，主要表现在以下几个方面。

（一）丰满立体的人物形象

张公子是《鸽异》中的核心人物。作为文人雅士，张公子养鸽成癖，务尽求种，且精心照料，结果“五色俱备，灿若云锦”，并以诚心感动鸽神。张公子对鸽子的痴迷和热爱，超越了物质层面，升华为一种精神追求。但面对父亲的朋友贵官，张公子心绪复杂，“疑某意爱好之也，思所以报而割爱良难。又念长者之求，不可重拂。且不敢以常鸽应”，思虑甚深，最后送了珍贵的异鸽，不料异鸽被烹食，造成“明珠暗投，致残鼎镬”的悲剧，暗示了他对人性中势利、贪婪等负面因素的无奈遵从。张公子既是鸽痴，又是具有深厚文人情怀的士人；既有人性的复杂与矛盾，又有情感世界的丰富与细腻。正是这种矛盾性和复杂性，使得张公子的形象丰满、鲜活而具有立体感。白衣少年作为陪衬人物，也给人留下深刻印象。一是神秘莫测。白衣少年突然出现在张生面前，身份不明，行踪诡秘。二是鸽艺高超。他拥有神奇的训鸽技艺，能使鸽子随其口令变换舞蹈动作，令人叹为观止。三是慷慨大方。在张生的再三请求下，白衣少年赠送了两只名贵的鸽子给他。通过白衣少年的设置，达到三种效果：他出示的珍稀鸽子以及展示的神奇鸽艺，体现了张公子求鸽的痴心程度；他慷慨赠鸽，既是对张生痴心的肯定，同时也暗示了只有痴心才能获得真正的珍贵之物；他赠送的名鸽被张生转送贵官并遭烹食，批判了世情之恶和人性的贪婪。张公子好鸽、爱鸽，且得到鸽神的眷顾，他不至于像叶公一样怕真龙，却也和灵隐寺僧某一样难免势利，贵官的“亦肥美”与“甚热”有同样的讽刺作用。张公子父亲的朋友贵官和去灵隐寺喝茶的贵官，与送朱鲫的老佣并列，达到幽默效果，富有典型意义。

（二）神异叙事的艺术魅力

《聊斋志异》收录了将近五百篇作品，但以“异”名篇者，仅两篇。卷三的《瓜异》：“康熙二十六年六月，邑西村民圃中，黄瓜上复生蔓，结西瓜一枚，大如碗。”仅仅二十八个字，类似纪实报道，没有一丝小说意味。《鸽异》以“异”为标题，却是奇幻与现实相交织，摇曳多姿。一是细腻描绘张公子育鸽、养鸽、求鸽和知鸽，集中体现了张公子痴迷名鸽之异。二是巧妙地穿插荒冢墓地训鸽、赠鸽，入梦带走白鸽而成真等神秘色彩，体现了白衣少年神鸽幻化之异。三是张公子将视为贵重千金的白鸽笼送贵官，却被当作普通肉鸽烹食，且说“味亦殊无异处”，这种反差体现了贵官烹鸽之异。张公子的爱好、白衣少年的神秘、贵官的无知，共同构成了一幅幅生动的社会画卷，让人在品味“异”的同时，也思考了人与物、爱与痴、真与假等深刻主题。

《聊斋志异》多篇涉及痴或癖的主题。《石清虚》中邢云飞癖于石，《黄英》中马子才癖于菊，《书痴》中郎玉柱痴于书，《阿宝》中孙子楚痴于情，均是因喜爱而生痴成癖，均是超常情状，这些人物也因此成为艺术的审美对象，而作者对他们的态度是欣赏中带有揶揄。晚明吴从先《小窗自纪》说：“生平卖不尽是痴，生平医不尽是癖。汤太史云‘人不可无癖’，袁石公云‘人不可无痴’。则痴正不必卖，癖亦不必医也。”张岱《五异人传》说：“人无癖不可与交，以其无深情也。”清初张潮《幽梦影》说：“情必近于痴而始真，才必兼乎趣而始化。”《聊斋志异·阿宝》篇末“异史氏曰”：“性痴则其志凝，故书痴者文必工，艺痴者技必良。世之落拓而无成者，皆自谓不痴者也。”痴、癖与情（志）贯穿，性灵之光便一脉相承了。现实生活中蒲松龄痴心于小说创作，“永托旷怀，痴且不讳”，与参与科举发生矛盾但不改易，也可参证。

《聊斋志异》批判继承了唐宋传奇小说的传统，恰当处理史才、诗笔与议论的关系，利用正文加“异史氏曰”，或加“附录”的文本模式，进一步深化了小说命意，强化了作者的孤愤意识。本文“物莫不聚于所好”的观点，颇有概括性。由爱鸽想到“学士之于良友，贤君之于良臣”，进而由“贪鸽”想到“贪财”，得出“亦以见鬼神之怒贪，而不怒痴也”的人生哲理，自然成为点睛之笔。

（三）翩翩才学的背景支撑

小说中的张公子名万斛，字幼量，是当时的养鸽名家。清王晫《今世说》卷八《惑溺》载有二事，可以加强对张幼量的痴性认识：“张幼量行长白山中，见有巨黄石甚佳，以牛三百头拽至园亭。每语人曰：‘此石绝似大痴画中物。’又尝爱一竹根石，大不盈寸，根节宛然，抚玩不去手。”其兄张万钟，系明末抗清志士，还是诗坛领袖王士祯的岳父，撰写了世界鸽类研究史上第一部专著《鸽经》。《鸽经》分论鸽、花色、飞放、翻跳、典故、赋诗六大部分，共七千余字。《鸽经》依靠王士祯操持，得以刊刻传世。文中提到的孙公子孙禹年也是实有其人。孙禹年名琰龄，也是淄川人，系清代顺治年间兵部尚书孙之獬的次子（参见《淄川县志》卷五）。蒲松龄以真实人物作为小说主人公，除“白衣少年”纯属虚构外，馈赠贵官名鸽“鞑靼”却致烹食，以及愚笨家仆把鲜活的名贵朱鲫弄成一串死鱼，可能也有所依据。小说中的育鸽知识亦具有真实性。

《促织》的写作曾借鉴《帝京景物略》等有关蟋蟀的知识，《鸽异》也同样着意参考了张万钟的《鸽经》。文章开头按“产地”和“花色”列举的奇异鸽类品种，就来源于《鸽经》。鸽子的繁殖周期一般为四十五天，每年可繁殖六至九次不等，每次产蛋一至二枚。小说写“积二年，育雌雄各三”，暗示白鸽的珍贵难得，实有育鸽知识的背后支撑，并非随意虚构。这不仅展示了蒲松龄知识面的广博，也反映出其写作的严谨性。值得指出的是，《鸽经》中有“石夫石妇，种出维扬”，羽色因雌雄而不同，雄者“黑花白地”，雌者“纯白”，赵伯陶先生认为小说所写的“黑石夫妇”可能是蒲松龄疏忽，将“黑”字置于“石夫妇”之前，造成歧义。又《鸽经·花色》收录有名鸽“鞑靼”：“夜分即鸣，声可‘达旦’，因以名之。”但小说中颠倒作“靼鞑”。“鞑靼”原系北方草原民族的泛称，而清朝是一个来自东北的游牧民族建立的王朝，蒲松龄或许有所顾忌而如此改动。

第五节 《阅微草堂笔记》研读

《聊斋志异》风行百年期间，能与之抗衡对峙而别树一帜者是纪昀的《阅微草堂笔记》。纪昀(1724—1805)，字晓岚，直隶河间府献县(今属河北献县)人，乾隆十九年(1754)进士，曾谪戍乌鲁木齐三年，后主持修纂《四库全书》，累迁至礼部尚书。盛时彦在为《阅微草堂笔记》撰写的序言中云：“河间先生以学问文章负天下重望，而天性孤直，不喜以心性空谈，标榜门户；亦不喜才人放诞，诗社酒社，夸名士风流。”《阅微草堂笔记》由“滦阳消夏录”“如是我闻”“槐西杂志”“姑妄听之”和“滦阳续录”五部分组成，由门人盛时彦合刊，共五种二十四卷一千一百九十六则。蒲松龄和纪昀都是文言小说的复古派，蒲松龄是宗唐，而纪昀是模仿六朝。纪昀批评“《聊斋志异》盛行一时，然才子之笔，非著书者之笔也”，是指《聊斋志异》“有唐人传奇之详，又杂以六朝志怪者之简，既非自叙之文，而尽描写之致而已”(鲁迅《中国小说史略》)。与《聊斋志异》的情节奇幻、结构精巧、文笔富艳不同，《阅微草堂笔记》不重视艺术虚构，侧重记录见闻，因事明理，不加雕饰，却能于平淡中暗藏机锋，妙趣天成，令人回味。本书选取“李生”为个案，以小见大，来研读了解《阅微草堂笔记》的思想内容与艺术成就。《阅微草堂笔记》模拟晋宋，不拟标题，盛时彦在序中特意批评有些翻刻本“妄为标目，如明人之刻《冷斋夜话》者，读者病焉”。该篇原文不长，为便于分析，拟题《李生》。

太白诗曰：“徘徊映歌扇，似月云中见；相见不相亲，不如不相见。”此为冶游言也。人家夫妇有睽离阻隔，而日日相见者，则不知是何因果矣。郭石洲言：中州有李生者，娶妇旬余而母病，夫妇更番守侍，衣不解结者七八月。母殁后，谨守礼法，三载不内宿。后贫甚，同依外家。外家亦仅仅温饱，屋宇无多，扫一室留居。未匝月，外姑之弟远就馆，送母来依姊。无室可容，乃以母与女共一室，而李生别榻书斋，仅早晚同案食耳。阅两载，李生入京规进取，外舅亦携家就幕江西。后得信，云妇已卒。李生意气懊丧，益落拓不自存，仍附舟南下觅外舅。外舅已别易主人，随往他所。无所栖托，姑卖字糊口。一日，市中遇雄伟丈夫，取视其字曰："君书大好。能一岁三四十金，为人书记乎？"李生喜出望外，即同登舟。烟水渺茫，不知何处。至家，供张亦甚盛。及观所属笔札，则绿林豪客也。无可如何，姑且依止。虑有后患，因诡易里籍姓名。主人性豪侈，声伎满前，不甚避客。每张乐，必召李生。偶见一姬，酷肖其妇，疑为鬼。姬亦时时目李生，似曾相识。然彼此不敢通一语。盖其外舅江行，适为此盗所劫，见妇有姿首，并掠以去。外舅以为大辱，急市薄槥，诡言女中伤死，伪为哭敛，载以归。妇悍死失身，已充盗后房。故于是相遇，然李生信妇已死，妇又不知李生改姓名，疑为貌似，故两相失。大抵三五日必一见，见惯亦不复相目矣。如是六七年，一日，主人呼李生曰："吾事且败，君文士不必与此难。此黄金五十两，君可怀之，藏某处丛荻间。候兵退，速觅渔舟返。此地人皆识君，不虑其不相送也。"语讫，挥手使急去伏匿。未几，闻哄然格斗声。既而闻传呼曰："盗已全队扬帆去，且籍其金帛妇女。"时已曛黑，火光中窥见诸乐伎皆披发肉袒，反接系颈，以鞭杖驱之行，此姬亦在内，惊怖战栗，使人心恻。明日，岛上无一人，痴立水次。良久，忽一人棹小舟呼曰："某先生耶？大王故无恙，且送先生返。"行一日夜，至岸。惧遭物色，乃怀金北归。至则外舅已先返。仍住其家，货所携，渐丰裕。念夫妇至相爱，而结缡十载，始终无一月共枕席。今物力稍充，不忍终以薄槥葬。拟易佳木，且欲一睹其遗骨，亦夙昔之情。外舅力沮不能止，词穷吐实。急兼程至豫章，冀合乐昌之镜。则所俘乐伎，分赏已久，不知流落何所矣。每回忆六七年中，咫尺千里，辄惘然如失。又回忆被俘时，缧绁鞭笞之状，不知以后摧折，更复若何，又辄肠断也。从此不娶。闻后竟为僧。戈芥舟前辈曰："此事竟可作传奇，惜末无结束，与《桃花扇》相等。虽曲终不见，江上峰青，绵邈含情，正在烟波不尽，究未免增人惆怅耳。"

（纪昀：《阅微草堂笔记》，上海古籍出版社，2016，第300—301页。）

盛时彦在《姑妄听之》跋语中评价《阅微草堂笔记》说："虽托诸小说，而义存劝戒，无一非典型之言，此天下之所知也。至于辨析名理，妙极精微；引据古义，具有根柢，则学问见焉。叙述剪裁，贯穿映带，如云容水态，迥出天机，则文章亦见焉。”《李生》一篇，于此三点，也体现得比较明显，分析如下。

（一）“义存劝戒”，体现教化之心

在“义存劝戒”方面，纪昀善于议论说理，但持论较通达。《阅微草堂笔记》卷十六说：“天下事，情、理而已，然情理有时而互妨。”《阅微草堂笔记》卷三和袁枚《续子不语》卷五均记载二事（文字几乎相同）：一是郭六夫出后为赡养公婆不得已卖淫失节，夫归后自杀以雪耻事；二是崇祯年间孟村女不肯失节于盗贼以救父母而一起被害事。袁枚评论说：“此二事正相反，论者皆有贬词，以为其一失节，其一心太忍。余曰：‘皆是也。’孔子曰：‘殷有三仁焉。’郭六改行，箕子为之奴也。孟村女抗节，比干谏而死也。”纪昀则分别引用他祖父和父亲的话以表明态度，前者说：“节孝并重也，节孝又不能两全也。此一事非圣贤不能断，吾不敢置一词也。”后者说：“此事与郭六正相反，均有理可执，而于心终不敢确信。”卷十九又记载了三个寡妇为了抚养儿子或赡养公婆而再嫁的故事。纪昀认为：“是皆堕节之妇，原不足称，然不忘旧恩，亦足励薄俗。君子与人为善，固应不没其寸长。讲学家持论务严，遂使一时失足者无路自赎，反甘心于自弃，非教人补过之道也。”纪昀对空谈性、不恤民生、泥古不化的道学家多有讥讽，而推崇合乎情理的教化。

《李生》是一个“相见不相亲”的哀婉凄恻的悲剧故事。悲剧情节的中心点是李生夫妻感情笃实，但“结缡十载，始终无一月共枕席”。造成这种局面是因为两种情况。第一种情况是相见没有相亲的机会，这又有三个因素：一是母病期间衣不解带，侍亲尽孝；二是丧母后，遵礼守孝；三是在岳父家借住期间，有习俗和礼节的约束。第二种情况是相见但不能相亲。李生得岳父信称妻子已死，妻子被水贼掳作侍妾和歌妓时，不知丈夫此时已易名，故两人时时相见却未能相认，有六七年的时间。相比而言，第二种情况更令人心碎。由于封建礼法、贫穷和兵乱，一对苦难夫妻无法享受正常的夫妻生活，最终茫茫人海杳杳难寻，虽非阴阳永隔，却也是破镜难圆，遗憾终生。天道何其不公！李生遵礼守制，略显迂腐，但李生在结婚十年“始终无一月共枕席”的情况下，知道妻子未死之后，却毫不介怀，努力寻妻，以便破镜重圆。未果后，竟然终生未娶，甚至最后出家为僧，确是称得上至情至性，难能可贵。但李生不得已而依附水贼做书记，且获重金，节义难免有失。做幕客的岳父在女儿被水贼掳掠之后，“以为大辱，急市薄槥，诡言女中伤死，伪为哭敛”，而不设法解救，且隐瞒六七年，并无内疚，深层还是在维护封建节义。纪昀交代其创作动机时说：“惟不失忠厚之意，稍存劝惩之旨，不颠倒是非如《碧云騢》，不怀挟恩怨如《周秦行纪》，不描摹才子佳人如《会真记》，不绘画横

陈如《秘辛》，冀不见摈于君子云尔。”讲述者郭石洲站在道德制高点上，亦言“妇惮死失身，已充盗后房”，较少一点同情，更多是一种指责。所以，从“义存劝戒”的角度而言，李生夫妇不能以团圆为结局。当然，文章将夫妇“睽离阻隔，而日日相见者”（相互分离隔阻却天天见面），归结于“不知是何因果（报应）”，中间还是存有一份同情，且不妨碍作者推行教化的意图。正如鲁迅《中国小说史略》所说，纪昀“处事贵宽，论人欲恕，故于宋儒之苛察，特有违言……且于不情之论，世间习而不察者，亦每设疑难，揭其拘迂，此先后诸作家所未有者也”。

（二）引据古义，体现学问之博

《聊斋志异》塑造了一批富有情与才的花妖狐魅。“以学问文章负天下重望”的纪昀撰写《阅微草堂笔记》时，则引经据典，塑造了一批有学问、讲德行的狐鬼。本章所选并非狐鬼，但也体现了作者的学问与风采。文章开篇引用李白《相逢行》“相见不相亲，不如不相见”，李白诗歌之意是如果相见而不得相亲，还不如不相见。纪昀将此二句视作寻花问柳的冶游之句，是合适的。有此立基，“相思相望不相亲”于此更进一层。由此，似可将相见相亲分成四种类型：相见但不相亲型、相见得相亲型、相亲难相见型、相亲相见却未能相亲型。彼此相爱却远隔千里无法相聚，纵是一种遗憾和无奈；相亲者又相见却误会成路人，则更多是悲痛和悔恨，于是立意自高一层。文末戈芥舟暗引钱起《省试湘灵鼓瑟》“曲终人不见，江上数峰青”，既概括了李生夫妇故事似了未了的结尾，又暗示了文学作品“绵邈含情，正在烟波不尽”的情致。戈芥舟又说李生夫妇的故事可以编成一个传奇剧本，与《桃花扇》一样。将李生夫妇故事与具有盛名的传奇《桃花扇》及侯方域、李香君爱情悲剧相关联，可以进一步引发读者思考。这在趣味性之外，又具有启发性与知识性。另如《如是我闻（三）》根据《西游记》中的祭赛国之锦衣卫、朱紫国之司礼监、灭法国之东城兵马司等都是明朝的机构，断定其作者并非元代邱处机，而是明代人。《如是我闻（四）》考证狐之嬗变，为历代小说中有关狐狸的描述正名。《阅微草堂笔记》还对唐代北庭都护府古城、喀什噶尔山洞人马像、五火神墓、张相公庙、景城玄帝庙等诸多历史遗迹进行考证，内容非常丰富，体现了纪昀的学问渊博，也反映了乾嘉时期盛行的考据之风。因此，鲁迅在《中国小说史略》中称赞《阅微草堂笔记》“间杂考辨，亦有灼见。叙述复雍容淡雅，天趣盎然，故后来无人能夺其席，固非仅借位高望重以传者矣”。

（三）叙述剪裁，体现语言之妙

《阅微草堂笔记》的语言特色在于简约与含蓄。《李生》终篇笼罩于凄婉悲凉的氛围中。但作者用语，却极为简淡。如“念夫妇至相爱，而结缡十载，始终无一月共枕席。今物力稍充，不忍终以薄棤葬。拟易佳木，且欲一睹其遗骨，亦夙昔之情”，至少有三重情感在堆叠翻涌，与元稹悼亡之作《遣悲怀》“今日俸钱过十万，与君营奠复营斋”类似，看似语句平和，但内心深处是无限抱憾，极其凄苦。再如“时已曛黑，火光中窥见诸乐伎皆披发肉袒，反接系颈，以鞭杖驱之行，此姬亦在内，惊怖战栗，使人心恻”句，女性所遭受的极度屈辱、悲凄境况，历历如绘，下仅接“使人心恻”四字，并未渲染内心波澜，但足以引发读者无限惋叹。岳父“词穷吐实”后，李生知道真相，“急兼程至豫章，冀合乐昌之镜”，简单十二个字，一语带过，但由此引起的无限滋味奔涌心头：原以为阴阳两隔却近在咫尺，日日相见却咫尺天涯。“每回忆六七年中，咫尺千里，辄惘然如失。又回忆被俘时，缧绁鞭笞之状，不知以后摧折，更复若何，又辄肠断也”句，也仅用“惘然如失”“肠断”等数语，状写追悔悲苦之态之情，真正是简约之极、含蓄之至。“从此不娶”“后竟为僧”，看似平实，其心境亦属于凄苦之至。这种简约、含蓄的叙述，符合纪昀的小说观：“小说既述见闻，即属叙事，不比戏场关目，随意装点。……今燕昵之词、媟狎之态，细微曲折，摹绘如生。使出自言，似无此理；使出作者代言，则何从而闻见之？”（盛时彦《故妄言之跋》）另外，在“郭石洲言”的正文之外，篇首开场白的“不知是何因果”一语，与结尾“烟波不尽”的意蕴，亦具有一致性，颇有前后勾连之妙。

思考园地

1. 请简述明清文言小说的发展历程。
2. 请结合具体篇目，分析《剪灯新话》的主题与艺术特色。
3. 请结合具体篇目，分析《剪灯余话》的艺术特色。
4. 请结合具体篇目，分析《聊斋志异》的艺术成就。
5. 请结合具体篇目，分析《阅微草堂笔记》的主题与语言特色。

参考答案

第七章 明清白话短篇小说研读

学习要点

- 了解明清白话短篇小说的总体概况及发展演变。
- 掌握明清白话短篇小说的基本特征。
- 研读明末的“三言二拍”，清初的《十二楼》《无声戏》，清后期的《跻春台》等白话短篇小说，了解其思想内容与艺术成就。

第一节 明清白话短篇小说概况

明清白话短篇小说有两类：话本体白话短篇小说与非话本体白话短篇小说。话本体白话短篇小说主要是在宋元时期“叙一人一事”、说唱结合的“小说”话本的基础上发展起来的。所谓话本，是指民间艺人说话(即讲故事)的记录本、整理本或底本。宋代说话有四家：小说、讲经、讲史、合生。其中，“小说”说的是烟粉、灵怪、传奇、公案及发迹变泰之事，多讲一人一事，篇幅短小。宋元“小说”话本因主要反映市民的喜怒哀乐，充满市井趣味而最受欢迎。明代中叶出现了文人模拟宋元话本体制而创作，专供人们案头阅读的白话短篇小说。这类由小说话本及拟话本构成的作品多被称为“话本小说”。

一、话本小说的体制

话本小说的体制一般包括三个部分：入话、正话、结尾。入话相当于“开场白”，主要由篇首诗词、解释性议论、头回故事组成；正话是“言归正传”的“正传”部分，是小说的主体；正话故事结束后，在故事后附加诗词作结，点明主题或评论故事。“篇首诗—入话—正话—篇末诗”是话本小说的普遍形式。明末的白话短篇小说主要是模拟宋元话本而作，也保留了宋元话本的体式，但在不同时期又有所变化。“三言二拍”，以及《西湖二集》《石点头》《醉醒石》《型世言》等多保留了话本小说的“三段式”体式，入清后绝大多数话本中的头回故事普遍减少而多保留篇首诗及议论。在形态上，话本小说一般都是韵散结合，散体部分用于叙事，韵体部分穿插其中，用来描写景物、外貌、心理等。虽有案头读物，却也大量保留了说话艺人的口头套语，如“却说”“话说”“正是”“只见”“生得如何”“有诗为证”等等，由此引出对故事、场景的描述，对人物外貌的刻画，以及对人物或事件的评价。

非话本体白话短篇小说集中在公案一类。非话本体白话公案小说与话本体白话公案小说不同，乃“书贾掇拾，强凑成书”，或以一书一判官(如《百家公案》之包公)贯穿全书，形似长篇而实为短篇；或一书多判官(如《诸司公案》)集合各故事。这些公案小说形态较为粗糙，且相互抄引，重复较多，但它们满足了世人对法律知识的需求，故而受大众欢迎。

二、明清白话短篇小说的演变

从宋元至明清，话本小说的发展大致经历了宋元时期以说话人为主的编演阶段，明代的文人编刊期与清代的文人独立创作期。明清白话小说的主流是话本小说，其发展历程也大约可以分为三个时期。

（一）初兴期（明初到万历年间）

明代中叶，伴随着市民阶层的壮大和印刷业的发展，宋元话本受到关注。嘉靖年间（1522—1566），钱塘人洪楩刻印了《雨窗》《长灯》《随航》《欹枕》《解闲》《醒梦》六集，每集十篇，共六十篇，定名为《六十家小说》（因原书版心有“清平山堂”字样，又名《清平山堂话本》），这是明代第一部话本小说集，基本保留了宋至明初话本小说的原貌。万历年间（1573—1620），福建建阳人熊龙峰印行《小说四种》，分别是《张生彩鸾灯传》《苏长公章台柳传》《冯伯玉风月相思小说》《孔淑芳双鱼扇坠传》，前两种为宋元时期的话本小说，后两种为明代的拟话本小说。

（二）繁荣期（明万历至清乾隆前期）

明万历以后至清初，在江浙一带出现大批文人从事拟话本小说的创作，冯梦龙、凌濛初、陆人龙、李渔等是其中的翘楚。冯梦龙的“三言”，凌濛初的“二拍”在明清白话短篇小说史上占有重要地位。“三言”是《喻世明言》（原刻书名为《古今小说》）、《警世通言》、《醒世恒言》的统称，每部四十篇，共一百二十篇，少数篇目是冯梦龙个人创作的，多数是收罗宋、元、明三代流传的经过冯梦龙艺术加工的较为优秀的短篇白话小说，是当之无愧的宋明以来白话短篇小说“集大成”之作。它的出现，标志着古代白话短篇小说高峰的到来。“二拍”是指成书于天启七年（1627）的《拍案惊奇》（又名《初刻拍案惊奇》）和成书于崇祯五年（1632）的《二刻拍案惊奇》。“二拍”几乎都是凌濛初的个人创作，其编刊主要受书商的策划。凌濛初（1580—1644），字玄房，号初成，别号即空观主人，浙江乌程（今属浙江湖州）人。曾任上海县丞、徐州通判，后为农民起义军所困，呕血而死。《拍案惊奇》《二刻拍案惊奇》各四十篇，卷二十三都为《大姊魂游完宿愿　小姨病起续前缘》，有所重复，《二刻拍案惊奇》卷四十《宋公明闹元宵》为杂剧，故“二拍”实际只有七十八篇小说。

“三言二拍”讲究“通俗”，它以市井细民作为主要角色，讲述市民的家庭生活、爱恨情仇、商业活动、发迹变泰，讲述街头巷尾的琐碎杂事，从多角度、全方位反映市民阶层的生活面貌。其中像蒋兴哥、王三巧、金玉奴、杜十娘、秦重、罗惜惜、闻俊卿等，莫不描写细腻、形象鲜明。在“三言”“二拍”的影响下，拟话本小说大量涌现，如陆人龙的《型世言》、周清原的《西湖二集》、西湖渔隐主人的《欢喜冤家》、东鲁古狂生的《醉醒石》、天然痴叟的《石点头》等等，都各有其特色，生动地展示了当时的社会生活与时代风貌。至清顺治、康熙两朝，拟话本小说创作势头不减，专集频出，如《鸳鸯针》《西湖佳话》《清夜钟》《豆棚闲话》《照世杯》《珍珠舶》《八洞天》《五色石》《载花船》等。

李渔的《无声戏》《十二楼》是清代拟话本小说的杰出代表。李渔(1611—1680)，号笠翁，又别号伊园主人、随庵主人、湖上笠翁、觉世稗官等，浙江兰溪人，曾流寓南京，明末清初小说家、戏曲家、戏剧理论家。《无声戏》是李渔第一部拟话本小说集，又名《连城璧》。《无声戏》版本比较多，根据北京大学图书馆藏本《无声戏全集》杜濬序，《无声戏》原有一集、二集。《无声戏》与《连城璧》虽是一书而二名，但两者并不完全相同。《无声戏》并不涉及重大题材，而是通过日常生活小事来反映深广的社会生活，充满了下层市井生活的气息。《十二楼》，全称《觉世名言十二楼》，是李渔继《无声戏》后的又一部拟话本小说。全书共有十二篇小说，每篇回数不等，少则一回，多则六回，皆以“某某楼”三字为标题，整饬而美观。“楼”在故事中或隐或显，作者用“楼”这一“功能性物象”连接诸篇，写婚姻爱情、市井奇闻、悲欢离合等，在嬉笑的同时表现深广的社会图景。

晚明时，理学“异端”李贽认为“人必有私”，他批判道学，肯定私欲，提出“穿衣吃饭即是人伦物理”，认为“除却穿衣吃饭，无伦理矣。世间种种，皆衣与饭类耳”(李贽《答邓石阳》)。“好货”“好色”是人的天性，“是故圣人顺之，顺之则安之矣”(李贽《答耿中丞》)。李贽甚至还提出“圣人与凡人一”的主张。这些“异端”思想引发了民众的极大热情，帝王将相、风流文人、神魔鬼怪等不再是话本小说的主要题材，市民阶层一跃而成为小说的主角。小说描写市民们的日常生活与喜怒哀乐，公案、情爱、婚姻、欺骗、讹诈、家庭、经商、恩怨、复仇等都是小说中常见的题材，甚至充满“市井之常谈，闺房之碎语”。题材的多样性与思想上的开放性，使小说便于“极摹人情世态之歧，备写悲欢离合之致”，小说的“思想、意念、人物、形象、题材、主题，已大不同于封建文艺和文人士大夫的传统”(李泽厚《美的历程》)，呈现出较强的市井趣味。

诚如鲁迅在《中国小说史略》中所言：“宋市人小说，虽亦间参训喻，然主意则在述市井间事，用以娱心。及明人拟作末流，乃告诫连篇，喧而夺主，且多艳称荣遇，回护士人，故形式仅存而精神与宋迥异矣。”这一时期的拟话本小说有两个倾向，一是保留了宋人小说传统，虽有“训喻”，但重在“娱心”，此为拟作上品，如李渔的小说；二是“告诫连篇，喧而夺主”的拟作末流，作者不仅在小说集及故事标题中表明了其“医国”“补天”的意图，还以孝子、节妇、烈女、忠臣、义士作为主人公，从不同角度颂扬他们的美德。乾隆年间石成金的《雨花香》与《通天乐》就是“告诫连篇，喧而夺主”，只讲“醒心”了。《雨花香》共四十篇，每篇前面都有大段的议论，故事后面附有其他论述或相关诗文，正话故事却很短，如《老作孽》前面有老夫娶少妻的大段议论，后面附有《求嗣真铨》。这样的形式使小说缺乏可读性，实际上不能算作话本小说了。

（三）衰落期（乾隆后期至清末）

清中叶以后，话本小说走向衰落。由于政治高压及程朱理学复苏，小说的劝诫教化作用十分明显。与明末清初拟话本小说不同，清中后期的话本小说体式有新的变化。乾隆十七年（1752），玉山草亭老人编有《娱目醒心编》，它的入话与头回很长，有时甚至独立成一回，如卷一、卷三、卷四、卷九、卷十四、卷十五、卷十六的入话与正话旗鼓相当，各占一回，除卷一外，其他头回故事与正话平分秋色。郑振铎论及《娱目醒心编》时指出：“这部最后的创作话本集，正足以充分的表现出当时的著作界的风气来。在这时，淫靡的作风是早已过去的了，随了正学的提倡的结果，连小说中也非谈忠说孝不可了。”作者期望故事加议论的方式，使“阅者渐入于圣贤之域而不自知”（《娱目醒心编·原序》），实际结果却是喋喋不休的说教令人生厌，使“话本制作正式结束”。

清中后期话本小说多为选本，如乾隆时期的《西湖拾遗》，咸丰时期所刊的《西湖遗事》与《二奇合传》等。到了清末，因为宣讲圣谕，出现了一批题材有所开拓，形式有所创新的白话短篇小说，在岭南，有无名氏的《鬼神传终须报》，博陵邵彬儒的《俗话倾谈》《俗语爽心》。在西南地区，宣讲圣谕的白话短篇宣讲小说更多，刘省三的《跻春台》是其中的代表。近些年，新发现的《萃美集》《万善归一》《惊人炮》《救生船》《照胆台》《指南镜》《大愿船》《脱苦海》《上天梯》《保命金丹》等①与《跻春台》一脉相承。小说题材来源广泛，既广泛取材于史籍，又有近时近事，往往将其作为“案”“案证”，通过“以案为证”的方式达到宣讲的目的。与传统的话本小说有所不同，这些宣讲小说在形式上，说唱结合，唱词部分既是对故事的“复述”与补充，又是人物情感的抒发，可谓是“说唱小说”。

① 参见：竺青《稀见清代白话小说集残卷五种述略》，《上海师范大学学报（哲学社会科学版）》2005年第5期；汪燕岗《论清代圣谕宣讲与白话宣讲小说——以四川地区为考察中心》，《文学遗产》2014年第6期；杨宗红《新见清末“务本子”“破迷子”宣讲小说述要》，《重庆师范大学学报（社会科学版）》2019年第6期；等等。

第二节 “三言”研读

“三言”是明末话本小说的代表作。与宋元话本小说相比，它更多的是对现实生活具体真实的描写，生活气息浓厚，艺术成就很高。这里仅就《蒋兴哥重会珍珠衫》《施润泽滩阙遇友》两篇进行说明。

一、《蒋兴哥重会珍珠衫》

《蒋兴哥重会珍珠衫》是冯梦龙《古今小说》（后改名为《喻世明言》）的第一篇，主要情节源于《九籥别集·珠衫》《情史·珍珠衫》，略有修改。故事讲述湖广人蒋兴哥娶妻王三巧后，夫妻恩爱，但为了生计，南下广东经商。徽州新安人陈商爱慕三巧美貌，贿赂薛婆请为设计，终得偿所愿。情浓时，三巧将蒋兴哥家传的珍珠衫给了陈商。蒋兴哥巧遇陈商而发现珍珠衫，回家后休了三巧。三巧被休后做了当地知府的小妾，蒋兴哥将王三巧的十六箱陪嫁奉还。陈商病死，其妻平氏带着珍珠衫改嫁，所嫁之人恰巧是蒋兴哥。蒋兴哥依然去广东做生意，不幸陷入官司，审案人正是娶了三巧的知府。知府见三巧对蒋兴哥还有情，又让他们破镜重圆。

《蒋兴哥重会珍珠衫》是我国话本小说的典范之作，故事内容紧凑，情节跌宕，一波三折，具有极强的思想价值与艺术价值。

（一）新的思想观念

《蒋兴哥重会珍珠衫》被置于“三言”的首篇，它是一部时代感很强的作品，反映了商品经济所带来的新型思想观念，诸如婚恋观、商业观等。

在这篇故事中，最为突出的是新的婚姻道德观。兴哥与三巧夫妻恩爱，但在兴哥外出经商时，三巧受骗被奸，其后又沉溺于与奸夫的情爱中，“真个是你贪我爱，如胶似漆，胜如夫妇一般”，甚至将丈夫的家传宝物赠予奸夫作纪念。故事用较大的篇幅写三巧出轨的整个过程。兴哥外出一年，未能按期归家，三巧在丈夫离开后“数月之内，目不窥户，足不下楼”，也算谨守闺训。过年时节，在他人的团圆繁华中，她触景伤情，图想丈夫，好生凄楚，听闻算命之言，“一心只想丈夫回来，从此时常走向前楼，在帘内东张西望”，因此将陈商错认。她引薛婆入室，与薛婆同饮酒、同寝，也只当薛婆是女人，然而正因如此才被陈商得手。在这之前，三巧的出轨都是被动的，如若说有错，也只是不该与薛婆交往。故事生动地描写了三巧“望梅止渴”“画饼充饥”的思夫心理，丈夫的长久缺位加重了三巧内心的煎熬。对此，作者同情并理解：“大凡人不做指望，到也不在心上：一做指望，便痴心妄想，时刻难过。”已然失身后，加之陈商的高超手段，让久旷的她得到满足，也就放任甚至贪恋。作品深入细腻地刻画了三巧的心理变化，揭示了三巧复杂的情感轨迹与现实困境，因此，她的出轨就不能简单地以淫荡不贞来界定。难能可贵的是，兴哥从现实人性的角度出发设身处地体察三巧的生理与心理需求，思考妻子有外遇的原因。因为理解，故而休了她，但顾全了她的体面和尊严，最后又能重新接纳三巧回归，重修旧好。蒋兴哥对三巧的态度，体现出两性关系平等互爱的趋向，有异于封建传统的贞节观。故事以夫妻情战胜贞操观，以情胜理，闪烁着人性的光辉。

明代社会鼓吹贞节，“饿死事小，失节事大”，按照这种婚姻观，王三巧的行为严重失节，应当受到严厉的惩罚。蒋兴哥对妻子失节的宽容固然与他忠厚善良有关，也与此一时期的人性解放的时代思潮有关。故事中，三巧出轨陈商，不能简单地以“淫荡”说明她的品性。丈夫长期的缺位，薛婆的诡计，陈商的奸邪才是主要原因。蒋兴哥与王三巧的悲欢离合，表现了市民阶层新的婚恋观。作品肯定符合情理、道德规范的情欲，对女性特殊情况下的失节行为予以一定的包容，同时劝人节制欲望，倡导欲望与道德的一致性，“劝人安分守己，随缘作乐，莫为酒、色、财、气四字，损却精神，亏了行止”，严厉谴责蓄意破坏他人家庭、破坏女性贞节的行为。这种观念，由三巧与陈商二人一由妻变妾，一身死妻改嫁的情节安排可见一斑。

《蒋兴哥重会珍珠衫》还表现了对小商人生活的重视。古代社会重农抑商，商人地位低下。作者以小市民作为主角与配角，讲述小商人的婚恋生活。蒋兴哥是众多商人中的一员，他出生在商人家庭，为了生意还要离开娇妻外出奔波。商人重利是本性，但在三巧改嫁他人时，蒋兴哥将大小十六只细软箱笼原封不动送给三巧做嫁妆。故事展示了商人的艰辛、勤劳、善良，反映了商人阶层的优秀品质和进步思想。

（二）丰满的人物形象

冯梦龙善于通过概括叙述加以细节描写，刻画人物形象，蒋兴哥、王三巧、陈商、薛婆等无不性格鲜明、形象丰满。

蒋兴哥是个商人，他少年“生得眉清目秀，齿白唇红。行步端庄，言辞敏捷。

聪明赛过读书家，伶俐不输长大汉”，他跟着父亲四下走动但并没有染上不良习气。父亲去世时，蒋兴哥年方十七，却能独力支持丧事。他坚守礼制，等父亲一年祭满才请人说媒成亲。成亲后与妻子“成双捉对，朝暮取乐”，说起离别，“兴哥也自割舍不得，两下凄惨一场，又丢开了。如此已非一次”。离别时，见妻子流泪，“把衣袖替他揩拭，不觉自己眼泪也挂下来”。毕竟恩爱过，尽管已经休妻，蒋兴哥“心中好生痛切，见物思人”。这些描写，符合蒋兴哥的商人身份与年龄阶段特征。蒋兴哥发现珍珠衫，知道妻子红杏出墙时的描写尤为细腻。

> 兴哥口里答应道：“当得，当得。”心下沉吟：“有这等异事！现在珍珠衫为证，不是个虚话了。”当下如针刺肚，推故不饮，急急起身别去。回到下处，想了又恼，恼了又想，恨不得学个缩地法儿，顷刻到家。连夜收拾，次早便上船要行。
>
> 只见岸上一个人气吁吁的赶来，却是陈大郎。亲把书信一大包，递与兴哥，叮嘱千万寄去。气得兴哥面如土色，说不得，话不得，死不得，活不得。……兴哥大怒，把书扯得粉碎，撇在河中；提起玉簪在船板上一掼，折做两段。一念想起道：“我好糊涂！何不留此做个证见也好。”便捡起簪儿和汗巾，做一包收拾，催促开船。急急的赶到家乡，望见了自家门首，不觉堕下泪来。想起：“当初夫妻何等恩爱，只为我贪着蝇头微利，撇他少年守寡，弄出这场丑来，如今悔之何及！”在路上性急，巴不得赶回。及至到了，心中又苦又恨，行一步，懒一步。进得自家门里，少不得忍住了气，勉强相见。
>
> （冯梦龙编《喻世明言》，人民文学出版社，1958，第24—25页。）

这一段描写真实地展现了蒋兴哥的震惊、难堪、伤心、愤怒、自责，十分真切细致。

小说中的另一人物薛婆也刻画得十分成功。薛婆能言快语，她“串街走巷”卖珠子，认识许多人，面对陈商的黄白之物，心上动火，满脸堆笑，但却假意拒绝。得到陈商事成之日“白金百两相酬”的誓言后便为之奔走，甚至坏人贞节。薛婆的做法阴险诡谲。第一步，以奇巧动人、光灿夺目的“新样簇花点翠的首饰”以及争吵手段与陈商一唱一和引起三巧注意，借机进入三巧内室。第二步，趁雨天找三巧唠嗑拉近二人关系，到“第三次相聚，更觉熟分了”。“更觉熟分”是薛婆进一步行动的基础。薛婆的最终目的是要引动三巧春心，使其与陈商得谐“好事”，前两步只是铺垫。第三步，不时行走，甜言软语，“三巧儿遂与他成了至交，时刻少他不得”，又与丫环搞好了关系。第四步，以年少风情勾动三巧春心，又在夜间同宿而以陈商李代桃僵，让陈商偷香窃玉成功并最终让二人长期偷情。

薛婆是三姑六婆的代表，她养育一子四女，有实干，也贪财，为了财不惜抛弃良心，破坏他人贞节。薛婆是深谙人心的“口才家”。她诡计频出，巧舌如簧，紧扣两性，紧扣少妇久旷的心理，一步一步诱导三巧：“官人如何还不回家?”“牛郎织女，也是一年一会，你比他到多隔了半年。常言道：‘一品官，二品客。’做客的那一处没有风花雪月。”“是老身多嘴了，今夜牛女佳期，只该饮酒作乐，不该说伤情话儿。”薛婆安排酒席两人独饮，详细备至，谈及年少风情，引得三巧“心坎里时时发痒”“撒得火”“打熬不过”，突破了心理防线与两性之间的道德规范，沉湎于情欲中难以自拔。作品不遗余力地描写薛婆与陈商的诡计，突出薛婆的形象，这在一定程度上消解了三巧出轨的个人之“恶”，也为三巧后来给蒋兴哥解困，夫妻团圆做了铺垫。

（三）“物件”的充分运用

古典小说非常重视重要“物件”的作用。故事中有一个重要的物件——珍珠衫反复出现，串联起人物与情节，发挥着“草蛇灰线”的作用。它不仅是人物道德情感的凭证，也影响人物的命运，推动情节发展。

珍珠衫是夫妻爱情的体现。珍珠衫是蒋家的传家宝，“暑天若穿了他，清凉透骨”。蒋兴哥与妻子情深意重，不得不离开时，“将祖遗下的珍珠细软，都交付与浑家收管”，这一举动暗含了赠衫。蒋兴哥所去之地广东乃是暑热之地，正用得上珍珠衫。但蒋兴哥却将它赠予三巧，足见他对妻子的深情。赠珍珠衫这一举动，是前文叙写两人的浓情蜜意的自然发展。“珍珠衫”还体现了兴哥的淳朴善良。蒋兴哥知晓妻子出轨，愤怒之中休了妻子，并不将妻子丑事公之于众，向岳父母解释时也只言及“珍珠衫”，既暗示被休缘由，又全了三巧的脸面。

珍珠衫又是爱情背叛的见证。三巧明知珍珠衫是蒋家祖传之物，为丈夫所赠，却因沉溺于与陈商的情爱，忘记了作为蒋家媳妇的身份，忘记了与兴哥如胶似漆的过往，在与陈商分别时将珍珠衫赠予他，这是对夫妻情分的漠视，也为后来被休埋下伏笔。陈商本有聪明能干且美貌的妻子，却干偷香窃玉的活儿，骗奸良家妇女，得到了珍珠衫“每日贴体穿着”，“深情”的背后却是无情无耻。

珍珠衫是贯穿故事的线索，它是蒋兴哥与三巧夫妻感情的见证，也是三巧外遇的证据，亦是三巧与陈商奸情暴露最终被休的诱因；最后重会珍珠衫意味着夫妻团圆。初见珍珠衫与重会珍珠衫，形成一个环形结构完成故事的“大团圆”结局。巧合的是，他们重会的地点在合浦，暗合了“合浦还珠”的典故。但重会后的夫妻情与最初的情，却有所不同了。珍珠衫重会，既隐藏着兴哥与平氏各自婚姻遭遇背叛的经历，又隐含陈商的死亡。小说对珍珠衫忽断忽续的描写，使故事首尾照应，情节环环相扣。

二、《施润泽滩阙遇友》

《施润泽滩阙遇友》是明代白话短篇小说《醒世恒言》中的第十八卷，讲述了明代嘉靖年间小手工业者的生活。苏州府吴江县盛泽镇施复夫妻是以养蚕织绸为生的小手工业者，施复在卖绸回家的路上拾到六两银子，但却将它归还给失主朱恩，从此家事渐渐好转，“遂庆个号儿叫做施润泽”。有一年施复去洞庭山买桑叶时巧遇朱恩，不仅解决了桑叶短缺问题，还躲过了灾祸。翻修房屋，又掘得银两若干，成为一镇首富。一言概之，就是市井小民拾金不昧而发家的故事。

（一）展示了江南丝织业的发展

明代，太湖流域享有“三江五湖之利”，是著名的蚕桑之地，以蚕桑为基础的手工业迅速发展。苏州府吴江县盛泽镇的蚕纺闻名遐迩，崇祯时周灿《盛泽》诗描绘该地：“吴越分歧处，青林接远村。水乡成一市，罗绮走中原。尚利民风薄，多金贾客尊。人家勤织作，机杼彻黄昏。”《施润泽滩阙遇友》的故事就发生在这里。小说聚焦于盛泽镇，描绘了此地的丝织业与商业的繁荣景象。

> 说这苏州府吴江县离城七十里，有个乡镇，地名盛泽，镇上居民稠广，土俗淳朴，俱以蚕桑为业。男女勤谨，络纬机杼之声，通宵彻夜。那市上两岸绸丝牙行，约有千百余家，远近村坊织成绸匹，俱到此上市。四方商贾来收买的，蜂攒蚁集，挨挤不开，路途无伫足之隙；乃出产锦绣之乡，积聚绫罗之地。江南养蚕所在甚多，惟此镇处最盛。有几句口号为证：
>
> 东风二月暖洋洋，江南处处蚕桑忙。
> 蚕欲温和桑欲干，明如良玉发奇光。
> 缲成万缕千丝长，大筐小筐随络床。
> 美人抽绎沾唾香，一经一纬机杼张。
> 咿咿轧轧谐宫商，花开锦簇成匹量。
> 莫忧八口无餐粮，朝来镇上添远商。
>
> （冯梦龙编《醒世恒言》，人民文学出版社，1956，第352—353页。）

一个小小的盛泽镇却商贾云集，“蜂攒蚁集，挨挤不开”，可见商业之发达，而其根基是这个地方蚕桑业的繁盛。值得注意的是，“那市上两岸绸丝牙行，约有千百余家”，纺织业与商业繁荣催生了牙行经济，又受到了牙行经济的反哺，“那大户人家积得多的便不上市，都是牙行引客商上门来买”。故事还写到不同经济条件的机户的交易行为。大户人家的纺织品放到家里，由牙行引客商上门采买，温饱之家“织下绸匹，必积至十来匹，最少也有五六匹，方才上市”，如施复家一样“家中开张绸机，每年养几筐蚕儿”的本钱少的小机户往往“织得三四匹，便去上市出脱”。小说详细地交代了养蚕之法及禁忌。

> 那育蚕有十体，二光，八宜等法，三稀五广之忌。第一要择蚕种。蚕种好，做成茧小而明厚坚细，可以缫丝。如蚕种不好，但堪为绵纩，不能缫丝，其利便差数倍。第二要时运。有造化的，就蚕种不好，依般做成丝茧。若造化低的，好蚕种，也要变做绵茧。北蚕三眠，南蚕俱是四眠。眠起饲叶，各要及时。又蚕性畏寒怕热，惟温和为得候。昼夜之间，分为四时。朝暮类春秋，正昼如夏，深夜如冬，故调护最难。江南有谣云：
>
> 做天莫做四月天，蚕要温和麦要寒。
>
> 秧要日时麻要雨，采桑娘子要晴干。
>
> （冯梦龙编《醒世恒言》，人民文学出版社，1956，第 356—357 页。）

施复精通养蚕之道，“一来蚕种拣得好，二来有些时运。凡养的蚕，并无一个绵茧；缫下丝来，细员匀紧，洁净光莹，再没一根粗节不匀的。每筐蚕，又比别家分外多缫出许多丝来”。他从小机户到小镇首富，其发家史值得关注。抛开勤奋、善养蚕织布及掘地得银等神秘因素，他的不断再生产是重要原因。施复赚了一点钱后，就增加三四张绸机，后又买下间壁邻家的两间小房与左近一所大房居住，“开起三四十张绸机”，最终成为手工工厂的厂主。施复的发家史，反映了资本主义的萌芽。

故事中还有两个情节值得注意。一是施复在盈利后扩大厂房的同时，他的邻居却因“连年因蚕桑失利”要卖房屋；二是黄江南镇上开糕饼、馒头点心铺子的薄有寿干一辈子却难以积累钱财。这种两极分化，正是资本主义生产关系萌芽时期的反映。

（二）生动地刻画了小手工业者的形象

施复开始是镇上落后的机户之一。当镇上“都是温饱之家”时，他只是“家中开张绸机，每年养几筐蚕儿”。本钱少，哪怕只有三四匹布都要上市出脱。他渴望多买几张机，多织一些布，多赚一些银子，在出售自己的织布时精打细算。“那客人真个只拣细丝称准，付与施复。施复自己也摸出等子来准一准，还觉轻些，又争添上一二分，也就罢了。”他拾到银两，首先并未想到交还失主，而是想用来当本钱：“今日好造化！拾得这些银子，正好将去凑做本钱。”继而畅想未来：

如今家中见开这张机，尽勾日用了。有了这银子，再添上一张机，一月出得多少绸，有许多利息。这项银子，譬如没得，再不要动他。积上一年，共该若干，到来年再添上一张。一年又有多少利息。算到十年之外，便有千金之富。那时造什么房子，买多少田产。

（冯梦龙编《醒世恒言》，人民文学出版社，1956，第354页。）

小手工业者重利天经地义，施复也是如此。但也正是小手工业者的身份，让他设身处地推想其他失银者的不幸，明白客商、小经纪及与他一般的小手工业者失银后的严重性。

这银两若是富人掉的，譬如牯牛身上拔根毫毛，打甚么紧，落得将来受用。若是客商的，他抛妻弃子，宿水餐风，辛勤挣来之物，今失落了，好不烦恼。如若有本钱的，他拼这账生意扯直，也还不在心上；倘然是个小经纪，只有这些本钱，或是与我一般样苦挣过日，或卖了绸，或脱了丝，这两锭银乃是养命之根，不争失了，就如绝了咽喉之气，一家良善，没甚过活，互相埋怨，必致鬻身卖子，倘是个执性的，气恼不过，肮脏送了性命，也未可知。我虽是拾得的，不十分罪过，但日常动念，使得也不安稳。就是有了这银子，未必真个营运发积起来。一向没这东西，依原将就过了日子。不如原往那所在，等失主来寻，还了他去，到得安乐。

（冯梦龙编《醒世恒言》，人民文学出版社，1956，第354页。）

这一段心理描写十分真实、细腻。作品紧扣施复身份，写他渴望得到更多的银钱，却能将心比心，换位思考，这正是他淳朴善良的体现。

明中期，人们好财好货，却也遵守儒家的伦理教义。施复是一个小手工业者，他对该得的银钱绝不含糊，扩大厂房时也不因为对方是邻居而放弃收购，掘到无主之银后也是用于自己的再生产。但他能抵御不义钱财的诱惑，在极为需要银两作为资本时选择将失银交还原主，在知道自己所得之银中有薄有寿的八锭银时，情愿归还，并付诸行动。当发现薄有寿难以拥有这笔钱时，又“时常送些钱米与他，到做了亲戚往来。死后，又买块地儿殡葬”。故事诠释了“义”对于“利”的重要性。施复还银之后，“每年养蚕，大有利息”，“家中颇颇饶裕”，后又得朱恩报恩，解决了他桑叶短缺的问题，“是年蚕丝利息比别年更多几倍”。故事从不同角度写施复，较为全面地展示了资本主义萌芽时期江浙一带儒家的伦理和教义对商人的影响，以及儒家伦理在商业活动中的价值。

（三）充分利用入话奠定故事的基调

世俗爱奇，冯梦龙认为世俗社会百姓多而文人少，故事应该通“俗”，应当包含“奇”。《施润泽滩阙遇友》入话部分开篇诗云：“还带曾消纵理纹，返金种得桂枝芬。从来阴骘能回福，举念须知有鬼神。”其后两个故事都诠释该诗，“还带”“返金”均与归还失物相关，又包含“阴骘”思想。裴度先是被相士预言当饿死，却因救了一女子性命而改变骨相，后位极人臣。五代窦禹钧三十无子，夜梦祖父告诉他“命中已该绝嗣，寿亦只在明岁。及早行善，或可少延”。窦禹钧听从教训，归还所拾白金二百两、黄金三十两，又行其他善事，因行“阴骘”而连生五子，自己也寿至八十二。

入话到正话中有一段议论，道：“说话的，为何道这两桩故事？只因亦有一人曾还遗金，后来虽不能如二公这等大富大贵，却也免了一个大难，享个大大家事。正是：种瓜得瓜，种豆得豆。一切祸福，自作自受。”如此一来，施复的行为与前面两个故事类似，且与积善逢善联系起来，赋予故事神异性。

故事以施复的养蚕纺织发家为故事的主线，但细观施复的发家史，除了其勤劳，更主要是其还金之“善”举带来的神异效应。其一是还银之后，“每年养蚕，大有利息，渐渐活动”。其二是遇朱恩家有桑叶可买，故未乘船过湖免了翻船落水淹死之灾。其三是不让朱恩杀鸡款待，夜晚受鸡报警起身而免于被梁上掉落的车轴砸死。其四是隔壁嫌弃风水不好而施复购其屋却得银千金，愈加行善后修厅堂又挖到两千余金，大锭的上面系着红绒，其中八锭银子乃是薄老家的。更奇异的是，薄老那天早上做梦梦见八个腰系红绦的穿白衣的小厮说与“亲属”们一道去施复家。薄老去施复家验证，果见是八锭银子作怪。施复暗中将银子裹在馒头里给薄老带回，两个馒头又阴差阳错回到施复家，讲述者感叹道：“方知银子赶人，麾之不去；命里无时，求之不来。”薄老家的八锭银子跑到施润泽家的故事，见《古今谭概·杂志部第三十六》的《张生失金》。冯梦龙将其移植于此故事中，既彰明了善行得善果，也给故事增添了神奇色彩，凸显了编撰者以故事“醒世”的文学主张。

第三节 “二拍”研读

“二拍”是中国文学史上首部文人独立创作完成的拟话本短篇小说集，它是继“三言”之后，成就最高的明代白话短篇小说的代表作。

一、《转运汉遇巧洞庭红　波斯胡指破鼍龙壳》

《转运汉遇巧洞庭红　波斯胡指破鼍龙壳》载于《拍案惊奇》卷之一，正话主要来源于明人周元暐《泾林续记》中《苏和得宝》的故事，讲述一个“倒运汉”如何成为“转运汉”。原故事只有数百字，叙事简略，经改编后约上万字。故事梗概如下：明成化年间苏州府长洲文若虚家道败落，“思量做些生意，却又百做百不着”，被人称为“倒运汉”。一次，文若虚跟一伙走海贩货的商人出海，以一两银子所购的洞庭红橘到吉零国却赚了一千多两银子。归途中，他在荒岛捡到一个大龟壳，被波斯商人慧眼识珠，认出是鼍龙壳，内藏二十四颗夜明珠，波斯商人以五万两银子将鼍龙壳买去，并将店铺卖与文若虚。从此文若虚否极泰来，成为闽中巨富。

（一）对市民经商及冒险行为的肯定

传统中国以农为本，商业是末业。明初严厉禁止商人出海，到隆庆时开放海禁，允许私人从事海外贸易。张居正为相时，提出了“资商”“厚商”的理念。这则故事所揭示的，正是这种背景下商人的海外经商行为。

故事的主人公文若虚原先颇有祖业，他本人“生来心思慧巧，做着便能，学着便会。琴棋书画，吹弹歌舞，件件粗通”。家事衰败后，别人“时常获利几倍”的商业利润吸引了文若虚，在“求利”的驱动下，文若虚外出经商，“却又百做百不着”。但相较于农事，行商风险更大。《杨八老越国奇逢》中有一首诗言及商人的艰辛，其中几句是这样的：“人生最苦为行商，抛妻弃子离家乡。餐风宿水多劳役，披星戴月时奔忙。水路风波殊未稳，陆程鸡犬惊安寝。平生豪气顿消磨，歌不发声酒不饮。少赀利薄多赀累，匹夫怀璧将为罪。偶染小恙卧床帏，乡关万里书谁寄?”文若虚去北京卖扇，做了诸多准备，然而由于气候反常，扇子上的墨晕染揭不开，本钱都没了。故事没有写文若虚如何背井离乡，如何披星戴月、餐风宿水，如何担惊受怕，只写他“频年做事，大概如此。不但自己折本，但是搭他作伴，连伙计也弄坏了”。文若虚也因此被人称为“倒运汉”，“不数年，把个家事干圆洁净了，连妻子也不曾娶得。终日间靠着些东涂西抹，东挨西撞，也济不得甚事”。

文若虚的“倒运”是众多商人经商风险的体现。文若虚并非不精明，也并非不能吃苦耐劳。他通过信息，用此有彼无的地域差异来赚取利润；他请名人沈石田、文衡山、祝枝山为扇题诗绘画，或者自己模仿他们以假当真，根据字画决定扇的等级价位……但没有将天气原因考虑进去，又恰逢天气异常，导致他经商的失败。其他“大概如此”的行商，都在一定程度上说明，经商有风险，要么大富，要么倾家荡产。

好在文若虚是个比较乐观的人，邻近要“走海泛货”，文若虚便“附了他们航海，看看海外风光”。他携带着洞庭红橘出海了。“元来这边中国货物，拿到那边，一倍就有三倍价；换了那边货物，带到中国，也是如此。一往一回，却不便有八九倍利息！所以人们都拼死走这条路。”“拼死”二字可见风险之大。风险高，利润也高。洞庭红橘让文若虚足足赚了一千两纹银，无意中获得的鼍龙壳又让他获得五万两白银。因为这段冒险经历，“倒运汉”变成“转运汉”。

文若虚成为“转运汉”，依然是蹚过风险得来的。小说以赋笔的形式写了一段景。

> 行了数日，忽然间天变起来。但见：
>
> 乌云蔽日，黑浪掀天。蛇龙戏舞起长空，鱼鳖惊惶潜水底。艨艟泛泛，只如栖不定的数点寒鸦；岛屿浮浮，便似没不煞的几双水鹈。舟中是方扬的米簸，舷外是正熟的饭锅。总因风伯太无情，以致篙师多失色！
>
> （凌濛初：《拍案惊奇》，人民文学出版社，1991，第12—13页。）

这是文若虚等人往海外途中经历的，并不能简单作为景物描写看，它呼应了故事中“拼死”二字。乘船出海，经常会遇到飓风暴雨导致船毁人亡，海外贸易也就是“拼死”的过程。在这暴风雨中，人们已经无力操控船只，“那船上人见风起了，扯起半帆，不问东西南北，随风势漂去”。只是他们运气好，漂落到了荒岛。这段惊心动魄的经历让文若虚心有余悸，他在荒岛，“四望漫漫，身如一叶，不觉凄然，吊下泪来”，心里道：“想我如此聪明，一生命蹇，家业消亡，剩得只身。直到海外，虽然侥幸，有得千来个银钱在囊中，知他命里是我的不是我的？今在绝岛中间，未到实地，性命也还是与海龙王合着的哩！”海外意味着冒险，这段叙述与描写，真实地再现了海外贸易者的危险经历。

这个故事成功地塑造了通过海外贸易发家的富商形象，透露出那个时代的商业信息，诸如商业贸易中两极分化，风险与机遇并存，互通有无的经商之道，交易中契约关系受到重视，等等。更有价值的是对私人海外贸易的叙述。尤其是排位次“看货轻重”论，这种排位次方法，大异于中国，突出了资本的地位，反映了明中叶后商业的发展和资本主义的萌芽。

与《施润泽滩阙遇友》不同，在这个故事中，文若虚的发家史无关其道德之善，而是磕磕碰碰中的“运”。不断赔本是“倒运”，小本大利与无本巨利是“转运”。文若虚在苏州—北京—吉零国—福建的圈际流动中的商业行为，都与道德无关。作品对文若虚的发迹变泰津津乐道，所肯定与宣扬的，是商人们不断的、正当的贸易活动与致富行为，敢于冒险求财的商业精神，这正是晚明商业新观念的折射。

（二）故事的传奇色彩

凌濛初将他的两本话本小说集命名为“拍案惊奇”以表明他对“奇”的追求。他认为小说应写“奇”，通过奇人、奇事、奇景等达到令人拍案惊奇的效果。在《二刻拍案惊奇·小引》中，凌濛初对他故事的“惊奇”效果颇为自豪，他言“偶戏取古今所闻一二奇局可纪者，演而成说”，结果“同侪过从者索阅一篇竟，必拍案曰：‘奇哉所闻乎！’”“奇”有非常之奇，也有寻常之奇。凌濛初还假托即空观主人为小说集作序表明他的观点：“今之人但知耳目之外牛鬼蛇神之为奇，而不知耳目之内日用起居，其为谲诡幻怪非可以常理测者固多也。”日常生活中充满“奇”，但世人“知奇之为奇，而不知无奇之所以为奇”，过于追求日常之外的“奇”，犹如画家不画犬马而画鬼魅，往往导致故事“失真”。

《转运汉遇巧洞庭红　波斯胡指破鼍龙壳》所呈现的，是耳目之内的日常之奇。这种“奇”体现在多方面。

人物的极大反差是一奇。当其他人都能赚钱时，文若虚在倒运之时，干啥赔啥；在去海外的路上，其他人无所收获时，他却先以洞庭红橘获大利，又得一鼍龙壳，为后来白得数万两白银埋下伏笔。文若虚自身前后的反差也充满传奇性。未出海时无论怎样都徒劳无功，出海后则是一本万利甚至无本万利。于文若虚而言，洞庭红橘、鼍龙壳是他“转运”的重要节点，不仅印证了相士言他有“巨万之富”的预言，还呼应了他临行前瞽目先生所占的“百十分财气”，这也是故事的一奇。

海外的银钱及交易方式同样奇。洞庭红橘在苏州是很平常之物，却在吉零国成为抢手货。所付的银钱不以重量看而以花纹看：“元来彼国以银为钱，上有文采。有等龙凤文的，最贵重，其次人物，又次禽兽，又次树木，最下通用的是水草。却都是银铸的，分两不异。”以物易物的交易方式改为钱货交易时，“他只认做把低钱交易，我却只管分两，所以得利了”。文若虚所赚取的第一桶金充满了戏剧性，却又非常符合情理。

鼍龙壳的获得及售价之高也令人惊异。文若虚漂到荒岛时仍旧不相信自己的命运会发生改变，他偶然发现鼍龙壳而不识宝，只是当成罕见之物带回证明他曾有过海外经历，“我自到海外一番，不曾置得一件海外物事，今我带了此物去，也是一件希罕的东西，与人看看，省得空口说着，道是苏州人会调谎”。这种行为甚至遭到了同伴的嘲笑，孰知“龟壳”乃是鼍龙壳。故事详细介绍了鼍龙之异。

……内有一种是鼍龙，其皮可以幔鼓，声闻百里，所以谓之鼍鼓。鼍龙万岁，到底蜕下此壳成龙。此壳有二十四肋，按天上二十四气。每肋中间节内，有大珠一颗。若是肋未完全时节，成不得龙，蜕不得壳。也有生捉得他来，只好将皮幔鼓，其肋中也未有东西。直待二十四肋肋肋完全，节节珠满，然后蜕了此壳，变龙而去。故此是天然蜕下，气候俱到，肋节俱完的，与生擒活捉、寿数未满的不同，所以有如此之大。这个东西，我们肚中虽晓得，知他几时蜕下，又在何处地方守得他着？壳不值钱，其珠皆有夜光，乃无价宝也。今天幸遇巧，得之无心耳。

……解开来，只见一团绵裹着寸许大一颗夜明珠，光彩夺目。讨个黑漆的盘，放在暗处，其珠滚一个不定，闪闪烁烁，约有尺余亮处。……只这一颗，拿到咱国中，就值方才的价钱了。其余多是尊惠。

（凌濛初：《拍案惊奇》，人民文学出版社，1991，第22页。）

鼍龙难遇，万岁鼍龙更难遇，遇上二十四肋的鼍龙壳更需要运气。文若虚凭空得五万两白银，波斯商人因识宝，所赚亦远远高于五万两。

文若虚的传奇经历展示了奇人、奇事、奇物、奇运，充分诠释了凌濛初小说“拍案惊奇”的特色。倘若联系入话中头回故事来看，就会发现，故事既有日常中的奇，也有日常之外的奇。汴京金维厚朝夕劳碌积得八锭白银，用红绳系着。一夜，金维厚梦见八个身着白衣，腰系红带的大汉言要去某村王姓家。次日金维厚所积八个大锭白银就不见了，寻访发现白银果然去到王家，就连王家在知晓内情后赠送给金老的三两零银最后也还是落在了王家。故事的本意是表明对命运的看法，但梦境中白银化人而说话，并“走”到其他家，显然就不是“常”了。头回的日常外的奇与正话中日常中的奇，都与民众关注的“运”相关，使整个故事奇趣盎然。

二、《田舍翁时时经理　牧童儿夜夜尊荣》

《田舍翁时时经理　牧童儿夜夜尊荣》是《二刻拍案惊奇》中的卷十九，讲述了牧童梦与现实相反的故事。春秋时南华山言寄儿得道人传授五字真言，依言临睡时将此句念上百遍，梦中取名言寄华，献万言长策被授为著作郎，成为华胥国驸马、黑甜乡侯，受用富贵。醒来却在山坡做牧童，甚至丢了牛。后发现梦与生活相反，不再念真言，却梦见公主病危，自己势败获罪，醒来得到一窖金银，被东家认作干儿子，自此后就做险恶之梦。后来有所感悟，随着道士云游而去。

(一)以“梦”构建故事，阐释人生哲理

言寄儿贫困却不愿入道，道士授其真言，这是入梦之因。有了五字真言，就有了七段不同却又相连的入梦情节，七个梦层层递进，这是故事的主要部分。最后道士指点迷津时再一次提及“梦”，与前文道士欲度言寄儿前后呼应。“梦”虽然贯穿始终，但却只是作为整个故事的骨架而不是主旨。言寄儿本是孤儿，生来愚蠢，不识一字，靠出力为生，有道骨却痴性重，不能忍受清淡，不愿随道人出家。念“婆珊婆演底”五字真言后，他在梦中实现了功名富贵，也得到情爱满足。但美梦过后是生活的不如意，噩梦后却是生活的富足，梦境与现实始终是相反，“日里是本相，夜里做王公”，言寄儿最后悟到“世上没有十全的事，要那富贵无干”，悟而后修道修仙。小说反复运用了“入梦—梦中经历—梦醒”的结构，增强了故事的张力与戏剧效果。梦境与现实交替出现，扩大了小说的叙事空间，使之具有立体感和层次感。

以梦悟道的写法不是凌濛初的独创。故事中提及古代“寓言”《邯郸梦记》《樱桃梦记》揭示的是“富贵繁华直同梦境”。言寄儿之梦则不同，它是《列子·周穆王》“周之尹氏大治产”的演绎。《列子》认为“劳形而逸其神者，则觉疲而梦安；劳神而逸其形者，则觉乐而梦苦”，神乃生之主，形乃神之器，人当养神安形，资形逸神，否则形神俱劳。“六梦”(正梦、噩梦、思梦、寤梦、喜梦、惧梦)都与人的精神活动相关，“一体盈虚消息，皆通于天地，应于万类”，身体不同，思想感情不同，梦也就不同。然而《列子》之论有些深奥，凌濛初将它改成篇幅比较长的故事，但却不再只是诠释身体与梦之间的关系，而是转到人生哲理上。故事通过言寄儿现实与梦境截然不同的经历，借言寄儿的疑惑与询问于道人而得出结论，用道人的话说，就是“人世有好必有歉，有荣华必有销歇，汝前日梦中岂不见过了么?”言寄儿之梦不局限于呈现人生体验与梦境的关系，而是通过他的“悟”来引导世人。

神仙度人，先要人自己打破痴迷。言寄儿有道骨，但“痴蠢”，不能领会梦如现实，现实如梦，不能悟到“世上没有十全的事，要那富贵无干”。这种解释，不同于《邯郸梦记》《樱桃梦记》借梦表达人生如梦幻泡影，从而否定现实人生。入话故事中宝盆结冰花即有阐道意味：“此盆结冰成花，应着万氏之富犹如冰花一般，原非坚久之象。”言寄儿的梦所阐之道，与宝盆冰花之理相同，即“人世有好必有歉，有荣华必有销歇”这一看似简单却深邃的哲理。

（二）梦境与现实对应，凸显故事之奇

凌濛初在正话前有一段议论：“所以古人寓言，做着《邯郸梦记》《樱桃梦记》，尽是说那富贵繁华直同梦境。却是一个人做得一个梦了却一生，不如庄子说那牧童做梦，日里是本相，夜里做王公，如此一世，更为奇特。”也就是说，作者选取《列子》中的故事，还在于故事本身之奇。

故事中出现了七次梦，每次梦都与现实生活形成对比。用小说中的话说，就是“从来说梦是反的，梦福得祸，梦笑得哭”。具体来说，前四梦是梦中美满，现实中受苦，后三梦则是现实中享福而梦中受苦。其梦与现实的对应如下。

（1）梦中自献万言长策得授著作郎，现实中遇莫翁请他牧牛。

（2）梦中儒生们恭听赐教，令行禁止，同僚庆贺；现实中驯养莫翁交付的一大群牛畜，伙计们置酒相请。

（3）梦中因有功御赐“锦衣冠带一袭，黄盖一顶，导从鼓吹一部”；现实中只有蓑衣竹笠，荷叶遮身，短笛牧牛。

（4）梦中尚公主，高谈“正心诚意，强邻必然自服”而退玄菟、乐浪两敌，封黑甜乡侯加九锡，富贵至极；现实中喂养牝驴，所牧两牛一丧于虎一没于河，被东家杖责九下。

（5）梦中公主疽发于背，偃蹇不起，小人乘机攻讦，被锁去大窖边听罪；现实中则发现了一窑金银。

（6）梦中家产被抄没在养济院度日，现实中被东家认作干儿子。

（7）梦中充满险恶，“不是被火烧水没，便是被盗劫官刑”且“后来到得夜夜如此，每每惊魇不醒”；现实中生活得美满富足。

故事的第一奇不只在于做梦，还在于梦每每与现实相反。一般来说，一晚上可以一梦到底，但很少有不同晚上接着前一个梦继续下去，但言寄儿之梦连缀起来就是人一生的经历：如何起于微末，如何在朝堂意气风发建功立业，如何遭遇政敌毁谤获罪沉沦。不同夜晚的梦境叙事呈现同一人的整个“人生”，这是第二奇。以解梦之法来看，梦境与现实之间似乎具有对应性。《列子》由人生体验解释梦，如阴气壮则梦涉大水，阳气壮则梦涉大火，阴阳俱壮则梦生杀，这是日有所思，夜有所梦；“甚饱则梦予，甚饥则梦取”，这是身体需求在梦中的反映。形神相遇，“飞鸟衔发而梦飞”是梦与日常现象的一致，“将阴梦火，将疾梦食；饮酒者忧，歌舞者哭”是反梦。言寄儿的梦显然是反梦。现实与梦如何“反”，其间各有对应。在这个故事中，梦与人生的密切联系不只是“相反”，还在于梦中之事与现实之事的密切对应，如梦中的宴饮与现实的喝酒，梦中的两敌国与现实中的两牛，梦中的“九锡”与现实中被杖“九下”，梦中的“鼓吹”与现实中的“牧笛”，梦中的大粪窖与现实中的金银窖等。如此一来，梦境与现实似反非反，恍惚迷离，此为第三奇。

言寄儿之梦还有第四奇，那就是粪与钱财的关系。也许是日常生活中有“钱财如粪土”这种说法，或许还有农民以粪土为肥料而庄稼收成好等原因，所以梦见粪土也就意味着发财。《世说新语·文学》即载有人问殷中军，何以“将得财而梦矢秽?”殷中军回答：“财本是粪土，所以将得而梦秽污。”民间也有这种说法，《异苑》道：“粪污者，钱财之象”。《敦煌遗书·解梦书》亦有此说。所以当言寄儿梦到在“大粪窖边墩着”，“粪积狼籍，臭不堪闻”后，次日在现实中发现了一窖金银，“不计其数”。如果说言寄儿前几次梦与现实的关系还有一点“虚”的成分，此梦则是实打实的预兆，更体现了梦与现实的紧密联系，是世俗的解梦而非超越于世俗之外的悟道。言寄儿最后悟道出世修仙，并不妨碍故事的世俗性，且梦与现实的密切关联，使故事恍兮惚兮，亦真亦幻，奇味盎然。

凌濛初作为一个书商，一个有志于科场的读书人，对现实有责任感，他的思想主要是儒家而非道家的。他写此故事不是引人悟现实之空幻，而是“日里是本相，夜里做王公”较“富贵繁华直同梦境”更为奇特，更令人“拍案惊奇”。

话本小说最初是说话艺人在书场说书时的底本，以故事的奇异性与通俗性吸引听众注意力。凌濛初尤其重视小说的“奇”，正话奇，入话部分的故事同样“奇”。宣议郎万延之贱价购买之田由于气候原因岁收“万石”，其后家事显赫。他家有一个瓦盒，“是希世的宝物”，冬季结水成冰，“过了一夜，凝结成冰，看来竟是桃花一枝”。复剩残水在其中，“过了一会看时，另结一枝开头牡丹，花朵丰满，枝叶繁茂，人工做不来的”。每次在凝寒之日倒水于其中，“是一番另结一样，再没一次相同的。虽是名家画手，见了远愧不及”。宣议郎加迁宣德郎后，盆中之冰花所凝结的“却是一块山石上，坐着一个老人，左边一龟，右边一鹤，俨然是一幅寿星图。”宝盆冰花的寓意如何且不说，但宝盆的奇异赋予了故事离奇婉转之美。

(三)故事的雅化倾向

“二拍”是受“三言”影响而作，虽然也保留了宋元话本的口头性特征，但基本上是文人独立创作，表现出更多文人性特征。《田舍翁时时经理　牧童儿夜夜尊荣》也体现了这一点，其雅化有多种表现，如题材、主题、语言、情感、对原题材的改编、审美心理、作品体制等，这里仅就其语言及诗文引用进行分析。

从故事命名上看，“二拍”命名方式更雅化。故事标题采用了对联式，上下两句对仗工整，人物对人物，时间对时间，事件对事件。“田舍翁”对“牧童儿”，“时时”对“夜夜”，“经理”对“尊荣”。对联式标题形成两条线，一条是以田舍翁为线索的现实之线，这条线直接影响到言寄儿白天的真实生活；一条是以言寄儿为线索的梦境之线。两条线彼此关联，拓展了故事的叙事空间。

这篇小说故事奇特，语言却省净雅致。故事在交代宣议郎万延之时只寥寥数语：“性素刚直，做了两三处地方州县官，不能屈曲，中年拂衣而归，徙居余杭。见水乡陂泽，可以耕种作田的，因为低洼，有水即没，其价甚贱。万氏费不多些本钱，买了无数。”万延之宝盆第三次所结的冰花，作者不过数语，却栩栩如生地描绘出了一片山水田园风光，“次日再看，一发结得奇异了，乃是一带寒林，水村竹屋，断鸿翘鹭，远近烟峦，宛如图画”。这种简洁雅正的语言与水墨山水画的意境显然更合乎文人的语言习惯与艺术审美。再如：“言寄华受了封侯锡命，绿韨衮冕，鸾路乘马，彤弓卢矢，左建朱钺，右建金戚，手执圭瓒，道路辉煌。”作者以整齐的语言铺陈言寄儿封侯之后的场景，凸显了其显赫威势。

恰当地引入诗词使得故事更雅。宋元话本不乏大量引诗，但有些诗词与正话内容并无关系，如《警世通言》第十四卷《一窟鬼癞道人除怪》入话诗词及相关议论。《田舍翁时时经理　牧童儿夜夜尊荣》起首引用宋朝诗僧晦庵所作《满江红》前阕，说人生富贵荣华，常防翻覆，不足凭恃。华胥国饮酒醒来，言寄儿却以荷叶遮身、吹笛牧牛，这时又“有诗为证”：“草铺横野六七里，笛弄晚风三四声。归来饱饭黄昏后，不脱蓑衣卧月明。”这首诗乃是唐人吕洞宾的《牧童》诗。吕洞宾的道士身份及诗传达的是乡间生活的安然及精神自由，所营造的意境远非言寄儿一个牧童所处的现实，但却与言寄儿当时的处境相吻合。言寄儿遣两书生退了玄菟、乐浪两国得封黑甜乡侯，身居百僚之上，此时也“有诗为证”：“当时魏绛主和戎，岂是全将金市供？厥后宋人偏得意，一班道学自雍容。”诗用魏绛和戎的典故，批判言寄儿派书生“屈己听命，饱其所欲”求得两国安宁的政策，延伸至宋代的割地求和，包含着对高谈“正心诚意”而不务实的风气的否定。

言寄儿梦中被抄家，“发在养济院中度日”，扣马书生高歌之词及对言寄儿的四句偈也极精妙典雅：

> 落叶辞柯，人生几何？六战国而漫流人血，三神山而杳隔鲸波。任夸百

斛明珠，虚延遐算。若有一卮芳酒，且共高歌。

……

颠颠倒倒，何时局了？遇着漆园，还汝分晓。

（凌濛初：《二刻拍案惊奇》，人民文学出版社，1996，第380页。）

书生只是作者的代言人，其歌已非粗鄙直露的民间歌谣，而是通过比兴、用典，传达出深沉的人生况味，隐含着对现实的否定与求仙访道后的自由。四句偈言似明非明，费人揣摩。

这篇小说中的另一人物莫翁乃是一田舍翁，属于乡村社会的“细民”，他的“时时经理”行为，正是一般乡村土财主的生活。莫翁家有肥田数十亩，耕牛数头，工作农夫数人。住茅檐草屋，早夜算计思量，无非只是耕田锄地、养猪牧牛之事。作者以诗道破田舍翁的行径。

田舍老翁性夷逸，僻向小山结幽室。生意不满百亩田，力耕水耨艰为食。春晚喧喧布谷鸣，春云霭霭檐溜滴。呼童载犁躬负锄，手牵黄犊头戴笠。一耕不自已，再耕还自力。三耕且插苗，看看秀而硕。夏耘勤勤秋复来，禾黍如云堪刈铚。担箩负囊纷敛归，仓盈囷满居无隙。教妻囊酒赛田神，烹羊宰豚享亲戚。击鼓咚咚乐未央，忽看玉兔东方白。

（凌濛初：《二刻拍案惊奇》，人民文学出版社，1996，第370页。）

诗呈现了田舍翁的性情、住所环境、耕种情况、收获场景、收获之后的祭祀行为，有叙述，也有描写。既写出田舍翁的辛勤繁忙，也写出乡间生活的朴实与风光的优美。“春晚喧喧布谷鸣，春云霭霭檐溜滴。”“击鼓咚咚乐未央，忽看玉兔东方白。”诗充满田园逸趣，可见凌濛初对田园生活的喜爱。虽然诗歌表现的是农民的生活，文人化审美却非常明显。

概括起来，在这篇故事中韵体部分有诗有词有曲，其中，疑为作者自创之诗词六首，引用唐宋诗词三首、元杂剧之词一首。其作用或抒情，或描写人物外貌，或对事件发表议论，或介绍田舍翁日常生活，功能不一，形式多样，审美形态有别，作者的主体意识也较为突出，充分体现了俗中之雅。

第四节 《十二楼》《无声戏》研读

李渔是能与冯梦龙、凌濛初并列的明末清初三大白话短篇小说家之一，他的小说在顺治康熙年间极为盛行。杜濬在《连城璧》第三回眉评中称《无声戏》"为从来小说之冠"。李渔的朋友李一贞竭诚称赞："焚香啜茗，拂几静阅《无声戏》，大则惊雷走电，细亦绘月描风，总人间世未抽之秘，不啻骇目荡心已也。……国门纸贵，信然！信然！"(《柬李笠翁》)今人孙楷第言清初的短篇小说"除了笠翁外，真是没有第二人了"。作为清初白话短篇小说的代表作，《十二楼》《无声戏》最值得称道的是它的艺术性。

一、《十二楼·拂云楼》

《拂云楼》是《十二楼》中的第七楼，共六回，是《十二楼》中回数最多的一篇。故事讲述了裴七郎立志要娶美，起先遵从父命弃了与之有婚约的韦家小姐而娶了丑妇封氏。端午节裴七郎与封氏各自出游，突下大雨，裴七郎见到了貌美如花的韦小姐与丫环能红。封氏出丑又染病死后，裴七郎追求韦小姐遭到拒绝，在能红的巧妙运作下，终于娶了主仆二人，遂了心愿。因能红曾于家中拂云楼望见裴七郎丰姿才促成婚事，故取篇名为《拂云楼》。

(一)以戏为小说

李渔认为小说和戏曲"同源而异派"，小说是无声的戏，是以将自己首部白话短篇小说命名为《无声戏》。他多次在其小说中将故事情节人物比附"戏"。《连城璧》中《谭楚玉戏里传情　刘藐姑曲终死节》一文的主人公以演"戏"传达真情，"竟在假戏文里，做出真戏文来，使千年万载的人，看个不了"。作者借人物之口阐释"戏"："我且问你，这个'戏'字怎么样解说？既谓之戏，就是戏谑的意思了，怎么认起真来？你看见几个女旦嫁了正生的?"此处"戏"即戏谑、游戏之意。李渔以"戏"论创作小说，又将小说改编为戏剧，将无声之戏变为有声之戏，如《丑郎君怕娇偏得艳》改编成《奈何天》，《谭楚玉戏里传情　刘藐姑曲终死节》改编成《比目鱼》，《寡妇设计赘新郎　众美齐心夺才子》改编成《凰求凤》，《生我楼》改编成《巧团圆》，等等。

以小说为“戏”，不仅体现在《无声戏》中，也体现在《十二楼》中。《拂云楼》就体现了李渔将小说视为“无声戏”的主张。第二回叙述裴七郎的妻子在人面前露出许多丑态后，众人的评论如下。

众人都说：“……可惜不知姓名，若还知道姓名，倒有几出戏文好做。妇人是‘丑’，少不得男子是‘净’，这两个花面自然是拆不开的。况且有两位佳人做了旦脚，没有东施嫫姆，显不出西子王嫱，借重这位功臣点缀点缀也好。”内中有几个道：“有了正旦、小旦，少不得要用正生、小生，拼得费些心机去查访姓字，兼问他所许之人。我们肯做戏文，不愁她的丈夫不来润笔。这桩有兴的事是落得做的。”又有一个道：“若要查访，连花面的名字也要查访出来，好等流芳者流芳，贻臭者贻臭。”

（李渔：《十二楼》，人民文学出版社，1999，第 131 页。）

生旦净丑皆是戏曲中的角色，这段话一连用了十多个戏曲名词，很好地说明了李渔小说与戏剧的内在契合。李渔将戏剧角色与小说中的人物一一对应，两位佳人正是正旦、小旦，是西子王嫱一类的人物；裴七郎便是“生”，其妻便是东施、嫫姆一类的人物，是丑角。李渔运用戏曲角色的定位之法将他们一一归位，依据戏剧的原则，生、旦必须“善终”，净、丑定要遭受嘲弄和恶报。

李渔将日常生活故事视为在特定场所表演的“戏”，故事即戏，人物的活动也就是演戏。第四回的结尾又写道：“此番相见，定有好戏做出来，不但把婚姻订牢，连韦小姐的头筹都被他占了去，也未可知。各洗尊眸，看演这出无声戏。”故事中男女主人公相互倾心及最终完满结局，都是人物的现场表演。《无声戏》为“戏”，《十二楼》亦为“无声戏”，这充分地反映了李渔的小说观念，小说是无声的戏，戏为有声的小说，小说与戏的区别，只在于有声与无声而已。

戏剧是舞台的艺术，一个好的舞台，可供一人或多人演出，故事如何，人物形象如何，都通过唱、做、念、打等动作来呈现。第一回端阳佳节西湖上看龙舟就是一个典型的舞台。在这个舞台上，有裴七郎与一众轻薄少年，一群游玩赏景的女眷。轻薄少年们想要赏美，一场大雨让他们能看清楚真实的美人：“我们立在总路头上，大家领略一番，且看这一郡之中有几名国色。从来有句旧话，说‘杭州城内有脂粉而无佳人’，今日这场大雨，分明是天公好事，要我们考试真才，特地降此甘霖，替他们洗脂涤粉，露出本来面目，好待我辈文人品题高下的意思。不可负了天心，大家赶上前去！”他们赶到西泠桥，取些石块垫了脚跟以便居高临下赏美。一众女眷经过之后，又开始品评：“状元有了，榜眼也有了，只可惜没有探花，凑不完鼎甲。只好虚席以待，等明岁端阳再来收录遗才罢了。”韦小姐主仆经过，这一干少年们“就成群结队尾着女伴而行”。如若说众少年的轻薄主要是以语言表现，裴七郎与封氏的形象则主要通过动作与形态表现。

在这一众人中裴七郎是主角，是戏曲中的小生。他在“赏鉴”众美时，看见封氏，“就躲在众人背后，又缩短了几寸”，以免被封氏发现。封氏出丑后，他起先虽然缩了身子“还只短得几寸，及至到了此时，竟把头脑手足缩做一团”。当韦小姐与丫环走过，他既想看美女，又怕被妻子看见带累自家出丑，于是“取出一把扇子，遮住面容，只从扇骨中间露出一双饿眼，把那两位佳人细细地领略一遍”。这一番动作描写非常真切地表现了裴七郎的矛盾心理。

一众女眷中，封氏是主角，也是丑角。她在“戏台”上的形象，主要通过脸谱与动作来表现。封氏“面似退光黑漆，肌生冰裂玄纹。腮边颊上有奇痕，仿佛湘妃泪印。指露几条碧玉，牙开两片乌银。秋波一转更销魂，惊得才郎倒褪!”但她丑而不自知，偏要艳妆丽服，在人前卖弄。大雨时，在人多的地方她偏偏要扭扭捏捏，做些姿态卖弄妖娆，一跤跌倒四体朝天，抢地呼天，丑态尽露于人前。此处以漫画式的笔法勾勒人物形象，产生耐人寻味的喜剧效果。

在这一场众多人物的演出中，有群演，也有主演。群演中也有较突出的个体，如品评时的说话者，也有只有出场动作而无任何语言的，如蜂拥而来的众女眷“也有擎伞的，也有遮扇的，也有摘张荷叶盖在头上、象一朵落水芙蕖随风吹的，又有伞也不擎、扇也不遮、荷叶也不盖、象一树雨打梨花没人遮蔽的”。无论是哪一种角色，都形象鲜明。

“戏谑”性与可演出性是李渔“无声戏”小说的主要特征。西湖游赏是小说的开幕剧，各色人物出场方式不一，人物语言或调笑讽刺，或高声赞叹，似过场，又似闹场，似戏剧科诨，富有闹热性和戏谑性，叙述语言也幽默风趣，充分体现了他的“无声戏”观点。

（二）奇趣迭出，富有喜剧色彩

李渔是一个求新求奇之人，他在《闲情偶寄》中指出：“‘人惟求旧，物惟求新。’新也者，天下事物之美称也。而文章一道，较之他物，尤加倍焉。”“非奇不传。新即奇之别名也。”如果千人共见、万人共见，则无“奇”可言，自然也就难以流传，故李渔小说情节多出人意料。《夺锦楼》中才子袁士骏命犯孤鸾终得姊妹双佳人；《十卺楼》中姚子毂先后娶妻十次，最后一次终得成功；《闻过楼》中顾呆叟移居乡下，灾祸迭起，先后遭官差勒索、强盗打劫、被诬窝赃，一次比一次严重，而这一切竟都是好友为逼其回城所为。在他的小说中，因果之间、人物之间、事件之间往往形成强烈的反差。李渔宣称，“不效美妇一颦，不拾名流一唾，当世耳目，为我一新”。他擅长于用情节翻转、巧合、悖谬推进故事，使情节戏剧化，故事新奇化。《拂云楼》充分体现了李渔小说的特点。

一是人物之奇。这篇小说中的“主脑”是能红。能红之命名来源于“桃花能红李能白”，“能红”和“能白”本身含有既能坚持传统亦能突破传统之意。裴七郎由于原先的毁约行为所以求娶韦小姐时遭到再三拒绝。裴、韦二人婚姻看似无望，但能红以闺阁中婢女行月老媒人之职，她不同于《西厢记》中张生与莺莺的爱情的牵线人，而是在“成就了一对佳人才子费尽死力撮不拢的姻缘”的同时，也让自己成功谋得与小姐平等的如夫人地位。在裴、韦二人婚事中，能红巧舌如簧，可谓将众人玩弄于股掌之间，但她又十分尊主，甘愿屈居小姐之下。在她身上，充分体现了“能红”“能白”的特点。

二是心计之巧。裴七郎不死心求托俞阿妈，能红在拂云楼露台上窥视、偷听到俞阿妈与裴七郎的交谈，在俞阿妈来说和时先声夺人，引起俞阿妈的震撼：“就是神仙，也没有这等灵异！为甚么我家的事他件件得知，连受人一跪也瞒他不得？难道是有千里眼、顺风耳的不成？”能红顺势诈出真相，并说出韦小姐主仆二人同娶的要求。对此，杜濬有评，道：“今日之功首即前日之罪魁，奇绝！”在韦家绝不许提“裴”的情况下，能红巧用一家三口信命的心理，故意在韦翁夫妇面前“假传圣旨”，行贿“张铁嘴”，借他之口利用八字设计韦小姐婚姻，使他们相信韦小姐“八字只带得半点夫星，不该做人家长妇”，且必须让其夫君再寻一房姬妾，二女同侍，方保无虞。这其实就是能红为裴七郎与自己量身定做的，故也只有裴七郎才符合这个条件且自己也能嫁入裴家，并使得韦家夫妇主动央人去裴家求婚。计策之巧，让杜濬大为叹赏，道：“欲救上岸，先推落水，最险之着，又是最上之着，然非神手不能。”能红还使计让自己与裴七郎可以光明正大地面谈。面谈时又做着道学先生模样使得裴七郎与之约法三章，一是要给其二夫人的身份地位，二是绝不许在外行风花雪月之事，三是保证永不再娶。婚后，裴七郎假装噩梦缠身，引导韦小姐窃听，使其要求能红同嫁与裴七郎。其实，这也是能红暗中的安排。

三是反转、悬念等手法的运用，给小说增添“奇”色。裴七郎生得俊雅不凡，且又才高学富，常以一第自许，但所娶妻则如东施、嫫姆；西湖游玩，众人先看到“绝世佳人”，“果然不是寻常姿色，莫说她自己一笑可以倾国倾城，就是众人见了，也都要一笑倾城、再笑倾国起来！”结果却看到“面似退光黑漆，肌生冰裂玄纹”的丑妇。封氏外貌与其自以为是形成反差，也为一奇。诚如杜濬所评：“封氏之女，不足为奇，奇在以佳人自命。”裴七郎与韦小姐的婚事一波三折，从裴家悔婚到求婚韦家是一反转，由求婚被拒到韦家反求婚又是一反转。李渔讲究“密针线”，设置悬念后巧妙点拨，使故事天衣无缝。能红一见俞阿妈便能道出其来意，唬得俞阿妈一愣一愣的，然后点出“拂云楼”露台窥视、偷听，疑问自然化解。能红设计韦家同意婚事，关键人物是张铁嘴，如何设计，故事开头亦只简单言“还要他如此如此，这般这般，方才可以允诺”，结果，每次其他人来求亲都被张铁嘴否定，直到看到裴七郎的八字才认可。裴七郎莫名其妙做噩梦，醒后哭而不言，醒后找圆梦人，也是能红设计。能红每次的设计，都出人意料。杜濬评点道：“一事为人所料，便是寻常肺腑，如何做得奇事来？”悬念而后解释，前后呼应，将神奇化为平常，玄幻化作真实。杜濬十分欣赏能红唬俞阿妈这一情节，道：“奇得尽情，怪得极致，看到后面，却又是情理当然，其行文之圣手也。”

(三)语言亦庄亦谐，充满机趣

李渔主张“重机趣”“贵浅显”。他在《闲情偶寄》中说道：“作传奇者，全要善驱睡魔。”真正达到驱睡魔的效果，少不了机趣。“机者，传奇之精神；趣者，传奇之风致。少此二物，则如泥人土马，有生形而无生气。”他反对板腐的道学之气，“即谈忠孝节义与说悲苦哀怨之情，亦当抑圣为狂，寓哭于笑”。插科打诨虽是末技，却可雅俗同欢，智愚共赏。李渔的小说语言诙谐幽默，充分表现了他的“重机趣”“贵浅显”主张，读来令人忍俊不禁。

如描写裴七郎低声下气请求俞阿妈为媒人：“七郎一边说话，一边把七尺多长的身子渐渐的矬将下去，说到话完的时节，不知不觉就跪在此妇面前。等他伸手相扶，已做矮人一会儿了。”再如写裴七郎知晓了能红的计划：

> 七郎惊喜欲狂，知道这番好事都由屈膝而来，就索性谦恭到底，对着拂云楼深深拜了四拜，做个“望阙谢恩”。能红见了，一发怜上加怜，惜中添惜，恨不得他寅时说亲，卯时就许，辰时就偕花烛。把入门的好事，就象官府摆头踏一般，名役在先，本官在后，先从二夫人做起，才是他的心事。当不得事势艰难，卒急不能到手，就终日在主人面前窥察动静。
>
> （李渔：《十二楼》，人民文学出版社，1999，第140页。）

这段描写将二人彼此欣赏，渴望早成眷属的急切心理写得十分真切。杜濬评道，“不胜激切，屏营之至”，“绝妙形容”。能红设计让韦小姐转过来求她，达成了裴七郎与自己的心愿，裴七郎知道后，“少不得初说之际，定要学王莽之虚谦，曹瞒之固逊，有许多欺世盗名的话说将出来，不到黄袍加身，决不肯轻易即位”。典故加上比喻的运用，令人忍俊不禁。裴七郎写给能红的“保证书”多用政治军事之语，如“犹幸篡位者夭亡”，“初盟”，“出巧计以回天，能使旭轮西上；造奇谋而缩地，忽教断壁中连。是用设计酬功，剖肝示信：不止分茅锡土，允宜并位于中宫”。充满未婚男女之间情趣的保证书，却似国书、似战场缔结的盟文，趣味盎然，令人失笑。

李渔小说的幽默诙谐还在于他奇论频出。传统社会虽然义夫节妇并言，但对节妇的要求远多于义夫。李渔与封建文人一样，都是主张节义的，但他的节义观颇有新意，在《奉先楼》《女陈平计生七出》中体现得十分明显。在《拂云楼》中，韦小姐的一段议论直接说出了李渔的节义观。

小姐回复道：“阿妈说错了。‘节义’二字原是分拆不开的，有了义夫才有节妇，没有男子不义责妇人以守节之礼。……父母相逼，也要他肯从，同是一样天伦，难道他的父母就该遵依，我的父母就该违拗不成？四德三从之礼，原为女子而设，不曾说及男人，如今做男子的倒要在家从父，难道叫我做妇人的反要未嫁从夫不成？一发说得好笑！”

（李渔：《十二楼》，人民文学出版社，1999，第135页。）

韦小姐是守礼之人，她是李渔的代言人。新的言论，颠覆了传统节义观，反映了这一时期新的思想，令读者耳目一新。三从四德一般是男性对女性的要求，韦小姐以此反问，诙谐幽默却令人无法反驳。

李渔经常引经据典，尤其是儒家经典，为故事增添“雅色”，为诙谐增添一抹严肃。李渔在《闲情偶寄》中提出了“戒淫亵”和“忌俗恶”两条原则，引用经典可以化俗为雅，但同时也因雅俗差异形成反讽更加幽默滑稽。“将某一思想的自然表达移置为另一笔调，即得滑稽效果。”（柏格森《笑——论滑稽的意义》）李渔的小说喜欢在极俗时引用经典，形成戏仿。西湖看龙舟后，轻薄少年们没见几个美女，于是“大家叹息几声，各念《四书》一句道：‘才难，不其然乎！’”这句话出自《论语·泰伯》：“才难，不其然乎？唐虞之际，于斯为盛，有妇人焉，九人而已。”孔子原意是人才难得，但作者省掉后面的话，说明美女难得，与孔子原意完全相反。新婚夜，韦小姐因守古礼，不肯匆匆上床，裴七郎急不可耐，跑到能红房中。这一段描写也特别有意思。

能红见他来得早，就知道这位小姐毕竟以虚文误事，决不肯蹈人的覆辙，使他见所见而来者，又闻所闻而往。一见七郎走到，就以和蔼相加，口里便说好看话儿，叫他转去，念出《诗经》两句道：

"雨我公田，遂及我私。"

心上又怕他当真转去，随即用个挽回之法，又念出《四书》二句道：

"既来之，则安之。"

（李渔：《十二楼》，人民文学出版社，1999，第153页。）

"使他见所见而来者，又闻所闻而往"出自《世说新语·简傲》，原为魏晋高士玄谈的话语，表达出他们的高逸超然。"雨我公田，遂及我私"出自《诗经·小雅》，反映了西周农事生产，李渔借用来暗指鱼水之欢。"既来之，则安之"出自《论语·季氏》，本为孔子劝诫冉有的话，能红借用来挽留裴七郎。此处的引用，一则反映了能红的矛盾心理，也暗示了她有一定学识素养；二则是"将传统文学中难以聚合的杂碎予以重组，致使文本形式与内容之间出现极度的不协调，严肃陡然之间变为笑闹"（妥建清《晚明戏仿审美风格论》）。在男女欢爱的私情场合与高人雅士之语、高头典章形成极大的反讽，消解了儒家典籍带来的庄重严肃。《拂云楼》援引儒家经典以形成幽默效果的还有能红以《春秋》名分说要求裴七郎修改"保证书"："能红看了一遍，甚赞其才。只嫌他开手一句写得糊涂，律以《春秋》正名之义，殊为不合。叫把'立遵依人'的'人'字加上两画，改为'夫'字。"正名即正名分，依名行事，言行合乎规矩。《春秋》正名暗含褒贬，乱臣贼子惧。如若"依人"，未给裴七郎名分，改为"依夫"之后，对他的要求才名正言顺。引用儒家经典，造成题材和文体之间的不协调，如《论滑稽模仿》中所说，"这种不协调会引人发笑……它是开玩笑，它使人开怀大笑"。阅读这个故事，很难做到不笑。

李渔小说随时、随事引经据典，呈现出他对具体问题、具体事件的思考，为喜剧增添严肃感。但同时，其严肃性又因故事跌宕起伏，语言的诙谐幽默、妙论频见而消解。既轻松又严肃，既解颐又一本正经，让伟大与卑下，滑稽与崇高结合在一起，充分体现了他的"于嘻笑诙谐之处，包含绝大文章"的文学主张。

二、《无声戏·丑郎君怕娇偏得艳》

《丑郎君怕娇偏得艳》是《无声戏》中的第一回，《连城璧·辰集》则名为《美女同遭花烛冤 村郎偏享温柔福》。故事讲述明朝嘉靖年间，湖广荆州府财主阙里侯极丑，却先后娶了邹氏、何氏二个极美的佳人，二人进门后嫌弃丈夫，躲进了佛堂，阙里侯为了繁衍后嗣，便思再娶个一字不识、粗粗笨笨但好生养的妻子，阴差阳错，所娶的第三任妻子吴氏才貌更强于邹、何二人。后来，三女各生一子都似其母，在母亲教导下"进学的进学，中举的中举，出贡的出贡"。小说的立意并不高，但故事新奇，有很多成功之处。

（一）荒谬婚姻中女性的生存哲学

《丑郎君怕娇偏得艳》的主题是男女婚恋，但不是才子佳人的美谈，而是丑夫配佳人的社会现实。在男尊女卑的社会，无论女性才貌如何，她们都不能主宰自己命运，在婚姻上尤其如此。故事开篇引诗云："天公局法乱如麻，十对夫妻九配差。常使娇莺栖老树，惯教顽石伴奇花。合欢床上眠仇侣，交颈帏中带软枷。只有鸳鸯无错配，不须梦里抱琵琶。"接着展开议论："单说世上姻缘一事，错配者多，使人不能无恨。"男性婚姻不幸还可以"到朋友面前去诉诉苦，姊妹人家去遣遣兴，纵然改正不得，也还有个娶妾讨婢的后门"。女性则不能。李渔对美妻嫁丑夫、才女配俗子的"真苦"有着深切的同情。世俗之同情往往以"红颜薄命"一言概之，李渔则不然，他反向思考，指出"不是因他有了红颜，然后才薄命，只为他应该薄命，所以才罚做红颜"。此论令人耳目一新。头回中阎王判案的故事不仅说明了"薄命"与"红颜"的因果关系，还暗示了嫁丑夫的美妻内心的煎熬。

> 那妇人有了绝标致的颜色，一定乖巧聪明，心高志大，要想嫁潘安、宋玉一般的男子。及至配了个愚丑丈夫，自然心志不遂，终日忧煎涕泣，度日如年，不消人去磨他，他自己会磨自己了。若是丈夫先死，他还好去改嫁，不叫做禁锢终身；就使他自己短命，也不过像猪狗牛马，拼受一刀一索之苦，依旧可以超生转世，也不叫做禁锢终身；我如今教他偕老百年，一世受别人几世的磨难，这才是惩奸治恶的极刑，你们那里晓得？
>
> （李渔：《无声戏》，浙江古籍出版社，2012，第1—2页。）

"福在丑人边"则祸在佳人身。佳人配丑夫则度日如年，导致短寿。若不短寿，漫长岁月如何过？李渔是怜香惜玉之人，他开导佳人认清自己之所以是佳人，乃是"薄命"的结果，将其视为医愁祛病的法子：

> 但凡妇人家生到十二三岁的时节，自己把镜子照一照，若还眼大眉粗，发黄肌黑，这就是第一种恭喜之兆了。将来决有十全的丈夫，不消去占卜；若有二三分姿色，还有七八分的丈夫可求；若有五六分的姿色，就只好三四分的丈夫了；万一姿色到了七分八分、九分十分，又有些聪明才技，就要晓得是个薄命之坯，只管打点去嫁第一等、第一名的愚丑丈夫，时时刻刻以此为念。看见才貌俱全的男子，晓得不是自己的对头，眼睛不消偷觑，心上不

消妄想，预先这等磨炼起来。及至嫁到第一等、第一名的愚丑丈夫，只当逢其故主，自然贴意安心，那阎罗王的极刑自然受不着了。若还侥幸嫁着第二三等、第四五名的愚丑丈夫，就是出于望外，不但不怨恨，还要欢喜起来了。人人都用这个法子，自然心安意遂，宜室宜家，哑子愁也不生，终身病也不害，没有死路，只有生门，这“红颜薄命”的一句话岂不是四字金丹？

（李渔：《无声戏》，浙江古籍出版社，2012，第2页。）

李渔所谓“金丹”，其实是心态的改变，也即是“安命”，安于自己的“薄命”，当想到“薄命”最坏的结果时，其他都不是最坏的，由此而生出欢喜心，生活也就不那么苦了。他还语重心长地告诫：“奉劝世间不曾出阁的闺秀，服药于未病之先；已归金屋的阿娇，收功于瞑眩之后，莫待病入膏肓，才悔逢医不早。”

故事中，邹氏、何氏、吴氏三人都曾反抗过，但在封建社会时期，她们不可能颠覆夫权，只能屈从于命运。在“美妻该配丑夫的实据”后又告诫其他女性，她们不会比故事中的三位女性更有才貌，所配之夫也不会如阙里侯那样丑，只要改换心态自然也能过日子。“或者丈夫虽丑，也还丑不到阙不全的地步，只要面貌好得一两分，秽气少得一两种，墨水多得一两滴，也就要当做潘安、宋玉一般看承，切不可求全责备。”李渔给女性开“药”方又告诫丑夫娶了美妻后要“惜福”，“要当做菩萨一般烧香供养，不可把秽气熏她，不可把恶言犯他”，如此才有好结果。

李渔所开的良方，其实是要求女性心灵的自我麻醉。在没有找到更好的药方之时，这种药方在一定程度上的确可以缓解女性的心灵之苦，但不能从根本上解决问题。

（二）生动的人物描写

《丑郎君怕娇偏得艳》的人物描写十分生动。故事以男主角“阙不全”的相貌描写作为开端。阙里侯有财而无才，且五官四肢“都带些毛病，件件都阙，件件都不全阙”而被称为“阙不全”。

眼不叫做全瞎，微有白花；面不叫做全疤，但多紫印；手不叫做全秃，指甲寥寥；足不叫做全跷，脚跟点点；鼻不全赤，依稀略见酒糟痕；发不全黄，朦胧稍有沉香色；口不全吃，急中言常带双声；背不全驼，颈后肉但高一寸；还有一张歪不全之口，忽动忽静，暗中似有人提；更余两道出不全之眉，或断或连，眼上如经樵采。

（李渔：《无声戏》，浙江古籍出版社，2012，第3页。）

阙里侯除了有财，无内才亦无外才，“凡世上人的恶状，都合来聚在他一身，半件也不教遗漏”，相貌丑得可怜。邹小姐看见那个尊相，“吓得大汗直流，还疑心不曾醒来，在梦中见鬼，睁开眼睛把各处一相，才晓得是真，就放声大哭起来”。邹小姐的反应足以说明阙里侯名为“阙不全”并非夸张。

阙里侯的“不全”还不只这些。作者通过邹小姐的感觉写他的身体上的“三种异香”：口气、体气、脚气。他身上有狐臭，说话时“竟像吃了生葱大蒜的一般”，脚也与口气一般，极力突出了他的猥琐不堪的一面。邹小姐的洞房花烛犹如一场丑角的表演。李渔用夸张的手法描绘阙里侯的愚丑，达到喜剧效果。何氏进门后居然也只有靠着醉酒，“打点一个死字放在胸中，竟把身子当了尸骸”，才熬过新婚夜，然后寻机躲进小佛堂。邹、何二人的行为，从侧面写出阙里侯的“不全”，使这个形象更加丰满。

阙里侯身上没有一丝可取之处，他的妻子却才貌双全，与之形成鲜明对比。邹小姐“风度嫣然，有仙子临凡之致”，聪明堪称绝世。再看阙里侯眼中的何小姐：

> 眉弯两月，目闪双星。摹拟金莲，说三寸，尚无三寸；批评花貌，算十分，还有十分。拜佛时，屈倒蛮腰，露压海棠娇着地；拈香处，伸开纤指，烟笼玉笋细朝天。立下风，暗嗅肌香，甜净居麝兰之外；据上游，俯观发采，氤氲在云雾之间。诚哉绝世佳人，允矣出尘仙子！
>
> （李渔：《无声戏》，浙江古籍出版社，2012，第6页。）

李渔在描写何小姐时，将视觉、嗅觉相结合，动态与静态相结合，避免了一般佳人描写的俗套。小说还通过邹小姐的眼睛写何小姐，“邹小姐把他从头看到脚底，真是袅娜异常”。

> 头上的云髻大似冰盘，又且黑得可爱，不知他用几子头篦，方才衬贴得来？及至此时被里侯揪散，披将下去，竟与身子一般长，要半根假发也没有。至于哭声，虽然激烈，却没有一毫破笛之声；满面都是啼痕，又洗不去一些粉迹。种种愁容苦态，都是画中的妩媚，诗里的轻盈，无心中露出来的，就是有心也做不出。
>
> （李渔：《无声戏》，浙江古籍出版社，2012，第9页。）

女性看女性，通常带有挑剔的目光。邹小姐看何小姐，看其身姿、头发、面容、声音，看她自然不自然，其审美又与阙里侯有所不同。邹小姐自诩美丽，“常常对镜自怜”，但看到何小姐后却认为“真是珠玉在前，令人形秽”。以美衬美，美则更美。

对于吴氏，有了邹氏与何氏在前，小说没有给予更多的描绘，但也简单地与邹、何二人作了对比：“有其才者无其貌，有其貌者无其才，只除非两个并做一个，方才敌得他来。”吴氏的“才”在与阙里侯相处时得到呈现，但袁进士五六句话把她路数都断了，她不得不屈从，却也将邹、何二人拉下水，又保证了三人与阙里侯相处时的距离。

同样是描写美人，李渔也绝不雷同，同中有变。李渔写邹氏之美只三言两语，她的聪明才智通过她与同学的比较，她替其父捉刀代笔得到呈现；描写何氏之美时采用男性与女性双重视角，并通过丫环之口说出何氏的“智”，何氏取得阙里侯信任后又借参拜正妻邹氏而留在佛堂，这与邹氏进入佛堂又有区别。作者在写吴氏的才貌时笔触又有变化，以美衬美，以才衬才，进入阙里侯家时的反应也不一样。

李渔运用多种手法写人物，在男女双方容貌和品性上进行夸张对比，以丑衬美，以美衬丑，以美衬美，突出了人物的特色，形成了鲜明的喜剧性效果。

（三）叙事跌宕起伏、摇曳多姿

《丑郎君怕娇偏得艳》结构跌宕起伏，阙里侯三次成婚，每次各有特色，波澜迭起，引人入胜。

一是错置性叙事。按照正常逻辑，丑人配丑妻，佳人配才子，此故事则不然，这是第一重错置。如标题所见，故事中有“丑”与“娇”“艳”的丑美对比，也有性别的相对。作者花大量的笔墨直接或间接地描绘阙里侯外貌的丑及身体气味的难闻，同时不遗余力地描写三位佳人的才与貌。极丑之人配极美之妻，二者形成极大反差，愈加显出女性的“真苦”与男性的“真福”。作者以丑夫美妻为主角展开叙事，为身处丑夫境地的佳人寻医开方，看似关切女性，实则显示了其思想的狭隘。但从审美而言，美丑错置却诱发出滑稽效应，化现实的悲剧为文学的喜剧，掩盖了生活中女性的悲剧。故事的错置性叙事还体现在对错置的坚持上。一般故事发现错位，便思纠正，各归各位，诸如通过改头换面让丑归于美，从而实现美美相守。该故事中，阙里侯顶着那副尊容一直活到八十多岁，也就是说三位娇妻与丑夫一起生活了几十年。错位的坚持呼应故事的“福在丑人边”，做到了主题的前后统一。

二是情节相似却富有变化。阙里侯先后娶回三房妻妾，三次婚姻不重样，情节看似重复却富有变化。邹氏与阙里侯的婚姻是父母之命，她自幼便被其父邹长史许婚，又婚前不察，才在成婚次日见夫君容貌而大哭，假装礼佛而不出。何氏是阙里侯骗婚而来，何氏因父亲坏了官职需要银子才将女儿许配给人，阙里侯请标致的朋友装扮成自己才使得何氏允婚。成婚之夜何氏的表现与邹氏也有不同，进入佛堂与邹氏相伴的过程写得更详细。吴氏与阙里侯的婚姻可谓阴差阳错的“误婚”。袁进士的正妻趁着丈夫不在家，要发卖他的两个小妾吴氏与周氏，吴氏因为才貌无双，本来要嫁给一个有才学且“标致异常”的举人，长相一般的周氏被阙里侯瞧中，但成亲之时周氏上吊，举人又因吴氏是进士之妾而退婚，媒婆与正妻瞒住吴氏与阙里侯，让吴氏上了阙里侯的花轿。阙里侯三任妻子才貌不同，成婚原因与形式不同。许婚、骗婚、误婚，令故事摇曳生姿。

从整个故事来看，可以分为两部分。前一部分叙述阙里侯得娇，是怕娇之因；后一部分叙述他怕娇而得娇，是“丑郎君怕娇偏得艳”的高潮与结局。阙里侯第一次得“娇”是父母之命媒妁之言，他没费任何心思与力气。第二次得娇是赌气，所以费了心力，但结果仍旧是被嫌弃。两次得“娇”却因丑而遭嫌弃的经历使他怕了“娇”，他意识到才思忒高、容貌忒好的女子不是他能相配的，从而转向“寻那一字不识、粗粗笨笨的，只要会做人家，会生儿子”的女性。爱美之心人皆有之，“怕娇”似乎有违常理，但却能勾起读者的好奇之心，联系男主人公的婚姻实际，又在情理之中。极丑之人连娶两美是一奇，不愿找品貌俱佳之女而专找粗笨无才之女是一奇，无法如愿又是一奇，最后再娶到才貌更甚的吴氏更是一奇。多重“奇”叠加，增添了故事的喜剧性。“得娇—怕娇—再得娇”形成自足完满的回环式结构，反映了作者高超的讲故事的能力。

第五节 《跻春台》研读

《跻春台》是清后期白话短篇小说集的代表，分元、亨、利、贞四卷，每卷十篇，每篇演一个故事，标题皆为三个字，每卷目录后署“凯江省三子编辑”，现存1914年成文堂刊本。“跻春台”即登春台，语出《老子》二十章：“众人熙熙，如享太牢，如登春台。”可见，《跻春台》的创作目的是惩恶劝善，使人如登春台，雍熙和美。据光绪己亥(1899)铜山林有仁《新镌跻春台序》，“省三子”即刘省三，四川凯江(今属四川中江县)人。书中故事，有的取自现实生活，有些则来自其他小说戏曲，如《节寿坊》改自《娱目醒心编》中的《马元美为儿求淑女　唐长姑聘妹配衰翁》，《巧姻缘》改自《十二楼》中的《生我楼》，《比目鱼》改自《连城壁》中的《谭楚玉戏里传情　刘藐姑曲终死节》，等等。

本书的主旨,《序》说得很明白:“此劝善惩恶之俗言,即《吕书五种》教人之法也。”明清劝惩之书汗牛充栋,有清一代,统治者为实现社会控制,强调“礼禁于未然”,要求各地宣讲圣谕六训、圣谕十六条,欲使家喻户晓,以便尚德缓刑,化民成俗。以宣讲圣谕或伦理道德的小说大兴,直接以宣讲命名的不下三十种,如《宣讲集要》《宣讲拾遗》《宣讲宝铭》《宣讲回天》等。《跻春台》没有用“宣讲”为标题,实则也是为圣谕宣讲服务之书,《序》还指出书出版后,“俾善宣讲者,传神警觉人也,闻清夜钟声也”。书的宗旨是宣讲圣谕,多宣传忠孝节义,讴歌节妇、义夫,批判社会丑恶。

《跻春台》反映了清代的圣谕宣讲的一些情况。《平分银》载,郭、江二人“见一人在公庙行礼,衣冠俨然,进去一看,知是讲圣谕的,便坐下去听。那讲生念了王章神戒,上台坐下,讲的‘重农桑以足衣食’那条,讲到后头又念一篇歌词……讲生歌毕,又说了一案”。“重农桑以足衣食”是圣谕十六条中的第四条。《过人疯》《僧包头》《螺旋诗》《假先生》《审禾苗》等故事都讲到民间的圣谕宣讲及其效果。《跻春台》中的一些故事的单行本中往往在篇名前加上“宣讲案证”四字,如民国二十五年(1936)文化正俗会刊的《宣讲案证吃得亏》《宣讲案证川北栈》等。

小说将视野集中于乡村社会,描绘了社会生活的各个侧面,诸如婚丧喜庆、赶会唱戏、佃土耕种等,人物有孝子节妇、僧尼、塾师、讼棍、戏主、伶人、乞丐等,在展示人物众生相,讲述人物的命运时反映了广阔的社会生活。有揭露监狱黑暗、谴责狱政腐败的,也有反映贵族之家仗势欺人、馆师误人子弟、鸦片毒害人心的。同时,也展现了民众的一些优秀品质,诸如孝顺、乐善好施、坚守信诺等。为了宣传圣谕,需要大量的事实作为“案证”加以证明,小说中常借涉法故事,通过不同人物的命运来宣讲圣谕及伦理道德。《跻春台》中的故事情节一般不复杂,但其艺术上却有很多独特之处。这里以《审烟枪》进行说明。

《审烟枪》是一个真实的故事,作者于末尾附记云:“此案乃余下科场所闻及者,恐事远年湮,人名群邑或有错讹,识者谅之幸甚。”情节如下:同治三年(1864),安岳县王明山夫妻溺爱其子天喜,又吝啬钱财没能请一个好先生教导,导致天喜染上吸鸦片恶习,后又好嫖。明山为子娶贞秀,新婚夜天喜烟瘾发作,次日死于床上。贞秀以通奸毒夫的罪名被扭送到官府,屈打成招。成都按察牛公见乌鸦绕房知有冤案,重新审案,辨明天喜因吸了烟枪内的蜈蚣中毒身亡,案件真相大白。

(一)反映了清末衰败的社会风气

《审烟枪》描叙的是同治三年(1864)的真人真事。故事的主题是言洋烟之害,劝人远离鸦片，笔触延伸到现实生活的各个方面，旁及世态时风的琐细微末。天喜的堕落源于他父母的贪财及溺爱。王天明有财却悭吝，不送儿子去学堂，请的先生是“二空子”，伍氏又不责骂，以致天喜十五岁连“四书”都未读完。明知崔先生为人卑鄙，不讲品行，只图夤缘团馆，却因“托情面不过，只得把天喜送去”，结果天喜染上烟瘾。贞秀清白无辜，却被屈打成招。在狱中，松刑具居然需要二十串钱。为了防止贞秀翻供，官员还威胁她：“你若到上司反供，发回本县，刑法利害，要你生不得生，死不得死，那时才叫失侮！你只管认了，本县之文已与你笔下超生，不要害怕。”故事中，王天明夫妻的贪财愚蠢，崔先生及其子弟的堕落，官员的昏聩，教育之地沦为吸毒之场，社会的败落是如此明显。

洋烟成为清代社会的一大危害，刘大鹏于1892年在他的日记中提到当时的情形：“当今之世，城镇村庄尽为卖烟馆，穷乡僻壤多是吸烟人。约略计之，吸之者十之七八。”(《退想斋日记》)《螺旋诗》《吃得亏》都讲到乡村吸食鸦片的情况。《吃得亏》载王囚将谷发粜以济贫困，只收本钱，救活甚多，随后又得鬼的提点，言说不久洋烟必涨，快多屯些不可早卖。“囚又将银买烟，方才买齐，烟价陡涨。”王囚果真依言而行。作为善人，居然将洋烟当成正常盈利的货物进行买卖，由此可见洋烟之害。《审烟枪》中，崔先生好吃烟，“凡吃烟的朋友来馆，不论好歹，都要留耍几天，好捧盘子”，学生吃烟，他不惟不讲，反由徒弟去搓松香，当枪手。在这种氛围之下，天喜亦爱吃烟，“始则打烟烧，继则扯烟者，过后就买一碗”，“烟才上瘾，正在贪爱，犹如新婚一般”，在新婚夜也因抽烟而殒命。诚如牛按察断案所言：“这鸦片烟害人极凶，肥人吃瘦，瘦人吃死，田土房屋、妻子财物，都哈得进去。”天喜抽烟，害了自己，害了父母，也害了新婚之妻。

（二）说唱结合、韵散相间的新形式

“三言二拍”等明及清中前期的白话短篇小说中通常穿插韵语，用以描写景物或人物形态，但都比较短，也不讲究押韵。《跻春台》却打破了这种形式，它有说有唱，说唱结合，韵文所占比例较大。散体部分用来叙事，韵体部分主要是人物复述事件或独自的吟唱抒情。大量的唱词、民间小调一类的韵语“打破了传统的小说话本的体制，在故事中插入大段大段的顺口溜，犹如戏台上的唱词，又好像说书艺人代言部分的演唱”（石麟《话本小说通论》）。这种形式使其类似于“词话体”小说，或者“更像一个靠近民间唱本的混合体”。

《审烟枪》中共有王父训子、父母哭子、贞秀诉案、刘氏探监、贞秀翻案五个唱段。每个唱段所占篇幅较长，王父训子、刘氏探监都是独唱。如王父训子，说鸦片之害。

惟有那鸦片烟害人无底，须当要痛心戒莫尝点滴。你若是惹着他他就跟你，好似那舍妇儿惯把人迷。……倘若是上了瘾就变脾气，少一点慢一下他都不依。弄得你百病发流泪出涕，离了他有人参难把气提。强壮人能使你莫得气力，肥胖人能使你莫得肤肌；聪明人能使你糊涂到底，勤快人能使你懒得稀奇；有钱的他要你卖田当地，淡泊的他要你子散妻离……

（刘省三：《跻春台》，江苏古籍出版社，1993，第 324 页。）

这段独唱唱词有六百多字。王父采用铺排的手法一一数说鸦片之害，大致包括败人品行、伤身害体、败坏家产与自己名声等。唱文采用十字句，句句押韵，读来朗朗上口。

父母哭子的唱段是对唱，有两百五十多字，父一句、母一句的对唱，虽然唱的人不同，但都押韵。

父：一见我儿废了命，　　母：不由为娘好伤情？
父：从前无子常抱恨，　　母：求神许愿又穿金。
父：生下我儿心才稳，　　母：爱惜犹如掌上珍。
…………
父：七孔流血有血印，　　母：未必此事有别情？
父：还须来把媳妇问，　　母：这段冤枉方得申。

（刘省三：《跻春台》，江苏古籍出版社，1993，第 326—327 页。）

唱段融叙事抒情为一体，父母一一讲述如何得子，如何欣喜，又如何指望，如何失望，足见失子对他们二人的打击。

贞秀诉案、翻案则采用对话式，贞秀的唱是主体，官员审案时的询问是搭配，形成唱段主体为韵体而夹杂部分散体的形式。韵文的大量使用，在故事中承担着叙述的功能，它既是情节发展的需要，又使得重复不至于呆板，还增加了故事的抒情性与可表演性。

不论是韵体还是散体，多以俚俗活泼的口语为主，根据人物的口吻，大量采用当地方言，如说嫁女为“打发”，不知怎么办为“怎么下台”，生活不如意为“落食拖衣”，吃东西为“哈”，浅薄愚昧之人为“二空子”，没有叫“莫得”，极致的叫“黑天”，等等。方言俗语的使用，不仅使作品的语言活泼自然、亲切且本色，还增强了作品的表现力与吸引力。

（三）“诗+案证+议论”的叙事模式与奇异情节的采用

《审烟枪》继承了明末清初白话短篇小说的“入话+正话+议论”的形式，但有所区别，体现了以《跻春台》为代表的晚清白话短篇小说的叙事体例。

故事开头引诗：“洋烟原是毒药，杀人胜过砒霜。劝人点滴都莫尝，免得恶盈命丧。”诗句与故事内容紧密相关，其后再无多余的议论。正话故事讲述的是主人公吃洋烟的经过及带来的严重后果。故事完毕是议论，议论明显与之前的白话短篇小说有所不同。

> 各位，人生在世，这鸦片烟第一是染不得的。烟之害人，比酒色尤甚，酒色说忌就忌，易于戒除；这鸦片烟把你害死都不丢手，还要把你跟到阴司，就做鬼，都不安逸。你看天喜瞒亲吃烟，使亲忧气，竟被蜈蚣毒死，累及妻子遭冤，父母绝嗣，虽有家财美妇，不能享受。王明山伤天害理……李贞秀端庄孝顺……伍氏姑息养奸……李绍儒……至若崔先生教学不严，好为人师……
>
> 从此案看来，教学者切宜谨戒生徒吃烟，慎勿以为逢场作戏之事。倘若染着，不惟怠功弃学，功名难成，后来败产倾家，亦由此而开其渐矣。为师为弟者，须以崔先生、王天喜为鉴焉可也。
>
> （刘省三：《跻春台》，江苏古籍出版社，1993，第 337 页。）

议论既与前面的诗句首尾呼应，也与故事情节呼应。故事中的人物，除了两个官员，在议论中都有所涉及。议论简单地概括了每个人物所为之事及结果，单看议论也大体知道各个人物所作所为。议论中寓褒贬，有针对不同人、不同事的告诫，充满宣讲者的良苦用心。这种写法，极类似于议论文最后的总结，面面俱到，语重情长。

《审烟枪》情节虽不复杂，却也充满悬念与奇异。新婚夜新郎抽洋烟而已，为何次日死亡？夜歇栈房且有解差，贞秀的红衣为何不见？作品没有直接解开谜团，而是在牛公审案中一一说明。原来，“枪放楼下，四月蜈蚣正多，闻香放毒，钻入枪内，被烟胶沾足，不能出外，故在内而泄毒。又因竹签通烂，用力一哈，虫汁与毒并入腹内，怎不毙命？”红衣不见乃是鬼神差使乌鸦抬走至牛公处。小说在解开悬念的同时，也不断推出它的“奇”。天喜死得奇，贞秀的红衣丢失得奇，乌鸦抬衣至牛公处更奇，牛公审烟枪也奇。烟枪乃是无生命物，但牛公却根据贞秀的陈述发现端倪，捉拿“犯人”与审案过程奇特且富有喜剧意味。

……命司差到安岳王家沟王明山家内，去拿正凶烟枪，从凶烟盘、烟灯、烟签诸犯，贞秀押店候讯。左右尽皆含笑。牛公曰："尔等在笑甚么？赶紧拿来，不准哈他吃他，倘有损伤，要尔等狗命！"

……司差走到新人房中，地楼下把烟器取出，拿回成都来禀牛公。牛公命明日呈上，即悬牌审讯烟枪。

……牛公即命把烟枪呈上，差将烟器，放在大堂地下。牛公问曰："胆大烟枪，你为甚将王天喜害死？他与你有何仇恨，你要把他治死。今见本司，还不从直诉来。"左右禀曰："启大人，烟枪犟性不讲。"牛公曰："胆大烟枪，敢在本司面前执拗，这还了得！左右，拿毛头板儿，与爷用力责打！"左右把烟枪拿下，提起毛头板方打一下，就做几块。禀曰："启大人，这枪不经打，一板就烂了。"牛公喊呈上来，把枪搬开一看，内有一根蜈蚣虫，已被竹签通成几段。递与贞秀并百姓观看，遂问贞秀曰："你可知你夫毙命之故么？"

（刘省三：《跻春台》，江苏古籍出版社，1993，第335—336页。）

这段描写一方面呼应了故事的标题，一方面突出了牛公的睿智，与前一任武断、草菅人命的官员形成鲜明对比，并以其幽默诙谐给沉重的故事带来一抹亮色。对于听宣讲的民众而言，奇异、诙谐更能吸引他们的注意力，从而也就更容易接受故事所传达的主旨，达到宣讲的效果。

·思考园地·

1. 简述明清白话短篇小说的发展演变。
2. 分析"三言二拍"的主要思想内容与艺术成就。
3. 李渔的小说有哪些特点？
4.《跻春台》的思想内容与艺术特征如何？

参考答案

参考文献

[1]罗贯中. 三国演义[M]. 北京：人民文学出版社，2019.
[2]冯梦龙，蔡元放. 东周列国志[M]. 北京：人民文学出版社，1955.
[3]褚人获. 隋唐演义[M]. 北京：人民文学出版社，2007.
[4]施耐庵. 水浒传[M]. 北京：人民文学出版社，1997.
[5]陈忱. 水浒后传[M]. 长沙：岳麓书社，1998.
[6]钱彩. 说岳全传[M]. 长沙：岳麓书社，2019.
[7]吴璿. 飞龙全传[M]. 北京：人民文学出版社，1981.
[8]吴承恩. 西游记[M]. 北京：人民文学出版社，2010.
[9]许仲琳. 封神演义[M]. 广州：广东人民出版社，1980.
[10]董说. 西游补[M]. 上海：上海古籍出版社，1983.
[11]李百川. 绿野仙踪[M]. 北京：人民文学出版社，1987.
[12]兰陵笑笑生. 金瓶梅词话[M]. 北京：人民文学出版社，2000.
[13]吴敬梓. 儒林外史[M]. 上海：上海古籍出版社，2012.
[14]曹雪芹. 红楼梦[M]. 北京：人民文学出版社，2005.
[15]包公案[M]. 冯不异，校点. 北京：宝文堂书店，1985.
[16]李春芳. 海公案[M]. 哈尔滨：北方文艺出版社，2018.
[17]施公案[M]. 谢振东，校订. 北京：宝文堂书店，1982.
[18]不题撰人. 狄公案[M]. 晓蒙，宏利，校点. 济南：齐鲁书社，1993.
[19]瞿佑. 古本小说集成 剪灯新话[M]. 上海：上海古籍出版社，1994.
[20]瞿佑. 剪灯新话[M]. 北京：中华书局，2020.

[21]李昌祺. 古本小说集成 剪灯余话[M]. 上海：上海古籍出版社，1994.

[22]蒲松龄. 聊斋志异详注新评[M]. 北京：人民文学出版社，2023.

[23]纪昀. 阅微草堂笔记[M]. 上海：上海古籍出版社，2016.

[24]冯梦龙. 喻世明言[M]. 北京：人民文学出版社，1958.

[25]冯梦龙. 醒世恒言[M]. 北京：人民文学出版社，1956.

[26]冯梦龙. 警世通言[M]. 北京：人民文学出版社，1956.

[27]凌濛初. 拍案惊奇[M]. 北京：人民文学出版社，1991.

[28]凌濛初. 二刻拍案惊奇[M]. 北京：人民文学出版社，1996.

[29]李渔. 十二楼[M]. 北京：人民文学出版社，1999.

[30]李渔. 无声戏[M]. 杭州：浙江古籍出版社，2012.

[31]刘省三. 跻春台[M]. 南京：江苏古籍出版社，1993.

[32]鲁迅. 中国小说史略[M]//鲁迅全集：第九卷. 北京：人民文学出版社，2005.

[33]石昌渝. 中国小说源流论[M]. 北京：生活·读书·新知三联书店，2015.

[34]韩南. 中国白话小说史[M]. 杭州：浙江古籍出版社，1989.

[35]齐裕焜. 中国古代小说演变史[M]. 北京：人民文学出版社，2015.

[36]王齐洲. 中国通俗小说史[M]. 武汉：武汉大学出版社，2015.

[37]谭光辉. 小说叙述理论研究[M]. 北京：商务印书馆，2019.

[38]谭帆等. 中国古代小说文体史[M]. 上海：上海古籍出版社，2023.

[39]段启明. 中国古典小说艺术鉴赏辞典[M]. 北京：北京师范大学出版社，1991.

[40]夏志清. 中国古典小说史论[M]. 胡益民，石晓林，单坤琴，译. 南昌：江西人民出版社，2001.

[41]赵毓龙，胡胜. 中国古代小说简史[M]. 沈阳：辽宁人民出版社，2023.

[42]陈大康. 明代小说史[M]. 北京：人民文学出版社，2007.

[43]张俊. 清代小说史[M]. 杭州：浙江古籍出版社，1997.

[44]阿英. 晚清小说史[M]. 北京：人民文学出版社，1980.

[45]陈美林，冯保善，李忠明. 章回小说史[M]. 杭州：浙江古籍出版社，1998.

[46]欧阳健. 历史小说史[M]. 杭州：浙江古籍出版社，2003.

[47]段启明，张平仁. 历史小说简史[M]. 太原：山西人民出版社，2005.

[48]曹亦冰. 侠义公案小说史[M]. 杭州：浙江古籍出版社，1998.

[49]林辰. 神怪小说史[M]. 杭州：浙江古籍出版社，1998.
[50]胡胜. 明清神魔小说研究[M]. 北京：中国社会科学出版社，2004.
[51]向楷：世情小说史[M]. 杭州：浙江古籍出版社，1998.
[52]苗壮. 才子佳人小说史话[M]. 沈阳：辽宁教育出版社，1992.
[53]苗怀明. 中国古代公案小说史论[M]. 南京：南京大学出版社，2005.
[54]孟犁野. 中国公案小说艺术发展史[M]. 北京：警官教育出版社，1996.
[55]黄岩柏. 中国公案小说史[M]. 沈阳：辽宁人民出版社，1991.
[56]陈文新. 文言小说审美发展史[M]. 2版. 武汉：武汉大学出版社，2007.
[57]陈国军. 明代志怪传奇小说研究[M]. 天津：天津古籍出版社，2006.
[58]胡士莹. 话本小说概论[M]. 北京：中华书局，1980.
[59]张兵. 话本小说史话[M]. 沈阳：辽宁教育出版社，1992.
[60]欧阳代发. 话本小说史[M]. 武汉：武汉出版社，1994.
[61]萧欣桥，刘福元. 话本小说史[M]. 杭州：浙江古籍出版社，2003.

后记

明清小说是中华优秀传统文化的重要组成部分，是民族文化的重要载体，至今依然具有强大的生命力。当前许多热门游戏、影视作品就是依据明清小说改编的。明清小说作品不仅入选中小学语文教材，而且是大学汉语言文学本科专业教学的重要内容。此外，非汉语言文学专业诸如新闻、外语、艺术等专业的本科学生和汉语言文学专业的专科学生以及汉语言文学类硕士研究生，也有明清小说学习的需求。因此，我们组织了一批在明清小说研究领域躬耕多年，或在教学一线积累了丰富教学经验的专家学者编写了这部《明清小说研读》，来满足多元化的教学需求。本教材的具体编写人员名单如下。

前言与第一章明清历史演义小说研读由湖南师范大学胡海义撰稿，第二章明清英雄传奇小说研读由福建师范大学邓雷撰稿，第三章明清神魔小说研读由辽宁大学赵毓龙撰稿，第四章明清世情小说研读由扬州大学温庆新撰稿，第五章明清公案小说研读由湘潭大学谷文彬撰稿，第六章明清文言短篇小说研读由湖南省社会科学院向志柱撰稿，第七章明清白话短篇小说研读由重庆师范大学杨宗红撰稿。全书统稿、修改工作由胡海义与相关作者完成。

在本教材即将出版之际，衷心感谢各位参与编写的专家学者。大家在日常繁重的教学、科研工作之余，抽出宝贵时间参与《明清小说研读》的编写工作，并先后几次进行修改、完善，不厌其烦，让我感动。尤其要感谢湖南大学出版社李文邦社长、刘锋副社长，教育分社罗红红社长对教材建设的支持；感谢向彩霞老师的亲力亲为，她以饱满的工作热情与严谨的工作态度，为本教材提出很多宝贵的意见与建议；感谢责任编辑何洁老师，她以认真严谨的工作态度，为本教材的顺利出版提供了有力支持。

由于我们的水平有限，本教材一定还存在很多不足之处，距离我们既定的目标还有较大的距离。我们衷心期待学界各位同仁，使用本教材的各位授课老师、同学多提宝贵意见，以便我们对这部教材进一步修改、完善。

胡海义

二〇二五年二月十二日于岳麓山“望雪崖”